미와 이데올로기

미와 이데올로기

손정수 평론집

문학동네

책머리에

얼마 전 저는 한동안 병원에 있었습니다. 간호해야 할 사람이 있었기 때문이었습니다. 병원의 향상된 서비스에 놀라 세계의 새로운 국면을 인식케 하는 어떤 단절을 느끼고 있는 나를 새삼 발견하고 있던 차였습니다. 그때 간호사가 제가 있는 병상으로 약봉지 하나를 가져왔습니다. TV 광고에서 보던 그런 약이 아니었습니다. 약 이름도 낯설고 제약회사 이름도 처음 듣는 것이었습니다. 게다가 약봉지는 매우 촌스러운 디자인으로 되어 있었습니다. 거의 디자인을 하지 않은, 그저 약 이름과 용도, 부작용에 대한 전문적인 용어로 된 내용이 조잡한 활자로 인쇄되어 있는 그런 것이었습니다. 아마 제가 세상에 태어나 한 번도 만나지 못하고 죽는다 해도 전혀 억울할 것이 없는 그런 것이었습니다.

그런데 이상하게도 저는 그 순간 그 볼품없는 약봉지가 제가 쓰는 글과 무척 닮았다는 느낌이 들었습니다. 제가 읽고 쓰는 글들은 사실 소수의 동업자들을 제외하면 좀처럼 읽기 어려운 것들입니다. 그렇기 때문에 가끔씩 만나는 사람들에게 제가 하고 있는 일을 설명하기가 항상 힘이 들었습니다. 그럼에도 불구하고 이러한 상황이 저의 글읽기, 글쓰기를 회의적으로 만드는 것은 아닙니다. 세상의 반응과는 별도로, 제가 하고 싶고, 할 수 있고, 해야 할 일이 있기 때문입니다.

앞서 말한 그 약봉지 속에 담긴 약은 수술할 경우 반드시 사전처치제로 사용되는 것이었던 듯합니다. 그 약을 만드는 사람들의 심정은 어떤 것일까 생각해봅니다. 아마도 그렇게 공들여 만든 약이 볼품없는 포장에도 불구하고 누군가의 삶에 불가피한 한 요소가 될 것을 생각하며 오늘도 그 약의 효능을 개선시키기 위해 남모르는 노력을 하고 있을 것입니다. 저는 오늘도 누군가의 삶에 가닿을, 혹 그렇지 않다 해도 나의 운명일 수밖에 없는 이 한 봉지의 글을 위해 읽고 그리고 쓰고 있습니다. 게으름을 자책하며 흘려보낸 시간들을 안타까워하며 내 속의 온갖 욕망들과 힘겹게 싸우면서 말입니다.

청탁에 의해 씌어진 글들이 대부분이지만, 그럼에도 불구하고 제 나름의 방향은 분명히 있었다고 생각합니다. 첫째, 제 세대의 몫에 충실해야 한다는 것이 그것입니다. 실상 실험적 경향의 작품에 대한 저의 편향성 또한 여기에서 말미암았습니다. 그에 대응하여 저 자신의 글쓰기 또한 완성도를 향한 욕구보다 거칠음을 무릅쓰고라도 무언가 새로움을 담고자 하는 의욕이 컸던 듯합니다. 둘째, 작품을 작가의 전체 작품세계 속에서 바라본다는 것이 그것입니다. 짧은 서평을 쓸 경우에도 해당 작가의 작품 전체를 찾아 읽고 그 연속선상에서 새로운 작품의 의미를 밝히고자 했던 것 또한 그 때문입니다. 제 경우에 한정해서 말하자면, 이 방식이 다른 어떤 것보다 객관적이고도 비판적인 비평을 가능케 하는 근거라고 저는 믿고 있습니다. 인식과 이해는 서로를 부추기며 나란히 가는 것이라고 생각하기에.

책을 세 부분으로 나누었습니다. 제1부는 주제론에 해당되는 글들을 모았습니다. 소설의 새로운 영토와 글쓰기의 가능성, 그리고 문학의 방향에 대한 단상들입니다. 1990년 이후 우리 소설은 기존의 소설적 전통에서 발견하기 힘든 새로운 면모를 지속적으로 펼쳐 보이고 있습니다. 한편으로는 작품의 형식을 해체하는 실험적 방식을 통해, 그리고 다른 한편으로는 역사적 사회적 주체를 대체하는 일상의 욕망과 분열된 자아를 통해 소설의 새로운 존재방식을 지속적으로 갱신해나가는 과정이야말로 최근의 우리 소설들의 뚜렷한 존재 근거라고 하겠습니다. 그러하기에 후기 자본주의 사회 속에서의 예술의 존재방식에 대한 이론적 해명을 작품 자체가 요구하고 있다고 하겠습니다. 현대성을 탐구한 여러 사상가들의 이론적 저작들을 제 나름대로 소화하고자 노력하고 이를 작품 분석의 바탕으로 삼은 것은 이러한 맥락에서입니다. 제2부는 지금까지 쓴 작가론 가운데에서 주로 젊은 세대 작가들에 대한 글들을 가려 묶었습니다. 저를 항상 새로운 긴장으로 충만케 했던 작가들의 의식세계와 나눈 교감의 흔적들입니다. 3부는 월평, 계간평, 서평 등의 형태로 발표되었던 글들로 이루어져 있습니다. 어느 시점 이후 저는 매 계절 해당 시기의 작품들을 조망하는 글을 거의 공백 없이 써왔습니다. 이는 처음에는 우연적인 사태였지만, 차츰 자각적으로 지속시키고자 애쓴 것이기도 합니다. 여기에는 제 글쓰기의 변화랄까 성숙의 과정이 담겨 있기에, 그리고 소설의 존재방식에 대한 물음의 발견과 그에 대한 저 나름의 모색이 병행되어 있기에 저 자신에게는 매우 의미 깊은 영역입니다.

평론집의 제목 '미와 이데올로기'는 그 자체가 소설의 존재방식이자 제가 소설을 읽을 때 항상 느끼는 역설 혹은 모순의 두 축입니다. 글은 객관적인 의미의 드러냄이지만, 그리하여 중립적인 것처럼 보이지만, 언제나 그 글을 쓴 주체와 그가 귀속되어 있는 현실적 연원과 분리될 수 없다는 사실이 그것입니다. 따라서 한 편의 작품은 미적이자 동시에 윤리적(이데올로기적)일 수밖에 없을 터입니다. 제가 읽는 텍스트도 그리고 제가 쓰는 한 문장의 글도 마찬가지입니다. 이 역설이 저의 글읽기의 그리고 글쓰기의 동력이라고 저는 생각하고 있습니다.

부모님과 선생님, 그분들 덕분에 오늘의 제가 있을 수 있었습니다. 첫 책을 그분들 무릎 아래 올리고 싶습니다. 더불어 책을 만들어주신 문학동네 식구 여러분들께 깊이 감사드립니다.

2002년 2월

손정수

차례

제3부 내면의 서사, 서사의 내면

제1부 문학 속의 현실, 현실 속의 문학

여리고성을 맴도는 여섯 개의 음침한 주문(呪文)들
—소설 속의 새로운 현실들

1. 시장사회 속의 문학

유토피아적 에너지의 고갈로 특징지어지는 '새로운 불투명성'의 시대로 접어든 이후, 문학 또한 작품의 경향에서 그리고 그 사회적 존재방식에서 큰 변화를 겪으며 오늘에 이르고 있다. 이러한 변화의 근원에는 문학을 둘러싼 담론체계 전체의 변화, 나아가 그러한 변화를 초래한 현실 자체의 변화가 놓여 있을 터이다. 그 가운데 가장 특징적인 변화는, 더이상 명료한 질적 가치들의 대립체계로 현실을 파악하는 것이 가능하지 않게 되었다는 사실에서 찾을 수 있다. 진보와 혁명의 개념은 그 선명하고도 붉은 색채를 잃고 번쩍거리기는 하되 실상 초라한 광고 언어로 둔갑하여 여기저기에서 나뒹굴고 있다. 체계는 모든 가치들로부터 그 고유한 빛을 박탈하여 무차별적인 교환가치로 쉼없이 전환시켜왔으며 그 전환의 속도는 점점 빨라지고 있다. 특정 시기 억압에 대한 저항으로서 존재했고 그럼으로써 정당성을 확보할 수 있었던 비판의 담론 또한 이제는 시장사회의 중심에 자리잡고 있다.

일상적 담론의 영역과 더불어, 문학 담론의 영역에서도 작품의 소재나 내용 혹은 그 속에 담긴 명시적인 이데올로기적 주제가 더이상 문학작품의 현실에 대한 태도를 말해줄 수 없게 되었다. 오히려 과거의 어느 특정 시기는 일상적 담론체계의 억압으로 인해 문학이 즉각적인 현실 비판의 역할을 불가피하게 떠안게 된 다소 희유한 시절이었을지도 모른다. 그러한 시간을 떠나보낸 이후, 이제 문학은 기능적으로 분화된 사회 속에서 생산과 소비 시스템의 한 기능을 담당하고 있는 것처럼 보인다.

전반적으로 문학의 사회적 영향력이 점차로 감소하고 있는 추세를 위기적 상황으로 인식하면서, 여전히 문학은 대사회적 비판 담론의 역할을 수행해야 한다는 당위론이 고개를 드는 것은 이러한 상황에 대한 반성적 인식의 소산이라고 할 수 있을 것이다. 어느 시기 이후 문학이 현실에 대한 대응력을 잃고 미의식에 침잠하는 무기력함에 빠졌다는 비판은 그 직접적인 사례의 하나라고 볼 수 있다. 이와 같은 방식의 비판은 나아가 비평이 작품 해석의 도구로 전락했다고 안타까워하며 그것의 이념 정립을 촉구한다. 문학과 현실의 소통적 관계 수립을 주된 비평적 거점으로 삼는 이러한 태도가 문학의 자폐성을 경계하면서 그것의 현실성을 환기시킨다는 점에서 항상적인 의미를 지니는 것은 사실이다. 그러나 문제는 이러한 당위적인 차원의 주장으로는 교환가치의 무차별성 속에 놓이게 된 현실 속에서 문학의 이데올로기 비판적 위상을 다시 세우기가 쉽지 않다는 점이다. 여기에는 문학이 새로운 환경 속에서 어떠한 방식으로 현실과 관계할 수 있는가에 대한 근본적인 물음과 담론의 자기 반성적 요구가 결여되어 있는 경우가 일반적이기 때문이다.

오히려 지금 비평에 요구되는 것은 작품 해석과는 별도의 문학 이념을 수립하기 위한 계몽적·추상적 논의가 아니라, 하나의 흐름으로서 끊임없이 생산되고 있는 새로운 경향의 작품들을 좇아 그 의미를 밝히고 그로써 소통과 해석의 기반을 마련하는 일이라고 할 수 있다. 그 성과와 기대치를 대응시키고 평가하는 과정 속에서 비로소 현재의 문학적 성격과 그 현실적이고도 구체적인 방향이 가늠될 수 있을 것이기 때문이다. 당연한 말이지만, 작품 해석의 영역과 비평 이념의 영역이 따로 주어지는 것도 아니며, 작품 해석에 앞서 비평 이념이 선험적으로 존재하는 것도 아니다. 그러므로 현실적 근거에 기반하지 않은 채 과도하게 비평 이념에 대해 집착하는 태도는 점차적으로 불투명해져가는 새로운 작품들의 경향 앞에서 드러낼 수밖에 없는 무기력과 초조감에 지나지 않는다.

물론 그렇다고 해서 문학 자체의 미적 비판 가능성을 전제한 상태에서 소설의 미적인 특수성만을 형식적인 관점에서 해명하는 것으로 문학과 현실의 관계가 설명될 수는 없을 것이다. '미적 근대성'의 추상성에 머무를 수 없는 이유 또한 여기에 있다. 합리적인 시장사회의 질서로부터 배제된 '작고 주변적인 근대성'의 범주가 시장사회의 질서에 대한 비판적 기능을 수행할 수 있다는 믿음은 실상 개별 문학작품의 현실적 태도를 장르 그것의 일반성으로 환원시키는 태도이기 때문이다. 기능적으로 분화된 사회 속에서 차지하는 문학의 일반성을 그것의 현실 비판적 능력과 동일시할 수는 없다. 결국 이러한 태도는 사회적 구조로서의 소설을 역사적 맥락 속에서 설명할 가능성을 제한하는 것으로 귀결되기 때문이다.

문학작품의 미적 차원과 정신적 차원을 통합하는 계기는, 문학 담론 자체의 밀도에 대한 고려 속에서, 정치적 비판의 직접성으로 혹은 '미적 근대성'의 추상성으로 절대화될 수 없는 문학작품의 구체적 현실성을 담론의 사회적·역사적 맥락에서 해석해내는 곳에서 찾아질 수 있다. 물론 담론의 미적 차원과 정신적 차원이 결합되는 아르키메데스의 점은 어디에도 존재하지 않는다. 다만 우리 앞에 놓인 한 가지 가능한 방향성으로서 놓여 있을 따름이다.

2. 문학작품 속의 새로운 현실의 층위

2-1. 상품으로서의 예술

수요와 공급의 법칙에 의해 대부분의 가치가 상품으로 전환되어 유통되는 시장사회 속에서 우리는 살고 있다. 문학 또한 예외일 수 없다. 사람들은 한 갑의 담배 대신 혹은 한 장의 CD 대신, 가격이 매겨진 상품으로서의 책을 구입해서 소비한다. 출판 또한 하나의 시장이며, 책 또한 제작과 광고와 영업에 자본이 투여됨으로써만 현실화될 수 있다. 이는 근대 이후 문학의 근본적인 전제이며, 그러하기에 이 근본적 전제를 벗어난 영역에 문학이 존재하는 것은 아니다.

물론 문학작품의 창작과 수용을 둘러싼 일련의 과정이 생산과 소비의 메커니즘에 기여하는 교환가치의 획득만을 목표로 하는 것은 아니다. 체계의 시스템의 생산 메커니즘 이면에는 생산 목적과 직접적인 관련이 없는 소비의 영역 또한 존재한다. 사치, 전쟁, 도박, 예술 등은 그러한 비생산적 소비의 대표적인 사례일 것이다. 그러나 바타이유가 '소모' 라고 규정한, 혹은 들뢰즈와 가타리가 '반생산' 이라고 개념화한 이러한 영역 또한 생산의 한 계기로 내포하는 사회, 그것이 곧 체계의 시스템이 지배하는 현대사회이다. 이렇게 보면, 문학작품의 상징적 가치 또한 일반 경제의 한 영역에 속한다고 할 수 있다.

이 견고한 체계의 시스템 속에서 글쓰기란 과연 어떠한 의미를 갖는 것일까.

> 신개념 워드 프로세서를 사용하며 나는 모범적인 문장, 신선하지만 무난한 표현, 적당한 감동이 무엇인지 배웠습니다. 나나 당신이나 우리들이 원하는 것은 언제나 '적당히' 신선하고 '적당히' 충격적인 것이라는 것도 아니라고, 당신은 부정하고 싶은가요? 천만의 말씀입니다. 적당하지 않으

면 나나 당신은 부담을 느낄 겁니다. 만고의 진리를 깨닫고, 그걸 받아들인 덕분에 내 책은 베스트셀러가 될 수 있었습니다. 별로 믿고 싶은 일은 아니지만 다른 베스트셀러들도 신개념 워드 프로세서로 작성되었을 가능성이 아주 높습니다.(김현영, 「신개념 워드 프로세서」, 『작가』 2000년 봄호, 297~298쪽)

근대 이후 육필(肉筆)의 아우라(Aura)는 책에서 사라지게 된다. 저자명이라는 기호를 제외하면, 책의 원천으로 귀속시킬 수 있는 대상은 찾기 어렵다. 게다가 그 과정이 진행된 어느 시점에서부터 작가는 더이상 'write'의 주체가 아니라 'word'를 'process'하는 존재가 되어버린다. 마치 식자공처럼 컴퓨터 자판의 자음과 모음을 찍어올려 모니터에 문장을 조판한다. 타이핑의 과정 속에서 애초에 불투명하게 머릿속을 맴돌던 이야기들은 활자의 형태를 띠고 모니터 위에 표시된다. 문법과 구두점들과 서사형식들은 머릿속에 존재하던 육필의 초고를 활자화된 새로운 판본으로 자동적으로 바꾸어준다. 활자화되는 순간, 머릿속의 초고는 이미 체계의 충실한 수단인 이 도구들에 의해 자신도 모르는 사이 새로운 형태로 탈바꿈되어 있다.

그러나 이 수단들의 이면에는 익명의 주문자가 존재한다. '나'의 글쓰기를 추동하는 동력은 내면에서 솟구치는 체험이나 상상력이 아니라 글을 쓰고 있는 '나'에게 요구되는 체계의 주문이다. 역사적 시간을 거치면서 생산된 거대한 분량의 담론들을 이미 손아귀에 쥐고 있는 이 주문자는 '나'의 곁에서 좀더 색다른 것을 써보라고 참견한다. 때로는 한 편의 글을 내밀며 '이 대목에선 이걸 참조해보는 게 어때'라고 말을 건네기도 하면서. 이 '신개념 워드 프로세서'로 '나'는 글을 쓴다. 아무리 훌륭한 작품이라도 이 '신개념 워드 프로세서'에 의해 작성되지 않으면 세상의 빛을 볼 수 없다.

이처럼 문학의 성격 변화에는 문자, 그리고 글쓰기의 현실적 성격의 변화가 가로놓여 있다. 이런 맥락에서 보자면, '신개념 워드 프로세서'라는 소설 내의 비현실적 장치는 전통적인 글쓰기 방식과는 단절된 새로운 글쓰기 상황에 대한 반성적 의식의 표현이라 할 것이다. 글쓰기에 나타난 감수성의 변화는 작가 개인의 영역이 아닌 문학작품을 둘러싼 사회적 조건의 일부로서 미리 주어져 있다. 문학 또한 시장사회 속의 다른 상품들처럼 점점 더 새로운 취향과 감수성을 지닌 독자들을 상대하기 위해 스스로를 끊임없이 갱신해나가지 않으면 안 될 운명에 처해 있기 때문이다.

> 나-아무개가 백과사전이 부풀 때까지 뒤적여도 찾을 수 없는 것을 할아버지나 아버지는 가지고 있었다. 사관학교까지는 아니더라도, 아무 대학이라도 들어가고 싶어서 교과서를 외우고 있는 동안 그들은 생피가 뚝뚝 떨어지는 삶의 이력을 아무 갈피에서나 빼들었다. 피가 보이는데도 아픔은 멀리 있었다. 할아버지와 아버지가 가진 것을 이어 갖지 못한 나-아무개는 누구의 자식도 아니라고 생각했다.(김현영, 「팝콘보다 가벼운」, 『냉장고』, 문학동네, 2000, 191~192쪽)

이러한 문학적 글쓰기의 변화 이면에는 모종의 사회적 변화의 과정이 놓여 있다. 어느 시기까지 소설의 가장 중심적인 소재는 "생피가 뚝뚝 떨어지는 삶의 이력"이었다고 할 수 있다. 역사적 사건이나 가난의 경험이 일반적이었던 상황 속에서 삶의 이력의 제시는 문학적 체험의 공유항으로 기능할 수 있었기 때문이다. 이 기억의 서사에 의존하여 독자들은 자신의 체험 속에 자리잡은 삶의 이야기들을 현재로 불러낼 수 있었다.

그러나 역사로 신비화된 기억의 허구가 글쓰기의 원천으로 자리잡을 수 있는 입지는 갈수록 좁아지고 있다. 그러한 방식의 현실은 온갖 매체를 통해 이미 재현되었기 때문이다. 더구나 그것들은 기억 속에 음험하게 묻혀 있는 것이 아니라 비디오테이프로, 디스켓으로 언제든지 재생해낼 수 있기에 피가 보이는데도 아픔은 느껴지지 않는다. 이제 같은 이야기라도 새로운 방식에 의해 추구되지 않으면 안 된다. 그 결과 체험의 문자화를 통해 생성된 이미지들은 이미 체험 그 자체를 채우고도 남게 되었다. 그 과정의 끝에서 이미지들은 현실을 대체하기에 이른다. 생산된 이미지들은 이제 매체의 장르를 넘나들면서 새로운 형태의 증식을 감행한다. 무수한 일상의 체험과 하위 문화 양식들에 연원한 상상력들이 역사적 체험과 등가로서 소설 텍스트 내부에 침입하게 되는 현실적 근거를 여기에서 발견할 수 있다. 소설 장르는 이제 내면 깊숙이 자리잡은 역사적 체험으로서의 기억이 아니라 텍스트화된 시뮬라크르로서의 현실과 마주하기에 이른다.

2-2. 텍스트로서의 현실

주체의 세계에 대한 이해는 직접적으로는 감각적 경험에 의존하며 간접적으로는 언어적으로 구성된 텍스트를 통해서 이루어진다. 이때 감각이라는 것 또한 '나'의 언어 시스템 속에 이미 존재하는 인식에 의해 규정된다. 인식과 분리된 순수 감각이란 존재하지 않기 때문이다. 더구나 쉼없이 쏟아져나오는 정보에 포위된 현대적 상황 속에서 '현실'은 미디어에 의해 'format'된 채로 텍스트의 일종으로 우리에게 제시된다. 미디어는 우리에게 정보를 제공하는 매개체일 뿐 아니라, 현실의 상(像)과 그것과 결부된 욕망까지도 공급하는 기계이다.

만약 키 6.5m짜리 일본 전국 시대풍의 화염 뿜는 사무라이를 보고 싶다면 비디오 〈브라질〉을 보면 된다. 만약 악어를 한입에 삼키는 아마존 왕뱀을 보고 싶다면 KBS의 〈재미있는 동물의 세계〉를 틀어놓고 마냥 기다리면 된다. 『좀비』라는 소설을 읽다보면, 초보적인 뇌수술 기술에 대한 19세기 중반의 텍스트가 20세기 말의 한 온순하고도 끔찍한 연쇄 살인범에게 어떤 방식으로 오용될 수 있는지 이해할 수 있다. 다 도서관의 잘못이었

다.(백민석, 「캘리포니아 나무개」, 『16믿거나말거나박물지』, 문학과지성사, 1997, 13쪽)

어느 시기 이후 소설의 허구성에 대한 새로운 인식이 하나의 경향으로 자리잡고 있음을 볼 수 있다. 소설 텍스트를 통해 현실을 반영한다는 믿음에서 벗어나, 허구의 능동적인 성격을 통해 현실에 대한 태도를 드러내는 방식이 곧 그것이다. 특히 최근 실험적인 젊은 작가들이 보여주는 경향의 하나로 가상현실의 소설 내부로의 도입이 두드러진다. 이때 가상현실은 허구와 실재의 명백한 이분법적 대립이 은폐하는 현실의 새로운 층위를 징후적으로 소설 속에 도입하기 위한 장치로서 기능한다. 그럼으로써 미디어에 의해 생산된 문화적 기호들이 현실을 텍스트화하고 나아가 우리의 삶과 실재를 규정하고 영향력을 행사하는 현대사회의 메커니즘이 분석의 대상으로 떠오르게 된다.

피험자는 자기 자신에 대해 이런 관념을 갖고 있었다. 고등학교 졸업반이 되자마자 서핑을 배워, 말리부 해변에서 멋쟁이 서퍼 노릇을 해보는 것이 꿈인 소박한 청년 주인공은 비록 서퍼는 되지 못했지만 대신 요트를 배운다. 멋진 요트 한 척을 장만해 말리부 해변에 한번 띄워보는 게 꿈인 여전히 소박한 청년. (……) 피험자는 자기 자신에 대해 이러한 설계된 관념을 갖게 된다. 유치장에 갇힌 나. 온통 흑백 풍광이고, 셔츠 자락엔 창살 가로막대 그림자들이 썩은 핏물처럼 흘러내린다.(백민석, 『불쌍한 꼬마 한스』, 현대문학, 1998, 58~59쪽)

과잉생산된 문화적 기호에 의해 지배된 삶 속에서는 오히려 실재보다 기호 그 자체가 삶에 대한 규정력을 갖는다. 넘쳐나는 문화적 기호들의 홍수 속에서 주체는 텍스트화된 관념적 현실을 수동적으로 공급받는다. 텍스트화된 현실이 실재의 현실을 뒤덮고 은폐한다. 주체는 체계가 주입하는 정보들로 스스로를 구성한다. 주체는 각자의 가치를 주장하는 상반된 관념에 의해 분열되기에 이른다. '이중관념 제조기' 라는 소설적 장치는 이와 같은 분열을 주체에게 강요하는 체계의 메커니즘을 상징적으로 드러내고 있다. 그렇다면 이 텍스트적 현실과 관념화된 주체로부터 벗어날 수 있는 출구는 없는가.

> 그건 아주 작은 구멍이라고. 그건 아주 작은 한 구멍이라서 눈을 크게 뜨고 바라봐야 한다고. 놓치기 쉬우니 한시도 한눈을 팔아선 안 된다고. 주시하고 있어야 한다고. 마음을 놓아선 안 된다고.(백민석, 「아주 작은 한 구멍」, 『21세기문학』 2000년 여름호, 276쪽)

백민석의 근작들은 텍스트화된 현실로부터 벗어나고자 하는 시도를 상징적으로 보여주고 있다. 그것은 때로는 '아주 작은 한 구멍' 으로, 그리고 때로는 '검은 초원의 한켠' 으로 존재한다. '무어라 불러야 할지 알 수 없는 전조' 로서 존재하는, 일상화된 주체로서의 '나' 의 자의식을 환기하는 그것들은 '나' 가 속해 있는 텍스트화된 현실의 타자로서 놓인 미세한 출구를 표상한다.

2-3. 의미체계로서의 일상

소설 담론은 근대사회의 합리적 질서로부터 배제된 가치들에 눈을 돌림으로써 사회 그 자체에 대해 비판적 성격을 획득할 수 있게 된다. 그러나 소설 또한 그러한 미적 가치 설정으로 인해 의미 그 자체로부터 자유로울 수 없기에 이데올로기적 성격을 필연적으로 갖지 않을 수 없다. 이러한 이율배반성은 근대 이후 자율화된 예술이 갖는 불가피한 아포리아이다.

현실에 대한 모방으로서의 예술작품은 그것이 현실 그 자체에 대한 가상임에도 불구하고 마치 현실인 듯 자신을 내세우고 있다는 점에서도 필연적으로 이데올로기적 성격을 띨 수밖에 없다. 미적으로 구성된 허구로서의 예술작품이 갖는 이데올로기적 성격이 바로 여기에 놓여 있다. 현실의 무차별성의 세계를 의미론적 계기를 통해 통합하는 장치가 곧 허구로서의 작품인 것이다.

나는 의미에 대한 믿음을 거의 상실했어, 아직 남아 있는 믿음을 마저 없애는 것이 나의 유일한 남은 과제일 거야, 하는 생각을 하며 그는 어두운 골목으로, 그리고 그보다 더 어두운 내면 속으로 걸음을 옮겼다.(정영문, 「혼란」, 『검은 이야기 사슬』, 문학과지성사, 1998, 94쪽)

일상은 공적 담론이 은폐하는 사소한 것의 진실을 드러냄으로써 그것을 배제하고 있는 합리적 체계에 대해 비판적 거리를 획득한다. 하지만 이 일상 또한 그것에 지속적으로 의미가 부여되면서 그 자체가 하나의 의미체계로 성립된다. 그러므로 전통적인 서사형식에 대한 해체는 이 일상에 내재된 의미의 해체와 병립한다. 의미의 해체를 통해 의미화되지 않은 '어두운 골목'과도 같은 의식의 잉여 영역이 암시된다.

나는 잠시 이제 어떻게 해야 좋을지 판단이 서지 않는 투로 두 팔을 축 늘어뜨린 채로 우두커니 서 있었는데, 그것은 어떻게 해야 좋을지 판단이 서지 않았기 때문이다, 아니 전혀 판단이 서지 않는 것은 아니었지만 그럼에도 좀더 신중하게 생각을 해보는 것이 좋겠다고 생각했기 때문이다, 아니 아니, 반드시 그런 것만도 아니었다. 어쩌면 그렇게 잠시 우두커니 서 있는 것도 나쁘지 않다고 생각했기 때문이다.(정영문, 「미소」, 『검은 이야기 사슬』, 148~149쪽)

단어와 문장은 그것이 지시하는 대상 가운데 한 측면을 외부화하는 한편, 외부화되지 않은 대상의 다른 측면을 은폐한다. 단어와 문장이 대상에 대한 미메시스가 되지 못하고 이데올로기적인 성격을 띠게 되는 것은 이 때문이다. 그렇다면 이와 같은 단어와 문장의 이데올로기성을 해체하기 위해서는 '균열을 요구하는 단어'와 '스스로 의미의 사라짐을 목격하는 문장들'이 요구될 수밖에 없다. 그 자체에 양가성을 지니는 내적 모순의 언어들이 그것이다. 스스로 그 의미의 결정을 지연시키면서 번복되는 문장들은 생각들 사이를 떠돌며 고정된 의미로 결정되지 않는 대상의 다의성을 펼쳐 보인다.

> 나는 좀더 잠을 청하고 싶었지만 정신은, 그럴 필요라도 있다는 듯 조금씩 맑아졌고, 정신이 맑아짐에 따라 전날 마신 술기운 때문에 머리가 아픈 것이 분명하게 느껴졌지만 무슨 이유에서 술을 그렇게 마셨는지는 하나도 기억이 나지 않았고, 그래서 나는, 편리하게, 그럴 만한 이유가 있었겠지, 하는 생각을 했다.(정영문, 「위안 없는 생」, 『나를 두둔하는 악마에 관한 불온한 이야기』, 세계사, 2000, 113쪽)

정영문의 소설에서 서사는 진행을 거부한 채 출발점 주위를 맴돈다. 끊임없는 대화로만 텍스트가 구성되는가 하면, 각각의 장면들은 인과성을 거부한 채 연상에 의해 비약적으로 연결되기도 한다. 그리하여 언어들은 마치 의식의 펜 끝에서 자동적으로 흘러나오는 것처럼 보인다. 의식은 사물 그것처럼 해부되어 조각조각났다가는 다시 얽혀 쉼표로 연결된 중얼거림으로 옮겨진다. 주체라는 근원적 의미로 환원되지 못한, 그리하여 인간다움이라는 핏기가 없는 독백들은 인간 속에 내재하는 사물의 세계로 시선을 열어놓는다. 인간이라고 규정된 의미의 체계가 해체된 지점에서 발견되는 이 본원적 지층은 사회체 이면에 존재하는 현실의 새로운 층위라고 할 것이다.

2-4. 기호체계로서의 사회

사물의 가장 고유한 성질은 그 기능이라고 할 수 있다. 자연상태의 사물이나 혹은 인공적으로 생산된 사물은 그 사용가치에서 그 정체성을 찾는다. 그러나 현대사회 속에서 사물의 지위는 그것의 기능에 국한되지 않는다. 그것은 차이의 체계 속에서 교환가치를 지닌 소비 대상이며, 그러하기에 욕망의 투여 대상이다.

쓰레기장을 조사하여 그 지역에 사는 사람들의 생활실태를 알아보는 '가볼러지(garbology)' 라는 사회학의 수법이 있다는 것을 책에서 본 적이 있다. 애매모호한 설문지보다는 쓰레기장을 뒤지는 것이 더욱 확실한 방법일 것이다. 쓰레기는 거짓말을 하지 않는다. 쓰레기야말로 숨은그림찾기의 모범답안이다. 남자는 진열대 사이사이를 돌면서 그런 생각들을 하고 있었다.(하성란, 「곰팡이꽃」, 『옆집 여자』, 창작과비평사, 1999, 188쪽)

하성란의 소설 속에서 사물들은 욕망의 투여 대상이자 욕망의 발생 근거이며 또한 욕망의 현실적 존재방식이다. 그는 추상적 욕망 대신 사물 위에 가라앉은 구체적인 욕망, 사물화된 욕망을 언어로 일깨운다. 그곳에서 사물들은 기능에 의해 규정되는 것이 아니라, 오히려 하나의 기호로서 삶을 규정하고 있다. 위의 소설 속에서 쓰레기 봉투는 기능이 폐기된 사물들이 버려진 것이 아니라, 삶의 기호들의 집합으로 제시되고 있다. 이른바 'garbology' 의 근거가 거기에 있다. 사물의 표면이 기능이라면 그것의 심층은 바로 기호이다. 그러나 그것은 기호에 그치는 것이 아니다. 기호는 현실로서 존재하며, 현실은 바로 그러한 기호들의 체계에 다름아니기 때문이다.

백미러로 볼 수 없는 사각지대를 보기 위해 자동차 내부의 창에 굴절이 심한 '보조 백미러' 로 불리는 작은 거울을 부착하기 시작했다. 사각지대는 결코 운전자들만 경험하는 것은 아니다. 빛과 그림자처럼 각이 있는 모든 곳에는 사각지대가 생기게 마련이다. 매장 직원들 사이에서 남자는 '보조 백미러' 로 불린다.(하성란, 「당신의 백미러」, 『옆집 여자』, 144쪽)

문제는 기호로서의 사물들의 체계가 그 고유성으로 구성된 것이 아니라 차이의 체계로 이루어져 있다는 점이다. 소외와 소통 부재의 문제가 발생하는 것 또한 이 지점이다. 바로 이 차이의 심연 속에 욕망이 존재한다. 욕망은 애초부터 있었던 것이 아니라 바로 이 차이에 의해 새롭게 생성되는 것이다. 위의 소설 속에서 남자는 판매와 구매가 서로 만나는 매장의 사각지대에 놓여 있다. 여자는 남/여 차이의 가운데에 스스로의 운명을 저당 잡힌 존재이다. 남자는 여자에게서 '사각지대' 를 발견한다. 둘의 욕망이 서로 만나는 것은 바로 이 공유항을 매개로 해서이다.

그러나 기호의 체계는 결코 자기화될 수 없으며, 또한 그것으로부터 벗어나는 것도 가능하지 않다. 인간 스스로가 사회 속에서 기호로서 존재하기 때문이며, 그것이 곧 운명이기 때문이다. 기호의 벽을 넘어서고자 하는 욕망을 품자, 세계는 갑자기 커다란 벽이 되어 삶을 향해 덤벼든다. 그 벽은 곧 욕망을 끊임없이 기호화하고자 덤벼드는 기호체계로서의 사회이다.

하성란의 소설에서 욕망이 구체성을 띠는 것은 그것이 기호로 구성된 체계의 일부분인 사물이라는 물질적 대상에 기반을 두고 있기 때문이다. 그렇지 않을 경우 그 욕망은 신비화되거나 아니면 서사가 낳은 인공물이 되고 만다. 기호체계로서의 사물이 텍스트의 내부와 외부의 경계를 이어주며 허구 내에서의 욕망에 현실성을 부여하고 있기 때문이다.

2-5. 이미지로서의 역사

기억을 통해서 과거의 사건은 역사화된다. 그리고 이 과정에서 기억을 역사화하는 가장 중심적인 수단은 곧 서사(narrative)이다. 하지만 기억은 서사를 통해 현재화되는 순간 그 자체의 실재를 일종의 허구로 변형시킨다. 기억은 과거에 대한 일종의 해석이자 새로운 구성이기 때문이다. 기억의 서사를 통해 구성된 '현재화된 역사' 에 의해 배제된 '역사' 는 역설적으로 은폐되어버리고 만다.

이런 것 아세요? 이유 없는 고독은 기억 이전의 기억 때문이라고. 절대로 절대로 기억할 수 없는 기억 이전의 기억이 악마처럼 자라나 병을 만들죠. 그런 걸 갖고 있는 사람은 병이 든 채 이 세상을 살아가게 되고 건강한 사람들에게 모든 것에서 뒤처지게 돼요.(배수아, 「여점원 아니디아의 짧고 고독한 생애」, 『심야통신』, 해냄, 1998, 108쪽)

현실적 지시 대상으로의 환원을 거부하는 '기억 이전의 기억' 은 어둠 속에 몸을 웅크리고 있다. 불투명성의 근거가 여기에 있다. 이 불투명한 세계를 현재의 기억으로 환원시키지 않고 그 이전의 영역에 위치시키는 것, 그것은 곧 기억을 역사적 시공간이 아닌 탈역사적 무시간성의 공간으로 전이시킨다. 배수아의 초기소설에서는 이 탈역사적 무시간성의 공간이 현실을 뒤트는 환상의 이미지들을 통해 제시되고 있다.

이러한 '기억 이전의 기억' 이 세련됨으로 가장된 나르시스적 형상을 취하지 않고 인물들이 그 속에서 갈등을 펼치는 한 편의 서사의 형태를 취한다면 어떻게 될까.

경수는 좁은 마루를 사이에 두고 두 개밖에 없는 방의 한쪽으로 들어간다. 가족들의 대화는 서로 서걱거리면서 조심스럽게 불친절하다. 엄희만의 처는 부뚜막 한편에 놓인 아이스박스에 씻은 참외와 오이를 챙겨넣고 김밥을 넣는다. 그때 진숙이 변소에서 나왔다. 진숙은 엄희만의 외동딸이다. 염광여자상업학교를 나오고 필 무터스라는 무역회사에 다니고 있었다. 회사는 영동에 있었고 진숙은 왕복 세 시간을 콩나물버스에 매달려 출근하고 있었다. 월급은 괜찮은 편이었다. 진숙은 이 집안에서 유일하게 규칙적인 수입을 갖고 있는 존재였다. 진숙은 수돗가에 픽 주저앉아 푸푸거리며 짧은 세수를 마쳤다. 진숙의 피부는 거무스름하고 입술은 두껍고 목은 짧았다. 한창 나이의 처녀들과는 달리 웃음이 없었다.(배수아, 「우이동」, 『세계의문학』 2000년 겨울호, 125쪽)

현재화된 기억 속에서 과거는 그러한 과거를 역사화할 수 있는 이데올로기에 의해 새롭게 구성된다. 이 기억에서 이데올로기화된 역사를 제거할 때 비로소 '역사 이전의 역사'가 모습을 드러낸다. 소설 속에서 그것은 시간적 표지가 아니라, 인물들의 표정과 의식 속에, "서걱거리면서 조심스럽게 불친절"한 대화 속에, 그 이면에 놓인 억압의 표지들 속에 드러나지 않은 채 녹아 있다.

소설이 표현할 수 있는 역사의 층위는 다양할 수 있다. 이데올로기에 의해 억압된 역사를 그에 대립하는 이데올로기를 통해 인식하고 표현하는 것이 어느 특정 시대의 유력한 역사의 소설화 방식이었다면, 최근 작품들 가운데 일부는 그로부터 벗어나 새로운 역사의 소설화 방식에 대한 모색을 하나의 경향으로 보여주고 있다. 이러한 경향이 역사를 서사의 무대로 허구화하면서 현실에 대한 알레고리적 해석을 유도하는 방식과 구분되는 것은 그것이 역사를 현실에 대한 우화로 제시하지 않는다는 점에 있다. 현실에 대한 우화로서의 역사 또한 그 뿌리는 현실 속의 이데올로기에 놓여 있기 때문이다. 현재에 내포되어 있으되 주체의 신체와 기억 속에 분자의 형태로만 존재하는 역사의 미세한 입자들에 생기를 불어넣는 것, 여기에 소설의 새로운 역사화 방식의 가능성이 존재한다.

2-6. 이데올로기로서의 담론

문학 텍스트는 오로지 언어(담론)구조를 통해서만 사회와 관계 맺을 수 있다. 사회, 역사 혹은 현실은 언어적 차원의 문제와 결부되어 기호학적 층위에서 소설 속에 도입된다. 문학이 하나의 제도로서 기능적으로 분화된 사회 속의 가치체계의 하나로 자리잡은 이후, 문학과 현실은 그 내용상의 유사성이 아니라 그 구조 자체의 상동성으로 서로 관련을 맺는다. 문학이 마주하는 현실은 결국 텍스트화된 현실이므로, 문학이 추구하는 사회적인 것은 텍스트의 극단에서, 담론의 형식으로 그 모습을 드러낸다. 이 지점에서 소설 텍스트의 미적 가치와 사회적 가치는 서로 뒤섞이며 그 경계를 지운다.

하지만 그후로 재민은 예술대 화단에 서 있는 그 검은 기념비의 신성한 영역에 대해 회의를 품기 시작했다. 왜 같은 곳에서 떨어졌는데, 누구는 죽고 누구는 죽지 않는 것일까? 운명일까? 아니, 운명이라니. 운명 따위는 없다. 겨우 살아난 그 학생에게는 매정한 소리지만, 독재 타도를 외치다가 떨어지면 누구나 죽어야 한다. 예외가 있어서는 안 되는 것이었다. 하지만 예외가 있었다. 그 예외를 위해서는 준비된 기념비가 없었다. 그때부터 재민은 그 기념비에 대해 의심을 품기 시작했다. 과연 그 기념비는 솔직한 것일까?(김연수, 「구국의 꽃, 성승경」, 『스무 살』, 문학동네, 2000, 224쪽)

우연성의 세계에 규칙과 질서를 부여하는 것은 의미로 구성된 담론의 체계이다. 이 담론체계의 규칙이 과거에 적용될 경우 요구되는 것은 '기념비'라는 역사적 의미화이다. 그렇다면 이 '기념비'에 의해 은폐된 역사는 어떠한 방식으로 존재하는가. 그렇다고 그것을 우연성으로 다시 되돌릴 수는 없다. 여기에서 작가는 담론체계에 대립하는 우연성이라는 추상적 기호를 제시하기보다, 구체적인 역사적 감각 속에서 그에 대한 반성적 시선을 통해 도출된 회의의 형태로 담론체계의 보편성 주장에 의문을 제시하고 있다.

물론 반성과 비판의 균형이란 실체화할 수 없는 것이다. 기성 담론체계의 관성에서 벗어나면서도 반성이라는 명목하에 기성 담론체계의 정당성의 영역마저도 한꺼번에 과거화하지도 않는 균형감각은 실상 관념으로만 존재하는 것일 터이기 때문이다. 어떤 의미에서는 문학 담론이 발휘할 수 있는 가장 특권적인 영역이, 논리적으로는 구할 수 없는 이러한 변증법적 지양점을 탐구하는 곳에 놓여 있는 것은 아닐까.

문학 담론의 생산 주체가 운용하는 언어는, 한편으로는 그 외시적(dénotation) 기능에 의거하여 텍스트를 외부적 소통의 영역에 위치시키지만, 다른 한편으로는 그 공시적(connotation) 기능에 의해 일상적 언어로 회수되지 않는 상징성을 텍스트에 부여한다. 전자가 공적 담론의 표현자로서의 주체에 속하는 영역이라면, 후자는 담론 주체의 실존적 윤리적 영역에 그 뿌리를 두고 있다. 바로 이 문학 언어의 형상적 성격과 그것에 관여되어 있는 담론의 윤리성 혹은 자기 지시성(self-designation)이야말로 논리적으로 실체화할 수 없는 사건을 구체적으로 탐색할 수 있는 가능성의 근거라고 할 것이다.

> 수사로 확연해지는 이 경계선이 체제의 틀이 된다는 점은 놀랍기도 하다. 이런 경계선 바깥, 그러니까 여러 가지 종류의 타자들이 흩어지는 그 영역에는 거지, 부랑자, 장애인, 미친 사람, 간첩, 빨갱이, 전과자 등이 있었는데, 이 경계선 외부에 존재하는 것들끼리는 서로 비유가 가능했다. 낯선 부랑자는 간첩으로 의심받을 수 있었으며 포스터에서 간첩은 곧잘 쥐꼬리를 가진 인간으로 그려졌다. 빨갱이짓은 미친 짓이며 정신병자는 전과자처럼 사회와 격리시켜야만 하는 존재였다.(김연수, 「호모 사피엔스 사피엔스」, 『문예중앙』 2000년 겨울호, 146~147쪽)

이데올로기적 담론은 그 담론이 표현하고자 하는 대상에 내재된 이해관계를 은폐하고 스스로에게 보편성을 부여하고자 한다. 담론은 현실의 객관화를 목표로 삼지만 결코 현실 그 자체와 합치될 수 없기에 담론화의 과정에서 필연적으로 선택과 배제의 과정을 거치지 않을 수 없다. 그럼에도 불구하고 스스로를 직접적으로 타당한 것처럼 제시하면서 그 역사적 발생과 우연성을 문제삼지 않고 스스로를 현실과 동일시하는 담론은 필연적으로 이데올로기적 성격을 띨 수밖에 없다. 담론의 이데올로기는 가시적인 정치적 사회적 억압과 관계하면서도 그보다 더욱 심층적인 장소에서, 보다 근본적으로 체계의 틀을 이루고 있다.

따라서 담론의 보편타당성에 대한 요구는 그 담론의 의미론적 구조에 대한 자기 반성을 전제로 하지 않을 경우 그 의도와는 반대로 상투적인 공적 담론의 이데올로기적 주장으로 전락할 수밖에 없다. 여기에 발화주체가 자신의 의미론적 통사론적 행위에 대해 취하는 태도가 중요한 사항으로 떠오른다. 그것은 문학적 담론이 가장 대표적으로 보여주듯이, 담론 자체가 그것의 윤리적 정당성이 귀속되는 자기 관련적 주체에 깊이 연루되어 있기 때문이다. 문학 담론의 표현자인 이 자기 관련적 주체야말로 문학이 미적 가상에 머무르지 않고 현실에 대한 태도를 드러내는 가능성의 공간이라고 할 수 있다.

3. 문학작품의 구체적 현실성

어느 시기 이후 소설이 다루는 현실의 모습은 그 이전과는 썩 다른 것이 되어 우리 앞에 나타났다. 직접적인 현실 비판이 성스러운 가치를 지니는 시대는 지났다. 그와 같은 담론은 이제 저널리즘적 행태와 구분되지 않는, 그 자체가 비판되어야 하는 대상이 되어버렸다. 이러한 맥락에서 보면, 소설작품에 어떤 사태에 대한 분명한 정의와 판단을 요구하는 것은 따라서 시대착오적이라 할 것이다. 그 내부에 다양한 의미론적 편차를 지니고 있기에 스스로에 대한 담론적 반성을 거치지 않을 경우 필연적으로 이데올로기성을 띨 수밖에 없는 가치들에 집착하는 것이 바람직하지 않은 이유 또한 여기에서 찾을 수 있다.

오히려 문제는 이데올로기에 의해 점유된 가치의 잉여 영역의 존재를 환기시키는 데에 놓여 있다. 그것의 유력한 수단은 담론 내부에 도사리고 있는 이데올로기의 잔재를 자기 반성하는 작업이라 할 수 있다. 이데올로기화된 담론을 해체하고 새로운 담론의 형식 속에 현실을 도입하는 것이야말로 체계의 시스템에 저항하는 문학의 추상적 방향성이다.

최근의 소설적 경향이 보여주고 있는 표면상의 비현실성은, 그것이 실상 내포하고 있는 소설적 비판의 방식들을 고려한다면, 오히려 그 자신의 담론이 지닌 이데올로기적 성격을 반성하면서 새로운 층위의 현실을 작품 속에 도입하고자 하는 시도로서 파악할 수 있다. 그곳에는 텍스트화된 현실에 의해 이데올로기화된 주체성에 대한 반성이, 의미체계에 의해 지배된 일상에 대한 소설적 해체가, 기호체계로서의 사물세계 속에 내재한 욕망이, 이미지로서의 역사에 대한 인식이, 그리고 이데올로기로서의 담론에 대한 비판이 존재한다. 물론 이러한 항목들은 개별적으로 특정 작가에게 귀속되는 것이 아니라, 작가들이 공유하는 경향의 한 요소라고 할 수 있다.

새롭게 도입된 소설 속의 현실적 층위들은 소설 장르 자체의 이데올로기와 충돌한다. 이들의 소설이 불투명하고 난해한 것은 이러한 비판 작업의 성격 자체에 기인하는 것이다.

이들 소설의 난해성과 관념성을 두고 독자로부터 문학을 격리시킨다는 우려의 목소리도 있는 것이 사실이다. 물론 소설 또한 근본적으로 독자를 향한 것이고 그러하기에 실제의 독자에게 전달될 수 있는 소통의 노력 또한 소중한 것임은 분명하다. 하지만 그러한 노력은 값싸고 질 좋은 제품을 만들라는 소비자의 주문과도 같은 목소리에 대한 응답과는 구별되어야 한다. 수요와 공급의 법칙에 의거한 담론의 제시는 불가피하게 광고생산자의 언어를 닮아갈 수밖에 없기 때문이다. 오히려 "언제나 새로운 해석을 갈망하는 폐쇄성이 후세에 한 문장이나 한 작품을 건네주는 권위를 내세운다"(아도르노, 『한줌의 도덕』)는 명구를 떠올릴 필요가 있다. 새로운 해석을 갈망하는 폐쇄된 작품의 요구에 현실로 향한 출구 모색으로 응답하는 것, 바로 이곳에 문학작품의 구체적 현실성을 해석하는 비평의 자리가 놓여 있다.

(『문학동네』 2001년 봄호)

뒤돌아보지 않는 오르페우스
—새로운 시대의 글쓰기에 대한 단상

가면

문학작품의 근원에는 작가의 개인적 체험이 놓여 있다. 그것은 피의 불순함에, 설명할 수 없는 본능적 욕구에, 격렬한 깊이에, 기억들의 치열함에 연루되어 있다. 그것은 작가의 비밀스런 고독의 공간 속에 존재한다. 그것은 숨길 수 없는 자랑이자 드러낼 수 없는 부끄러운 상처이다. 그러하기에 드러내지 않고는 견딜 수 없되, 맨 얼굴을 그대로 드러낼 수 없다. 눈과, 입과, 코와, 이마와, 볼에 가느다란 혹은 두꺼운 선들을 그려 넣고 거기에 여러 가지 색을 입힌 가면으로 위장하지 않을 수 없는 이유가 여기에 있다. 그러나 동시에 그것이 가면임을 말하지 않을 수 없다. 허구이되 허구가 아니라고 말하지 않을 수 없다.

'Larvatus prodeo.' 롤랑 바르트가 말한바, 소설의 과거형과 삼인칭은 작가가 자신이 쓰고 있는 가면을 가리키는 운명적 제스처가 아닐 수 없다. 물론 과거형은 현재형으로, 삼인칭은 일인칭으로, 심지어는 작가의 이름 그 자체가 될 수도 있지만, 이 또한 변형된 가면, 오히려 더 전략적으로 구성된 가면이다. 이제 문학은 스스로의 손가락으로 더욱더 위장된, 피부에 덧씌워진, 혹은 피부와 구분되지 않는 가면을 가리키면서 앞으로 나아간다. 그것은 세계로부터 고립된 자아의 밀폐된 의식으로부터 출발하지 않을 수 없었던 현대적 글쓰기의 운명을 가리킴이다.

나

'글 쓰는 나'는 어디에 있는가. 언어는 '나'를 둘러싼 환경이다. 그것은 관습이자 규범이고 상식이자 이데올로기이다. 언어 속에서 '나'는 관습의 계승자이자 규범의 준수자이며 상식의 포로이자 이데올로기의 앞잡이다.

그런데 이 언어에 의해 추방된 '나'가 '나' 속에 있다. 언어라는 거울에 비춰진 '나'는 '나'와 닮았지만 악수할 줄 모르는 왼손잡이다. 그렇다면 언어에 의해 추방된, '나' 속에 은폐되어 있는 '나'를 드러내는 것이 글쓰기인가. 그러나 글쓰기는 이 감추어져 있는 '나'의 차원에서 이루어지지 않는다. 그 감추어져 있는 '나'는 누구도, 심지어 '나' 자신도 알지 못하는 것이며 스스로 선택할 수도 없는 것이기 때문이다.

선택이 이루어지는 장소가 바로 '글 쓰는 나'의 자리이다. 이때의 '나'란 누구인가. 지갑 속에 남은 돈을 세어보며 만용을 자제한 자신에 대해 안도하는 '나'인가? 아니면 정치적 대화에 공연히 흥분하곤 돌아서서 후회하는 '나'인가? 호기에 사로잡혀 책임질 수 없는 말을 내뱉고 나서는 이내 스스로를 책망하는 '나'인가? 글 쓰는 '나'는 이러한 '나'와는 전혀 다른 사람이다. '글 쓰는 나'는 '나'와 같은 이름을 사용하고 있지만 '나'를 표현하지 않는, '나'를 은폐시킴으로써 '나'를 표현하는 자이다. 우리는 그를 '작가' 라고 부른다.

두 개의 단절

'나' 와 단절된 '글 쓰는 나'. '글 쓰는 나' 는 사실은 현실 위에 존재하는, 역사적으로 유용한 글쓰기의 가능성 가운데 하나를 선택한 것이다. 그러하기에 어떤 의미에서는 '나' 가 '문체' 를 선택하는 것이 아니라 여러 '문체' 들 가운데 하나가 '글 쓰는 나' 를 선택한 셈이다. '글 쓰는 나' 의 '문체' 는 '나' 가 '상상적으로 자기화(assumption)' 한 정치적, 사회적, 문화적, 계층적 분류의 결과로 미리 주어진 것이다.

이 지점에서 스스로에게 문제를 제기하지 않을 수 없다. 언어를 도구로 언어라는 이데올로기에 저항할 것을 스스로에게 제기하지 않을 수 없다. '글 쓰는 나' 는 '글쓰기' 로부터 단절을 감행한다. 이데올로기로부터 필사적으로 벗어나려고 시도하는 이 순간, 글쓰기는 '영도(零度)' 를 지향한다. 그러나 지향만이 있을 뿐 지향점은 보이지 않는다. 지향점이 보이는 순간 이미 그것은 이데올로기로 변해버리기 때문이다. 마치 에우리디케를 돌아본 오르페우스의 운명처럼.

레종 데트르(raison d' être)

모리스 블랑쇼는 『미래의 책』에서 지고한 것이 아니라면 예술의 존재 이유란 없다고 말한다. 이 지고함의 양태들은 역사적 시간의 경과 지점에 따라 다르게 나타날 것이다. 사회역사적 상상력의 외연으로부터 체험의 깊이에 이르기까지. 그런데 역설적이게도 문학적 담론의 역사는 스스로의 문자적 가능성을 고양시키는 한편, 그러한 가능성을 고갈시켜왔다.

문자는 스스로를 더욱 복잡하고 난해한 세계로 이끌고 가면서, 그것이 지닐 수 있는 지배력을 스스로 단축시켜온 것이다. 그 결과 문자의 인플레이션 속에서 문자의 종말이 감지되고 있다.

문학이 영화, 만화, 방송 등과 나란히 문화의 한 장르로 되어버린 듯한 테크놀로지와 소비의 사회에도, 존경받는 작가와 칭송받는 책은 있다. 문제는 이러한 가치가 이미지와 광고에 의해 포위되어 있다는 점일 것이다. 유용함은 그 척도이다. 이 낯선 움직임을 따라가는 것처럼 보이는 오늘의 문학의 존재 이유는 무엇인가. 읽히지 않음에도 불구하고 지속적으로 씌어지는 글쓰기는 어떠한 계기와 동기로부터 연유하는 것일까.

블랑쇼는 다음과 같이 대답하고 있다. "예술은 현대 세계도, 기술의 세계도 부정하지 않는다. 그리고 이 기술에 의지하고 있는 해방과 변형의 노력도 부정하지 않는다. 그러나 예술은 표현한다. 그리고 아마도 모든 기술적이고 객관적인 성취를 선행하는 관계들을 수행한다"라고. 그러나 그러한 글쓰기의 존재 이유는 여전히 지고한 것으로 남아 있을 것인가?

문자

책을 읽는다는 것, 글을 쓴다는 것의 의미가 변하고 있다는 사실은 이미 현재시제가 되어버린 미래이다. 이러한 책읽기와 글쓰기의 성격이 변화한 바탕에는 문자의 성격 자체의 변화가 놓여 있다. 문자의 성격 변화라는 현상의 외부적 요인을 살피자면, 정보통신 기술의 발전으로 인한 이미지들의 거센 도전이 먼저 떠오른다. 비디오테이프와 디스켓, CD-ROM과 마이크로필름. 나아가 이것은 문자로 기록될 수 없는, 유전적 정보를 포함한 모든 사물과 사건을 디지털 코드화하는 프로젝트의 등장을 포함한다. 이제 문자는 시니피에를 표상하는 시니피앙이 아니다. 그것은 음성과 사물로 반드시 환원되지는 않는, 보다 넓은 기호 개념의 일부분이다.

이러한 문자의 성격 변화는 어떠한 역사적 원인에 귀속되는 것이 아니라, 그 자체가 역사적 과정의 한 계기이다. 그러므로 원인을 수정함으로써 되돌리거나 그 흐름으로부터 벗어날 수 있는 것은 아니다. 마치 문자가 음성에 가하는 폭력을 인식한다고 해서 문자의 생성이라는 사건 자체를 이전으로 환원시킬 수 없는 것과 마찬가지로. 문자는 음성에 대한 폭력임과 동시에 그것으로부터 파생된 필연적인 진화이기 때문이다. 그것과 마찬가지로 문자의 성격 변화는 현실 그 자체의 조건이며 그러하기에 거부하거나 거스를 수 없는 흐름이다.

바깥

이제 문자는 음성언어에 대한 대리 보충적 지위에서 벗어나, 음성언어를 포괄하는 문자 일반으로 확대되기에 이른다. 유전자 정보 또한 읽는 것이기에 이 확대된 문자 개념의 일부에 포괄된다. 목소리의 질서와 무관한 신체 동작이나 나아가서는 정치적 행위와 같은 추상적 행위들 또한 표기 일반의 체계 속에 등록된다. 데리다는 이러한 확대된 문자 개념을 에크리튀르라고 지칭하고 있다. 말하자면 세계 자체가 에크리튀르의 텍스트인 것이다.

그렇다면 텍스트의 바깥은 있는가. 설사 텍스트의 바깥이 있다 하더라도, 물론 분명히 있지만 그것은 인식할 수 없는 어둠이다. 그 어둠은 문자와 더불어 인식된다. 인식의 순간 그 어둠은 이미 텍스트의 일부가 된다. 니체가 말한바, "글쓰기는 우리의 사유와 더불어 작동하는 것(Unser Schreibzeug arbeitet mit unseren Gedanken)"이기 때문이다. 그러하기에 텍스트의 바깥은 없다.

데리다의 저서 『그라마톨로지』의 문제의식은 이와 같은 문자의 성격 변화와 더불어 등장한 역사적 상황에서 비롯하고 있다. 인간과 기계를 구분하는 형이상학적인 개념들(영혼, 생명, 가치, 기억, 선택 등)이 무화되는 지점에서 문자의 운명은 어떠한 방식으로 전개될 것인가.

문자와 문자의 근원을 이루는 것으로 여겼던 영혼, 의식 사이의 대립은 소멸된다. 그 대신 텍스트의 안과 밖이 있을 따름이다. 그것은 인간적인 것의 총체와 자연 사이의 대립에 대응된다. 그럼에도 불구하고 텍스트 바깥에서 텍스트 안쪽을 비판하거나 텍스트 바깥으로 나아갈 수는 없다. 바깥의 의미는 늘 바깥쪽을 벗어나서 갇혀 있는 안쪽에 있었기 때문이다.

스크립터(scripteur)

문자의 성격 변화는 문학에 있어서 작품이라는 전통적 개념에도 변화를 가져온다. 텍스트 개념의 등장을 그 가운데 하나로 들 수 있다. 텍스트 개념에서는 작품 개념에서의 저자는 소멸된다. 저자의 존재를 설정할 경우, 저자는 항상 그 책의 과거로 간주되어왔다. 책을 위해 생각하고, 괴로워하고, 살아가는 것으로, 그는 마치 아버지와 자식의 관계에서처럼 자신의 작품에 대해 선행적인 관계를 지닌다. 그러나 텍스트 개념에서 작가는 사라지고 대신 필사자(scripteur)만이 남는다. 필사자는 작가와 달리 텍스트와 더불어 동시에 태어난다. 그는 자신의 글쓰기에 선행하는 잉여적인 존재를 갖지 않는다. 거기에는 단지 언술 행위의 시간만이 존재하며, 모든 텍스트는 영원히 '지금-여기'에서 씌어진다.

이러한 관점에서 보자면, 세계 자체가 기호들이 씨실과 날실이 되어 짜여진 하나의 텍스트이다. 이와 같은 직물(texture)은 차이와 흔적들의 체계로서 드러난다. 흔적은 의미의 근원이다. 이것은 곧 의미의 근원이 부재함을 의미한다. 현실적인 어떤 것으로 여겨지던 자리에는 결국 에크리튀르만이 있을 따름이다. 그러니 텍스트를 벗어나 존재하는 것은 없다.

작가는 하나의 언어 속에서 그리고 하나의 논리 속에서 글을 쓰는데, 그 담론은 본질상 그 체계와 고유한 법칙들과 생명력을 절대적으로 지배할 수 없다. 작가는 일정한 방식으로 또 어느 정도까지 체계에 의해 지배되도록 자신을 방치할 때만 비로소 자기 담론을 사용할 수 있기 때문이다.

그러니까 글을 쓴다고 할 때, 그 사람이 쓰는 글이란 그 사람의 위치로부터 도출되는 법이다. 그 사람이 어떤 세대에 속하는지, 어떠한 정치적 집단에 속해 있는지에 따라, 곧 그가 던져져 있는 혹은 상상적으로 동일시하는 위치로부터 글쓰기의 성격이 규정된다. 이러한 규정으로부터 쉽게 자유로울 수는 없다. 하지만 그러한 사람에게 겉으로 드러나지 않는 내밀한 부분이 없겠는가. 예컨대 정치적 문학을 주장하는 사람이 있다고 치자. 이 사람으로 하여금 문학으로 이끈 유년, 혹은 청년 시절의 경험이 과연 현재에 주장하고 있는 정치적인 성격의 문학이었겠는가. 그것은 모두 극복되고 그래서 이제는 사라져버린 것이겠는가. 아마 그렇지 않을 것이다.

그러니까 '글쓰기'를 하지 않고 '글을 쓰는 것', '글쓰기'의 차원에서 행해지는 어쩔 수 없는 허위와 가식을 두려워하지 않는 것, 그것이 바로 바르트가 말하는 '글쓰기의 영도'이다. 그러나 세계와 자아의 갈등이 존재하는 한, 그리고 그러한 갈등으로 인한 자아의 분열이 필연적인 한, 글쓰기의 영도는 이루어지지 않는다. 우리가 행하는 모든 글쓰기 또한 이와 같은 한계 속에 놓여 있을 것이다.

안

바르트, 블랑쇼, 데리다 등의 사유에서 발견할 수 있는 문자 개념의 변화와 텍스트 개념에 의거한 글쓰기의 문제, 그리고 현대적 글쓰기의 성격과 존재 이유에 대한 논의는 새로운 시대의 새로운 글쓰기에 대한 사유의 흔적들이라 할 수 있다. 그렇다면 우리의 현실 속에서 새로운 글쓰기에 대한 논의는 어떠한가?

이 점을 고찰함에 있어 먼저 생각하지 않을 수 없는 사실은 새로운 글쓰기는 새로운 글쓰기를 통해서만 제시될 수 있다는 아이러니이다. 새롭지 않은 언어로, 새롭지 않은 문체로 새로움을 이야기할 수 없는 까닭이다. 그러니까 결국 새로운 글쓰기에 대한 방책으로서의 논의란 무슨 소용이 있겠는가. 탈식민성이라는 추상적 당위가 해체와 전통의 허구적 대립의 중간에서 절충을 시도하는 상식적 논의 이상으로 나갈 수 없는 것은 이러한 맥락에서이다. 결국 공허한 당위론으로 귀착되는 계몽적인 글쓰기 방식은 상식적인 사실의 환기 이상의 의미를 가질 수 없지 않을까.

지적 사기?

많은 경우 글쓰기에 대한 논의의 기반이 서구의 글쓰기 이론에 바탕을 두고 있다는 사실은 부정되기 어렵다. 동양적, 전통적인 것에 대한 관심 역시 근본적으로는 이 범주에서 벗어나는 것은 아니다. 문제는 서구의 신식 이론들이 제시하는 글쓰기에 대한 사유를 읽고 이해하는 것과, 그러한 글쓰기를 우리의 언어로 실천하는 것은 별개의 차원이라는 점이다. 곧 언어를 기호의 차원에서 운용하여 번역할 수는 있으되, 그것을 우리 언어로써 표현하는 것은 일순간에 이루어지지 않는다는 사실이다. 백 년 전에 태어난 김동인이 "머릿속으로 구상하던 소설들은 모두 일본말로 상상하던 것이라 조선말로 글을 쓰려고 막상 책상에 대하니 앞이 딱 막힌다"고 했던 고백을 새삼 떠올리게 된다. 열심히 서구의 이론들을 무릎을 쳐가며 읽고 우리의 현실을 돌아보며 생각을 거듭해도 정작 글쓰기에 이르면 앙상하고 상투적인 논조로 귀결되는 것은 무엇 때문일까. 연구자 혹은 비평가의 능력 탓일까. 아니면 어느 철학자의 말처럼 철학이란 요약될 수 있는 것이 아니기 때문일까. 어쨌든 이러한 문제들이 서구적 방법론에 대한 반성이라는 주장만으로 해결될 성질의 것이 아니라는 점만은 분명한 것이 아닐까.

이런 관점에서 보자면 서구 지향적 담론에서 벗어나야 한다는 주장은 틀리지 않을 수는 있어도 현실적인 글쓰기의 대안이라고 보기는 어려울 것이다. 사유할 수 있는 도구 없이 사유하는 것 자체가 가능하지 않기 때문이다. 표면적으로 이론을 거부하는 듯하지만, 그것은 결국 이데올로기나 공허한 수사로 채워지는 것을 피할 수 없다. 물론 이러한 주장이 이론에 대한 설익은 이해나 이론에 대한 맹목성을 지적하는 방법적인 차원이라면 의미가 없는 것은 아니나 그것은 전혀 다른 차원의 문제라고 해야 할 것이다. 최근 유럽 중심의 후기 구조주의적 사상 경향에 대해 그것이 '지적 사기'임을 논박한 사례가 있었지만, 저널리즘적인 선정성의 포장을 벗겨내고 보면, 그것은 기껏해야 과학적 지식을 인용함에 있어 다소 불충분한 근거를 지적하는 소박한 문제제기에 머무르는 것이다. 문제는 이론의 과잉이 아니라 이론의 빈곤이다. 단순화의 유혹이 아니라 복잡성의 생산이다.

체계

시스템은 모든 욕망을 수목적으로 구성하여 체계 안에 가둔다. 그렇게 하여 구성된 욕망이 우리 사유와 글쓰기에까지 공급된다. 심지어 시스템은 우리의 습관과 심지어는 꿈속에까지 스며들어 있다. 시스템은 더욱 미세하게 분할된 시간을 자신의 지배 수단으로 삼는다. 그러하기에 속도는 체계가 추구하는 중요한 가치의 하나이다. 누구에게도 게으를 수 있는 권리는 없다. 라파르그의 말처럼 오늘날에는 여가조차도 강요된 노동의 일부이다.

그러니 체계에 대한 비판마저도 체계가 요구하는 한 기능일 수 있다. 체계는 무기를 생산하며, 군축을 논의하게 하며, 군비 증강을 반대하는 데모까지 조직한다. 자본을 가동시키는 한편에서 격렬한 노동쟁의를 지시한다. 각각의 부분은 체계 속에서 맡은바 기능을 충실하게 수행하고 있다.

문제는 체계로부터 부여받은 이 언어와 욕망으로 체계 바깥을 꿈꾸는 것, 욕망을 움켜쥔 체계의 손가락 사이로 비어져나오는 욕망의 흐름을 파악하는 것이다, 라고 말할 수 있다.

그러나 이러한 관념은 체계의 바깥인가? 허리에서는 체계가 채워놓은 호출기가 진동하고 있다.

크로스오버(cross-over)

역시 근본적으로는 서구에 있어서의 글쓰기 논의를 통해 도출된, 이른바 가로지르기 혹은 영역 넘나들기를 표방하는 글쓰기가 대안적인 방식의 하나로 제시되곤 한다. 그러나 이 경우 막연하게 두 장르를 연결하는 것이 그 본래의 정신일 수는 없을 것이다. 영역 넘나들기의 의미는 새로운 영역을 발견하고 그것을 추구하는 데에 있기 때문이다. 그러니 어설프게 문학과 영화를 결합하는 것만으로 영역 넘나들기의 의미가 획득될 수 없음은 물론이다. 이러한 사례는 장르의 벽에 의해 가려져 있던 새로운 공간을 발견하는 것이 아니라, 오히려 장르의 존속을 강화하는 것에 다름아니기 때문이다. 장르라는 수목적 질서에 의해 수립된 체계에 포괄되지 않는 타자들을 발견하는 것, 여기에 크로스오버의 진정한 의미가 놓여 있다.

탈주

탈주는 장르 아래에, 체계 속에 포괄되지 않는 새로운 흐름들의 생산을 바라보는 것이다. 그러므로 탈주의 주체는 현실 속의 생산의 흐름이다. 흐름들은 이미 체계를 이루기 이전에 작동하고 있다. 체계는 체계를 위협하는 새로운 욕망을 생산하는 한편, 그 욕망들을 다시 체계의 코드로 포섭한다. 그러므로 탈주란, 엄밀한 의미에서, 체계의 부정이 아닌 체계에 대한 인식이다. 그러므로 체계 바깥에 대한 관념적 담론 또한 어떤 의미에서는 체계의 구성일 수밖에 없다. 탈주가, 체계를 부정함으로써 체계 바깥에 다른 체계를 세우고, 결국 체계의 일부분을 점하게 되는 이러한 관념적 부정이나 아나키즘과 동일시될 수 없는 것 또한 이 때문이다.

포스트모던의 조건

사물의 세계가 있고 기호의 세계가 있다. 처음에는 표정과 몸짓에 불과하던 기호가 음성으로 바뀌고, 또 형상으로 문자로 그 형태를 발전시킨다. 그리고 문자기호를 통해 현실을 모방함으로써 글이 생겨난다. 물론 음성으로부터 문자가 생겨나는 과정에는 일종의 폭력이 개입한다. 문자가 표현하지 못하는 목소리가 있기 때문이다. 플라톤이 『파이드로스』에서 말하고 있는 에피소드는 문자에 대한 이러한 견해를 보여주는 대표적인 사례라 할 것이다. 거기에서 타무스(Thamus)는 토이트(Theuth) 신이 인간에게 석판과 판화에 영혼을 그릴 수 있는 방법을 가르쳐주었기 때문에 인간은 다시는 생각과 기억을 계발할 수 없게 되었다고 말한다. 이와 같은 음성 중심주의의 바탕 위에서, 문자, 그리고 그것의 체계인 글은 음성을 대리하는 이차적 질서의 위치를 부여받는다. 그것은 본질일 수 없고 본질에 대한 모방일 따름이다. 형이상학적 대립의 체계가 세워지는 토대는 바로 이러한 음성 중심주의이다. 이 토대 위에서 본질을 더 잘 모방하기 위한 기호들이 양산된다. 기호들은 필사적으로 본질에 다가서려 하지만, 본질은 닿을 듯하면서도 기호를 비껴나간다. 그래서 더욱더 많은 기호들이 생겨나게 된다.

이제 기호는 사물에 대한 모방이 아니라 기호에 대한 모방이 된다. 기호가 기호를 낳고, 기호가 하나의 자율적 체계를 이루고, 그리고 기호가 하나의 제국을 이룬다. 나아가 기호가 현실을 생산한다. 문자가 생성한 역사의 가능성은 새로운 국면을 맞이하고 있다.

자음과 모음으로 이루어진 음성문자의 체계가 상형문자가 표상하는 마술적 신화적 세계의 종말을 초래했다면, 디지털 코드는 문자의 선조적(linear) 세계를 잠식해들어가고 있다. 음성문자는 상형문자가 처했던 운명에 놓이게 될 것이다. 그리고 이러한 추세는 지속적으로 가속화된다. 이러한 변화 속에서 우리가 잃을 것을 두려워하는 '비판'이라는 가치 또한 새로운 방식의 어떤 것으로 대체되리라. 이러한 변화 속에서 글쓰기의 운명은 암울한 것인가. 아니면 새로운 시대, 곧 포스트모던의 조건일 뿐인가.

흐름

미래는 이미 성립된 규범성과 절대적으로 단절된 무엇이라고 데리다는 말한다. 그러하기에 미래의 글쓰기는 물론이고, 새로운 글쓰기에 대해 말한다고 해도, 그것은 근본적으로는 현재의 가치 중의 하나를 선택하는 것에 지나지 않는다. 그러므로 글쓰기의 방향은 이야기할 수 없다. 다만 현재에 그 징후를 드러내고 있는 앞으로 올 세계를 뒤쫓는 사상의 방황만이 있을 따름이다. 이것은 물론 흐름을 거스르는 것이 아닐뿐더러, 미리 예단된 입장으로 흐름을 앞당긴다고 주장하는 것도 아니다. 다만 이 흐름을 발견하는 것, 그리고 그것을 분석하는 것이 문제일 것이다. 그리고 그러한 방황 또한 언어를 통해 수행될 수밖에 없다. 그러하기에 그것은 결국 언어 안에서 언어와 투쟁하는 작업을 보여주는 글쓰기일 것이다. 하지만 이 얼마나 큰 역설인가. 타도하려는 대상을 무기로 삼는다는 것은.

(『내일을 여는 작가』 2000년 봄호)

새로운 상상력과 욕망의 층위
—새로운 문학적 코드의 등장에 대한 단상

1. 메워지는 홈의 깊이

소설이 부르주아 시대의 서사시라는 헤겔의 규정을 전제한다면, 소설은 곧 근대의 산물이며 그러하기에 근대를 지탱하고 있는 형이상학적 대립의 체계에 기초하지 않을 수 없다는 사실 또한 명백하다. 그 결과 문학적 담론을 둘러싼 여러 가지 형이상학적 대립의 체계들이 설정된다. 문학적인 것과 비문학적인 것의 대립, 시·소설·희곡·수필·평론 등의 장르 구분 등이 그 직접적인 현상이라면, 실재와 허구의 대립, 기표와 기의의 대칭성, 문자에 대한 음성 중심주의 등은 그러한 형이상학적 대립이 문학작품과 관계하는 간접적인 장치들이라고 할 수 있을 것이다.

그런데 이와 같은 대립체계들의 대칭적 관계가 회의되는 시점이 어느 순간 도래한다. 이미지들은 실재에 대한 종속적 주변적 존재로부터 벗어나 실재와의 대립을 표시하는 경계선을 지워나가며 실재를 위협하기에 이르렀다. 의미의 지하에서 은거하던 이미지들이 이제 의미의 표면으로 솟구쳐올라온 것이다.

문자에 있어 기의와 기표의 대칭성 또한 기표들의 범람 앞에서 무력하다. 유전자 정보를 포함한 모든 정보들의 디지털 코드화는 문자를, 기의로 환원되지 않는 보다 넓은 기호 개념의 일부로 만들어버렸다. 자음과 모음으로 이루어진 음성문자의 체계가 상형문자가 표상하는 마술적 신화적 세계의 종말을 초래했다면, 디지털 코드는 문자의 선조적(linear) 세계를 잠식해들어가고 있다. 음성문자는 이제 상형문자가 처했던 운명 앞에 놓여 있다. 그리고 이러한 추세는 지속적으로 가속화되고 있다.

이제 현실의 모방에 기초한 전통적인 문학관은 종말을 예감하고 있다. 그러면서 작가의 개인적 사회적 체험이나 장르 내부의 문학적 전통 등의 문학작품의 전통적인 텍스트 레퍼토리들 또한 변모의 조짐을 맞이하고 있다. 즉 작가의 개인적 사회적 체험이라는 실재보다도 환상의 영역이 더 큰 비중으로 등장하고 있으며, 또한 장르 내부의 문학적 관습이 약화되는 대신 문학작품의 장르 외부에 놓인 여타의 문화적 기호들이 문학작품 속으로 침범해들어오는 양상이 벌어지고 있는 것이다.

그 결과 소설을 비롯한 문학작품의 전통적인 형식이 와해되고 이전에는 볼 수 없었던 별종의 양식들이 문학작품이라는 이름 아래에 생산되는 상황이 펼쳐진다. 물론 이러한 문학작품의 양식 변모에는 거기에 상응하는 현실의 변화가 자리잡고 있을 터이다. 여기에는 서두에서 살핀 근대의 형이상학적 대립체계의 와해라는 사상적 측면 이외에도, 작품의 생산과 소비를 둘러싼 문학적 환경의 변화가 직접적으로 개재해 있는 것으로 보인다.

2. 한없이 얇아지는 의미

문학작품에 새로운 코드가 등장하게 된 현실적 원인 가운데 하나는, 대중이라고 하는 집단적 성격의 주체가 문학작품의 생산과 소비에 참여하게 된 사실을 들 수 있다. W. 벤야민은 「기술복제 시대의 예술작품」에서 "대중은 예술작품을 대하는 일체의 전통적 태도가 새로운 모습을 하고 태어나는 모태"라고 이야기한 바 있다. 즉 예술에 참여하는 대중의 수적 증가는 참여하는 방식의 변화를 초래한다는 것이다. 이 경우 대중은 단지 수적으로 증가한 개인을 의미하는 것이 아니다. 수적인 증가는 질적인 변화를 수반한다. 이 질적인 변화를 거쳐, 연설을 듣기 위해 몰려든 군중처럼, 영화를 관람하기 위해 줄 서 있는 대중처럼, TV 화면에 시선을 빼앗긴 표정으로 사람들은 앞에 놓인 책을 마주 대하고 있다.

이렇듯 새로운 문학적 형태의 등장 원인은, 대중이라고 하는 집단적 성격의 주체의 등장과 그로 인해 대중들이 공유하는 체험의 성격이 변화했다는 점에서 찾을 수 있다. 굴곡 많은 우리 현대사의 곳곳에 자리잡고 있는 역사적 상처는 이전 문학에 있어서 무엇보다도 비중 있는 작품의 현실적 재료였다. 또한 역사의 표면에 자리잡은 이러한 이데올로기적 사건들 이외에도 보편화된 가난이라든가 가족관계의 파탄으로 인한 상처들 또한 문학의 생산과 소비를 연결시키는 강력한 공통분모 역할을 해왔다고 할 수 있다. 소설을 비롯한 문학작품 속에서 이러한 역사적 사건들과 그 속에서 발생하는 다양한 상처들은 보통 가족관계의 틀을 거치면서 실존적 색채를 부여받는다.

자아와 세계의 갈등을 서사의 중심에 두는 양식을 소설이라고 보는 견해를 전제로 한다면, 세계가 하나의 전형적 모델로서 자아에게 직접적으로 체험되는 형식이 곧 가족이다. 이 가족관계의 오이디푸스적인 장치를 통해 부모의 현실적 불행은 자아의 실존적 운명으로 전이된다. 기억을 통해 이러한 운명을 반추하는 것, 여기에 가족 서사의 의미와 한계가 동시에 걸려 있다. 가족 서사의 의미를 체험이 기억이라는 시간적 과정 속에서 밀도를 획득함에서 찾을 수 있다면, 그 한계는 이러한 기억의 나르시즘적 속성으로 인해 현실이 은폐됨을 가리킨다.

그런데 문제는 가족 서사의 소재 제공처였던 역사적 상처가 더이상 독자에게 공유되지 못하는 상황이 도래했다는 점이다. 정신집중(Sammlung)을 요구하는 전통적 예술형식보다, 정신분산으로서의 오락(Zerstreuung)을 추구하는 대중이 문학의 잠재적인 독자층으로 자리잡기에 이른 것이다. 이제 대중으로서의 독자는 개인의 기억 속에 놓인 심연을 응시하지 않는다. 기억 속에 놓인 비밀은 이미 매체들을 통해 이미지로서 생산되어 현실의 표면 위에서 범람하고 있다. 그것은 곧 의미의 증식이 가져온 과잉증식의 복수이다.

> 나-아무개가 백과사전이 부풀 때까지 뒤적여도 찾을 수 없는 것을 할아버지와 아버지는 가지고 있었다. 사관학교까지는 아니더라도, 아무 대학이라도 들어가고 싶어서 교과서를 외우고 있는 동안 그들은 생피가 뚝뚝 떨어지는 삶의 이력을 아무 갈피에서나 빼들었다. 피가 보이는데도 아픔은 멀리 있었다. 할아버지와 아버지가 가진 것을 이어갖지 못한 나-아무개는 누구의 자식도 아니라고 생각했다.(김현영, 「팝콘보다 가벼운」, 『냉장고』, 문학동네, 2000, 191~192쪽)

"생피가 뚝뚝 떨어지는 삶의 이력"이야말로 전통적 미의식을 발생시켰던 현실적인 근원이라 할 수 있을 터인데, 그러한 상처들이 역사화되면서 이제 그러한 체험들은 비디오테이프 속에, 데이터베이스화되어 디스켓 속에 함열(implosion)되었다. 실제 사건에 대한 제한적 정보가 상상력을 촉발시켰던 과거와 달리, 이제 넘쳐나는 정보는 그 대상의 의미를 더욱더 얇게 만든다. 정보 생산의 가속화 속에서 의미는 미처 고일 틈도 없다. 깊이에의 유혹은 이제 낯설고 촌스럽고 불편할 따름이다. 정보의 인플레이션과 의미의 디플레이션이 교차하는 가운데에서 역사적 사건이나 체험의 의미가 이렇듯 얇아짐에 따라, 무수한 일상의 욕망과 하위문화적 장르들이 그와 같은 역사적 체험과 텍스트 레퍼토리로서 등가의 가치를 지니게 된다. 그에 따라 문학이 불문율처럼 가지고 있던 문학적인 것의 제도적 장벽이 허물어지기에 이른다. 이제 문화적 기호라는 현실이 문학의 새로운 코드로 등장하게 된 것이다. 이제 현실은 문화적 기호라는 이미지를 통해 오이디푸스적 가족 서사의 장치를 거치지 않은 채 막바로 문학작품 속에 개입한다.

3. 두께 없는 욕망

벤야민은 모든 예술형식의 역사에서 위기의 시기가 있게 마련이라고 전제한 후, 이러한 위기의 시기에는 변화된 기술 수준, 즉 새로운 예술형식을 통해서만 비로소 아무런 무리 없이 생겨날 수 있는 효과를 앞질러 억지로 획득하려는 경향이 있다고 설명한 바 있다. 즉 이러한 과도기적 시기에 나타나는 괴상하고 조야한 형식들은, 실상 이러한 변화과정 속에 놓인 시기의 가장 풍부한 역사적 에너지의 중심부로부터 나오는 것이라는 말이다.

이러한 벤야민의 통찰에 비추어보면, 문학에서 새로운 코드들이 등장하는 상황은 기존의 문학적 언어로 포착할 수 없었던, 각각의 새로운 코드 형식이 고유하게 관계하는 무의식적 욕망을 그려내고자 하는 시도라고 볼 수 있다. 매체가 단지 내용을 전달하는 수단이 아니라, 매체 자체가 그것의 고유한 상상력과 관계한다는 맥루한의 통찰에 의거하면, 문학에 등장하는 새로운 매체형식들은 문학 속에 새로운 상상력과 욕망의 층위를 도입하기 위한 시도로서 파악할 수 있다.

그리하여 문화적 기호는 그 뒤에 숨은 일상의 욕망을 불러일으키는 아이콘으로 작용한다. 우리의 일상 속에 잠재된 욕망을 해석하고 설명해주는 역사적 기호가 사라진 상황 속에서, 그러한 역할을 대체하는 것이 곧 영화, 음악, 포르노, 판타지 등의 문화적 기호이다. 여기에는 이전보다 더욱 세분화되고 복잡해진 불투명한 욕망이 대응된다. 이러한 불투명한 욕망은 보다 복잡하게 세분화된 매체의 증식으로부터 공급받은 것일 뿐, 개인의 고유한 욕망은 아니기에 어떤 의미에서 그러한 욕망은 역설적으로 투명하다.

그렇기 때문에 이 욕망은 실재라기보다 일종의 이미지로서 존재한다. 사실과 환상을 구분하던 형이상학적 홈은 이제 메워지고 사실과 환상의 경계 위에 이미지들의 향연이 펼쳐진다. 이 지점에서 심층의 환상은 표면의 시뮬라크르로 대체된다. 고독한 개인의 깊이를 존재 근거로 삼는 소설가보다 경험의 다양한 폭을 갖춘 얘기꾼이 요구되는 상황은 이러한 맥락에서 도출된 것이다.

밴드들은 연주만 하는 것이 아니었다. 기이한 본디지 의상과 형태들로 잡다한 해프닝까지 연출했다. 그 대부분은 80년대, 미국의 이류급 하드록 밴드들이 선보이곤 하던 것들이었다. W.A.S.P를 흉내낸 한 밴드는 쫙 달라붙는 가죽 팬츠의 엉덩이 부위에 커다란 구멍을 내어, 제 털북숭이 볼기짝을 죄다 노출시켜놓고 있었다. Lizzie Borden을 흉내낸 한 밴드는 마스터베이션용 여자 마네킹을 갖다놓곤, 과일 깎는 칼로 난도질을 했다. 가슴을 찢자 풍선이 튀어나왔고, 물에 탄 케첩이 무대 밖까지 튀었다. 또 아랫배를 찢어, 〈13일의 금요일〉에 나오는 하키 마스크를 쓴 괴물 형상의 태아를 끄집어내기도 했다. Judas Priest를 흉내낸 한 밴드는, 반복 리프에 맞춰 고개로 방아를 찧는 헤드뱅잉을 풍자해, 헤드뱅잉 도중 갑자기 목이 뚝 부러져 무대 위를 구르게 하는, 공들인 해프닝을 연출하기도 했다. 또 Alice Cooper를 흉내낸 한 밴드는 팔뚝에 인조 살갗 라텍스를 붙이고선, 긴 펜싱칼로 갈라 케첩이 흘러나오게 하는, 자해무대를 연출했다.(백민

석, 「음악인 협동조합2」, 『16믿거나말거나박물지』, 문학과지성사, 1997, 198~199쪽)

이전 문학에서 환상은 금지된 사실에 대한 우회적 접근의 통로 역할을 수행한 바 있다. 그렇기 때문에 어떤 의미에서 환상은 사실에 대한 집착을 여전히 강하게 간직하고 있는 것이라 하겠다. 환상은 사실을 대타화한 것일 따름이기 때문이다. 그러나 매체가 생산한 사실에 대한 이미지가 사실 그 자체를 넘어서고 압도하면서, 사실에 대한 집착은 현격하게 약화된다. 현실 가운데서 결핍된 것의 이미지를 환상을 통해 재현하는 것이 아니라, 이미지들의 생산 자체가 현실이 되기에 이른 것이다. 이제 문학작품 자체가 욕망이라는 이름의 시뮬라크르가 된다. 여기에 현실 도처에서 생산되는 시뮬라크르들이 얽혀들어 각종의 문화적 코드와 장르들이 뒤섞인 혼종적 서사양식을 이룬다. 그리고 이러한 서사 속으로 범람하는 시뮬라크르의 현실이 개입해들어온다. 그러하기에 이러한 새로운 형태의 서사양식은 후기 자본주의적 언어의 성격에 조응하는 분열증적 양식이라 할 것이다. 그것은 환영도, 환상도 아니다. 그것은 현실 속의 갖가지 문화적 코드로부터 공급받은, 그래서 우리의 의식 속에 실재하는, 그리하여 표현되고 유통되며 현실에 실제로 영향을 미치는, 그 근원과도 그리고 그 의미와도 동일시되지 않고 그 사이에서 무한히 증식하고 분열하는 욕망의 구체적 모습이다.

4. 투명성의 우수

이처럼 판타지, 영화, 음악, 포르노 등 이질적인 문화적 기호들이 문학작품 속에 끼어들어 문학의 새로운 코드를 형성하고 있는 사태는 문학 고유의 영역을 위협하는 우려스러운 사태일지도 모른다. 문학의 새로운 갱신을 추구하는 과정의 끝에는 어쩌면 거대한 배신이 기다리고 있을지도 모른다. 새로운 가능성의 발견은 결국 얼마 남지 않은 문학의 가능성을 소진시키며 문학 자체의 종말을 앞당기고 있는 것일지도 모른다. 새로운 문학적 코드들의 등장이 사실 고유한 문학성의 상실을 초래한다는 딜레마는 이러한 우려의 현실적 표현이다. 생산의 속도를 좇아가기 위한 문학의 시도들이 결국 문학의 자율성을 상실한 채 생산 속의 한 요소로 전락하게 될지 모른다는 위기감은 이미 현실적인 징후로서 드러나고 있다.

아도르노는 문화산업화의 경향 속에서, 근대예술이 사회로부터 힘들여 획득한 자율성이 타율성으로 되돌아갈 가능성 아래 놓이게 되었다는 점을 지적한 바 있다. 이것은 곧 문학이 사회에 대한 비판적 거리를 상실한 채 생산의 체계 속에 편입되는 가능성을 의미한다. 그러면서 그는 좀 더 훌륭한 시대가 도래하더라도 예술의 표현이기도 하고 또한 형식의 기반이기도 한 '고통'을 예술이 망각하느니 차라리 예술이 아예 사라지는 편이 더 바람직할 것이라고 단정적으로 말하고 있다.

심정적으로 보면, 문학 혹은 예술의 고유한 영역을 최후의 보루로 삼는 듯한 이와 같은 방식의 비장함은 비록 다소 성격이 다른 상황일지라도 지금 우리에게 어떤 향수를 불러일으키는 것이 사실이다. 그러나 문학이 전통적인 형태나 성격에서 벗어나, 어떤 방식으로든 새로운 방향으로 나아가고 있는 흐름은 이미 현재화된 미래이다. 이것은 곧 한 특정 시대의 특징적 성격이 아니라 어떤 지속적이고 점증하는 흐름의 한 단계를 표시하는 것이기 때문이다. 그러하기에 문학작품의 전통적 형태를 끊임없이 낯설게 만드는 이러한 파괴적 경향은 되돌릴 수 없는 추세라고 해야 할 것이다.

그러나 여기에는 어떠한 새로운 구성 의지도 부재한다. 생산의 속도에 이끌려가는 것일 뿐 대안이나 미래의 상은 애초부터 전제되어 있지 않다. 말하자면 이것은 아방가르드의 열정적 허무와 명백히 구분되는 것이다. 아방가르드 예술이 현실의 단편들을 콜라주화했을 때에는, 적어도 파괴와 건설의 구체적 지향점이 거기에 내포되어 있었기 때문이다.

시간을 미세하게 분할하여 지배하면서 우리에게 가속화된 변화를 강요하는 체계의 패권에 맞서는 여러 가지 저항의 문학적 형식이 있으리라. 엽기적인 인간의 욕망을 드러낼 수도 있겠고, 판타지적 상상력의 극한까지 치달아볼 수도 있을 것이다. 일상 속에 묻혀 있는 소재들을 찾아 뛰어다닐 수도 있으며, 하찮게 보였던 대상에 미세한 관찰과 관심을 기울임으로써 혁명적인 미생물학을 시도할 수도 있을 것이다. 그러나 이러한 시도들이 결국 체계를 한 발짝 앞으로 밀어줌으로써 여전히 뒤에 처져 있는 스스로를 확인하게 만드는 것으로 귀결될 것도 또한 분명하다. 문학 자체의 내부 갱신의 속도가 체계의 생산속도를 결코 앞질러갈 수 없기 때문이다.

여기에 근원에 대해서도, 종말에 대해서도 더이상 상상력을 발휘할 수 없는 변화 그 자체로서의 문학의 운명을 대하는 투명성의 우수가 놓여 있다.

(『문학사상』 2000년 7월호)

병리학의 소설사

—문명에 대응하는 욕망의 계보학

1. 문명과 병리학

문명이 인간 욕망의 억제에 그 바탕을 두고 있다고 말한 것은 프로이트였다(「문명적 성도덕과 현대인의 신경병」, 1908). 즉 우리들은 누구나 무엇이든지 할 수 있다는 의식의 일부, 또는 인격에 내포되어 있는 공격적 또는 보복적 성향의 일부를 포기함으로써 물질적이고 정신적인 문명의 공유재산을 마련한 것이다.

그러나 이러한 본능적 욕망이 완전하게 포기된 것은 아니다. 그것은 '의식'의 빛에 의해 밀려났지만 그럼에도 불구하고 사라지지 않고 의식의 지하에 거처를 마련한다. 잠재화된 이 욕망은 언제든지 '의식'의 지배력이 엷아진 틈을 뚫고 현실의 표면으로 솟구칠 준비를 차리고 있다. 현대사회를 구성하고 있는 대다수의 사람들은 근본적으로 문명이 요구하는 이러한 금욕이라는 과제를 수행하기에 체질적으로 부적합하기 때문이다. 그리고 문명은 인간의 욕망을 점차적으로 확장시키는 도구이지만, 그렇게 문명에 의해 확장된 욕망이 실은 체계에 의해 길들여져 다시 문명의 코드로 전환된 것이라는 사실 또한 명백하기 때문이다.

물론 프로이트의 문명에 대한 이러한 진단이 낯선 것은 아니다. 무엇보다도, 니체의 『도덕의 계보학』(1887)이 이미 문명적 인간에게 숙명처럼 짐지어진 '허무에의 의지' 가운데에서 욕망과 문명 사이의 거리를 들춰낸 바 있기 때문이다. 형벌을 대신하는 체계의 질서는 인간으로 하여금 공포감을 증대시키고 욕망을 지배하도록 인간의 신체와 의식에 기억의 낙인을 찍는다. 체계가 스스로를 지키기 위해 구축해놓은 장벽에 의해 인간의 거칠고 자유롭고 방랑적인 본능은 밖으로 발산되지 못하고 이제 안으로 향해진다. 이것이 곧 니체가 말하는 '내면화(Verinnerlichung)'이다. 적의, 잔인, 박해, 공격, 변혁과 파괴의 쾌락 등의 모든 본능이 소유자 자신에게로 방향을 돌리는 것, 이것이 곧 내면화이자 도덕의 기원이며, 문명의 토대인 것이다. 그러면서 자유의 본능은 체계의 강제에 의해 잠재적인 것으로 되어버렸다. 이 경우 체계는 문명의 현실적인 물적 토대이자 본능과 욕망을 통제하는 이데올로기적 기구이다.

이 체계의 질서가 세워놓은 일상적 도덕의 장벽을 뚫고, 인간의 본원적 욕망의 세계를 그려내는 것은 실상 문학의 본래적 존재방식에 속하는 것이다. 하지만 문명에 대응하는 그러한 자유를 향한 욕망은 근대적 이성의 시선에서 병리의 일종처럼 파악된다. 그럼에도 불구하고 이러한 병리에 대한 탐구로 계보화된 소설사는 문명에 대응하는 문학적 방식이라는 점에서 의미를 지닌다. 그것은 그러한 탐구가 개인과 사회적 관계의 심층에 자리잡은 사회적 형식의 욕망과 관계하고 있기 때문이다.

2. 계몽의 기획과 동성애

한국 근대문학의 개척자로 평가받는 이광수의 작품 「윤광호」(1918)는 주인공 윤광호의 비극적 생을 그리고 있는 작품이다. 그 비극적 파탄의 직접적 원인은 바로 사랑의 좌절인바, 여기에서 문제는 광호의 사랑이 김준원과 P를 향한 동성애라는 점이다. 동성에 대한 열정적인 애정은 윤광호 자신이 탐닉하고 있는 적막과 비애의 감정에서 연유한바, 유학생이자 우등장학생이며 그러하기에 전도가 유망한 이 청년을 그러한 정신의 공동(空洞)에 가둔 것은 과연 무엇일까. 그 정신의 공동은 막연한 인류에 대한 사랑, 민족에 대한 사랑, 자기의 명예와 성공에 대한 갈망 따위로는 도저히 채울 수 없는 것이다.

윤광호는 한 번도 만나 이야기해본 적이 없는 P를 사모한다. P를 향한 광호의 사랑은 목숨을 걸 만큼 강렬한 것이다. 작가는 "광호의 목숨은 P를 위하여서 있고 P가 있기 때문에 있는 것"이라 서술하고 있을 정도다. 그는 주저하던 끝에 등교길에 P를 만나 말을 건넨다. "나는 당신을 사랑합니다"라고. P는 도대체 어이가 없을 수밖에 없다. 스스로 부끄러워 뒤돌아 도망쳐온 광호는 손가락을 면도칼로 그어 P에게 사랑의 고백을 담은 혈서를 쓴다. 실연은 불가피한 결과로 나타나고, 광호는 광증에 사로잡힌 채 특대장과 우등졸업증서를 찢고, 결국 단도로 스스로의 목숨을 끊는다. 빙세계(氷世界)에 살고 있던 그가 적도의 난류를 만난 것, 그것이 치명적인 결과를 초래한 것이다. 이 소설의 끝 구절은 "P는 남자러라"이다.

여기에서 동성애는 근래의 이론적 흐름에서 파악하는 방식의, 곧 근대의 형이상학적 대립구도를 비판하기 위한 장치가 아니다. 「윤광호」에 나타난 동성애는 그러한 대립구도의 형성 이전의 장면이기 때문이다. 물론 이러한 파행적 연애 감정의 표출을 일본 자연주의의 영향 아래에서, 혹은 '사랑 기갈증'이라는 이광수 개인의 전기적 및 기질적인 사실에서 파악하는 방식도 가능할 것이다. 그러나 이 소설이 놓여 있는 현실적 근거를 문제삼는다면 다른 해석이 가능하다.

자유연애로 표상되는 근대 계몽의 기획이 아직 갈망의 형식으로만 존재하고 있는 상황 속에서, 자유연애는 그 관념만 있을 뿐, 그러한 연애 감정을 투여할 만한 현실적 대상을 발견하지 못한다. 계몽의 기획과 현실적 상황 사이의 거리가 만들어놓은 운명적 공동에 대한 깊은 고뇌는 동성애라는 현실적 수단을 선택하게 된다. 이광수의 처녀작 「사랑인가」(1910)가 이를 무의식적 상태에서 드러내고 있었다면, 「윤광호」는 그러한 부재하는 현실로 인한 고통을 직접적으로, 그리고 자각적으로 드러내고 있다는 점에서 차별성을 지닌다. 『무정』(1917)으로 표상되는 계몽의 기획이 초래한 현실에 대한 폭력성이 이러한 고통과 상처를 빚어낸 것은 아니겠는가. 근대 초기소설에 이상적인 연애상이 부재한다는 사실, 온통 파탄을 자초하는 뒤틀린 연애관계만이 존재한다는 사실 또한 이러한 맥락에서 설명될 수 있다.

프로이트의 설명을 굳이 빌리지 않는다고 하더라도, 동성애는 이성애를 견디지 못한 초월적 감정이라는 사실과 더불어 그와는 구분되는 차원, 곧 이성애로 분화되기 이전에 나타나는 성욕의 투여 방식으로서의 측면을 갖고 있다. 그것을 문명사적 맥락에서 파악한다면, 봉건적인 결혼제도에 의해 배제되고 있으면서도 그것을 포섭하고 허용할 만한 현실적 제도는 존재하지 않는 상황에 대응된다. 봉건적 제도로부터도, 계몽의 기획으로부터도 배제당한 이 욕망의 출구는 어디에 있는가. 이광수의 「윤광호」는 이러한 물음에 대한 응답으로서 존재하고 있다.

3. 현실로부터의 소외와 마조히즘

들뢰즈에 따르면 가학증에는 순수 부정을 향한 끝없는 반복과 강화만이 존재할 따름이며, 그러므로 그것은 철저하게 '제도'에 바탕을 두고 있는 것이다. 반면에 마조히즘은 상대방을 폭군으로 만들어야 하므로 그의 협력을 얻기 위해 설득을 해야 하며, 그렇기 때문에 복잡한 전략을 필요로 한다. 즉 마조히즘은 '계약'의 바탕 위에 놓여 있다. 그러하기에 마조히즘의 관계 속에서 박해자 여성은 그가 발휘하는 공격성에도 불구하고 결코 사디스트가 될 수 없다. 그는 마조히즘적 상황의 한 요소로서만 존재하며, 결국 마조히스트가 투사하는 환상이 실현되었음을 보여줄 따름이다. 이 순간 마조히스트 또한 피해자가 아닌 승리자의 자리에 올라설 수 있다.

물론 가학과 피학 모두 타자의 의식과 소통하는 정상적인 방식은 아니다. 정상적인 출구를 찾지 못한 외부를 향한 욕망은 결국 나르시시즘의 형태로 내향화되거나 아니면 사디즘이나 마조히즘으로 변형된 채 발산될 수밖에 없다. 그러나 사디즘이 관념과 현실 사이의 거리를, 현실을 부정함으로써, 그리하여 관념에 현실을 끼워맞춤으로써 넘어서고자 하는 순수 부정의 방식이라면, 마조히즘은 주어진 것을 중립화함으로써 주어진 것을 대신하고 또 그것을 넘어서 우리에게 새로운 영역을 보여주는 '부인(Verneinung)'의 방식이다. 그러므로 결국 마조히즘은 사디즘의 반사적 대립물이 아니라 사실은 다른 차원에 놓인 욕망의 형식임을 알 수 있다. 동시에 마조히즘은 변태적 성욕이 아닌 세계와 관계 맺은 방식의 한 유형임이 드러나게 된다.

김유정의 「솥」(1934)에서 주인공 근식은 떠돌이 술장사 들병이에게 빠져서 얼마 남지 않은 세간도구를 모두 쏟아붓는다. 아내는 안중에도 없고, 다만 어떻게 하면 아내 눈을 피해 살림살이를 꺼내 들병이를 찾아갈까만을 궁리한다. 급기야는 집의 '솥'마저 집어내어 들병이와 달아날 계획을 세우기에 이른다. 그 솥은 아내와 행복했던 시절 장만한 것이기에, 솥을 들고 들병이에게 가는 순간만큼은 근식도 잠시 아내를 떠올리지 않을 수 없다. 들병이와 달아나기로 한 날 새벽, 들병이와 함께 잠을 자던 근식은 굵은 목소리에 잠을 깬다. 그것은 근식과 들병이 아내, 이 두 사람이 잠을 자도록 성가시게 굴지 말라고 아이를 꾸짖는 들병이 남편의 목소리이다. 깨어난 근식에게 그는 '편히 자라' 고 말하기까지 한다. 그리고 제가 주장하여 둘을 데리고 먼길이나 떠나듯, 근식과 들병이 아내를 재촉하여 어서 떠나자고 한다. 근식의 아내가 솥 도둑이라고 소리치며 들병이에게 달려들고, 근식은 우리 솥이 아니라고 우기며 아내를 들병이로부터 떼어놓는다.

김유정은 「조선의 집시」(1935)라는 수필에서 들병이 남편의 철학을 "아내를 내놓고 그리고 먹는 것" "극진히 애지중지하는 자기의 아내를 대중에게 봉사"하는 것으로 요약한 바 있다. 아이를 업은 채 아내의 불륜 현장을 지키고 서 있는 이 남자는 대체 어떠한 존재인가. 아내가 임신하면 희색이 만면해서 방에 불을 지피고 밥을 짓고 국을 끓이고 지성으로 보호하는 이 남자는 어떠한 철학의 소유자인가. 남편은 아이가 자기의 자식이라고 믿지 않는다. 다만 자기 소유에 속하는 자식이라는 점에 만족할 뿐이다. 김유정에 따르면, 이러한 들병이 부부의 삶은 그들의 고생이 아닌 '생활 취미' 이다.

들병이를 모티프로 한 김유정의 소설들은 마조히즘에 기초한 계약관계를 작품의 구조 내부에 숨겨놓고 있다. 무능력한 남편이 아내를 매춘 현장에 내놓는 경우 그것은 현실적으로 본다면 경제적 필요에 기초해 있는 것으로 볼 수 있다. 그러나 이러한 삶의 장면을 소설화하고 있는 김유정의 시선에서 이러한 관계는 미학적, 윤리적 태도로 전환된다. 아내를 매춘 현장에 내놓고 그것을 자신의 죽음 본능을 견디는 수단으로 삼는 이러한 태도는, 어떠한 형태로든 계약을 통해 상대방을 설득하지 않는다면 현실화되기 어렵다. 마조히즘에 냉담성이 동반되는 것 또한 이러한 이유에서이다. 사디즘이 초자아와 관계하는 것과는 달리, 마조히즘은 계획과 기다림을 요구하기에 자아와 관계하는 것이다. 그러하기에 「두꺼비」라든가 「생의 반려」에 나타난 주인공의 기생에 대한 태도, 그리고 그 관계의 실패 또한 의도적인 계획 아래에서 이루어진 마조히즘의 계기를 내포하고 있는 것으로 볼 수 있다.

이러한 마조히즘적 태도가 갖는 현실적 의미는 무엇인가. 그것은 질병의 형태로, 운명적인 가족관계의 형태로, 현실적인 정치적 억압의 형태로 강요되는 소외의 현실에 대해, 자발적으로 그리고 더욱 적극적으로 소외되기를 선택함으로써 그것에 맞서기 위한 방식의 일종이다. 이 경우 농촌은 소외를 배경으로 취할 수 있는 현실적 공간으로 기능한다. 운명과도 같은 현실이 갖가지 형태로 오랫동안 작가를 끈질기게 괴롭히지 않았다면 이와 같은 제의적 상황이 도입될 수 있었겠는가. 또한 그가 이러한 상황을 글쓰기의 시선에서 포착하고자 하는 악착같은 고투 속에 스스로를 위치시키지 않았다면 현실과 대면하는 이러한 세련된 미학적 태도가 이루어질 수 있었겠는가. 이런 의미에서, 「봄봄」이나 「동백꽃」이 토속적인, 그러나 관념적인 공간임에 비해, 「봄과 맹꽁이」 「솥」 「안해」 등의 들병이 모티프의 작품들은 철저하게 세계와 관계 맺은 김유정 자신의 심리적 현실에 기초한 영역이라고 말할 수 있다.

4. 전쟁과 공격적 본능

프로이트는 문명이 강요하는 도덕의 체계가 와해되고 억압되었던 공격적 본능이 현실 속에 분출하는 계기를 전쟁에서 발견한다. 그것은 곧 '집단심리' 로 설명된다. 익명적 집단 속에서 개인들의 차이와 특징은 소멸된다. 그 속에서 개인은 무의식적인 본능과 충동을 억제할 필요성을 발견하지 못한다. 본능의 억제를 벗어버린 인간이 보이는 공격성은 겉으로는 새로운 현상처럼 보이지만 실은 자신 속에 내재해 있던 무의식적 본능의 표출이다. 이런 상황에서 내면화라든가 양심의 가책이 사라지는 현상이 초래된다. 이제 개인은 마치 건물의 벽돌처럼, 차별화된 개성을 노출시키지 않은 채 집단의 일부를 이루고 있다는 이유만으로 문명의 사다리로부터 내려온다.

전쟁을 역사적 사건이 아닌 억압된 욕망이 분출되는 현실적 계기로 파악한다면, 이러한 맥락에서 서기원의 초기소설들을 다시 조명해볼 수 있다. 전쟁으로 인한 직접적인 피해의식이나 그것의 극복이라는 감상적 범주에서 벗어나는 계기를 거기에서 찾을 수 있기 때문이다. 「변신」(1960)을 그 대표적 사례로 들 수 있다.

「변신」에서 주인공 이철우는 무역회사의 경리과장이다. 착실한 그가 어느 날은 회사 돈을 횡령한다. 철우는 불안에 사로잡혀 술을 마시고 주정을 한다. 그러면서 철우는 "끓어오르기 시작한 불안과 뉘우침과 그러다가도 어느 순간 저릿저릿한 쾌감을 되풀이 맛보"는 것이었다. 철우는 그 돈을 변두리 은행에 예금한다. 은행에는 불편신고함이 있다. 철우는 까닭없이 기계적으로 웃는 은행원이 못마땅하여, 그 은행원을 지목하여 불친절하다는 투서를 함에 넣는다.

철우는 김모와의 결혼을 앞두고 있는 처제 숙례와 아내로부터 김모를 한번 봐달라는 부탁을 받고는 약속장소에 나가 엉겁결에 허풍이 센 김모와 술을 마시게 되지만, 이내 술자리에서 도망쳐나온다. 어느 날 김이 다시 철우의 회사를 찾아온다. 둘은 첫번째 술집을 다시 찾는다. 철우는 첫 만남에서의 수동성을 어느 정도 만회하고 능동성을 회복한다. 김이 먼저 술에 잔뜩 취했다. 철우는 김을 업고 술집 계단을 내려온다. 김을 부축하고 계단을 내려오는 순간, 김이 비틀거리며 철우의 가슴에 부딪힌다. 이 순간 철우는 김을 잡고 있던 팔을 놓고 휘청거리는 김을 떠민다. 병원을 찾아간 결과 김은 뇌골절 및 뇌내출혈이다. 병원은 수술 보증금 20만환을 요구한다. 철우는 처와 숙례, 그리고 김의 모친을 병원으로 데리고 온다. 숙례가 돈을 구해온다. 수술이 시작되자 병원은 다시 20만환을 요구한다. 김의 모친과 숙례, 그리고 처는 어쩔 줄 모른다. 이 순간 철우는 예금통장에 있는 횡령한 회사 돈을 생각한다. 철우는 그 돈으로 김을 살리고자 마음먹는다. 그 순간 철우는 그에게 끈덕지게 붙어 있던 초조와 불안의 공포와 절망으로부터 어느새 석방되고 있는 자신을 깨닫는다. 철우는 어깨를 떨며 우는 김의 모친과 함께 짐승의 비명 같은 울음소리를 터뜨린다.

회사 돈을 횡령하고 불안감에 사로잡히면서도 어느 순간 저릿저릿한 쾌감을 되풀이해서 맛보는 「변신」의 주인공 이철우의 행동이 병리적 징후의 단초라면, 까닭없이 기계적으로 웃는 은행원이 못마땅하여 불친절하다는 투서를 불편신고함에 넣는 행동에서는 병리적 징후의 반복적 팽창을 목격할 수 있으며, 마침내 술에 취해 계단을 내려가던 처제의 약혼자가 비틀거리며 그에게 몸을 기대자 자신도 모르게 떠미는 행동에서는 그 확연한 증상을 확인할 수 있다.

전쟁은 제도라든가 관습이 지니고 있던 욕망에 대한 규제력을 무기력한 것으로 만든다. 그리하여 욕망은 일상 속으로 흘러들어온다. 이 경우 욕망은 부재하는 것에 대한 욕구와 구별된다. 그것은 사회 전체적인 차원에서 공급되는 것이다. 다만 체계는 이러한 사회적인 욕망의 공급을 조절하고 통제할 따름이다. 그런데 제도에 의해 억제되었던 욕망의 갑작스런 일상으로의 유입은 기존의 가치체계에 의해 길들여진 인간에게 주체하기 어려운 혼란을 야기한다. 전후 소설의 인물들이 보여주는 병리성이나 부조리는 전쟁이 초래한 이와 같은 욕망의 과잉공급에서 말미암는다. 이 경우 전쟁은 역사적 사건에 그치는 것이 아니라, 개인들의 관계 저편에서 그들이 공급받고 상호 투여하는 미시적 욕망까지도 조절하는 체계로서 기능하고 있다. 전쟁은 인물들이 속해 있는 시공간적 배경이 아니라, 인물들의 욕망 내부에 존재하는 타자로서 작동하고 있는 것이다.

서기원 소설의 인물들이 보여주는 병리적인 가학증은, 전쟁이 초래한 욕망의 과잉공급과 이로 인한 욕망과 현실 사이의 낙차, 그리고 그러한 낙차를 쉽사리 감당하기 어려운 출구 없는 욕망의 표출을 보여주고 있다는 점에서 전후 현실에 대한 암시적 증언이라 할 수 있다.

5. 일상화된 억압과 도착적 편집증

이청준의 「황홀한 실종」(1976)은 은행원 휴직자 윤일섭과 정신과 의사 손영묵 박사의 심리적 대결의 형식을 취하고 있는 소설이다. 윤일섭이 손박사를 찾아오게 된 것은 윤의 아내의 의뢰에 의해서이다. 정력적인 인상의 젊은 아내는 남편이 관계 도중 아내의 절정감 직전에 몸을 뽑고 달아나 욕실에서 뜻없이 킥킥대며 남은 욕망을 혼자 해결하고 있음을 하소연한다. 또한 윤은 은행에서 주위 사람을 골탕먹이고 헛소문을 퍼뜨려 동료들을 곤혹스럽게 만드는 데서 쾌감을 느끼다가 결국 휴직을 권고받기에 이른다. 대인기피증과 가학성 유희 욕망이 얽혀 있는 이러한 표면적인 증후 밑에 감추어진 병증의 근본적 원인이 손박사의 치료과정중에 드러나기 시작한다. 그것은 "철벽 같은 교문 앞엔 언제나 그 절족동물처럼 얼굴과 몸통을 온통 딱딱한 갑옷으로 둘러싼 사람들이 지키고 있었거든요. 그건 참 무서운 모습이었지요"라는 윤의 고백에서 드러나듯 정치적 억압의 현실에 닿아 있다. "문을 나서기만 하면 가해진 비정스런 복수" 또한 그러한 병증을 강화시키는 기억의 일부이다. 곧 외부를 향한 자유의 욕망이 정치적 현실에 의해 원천적으로 봉쇄되면서, 그것이 위악적인 자기 방어의 도착적 욕망으로 나타나게 되었다는 것이 손박사의 진단이다. 손박사의 처방은 윤일섭으로 하여금 현실에 존재하지도 않는 쇠창살이 세계와 자신 사이에 가로놓여 있다고 믿고 있는 망상으로부터 벗어나 세상을 있는 그대로 바라볼 수 있게 하는 것이다.

어느 정도 증세가 치유되어가던 윤일섭은 동물원에서 손박사의 진단이 허구였음을 깨닫는다. 사자 우리와 자신 사이에는 실제로 쇠창살이 존재하고 있었던 것이다. 윤일섭은 사자를 괴롭히고 골려주고 신경질을 돋우는 데 열중한다. 하지만 골탕을 먹는 것은 언제나 사자가 아니라 사자를 골려줄 계교를 꾸미고 그러나 그 계교에 번번이 낭패만 거듭하고 있는 윤일섭 자신이다. 그는 한 달여 동안 이 싸움에 매달리다가 결국에는 사자를 우리 밖으로 내쫓고 자신이 그 철창살 안쪽에 들어앉는다.

결국 이 소설은 정신과 의사의 진단, 곧 세상에는 윤일섭이 생각하는 것 같은 철창살이 실제로 존재하지 않는다는 생각을 우의적으로 비판하고 있다. 눈에 보이지는 않지만, 정치적 억압 혹은 그러한 억압이 일상속을 파고들어 개인의 의식 속에 만든 쇠창살이 실제로 존재한다는 것을 강조하고 있는 것이다. 그러하기에 윤일섭의 '실종'은 그와 같은 비물리적 억압으로부터 벗어나는 '황홀한 실종'이라 할 수 있다.

일상화된 억압에 의해 비롯되는 병리적 증상들을 소재로 한 이러한 소설 경향은 「당신들의 천국」(1976)의 정치적 알레고리의 세계나 「서편제」(1976)의 예인적 세계로 대표되는 이청준 고유의 작품세계에서 바라보면 매우 낯선 것이다. 하지만 그러한 방식은, 이념이나 가치를 현실에 대립시키는 태도와는 달리 현실의 이면에 자리잡은 심층의 의식을 문제삼고 있다는 점에서 그 의미를 지니고 있다. 그렇기 때문에 이 작품에 나타나고 있는 병리적 증상은 심층의 의식에 존재하는 억압된 욕망의 현실을 드러내기 위한 장치라 할 것이다.

억압은 현실의 표층에서뿐만 아니라 심층의 의식에서도 이루어진다. 현대적 상황 속에서 시간은 갈수록 작은 단위로 분할되고, 체계는 그것을 통해 주체를 미시적으로 지배한다. 그 속에서 욕망은 획일화되는 한편, 그것으로부터 배제된 욕망은 보편화의 방도를 상실하고 특수한 대상에 집중된다. 그렇게 특수한 대상에 투여된 욕망은 그것을 중심으로 세계를 재편하고자 하는 편집증적 욕구를 유발시킨다. 편집증적 욕구는 그렇게 재편된 세계와 실제로 존재하는 세계 사이의 불일치를 견디지 못한다. 그리하여 파괴욕은 편집증의 필연적인 귀결이 된다. 아니면 「황홀한 실종」에서처럼 자기만의 세계로 실종하는 방법밖에 없는 것이다. 「황홀한 실종」이 일상화된 억압에 대한 우회적인 통찰을 시도하고 있다는 판단은 이러한 맥락에서 뒷받침될 수 있다.

6. 자본주의와 분열증

산업화 사회는 어느 시점 이후, 전쟁이라는 특수한 상황이 아니라 하더라도 대중이라는 집단성의 메커니즘에 의해 움직이는 체계로 전환되기에 이르렀다. 물론 어느 지점까지 이러한 상황은 정치적 이념의 세계에 의해 은폐된 채 정치적 해석이라는 우회적 접근의 여지만을 허용하고 있었지만, 이제 체계의 억압은 정치적 가면으로 스스로를 가리지 않고 일상 속에서 맨 얼굴을 드러내기에 이른다.

백민석의 『16믿거나말거나박물지』(1997)는, 생산의 속도가 의미의 속도를 추월한 결과 생산되는 거의 대부분의 것들은 그 각자의 의미가 찾아지기도 전에 폐기되는, 의미의 파괴라는 포스트모더니티의 혁명 속에서 허구와 실재의 경계를 허무는 가상현실의 세계를 통해 현대의 병리적 증후들의 박물지를 펼쳐 보인다. 백민석의 소설에서 가상현실은 꿈과 현실, 포르노와 록 음악, 문화와 역사 등이 혼종되어 있는 일종의 아나그램에 의해 구성된다. 그의 소설은 이러한 문화적 기호들의 아나그램을 통해 허구와 실재를 넘나들면서 의미와 가치가 소멸된 세기말의 현실을 알레고리화하고 있다.

『16믿거나말거나박물지』가 현대의 병리적 증후들의 박물지를 펼쳐 보였다면, 『목화밭 엽기전』(2000)은 현대의 병리적 증후 속에 자리잡은 현대인의 내면 상황을 탐구한다. 현대의 징후 속에서 덩어리로서의 대중은 도처에서 길게 줄 서 있는 한없이 투명한 존재이자 문명이 강요하는 사고와 죽음 앞에 항상적으로 노출되어 있는 무기력한 존재이다. 그러나 투명함과 무기력함을 강요하는, 죽음을 강요하는 이 거대한 체계의 움직임 밑바닥에 개인들의 반란이 잠재해 있다. 표면적인 투명함과 무기력함의 이면에 놓인 "그 쫓겨난 냄새들의 익스트랙트, 진액들이 언젠간 이 과천의 위생처리된 맨홀 뚜껑 바깥으로 넘쳐날 순간이 올 거"라는 이 불길한 예감, 백민석의 『목화밭 엽기전』은 세기말을 떠도는 바로 이 불길한 예감들의 형상화이다.

한편 『불쌍한 꼬마 한스』(1998)에는 정신의학을 비웃는, 제도를 조롱하는 욕망의 미끄러짐이 있다. 이 소설은 '나'에게 논리적으로 설명될 수 없지만 분명한 현실적 실체감으로 존재하는 '생선가시'의 정체를 규명해가는 작업으로 되어 있다. 그러나 그것의 실체는 정신과 의사에 의해서도, 그리고 도서관 사서의 '섀도드링커(shadowdrinker)'라는 규정에 의해서도 회수되지 않는 타자이다. '나'를 분열증으로 이끄는 것은 '나'를 위협하는 '타자'의 존재이다. '나'가 어떠한 방식에 의해서도 구성해낼 수 없는 타자성의 존재에 의해 '나'는 분열된다.

분열증의 형식은 물론 서사의 파괴이다. 그러나 그것은 서사의 파괴이자 동시에 파괴된 서사 사이로 현실을 도입하는 것이다. 곧 미의식이 은폐하고 있는 새로운 욕망을 새로운 타자로서 소설 문법에 도입하고 있는 것이다. 그러한 의미에서 백민석의 소설은 분열증적 글쓰기의 한 사례를 보여준다. 분열증적 글쓰기는 역사적 정치적 독해의 필요성을, 작품이라는 틀이 아닌 기술과 생산수단이라는 관점에서 접근할 것을 요구한다. 그러나 이것은 과거의 반영론에서처럼 외부 현실의 도입이라는 방식에 의해 해결될 수 없다. 외부 현실이라는 것 또한 언어 혹은 언어성에 의해 매개되어 주체의 의식에 포섭되어 있는 동일자이기 때문이다. 이런 의미의 외부 현실은 결코 타자일 수 없다. 문제는 주체-언어-사회라는 순환적인 폐쇄회로의 외부로 나아가는 것이다. 분열증적 징후가 갖는 문학적 전략은 바로 이 비판 작업에 놓여 있는 것이다.

7. 병리적 징후의 계보학

문학작품 속에 나타난 병리적 증후들은 그 자체로는 낯설고 기괴한 것이지만, 그것들은 각각의 문명적 현실에 대응하는 태도의 표현이다. 곧 그러한 병리적 증후들은 작품 속에서 그 자체로서 주장되는 것이 아니라, 그러한 병리적 증후들을 초래한 현실에 대한 태도로서 존재하는 것이다. 조르주 바타이유의 표현을 빌리자면, 피해자만이 고통을 기록할 수 있다. 박해자의 입장에서는 필연적으로 기존의 질서와 권력이 제공해준 위선적인 언어를 사용하게 되기 때문이다. 그러한 점에서 이 병리적 증후들로 점철된 고통의 기록은 단연 정치적이자 사회적이다. 바로 여기에 문학이 지니는 반허무주의의 뚜렷한 가능성이 존재한다.

세계의 인식과 참여를 둘러싸고 이루어지는 승인 욕망은 우리 삶을 이루는 굵직한 선분이다. 이와 같은 선분은 우리의 의식과 삶, 그리고 타인과의 사회적 혹은 일상적 관계들, 심지어는 사랑과 같은 추상적 의식까지도 지배하고 있다. 하지만 이러한 표층의 삶으로부터 배제된 욕망들이 또 우리 욕망의 한 층위를 이루고 있다. 그러나 문명이 강요하는 현실에 대한 직접적인 대응의 형태로서의 욕망의 표출은 결국 문명 그 자체의 기능적 일부를 이룬다.

진정으로 문학적인 욕망은 실상 이 두 가지 욕망으로부터 벗어나는 추상적인 방향을 통해 제시될 수 있다. 그것은 곧 삶의 미메시스적인 계기들로부터 탈주하고자 하는 낯선 욕망이다. 그러하기에 그것은 이제까지 존재하지 않았던 새로운 차원의 현실을 생산하는 것이며, 이 점에서 그것은 표면적으로는 병리적 증후를 띠지만 본질적으로는 '사건'적 성격을 띤다. 그런 의미에서 병리학의 소설사는 현실의 담론 이면에 존재하는, 문명에 대응하는 욕망의 계보학이다.

(『세계의문학』 2000년 가을호)

대중(大衆)이라는 타자(他者)
—문학 해석과 독자의 존재방식

1. 게토(ghetto)에 감금된 문학

문학의 위기라는 구호는 상투적이다. 위기의 구호 속에서 문학은 마치 게토에 감금된 것처럼 보인다. 원래는 이탈리아의 유태인 거류 지역을 의미하였으나, 그 뜻이 점차 확대되어 소수 민족, 도시 빈민 등 특정 집단의 격리, 고립된 거류지를 일컫는 단어로 된 게토는 대중문화의 범람 속에서 문학이 처한 위치를 음울하게 상기시킨다. 지식인 문학이 대중을 소외시키는 것이 아니라, 거대한 대중에 의해 문학이 게토에 처하게 된 전도 현상이라고나 할까.

이 위기란 무엇인가. 여전히 문학작품은 읽기 벅찰 정도로 생산되고 있는데도 불구하고 문학의 위기라는 구호는 1990년대에서 한 번도 떠난 적이 없다. 양적인 면에서 문학은 이전에 비해 더 많이 생산되고 있거나 적어도 이전 시대만큼은 생산되고 있다. 그렇다면 질적인 수준의 문제인

가. 물론 그것도 아니다. 문학은 점점 더 복잡해지는 현실에 대응하여 생산되는 인간의 욕망을 담아내고 있다. 욕망 그 자체인 언어가 문학 속에서 무한 증식하는 현상이 이와 같은 현실을 보여주고 있다. 그렇다면 무엇이 문제인가.

이 위기의 실체는 무엇보다 현대적인 문학이 두 가지 극단으로 치달아 양자 사이에 깊은 균열이 생겼다는 점에서 찾을 수 있다. 새로운 현실을 포착하여 이를 기존의 소설 문법 속에서 재생산하는 경향과, 기존의 소설 문법 자체를 혁신하는, 능동적이지만 난해하여 거의 읽을 수 없는 전위적인 경향의 대립이 그것이다. 오늘날 작가는 이 두 가지 경향의 대립이 만들어놓은 골짜기에 처해 있다. 어느 선택도 쉽지 않다. 전자의 경우는 기존의 방식을 단순히 반복하는 것이며, 후자의 경우는 대중으로부터의 소외를, 글쓰기의 중단이라는 두려움을 기꺼이 감수해야만 하기 때문이다. 대중들이 언제 문학의 위기를 심각하게 생각한 적이 있었던가. 그것은 '무엇을 써야 할 것인가'라는 절체절명의 과제 앞에 놓인 작가의 위기의식에 지나지 않는다. 기존의 방식을 반복할 것이냐 아니면 글쓰기의 중단을 감수할 것이냐의 양자택일 앞에 놓여 그것을 심각하게 받아들일 때 문학의 위기는 성립한다. 만일 이러한 위기가 심각하게 받아들여지지 않고 그 가운데 하나를 의심 없이 선택할 수 있다면 문학적 위기는 애초에 성립하지도 않았을 것이다. 그럴 경우 이 위기란 스스로 뭔가 중요한 존재라고 믿고 있는 작가들 자신이 사회적으로 부당하게 대우받고 있다는 불평에 불과할 것이다.

현대적인 문학의 이같은 두 가지 대립 양상의 극단화 경향은 갈수록 심해지고 있는 것이 사실이다. 이것은 다른 말로 하자면 문학 고유의 영토가 갈수록 좁아진다는 이야기일 것이다. 그렇기 때문에 이와 같은 간극을 좁히고자 하는 시도들이 일어나게 된다. 즉 좀더 많은 대중을 문학의 영역에 참여시켜야 한다는 주장과 방안이 그것이다. 그 가운데에는 대중들이 보다 더 쉽게 읽을 수 있는 중간소설 같은 것을 발전시켜야 한다는 입장이 가장 빈번하게 제출되고 있는 것을 볼 수 있다. 그러나 그러한 태도는 중간소설이라는, 혹은 대중소설이라는 새로운 영역을 개척하는 것이 아니라, 기존에 존재하는 중간소설의 영역에 가담하는 것에 지나지 않는다. 설사 그와 같은 주장 아래 씌어진 작품이 대중성을 획득한다고 하더라도 그 주장의 타당성이 입증되는 것은 아니다. 그것은 광고의 힘을 실감하는 것에 지나지 않으며, 따라서 자본주의적 생산과 유통에 기여하는 것일 뿐이다.

문학은 초시간적인 개념이 아니라 최근에 일어난, 보다 정확히 말하면 근대 이후에 발생한 시대적 산물이다. 즉 그것은 근대사회의 내부에서 일어나고 있는 실천과 가치의 총체 가운데 한 부분이다. 모리스 블랑쇼는 『미래의 책』에서 '문학은 어디로 가고 있는가' 라는 물음에 대해 "문학은 그 자체를 향해서, 사라짐이라는 그 본질을 향해서 가고 있다" 고 썼다. 이러한 언급은 문학이 초시간적인 것이 아니라 근대의 산물임을 생각하면 실로 당연한 것이 아닐 수 없다. 현대적인 문학이 직면하게 된 그와 같은 두 가지 경향의 대립은, 그리고 그 대립의 극단화 경향은 문학이 소멸을 향해가고 있는 증거에 다름아니다. 인간의 욕망은 역사 이래로 생산되어갈수록 끊임없이 증대하며, 그러한 사회 전체적인 차원에서의 욕망의 증폭은 거기에 맞는 새로운 문법과 양식을 요구한다. 이러한 욕망의 흐름을 억압하면서 문학의 고유한 영토를 설정하고 주장하는 것이 과연 의미 있는 태도일까. 문제는 고착이 아니라 탈주일 것이다. 욕망의 흐름을 가로막고 있는 체제를 뚫고 나아가는 욕망의 도주를 그대로 바라보는 일, 그것을 분석하고 기록하는 일은 따라서 문학의 쇄신에 다름아니다. 문학은 문학의 이름 아래에서 끊임없이 문학을 위반하면서 새로운 문학 개념을 창출해나가고 있다. 따라서 점점 더 자체의 역사를 지시하게 되는 문학을 역사적으로 바라보지 않으면 안 된다. 이 역사는 외적인 지시 대상, 즉 재현되거나 지시된 현실이 아니라 과거와 현재의 예술작품으로 구성된 우주를 가리키는 것으로 해석되어야 한다.

그러므로 문학의 고유한 개념을 고집하는 태도는 욕망의 흐름을 제도화하는 것이다. 고정된 문학이 하나의 제도로서 욕망의 흐름을 가두는 체계의 기능을 하고 있다면, 문제는 오히려 문학이라는 굴레를 벗어나 언어 그 자체인 욕망의 흐름을 좇아 글쓰기의 새로운 공간을 생산해내는 것이다. 그 도정이 지나갈 미래의 한 지점에서 문학의 소멸은 시계를 쳐다보며 그 도래를 기다리고 있다.

2. 관념으로서의 대중과 현실로서의 대중

전통적으로 문학과 대중의 관계를 살필 경우, 주로 문학작품이 독자에게 미치는 영향의 차원에서 논의가 이루어져왔다. 이와 같은 논의의 차원은 독자 대중을 수동적인 존재로 파악하는 태도라고 할 수 있다. 보다 읽기 쉽게 쓰면 대중들이 문학에 관심을 갖고 참여하리라는 기대 또한 이처럼 대중을 일면적으로 파악한 소치라고 할 수 있다. 그러나 독자라는 대중은 그처럼 수동적인 존재에 지나지 않는가.

독자라는 이름의 대중은 문학작품을 수용, 소비하는 수동적인 존재가 아니라 문학 생산의 주체 가운데 하나라고 할 수 있다. 작품의 최초 생산 지점은 독자의 기대지평 위에 놓여 있기 때문이다. 그리고 텍스트의 지속적인 의미 생산을 가능케 하면서 텍스트에 생명력을 부여하는 것 또한 독자의 몫이다. 그러한 의미에 있어서의 대중은 작가의 관념적인 기대를 초월하는 타자로서의 대중이다. 다음은 염상섭의 장편 『광분』(1929~1930) 가운데에 나오는 한 대목이다.

민중은 각개로 방임할 때에 대개는 둔감이다. 그러나 집단적 행동으로 한걸음 떼놓으면 이처럼 민감한 것이었다. 그 전신이 달팽이의 촉각으로 돌변한다. 그리하여 다만 직각적(直覺的)으로만 어떠한 한 각도로 후벼파고 들어가는 것이다. 그들은 혹시 의식이 몽롱할지도 모른다. 정확한 이지적 판단을 내릴 여가가 없을지도 모른다. 그러나 마치 경주하는 사람이 신호를 할 일 초 전에 마음먹었던 목표를 향하여 전후불계하고 돌진하듯이 떼놓은 발은 갈 데까지 가지 않으면 머물 줄을 모르는 자기 자신도 모를 괴상한 힘이 솟는 것이다. 그러면서도 경마가 결승점에 저절로 달려오듯이 길이 빗나가는 일 없이 오고야 마는 것이다.

그러나 이것을 한층 높이 앉아서 내려다보는 사람, 이것을 제어하려는 사람은 여간한 총명이 아니고는 민중의 촉각이 무엇 때문에 움직였는지 그 진상을 용이히 하지는 못하는 것이다. 과학자가 원자(原子) 그것이 무엇이냐는 것을 모르는 것과 같이 그들은 다만 거죽만 핥고 앉아서 가장 현명한 체한다. 만일 그렇지 않다면 사람은 필요할 때에는 좋은 지혜가 나지 못하고 필요치 않은 때에 한하여 좋은 지혜가 성복 뒤에 약방문처럼 생각나기 때문에 그들은 영원히 일의 진상은 포착하지 못하고 마는 것이다.

근거없는 낙관주의와 공소한 관념주의를 거부하는 이 도저하고도 냉철한 시각이야말로 염상섭의 소설이 발휘하는 리얼리티의 근거일 것이다. 민중 혹은 대중은 어떠한 논리에 의해서도 쉽게 설명되지 않지만 그럼에도 불구하고 그들의 행위 가운데에는 분명히 뚜렷한 생리적 논리가 성립되어 있다고 염상섭은 지적하고 있다. 입자나 분자로 행동하는 것이 아니라 들뢰즈의 언어로 하면 몰적(molaire, molar)으로 움직이는 대중, 보드리야르의 용어로 하자면 덩어리로서 움직이는 대중에 대한 통찰이 거기에 있다.

대중에 대한 이러한 파악은 대중을 역사적인 주체로 설정하는 것도 아니며, 그렇다고 수동적인 설득 대상으로 전제하는 것도 아니다. 물론 어느 시점에 이르기까지 대중은 놀랄 만큼 보수적이고 세속적임을 빌헬름 라이히와 프로이트는 정확하게 지적하고 있다. 그러나 이러한 대중들의 움직임은 그 자체가 하나의 현실이다. 라이히의 『작은 사람들아 들어라』

에 나타나는 대중에 대한 한 맺힌 경멸이라든가, 집단적으로 행동하는 가운데 이성과 양심을 허위로 만들어버리고 노골적인 본능을 드러내는 대중들의 심리를 분석한 프로이트의 집단심리학에서 이 점을 명확하게 확인할 수 있다. 대중들이 한 시대의 이념에 몰려들었다가 어느새 그 이념으로부터 쉽게 벗어나버리는 것은 이러한 생리에 비추어보면 그다지 이상한 일이 아니다. 그렇기 때문에 끊임없이 움직이는 대중을 고정된 이념의 틀에 비추어 파악하고, 그러한 욕망의 흐름을 윤리적인 차원에서 비판하는 것은 대중을 관념적으로 파악하는 것이라 하겠다. 대중은 그러한 관념 너머에 타자로서 존재하고 있기 때문이다.

한편 쉽게 읽히는 글을 쓴다는 것은 대중을 수동적 존재로 파악하는 일면과 더불어, 대중에 대한 일정한 아첨을 전제로 하는 것이다. 그것은 대중을 '고려'하는 것과는 근본적으로 다른 것이다. 부르디외의 분석에서 볼 수 있는 것처럼, 대중들은 문학이 지니는 예술양식으로서의 가치에 주목하는 것이 아니라 자신들의 일상적 체험에 기반해서 문학언어의 일차적인 층만을 해독하는 습성을 지니고 있다. 물론 이것을 두고 부르주아의 취향과 상징적으로 투쟁을 벌이고 있는 민중들의 취향이라고 부를 수도 있을 것이다. 그러나 이러한 취향의 구분 자체가 경제적 계급을 은폐시키는 한편, 그것을 문화적인 상징투쟁 가운데에서 각인시키는 '구별 짓기'의 결과이다. 그러므로 그러한 세속적 취향은 대중들이 지니고 있어야 할 자연스러운 취향이라고 볼 수 없다. 그것은 그렇게 구별 짓기를 함으로써 계급적 구분과 지배를 관철시키기 위한 토대이다.

그러므로 대중들이 보다 쉽게 읽고 참여할 수 있는 중간문학을 주장하는 태도는 구별 짓기 전략에 대한 저항이 아니라 결국 그 전략을 그대로 수용하는 결과를 낳는다. 대중문화는 대중에 의한 것이 아니라 대중을 구별 짓고 그 구별된 상태를 자신의 상태와 동일시하게끔 강요하는 지배구조의 전략의 일부분이기 때문이다. 중간문학이 없기 때문에 문학이 대중으로부터 소외되는 것은 결코 아니다. 지금도 그러한 것은 유통의 질서 속에서 넘쳐나고 있지 않은가. 그러므로 중간문학을 대중들에게 제공하는 것은 수없이 많은 드라마와 상업영화에 둘러싸여 있는 대중들에게 변형된 장르 한 가지를 더 섞어 제시하는 것에 지나지 않는다. 더구나 이와 같은 중간문학의 가능성은 점점 더 입지가 좁아지고 있는 실정이다. 그러나 이러한 상황은 현실의 흐름일 뿐 문학의 위기라고 할 수는 없다.

결국 잘 읽힌다는 것은 잘 팔린다는 것이며, 이 경우에는 대중을 문학작품의 소비 주체로 파악하는 것이다. 쉽게 쓴다는 것은 작가의 측면에서는 언어의 추락이요, 독자의 입장에서 보면 상투적 언어의 일방적 강요이다. 대중이 그러한 문학에서 즐거움을 느낀다고 하더라도 그것은 경제적인 차원에서 행해지는 소비의 즐거움일 뿐, 문학의 영역이 확대되거나 그 힘이 증가하는 것은 결코 아니다. 지적인 것과 대중적인 것을 분리시키고 대중들에게는 대중적이라고 규정된 것만을 제시하는 것, 이것이야말로 구별 짓기가 아닐 것인가.

또한 쉽게 써서 대중을 획득해야 한다는 주장은 문학이 현실적인 영향력을 즉각적으로 발휘할 수 있어야 한다는 조급성의 소산이다. 그러나 만일 글쓰기를 통해 즉각적인 반향을 불러일으키려면 더이상 글쓰기랄 수 없는 상투적 언어의 중계를 통과하거나 글쓰기 이외의 불순한 장치의 도움을 필요로 한다. 쉬우냐 어려우냐의 대립은 따라서 허구적이다. 진정한 대립은 지식 서술이냐 아니면 진정한 글쓰기냐에 놓여 있다.

3. 문학 생산의 주체로서의 독자

대중들은 문학작품의 소비자나 수동적인 투여 대상에 머무르지 않는다. 대중은 독자로서 문학작품의 생산에 끊임없이 참여하고 있다. 이러한 태도는 문학을 작품 개념이 아니라 텍스트의 범주로 파악할 때 비로소 발견될 수 있다. 신과 같은 초월적인 위치에 놓인 저자가 창조해낸 예술작품이라는 관념 속에서 독자는 무력한 수동적 존재로 전락한다. 그러나 하나의 작품이 기존의 텍스트들의 언어에 대한 미메시스라고 보는 텍스트론의 입장에서 보면, 독자는 문학 텍스트의 생산에 참여하고 텍스트에 생명력을 부여하며 텍스트를 완결 짓는 존재로 파악된다.

1910년대 중반 매우 큰 대중적 반향을 불러일으켰던 『장한몽』(1913)이라는 텍스트는 그 이후에까지도 우리에게 친숙한 것으로 남아 있다. 오자키 고요(尾崎紅葉)의 『곤지키야샤(金色夜叉)』를 번안한 이 텍스트는 알려진 바와 같이 원텍스트와 등장인물과 기본적인 서사구조에 있어 유사하면서도 그 결말은 사뭇 다르다. 후자에 있어서는 여주인공 오미야가 자살하는 비극적 결말이라면, 전자는 이수일과 심순애가 마침내 사랑을 이루는 것으로 되어 있다. 이러한 결말은 번안자 조일재의 한계일 수도 있겠지만, 어떤 측면에서는 이 작품을 읽는 독자들의 기대지평이 그렇게 결말 짓도록 강요한 것으로 볼 수 있다. 비극적인 결말의 낯섦은 당시의 독자 대중들에게 수용되기 어려웠기 때문이다.

최초의 근대 장편으로 일컬어지는 『무정』(1917)은 어떠한가. 이 작품이 성공할 수 있었던 원인으로 상승 계층의 이데올로기를 반영했다는 점을 드는 것이 일반적이다. 그러나 국가를 상실한 지 10여 년이 되어가는 시점에서 교육을 통해 민족적 삶을 개조할 수 있다는 발상은 가장 시대적이자 선구적이라고 보기 어렵다. 이러한 계몽적 실천의 주장은 오히려 개화기에서 그 정점에 도달하고, 그 이후에는 체계적으로 좌절되어갔던 것이니, 1910년대의 대부분의 단편소설들이 신파와도 같은 비극으로 종결되었으며, 1910년대 후반부에 이르면 사회와 개인의 갈등을 주제화하기에 이르렀던 것은 이와 같은 맥락에서 설명될 수 있다. 하지만 대중들은 그것이 시효를 다했다고 하더라도 자신들에게 친숙한 것에서 카타르시스를 느낀다. 근대적 문학의 자율적 상태는 필연적으로 문학과 현실 혹은 대중 사이에 놓인 거리를 요구한다. 이광수의 『무정』에 나타난 계몽이라는 타자의 등장은 사실은 대중이라는 타자의 개입이라고 고쳐 말할 수 있다. 독자가 작품에 참여하고자 하는 욕구, 즉 등장인물들의 즐거움과 고통을 함께 나누고 이들의 운명에 대해 걱정하고 이들의 희망과 이상을 그대로 따르고 이들의 삶을 함께 나누고자 하는 욕망을 『무정』은 수용하고 있었던 것이다. 말하자면 『무정』의 성공은 사실은 독자 대중의 자기 투사 욕망, 곧 쉽게 감격하고 소박하게 이해하고 또 쉽게 잊어버리고 마는 독자 대중들의 욕망이 만들어낸 것이다. 그것은 『무정』의 계몽이 이미 시효가 지난, 그러나 그렇기 때문에 대중들이 친숙하게 느끼고 쉽게 자기화할 수 있었던 주제라는 데에서 기인한다. 현재형으로 끝나든지 편집자적 논평이 있든지 대중들이 상관할 것인가. 이 경우 형식적인 새로움은 그것의 낯섦으로 말미암아 오히려 대중들이 그 고유한 효과를 인식하는 데 방해물일 뿐이다. 이 경우 형식적인 실험과 예술 고유의 효과는 독자 대중의 이러한 욕망에 방해가 되지 않는 한도 내에서만 받아들여질 수 있다.

한국 근대 리얼리즘 소설의 기념비라고 평가되는 『고향』(1934)의 경우도 마찬가지의 각도에서 바라볼 수 있다. 『고향』이 발표된 1934년의 시점은 이미 카프 문학이 붕괴될 시기에 해당된다. 또한 『고향』에서 나타나는 소작쟁의라든가 노동동맹의 주장은 이미 한 고비를 넘어서서 점점 쇠퇴해가는 일로에 놓여 있었다. 그럼에도 불구하고 『고향』이 당대에 그토록 환영받을 수 있었던 근거는 무엇이겠는가. 그것은 주제의 친숙함에서 비롯된다. 물론 한 역사적 국면이 그 본질을 드러낸 이후에야 장편의 창작이 가능하다는 전제에서 보면, 『고향』이 그려내고 있는 1920년대 중반의 현실은 그다지 시대착오적인 것이 아니라고 주장될 수도 있을 터이다. 그러나 문제는 그것이 환영받을 수 있는 근거 자체는 작품 형상화의 밀도나 주제의 진취성과 더불어 독자의 향수를 자극하는 그만큼 낯익은 대상이었다는 데서 기인한다.

한편 대표적인 근대 리얼리즘 소설로 평가받고 있는 염상섭의 『삼대』(1931)의 경우는 어떠한가. 최근에 이르기까지 숱한 논의와 평가가 『삼대』에 바쳐졌음에도 불구하고, 이 작품이 신문에 연재될 당시에 그것에 대한 관심과 평가를 찾아볼 수 없는 것은 무엇 때문일까. 염상섭 스스로가 해방 이후에 『삼대』에 대한 평가를 대하고 나서 작품의 운명이란 작가가 점칠 수 없다고 술회한 것을 보면 이 작품을 고전의 반열에 올려놓은 것은 바로 대중의 취향이라 할 수 있다. 여기에서 대중의 적응력은 관념을 앞서나가는 현실이라는 점이 드러난다. 대중들의 취향은 분명 존재하지만, 그것은 단지 이해하기 쉬운 것으로 경사되는 것만은 아닌 것이다.

이러한 측면은 비단 『무정』 『고향』 『삼대』 등의 특정 작품에만 해당되는 것은 아니다. 오히려 문학작품에 대중이 개입하는 보편적인 차원의 문제라고 할 수 있다. 이와 같은 대중의 취향은 문학을 작품이라는 범주에서만 보면 발견될 수 없다. 독자가 참여하고 그것을 전개시켜나가고 마침내 완성시킨다고 하는 텍스트의 범주에서 볼 때만 이와 같은 측면은 표면으로 드러나게 되는 것이다. 바르트가 말한 대로, 작품의 측면에서 보면 작가와 독자가 구분되지만, 텍스트의 측면에서 보면 독자가 곧 작가인 것이다. 그런 의미에서 텍스트는 실체가 아니라 방법적인 범주에 속한다.

문제는 이때의 독자 참여가 체계적으로 왜곡된 세속적 취향에 근거하고 있다는 점이다. 이와 같은 측면에 대한 부르디외의 견해를 보면 다음과 같다.

> 전형적인 작품이 선별되는 이유는 이들 작품이 특정한 분류체계에서 정도의 차이는 있지만 분명하게 타당한 기준으로 공인되는 특징을 명확하게 제시하기 때문이다. 모든 것에 비추어 살펴볼 때 심지어는 전문가들 사이에서조차도 '전형적인 작품'의 양식적 특성을 규정하는 타당성의 기준은 일반적으로 함축되어 있으며, 예술작품을 구분하고, 분류하고, 체계화하기 위해 함축적으로 동원되는 미학적 분류법은 결코 미학이론이 부여하려고 하는 엄밀함과는 거리가 멀다는 것을 알 수 있다.(*Distinction*)

그러나 역사의 경과와 더불어 대중의 취향은 끊임없이 변화해나간다. 이러한 대중을 타자로서 대면하고 그것을 선취하기 위한 글쓰기의 필사적 도약이 수행되지 않는다면 문학은 제도교육에 속한 문학사의 유물로 남을 수밖에 없다.

문학사에 있어서 고전의 선택은 그 전형성에 있다. 그와 같은 미학적 분류법에는 실질적인 독서나 감상의 층위가 배제되어 있으며 단지 교육적인 차원에서의 이데올로기적 성격만이 부각될 따름이다. 그 결과 근본적으로 문학작품의 감상보다는 교육을 통한 지식이나 교양의 정도가 취향의 형태로 구분될 따름이다. 그렇기 때문에 문학작품을 비롯한 문화 일반은 감상되는 것이 아니라 취향으로 선택 혹은 배제되며 결과적으로 과시되거나 소비되는 측면을 드러낸다.

4. 문학은 어디로 가고 있는가

문학의 위기와 관련하여 독자를 문학 생산의 주체로 설정할 때 새롭게 발견되는 측면은 이와 같은 문제에 대한 대안이 문학작품 자체만으로 이루어지지 않는다는 점이다. 그것은 넓은 의미의 교육을 포함한 제도적 차원의 문제이며, 궁극적으로는 인식 태도의 새로운 정립과 관계되는 것이다.

글로 씌어지는 예술인 문학은 독서 행위에 의해 최종적으로 완결된다고 여겨져왔다. 그러나 위에서 살펴본 바와 같이, 문학작품의 사회적 영향은 비단 독서와 감상을 통해 이루어지는 것만은 아니다. 문학작품은 점점 더 조건 없는 독서와 결합할 가능성은 줄어들고 있다. 말 그대로 대중들은 책을 보는 것이지 읽지는 않는다. 이것이 문학의 위기인가. 부르디외의 분석의 차원에서 보면 글읽기는 문화적인 장 속에서 펼쳐지는 아비투스 간의 상징 투쟁의 한 고리이다. 읽히지 않는 문학도 알려지고 그로 인해 하나의 역할과 기능을 수행한다. 곧 작품은 읽히지 않더라도 상징 투쟁의 장 속에 놓인다. 끊임없이 변화하는 대중의 의식과 취향은 현재의 상징 투쟁의 공간을 과거화하면서 새로운 경계로 이동해간다. 문제는 이데올로기화된 경계 안의 사유에 영합함으로써 상품 논리에 기여하는 것이 아니라, 이 경계 지점에 놓인 타자로서의 대중의 의식과 취향을 분석하여 이를 글쓰기의 토대로 삼는 것이다.

근대 예술의 자율적 상태가 초래한 예술과 현실 사이의 분열을 극복하고자 했던 역사적 아방가르드의 시도가 상품 미학이나 작품 범주로 수렴된 사실은 자본주의 그것처럼 문학의 생존력도 만만치 않다는 점을 반증하고 있다. 제도를 거부하고 그것 밖으로 나가기 위한 시도들을 체제는 끊임없이 제도화한다. 문제는 제도에 대한 끊임없는 도전이며 이것의 밖으로 나가기 위한 필사적인 투쟁이다. 지적인 것과 대중적인 것을 구별 짓는 그 경계에서 사유하면서, 그 경계의 빈틈을 공격하는 글쓰기가 유일한 대안일 수밖에 없는 것은 이 때문이다.

바르트는 글쓰기의 유혹(séduction du texte)에 대해 이야기한다. 그가 이야기하는 관능적인 글쓰기는 그 텍스트 안에 글 쓰는 행위자 자신의 육체를 기재하려 하며, 세속적이고 도덕적인 인간들이 아니라 해체된 주체들로서의 독자들의 육체와 결합하려 한다. 그는 그렇기 때문에 난해하고 명백히 읽기 어려운 글쓰기도 독자 자신의 글쓰기 실천 가운데 놓일 때 비로소 이해 가능성을 획득할 수 있다고 전제한다. 이러한 그의 입장으로부터, 즐거움이 아닌 즐김의 글쓰기가 이루는 유토피아적 공간이 도출된다. 바르트가 제시하는, 즐김 속에서 씌어진 텍스트들이 상업적 출판과 무관하게 유통될 수 있는 글쓰기의 유토피아는 그것의 모델인 푸리에의 팔랑스테르만큼이나 공상적이다. 그러나 그가 제시하는 글쓰기의 새로운 상(像)은 문학의 위기라는 상투적이고도 지긋지긋한 신음에서 벗어나 새로운 차원에서 문학의 존재방식을 모색하도록 우리를 환기시킨다.

문학의 시효는 언제까지일지 모르지만, 그것이 새로운 방식에 의한 새로운 차원의 글쓰기로 이어질 것이라는 점만은 분명하다. 더불어 기존의 문학작품 또한 새로운 글쓰기의 차원에서 해석되고 새로운 위치를 부여받게 될 것이다. 문학은 어디로 가고 있는가. 그것은 소멸하면서 지금도 계속되고 있다. 글쓰기의 양식은 바뀔지라도 그것의 유혹은 쉽게 사라지지 않을 것이기 때문이다.

(『한국문학』 1999년 여름호)

제2부 욕망의 글쓰기, 글쓰기의 욕망

종말에의 상상력이 불러낸 가상현실의 세계
—백민석론

1. 실재, 허구, 가상현실

백민석의 소설은 '믿거나' 혹은 '말거나' 혹은 '믿거나말거나'이다. 그것은 그의 소설이 실재와 허구의 구분을 소멸시키면서 하나의 새로운 가상현실(hyperréel)을 만들어내고 있기 때문이며, '믿거나말거나박물지'는 그 새로운 가상현실의 입구에 붙어 있는 문패명(門牌名)이다.

'믿거나말거나박물지'는 일종의 거대한 벤처기업이다. '갤러리 코미디즘'과 '만화사 박물관' '음악인 협동조합' 등을 계열사로 두고 있고, '약국' '버스 정류장' '플로리다행 버스' '테마 파크' '중환자실' '유선방송' '격납고' 등을 갖추고 있으며, 『Believe it or Not Magazine』이라는 잡지도 간행한다. 이만하면 '믿거나말거나박물지'는 일개 벤처기업이라기보다는 하나의 거대한 '체계'이며, 우리가 살아가고 있는 현실을 새로운 공간 속으로 옮겨놓은 것이라 볼 수 없겠는가. 하지만 그 공간은 우리의 실재적 삶의 공간이라기보다는 문화적 기호들로부터 파생된 새로운 현실이다. 그것은 현실로부터 파생된 허구적 현실이지만, 이제 그 가상의 현실은 우리의 삶과 실재를 규정하는 절대적 힘이기에 실재와 허구 모두를 넘어선다. 근대의 합리적 이성이 추구한 의미 생산이 과잉상태에 이르자 이제 그것의 복수가 시작된 것이다. "상상해낼 수 있는 모든 것을 이미 다 생산해낸 인류는 이제, 인류가 상상해낼 수 없는 것들을 생산해내기 시작했다"(「캘리포니아 나무개」)는 작품 속의 언급처럼, 생산의 속도가 의미의 속도를 추월한 결과 생산되는 거의 대부분의 것들은 그 각자의 의미가 찾아지기도 전에 폐기된다. 이제 의미는 모두 소멸하고, 기호들의 자율적인 체계만이 존재한다. 그리하여 세계는 "뭘 의미하는지 도무지 알 수 없는 것들"(「캘리포니아 나무개」)로 가득 찬 '박물지'가 되어버린 것이다.

「술집 까스등」의 '놈'은 리모트컨트롤에 대한 편집증을 가지고 있다. 거기에서는 인간의 편리를 위해 만들어진 리모트컨트롤에 인간이 길들여진 결과로, 그것이 고장난 경우 극심한 불편의 차원을 넘어서 존재 자체의 불안감마저 느끼는 양상을 엿볼 수 있다. 그가 그토록 리모트컨트롤에 대해 편집증을 가지는 이유는, 믿거나말거나박물지의 직원인 그에게 직장생활은 "도저히 제정신으론 해내지 못할 것만 같은 일들에 자신을 익숙하게 만드는 것"이기 때문이다. 현대사회의 인간은 사회적 활동에서 삶의 근거를 발견하기가 점점 더 힘들게 되었으며 그 결과 점점 더 자폐적으로 되어간다. 퇴근 후 저녁식사를 마치고 리모트컨트롤을 들고 소파에 누워 TV를 보다가 잠이 드는 모습은 이제 현대인의 평범한 일상이다. 존재의 가치는 이제 그 무엇과도 호환될 수 없는 장난감 정도의 무게만을 가진 것에 불과한 것으로 되며, 결국 문학적 기호들이 만드는 가상현실의 프로그램에 무기력하게 종속되기에 이른다. 그렇기 때문에 "장난감 때문에 우리가 겨우 살아 있게 되는 거야, 아니면 우리 삶 자체가 장난감이 되고 만 거야?"라는 '놈'의 탄식은 현대적 삶의 징후를 그

대로 보여주는 것이다.

한편 『Believe it or Not Magazine』에는 처음엔 단순히 한 마리 갖고 싶은 생각에서 고양이를 샀던 사람들이 나중엔 그 고양이로부터 사랑받는 주인이 되기 위해 부단히 전전긍긍하게 된다는 이야기가 있다(「요람 속의 고양이 둘」). 이 경우 고양이는 단순한 애완동물 '나비'가 아니라 하나의 '신비'이다. 애초에 고양이는 주인에게 "온전히 가져보지 못했던 하나의 가족"처럼 '의미'의 '기호'였다. 그러나 인간은 곧 '기호'에 의해 구속당한다. 인간은 의미의 기호들에 짓눌려 그 지배하에 놓이게 된다. '의미'는 사라지고 '기호'의 지배를 받는 투명하고도 기계적인 동작만이 반복된다. 의미가 소멸된 기호들의 체계와 그 체계의 투명성 속에서 이제 "완전히 가져보지 못했던 하나의 가족"이라는 의미는 '신비'가 되고 만다. 즉 모든 의미를 소멸시키는 체계의 투명성 속을 무기력하고 투명한 대중이 살아가고 있는 가상현실이 곧 '믿거나말거나박물지'인 것이다.

백민석의 소설에서 가상현실은 꿈과 현실, 포르노와 록 음악, 문화와 역사 등이 혼종되어 있는 일종의 아나그램에 의해 구성된다. 그의 소설은 이러한 문화적 기호들의 아나그램을 통해 허구와 실재를 넘나들면서 의미와 가치가 소멸된 세기말의 현실을 알레고리화하고 있다. 그런 의미에서 백민석 소설은 단순한 자기 증식적인 글쓰기에 그치지 않는다. 그의 '폭력적인' 글쓰기는 "작가가 애를 썼으면 피할 수 있었을 결점"(복거일, 「견딜 만한 지옥의 지도」, 『16믿거나말거나박물지』 해설, 문학과지성사, 1997)이라기보다는, 의식의 밑바닥을 난자하는 해부의 칼날이며 그곳에서 마주치는 두려움이 낳은 공포의 수사학이라는 점에서 오히려 전략적 글쓰기의 일종이라 할 수 있다. 만일 그가 '폭력적인' 글쓰기가 아닌 공격적인 '포즈'에 머물렀다면, "기껏해야 과외나 받고 독서실에나 다니던 중산층의 아이들이 빈민 계층의 음악을 한답시고 날뛰는"(「음악인 협동조합 1」) 사이비 전위성의 시대에서 과연 무엇을 이야기할 수 있었을 것인가?

2. 미망, 복고적 시나리오

백민석의 소설은 '비판'을 '비판한다.' 암울한 유희가, 참담한 웃음이, 그리고 진지한 가벼움이 그것을 가능케 한다.

자기 분열적인 증상으로 귀결되고 마는 죽음을 무릅쓴 다이어트(「믿거나말거나박물지식 달걀 다이어트」), 죽음을 두고 홀로그램 놀이를 벌이는 무디어진 생명 감각의 남녀들(「그들은 운명적으로 자질구레함을 타고 났다」), 귀족 고양이를 자처하는 오렌지족들의 자기 도취와 그 배후에 놓인 가족의 파괴 양상(「요람 속의 고양이 둘」), 리모트컨트롤에 존재의 의미를 거는 극단적인 패러노이드(「술집 까스등」) 등에 대한 그의 시선은 단순한 비판의 차원을 뛰어넘고 있다. 현대 문명의 왜곡된 모순성 혹은 현대인들의 이상심리로 간주되어오던 주변의 현상들이 바야흐로 중심으로 진입하는 장면을 여기서 볼 수 있는바, 이제 그것들은 예외적인 것, 비정상적인 것이 아니라 바로 규칙이 되었으며 그를 통해 정상과 비정상의 구분이 와해된 '박물지'적 현실을 이루고 있는 것이다. 백민석의 소설이 갖는 리얼리티는 바로 이처럼 근대의 기획이 전도된 채 드러나고 있는 새로운 상황에 대한 관찰에서 기인한다.

그러나 그의 소설이 비판을 의도하고 씌어진 것은 아니다. 오히려 그는 성급한 비판보다도 포스트모더니티의 징후를 가상현실 속에서 충실하게 그려내면서 그 발생적 근거를 탐색하는 태도를 취한다. 그의 작품 속에서 현대적 상황 속의 병리들은 파시즘이나 종말론에서처럼 권력 부재의 혼란상태에 대한 저항으로서, 혹은 생태주의처럼 일상적 존재의 차원을 뛰어넘고자 하는 초월론적 욕구로 설정된다. 그의 소설이 보여주는 이러한 판단은 포스트모더니티로 이행해가는 오늘날의 현실이 의미(이데올로기)에 의해 더이상 포착될 수 없음을 반증하고 있다. 분산된 기호들의 범람 속에서 의미는 한없이 무기력하기만 하다.

백민석의 소설을 주목할 만한 이유는 무엇보다도 그의 시선이 바로 이 무기력함의 언저리를 주시하고 있기 때문이다. 그렇지만 그 시선은 체계의 비회귀성에 대한 확고한 자각을 동반하고 있다. 그렇기 때문에 그는 어떠한 복고적인 시나리오도 거부한다. 인위적인 과거의 기억은 역사 그 자체를 폐지하는 것으로 귀결될 수밖에 없기 때문이다. 과거에 대한 미망은 '하나의 광적인 추앙'일 따름이며, 그러한 추앙조차도 '220V' 전원에서 흘러나오는 TV나 영화가 조장한 현대적 산물이다.

> 저 위대한 진공관 시대의 디자인을 흉내냈다고 해서 내가, 디지털 이전의 시대 — 깊이 있고 우아하며, 아름답고도 매혹적이라고 알려진, 하지만 내가 결코 알지 못하는 — 를 향해 실제로도, 스스로를 뛰어넘을 수 있다는 것은 결코 아니다. 실제로 가능한 것은 그것이 아니라 그것에 대한 하나의 광적인 추앙일 뿐이며, 그 광적인 추앙조차 우리 시대의 마찬가지로 위대한 220V의 전원 없이는 아마도 가능치 않을 것이기 때문이다.(「사랑의 고통」)

매체가 불러내는 역사적 기억은 현실적 기호로 떠오르자마자 망각의 늪으로 사라진다. 일례로 '광주 문제'에 실질적인 종지부를 찍은 것은 TV를 비롯한 대중매체가 아니었던가. 잠재된 형태로, 죄의식으로 떠돌아다니던 역사적 기억은 매체 속에 함입되어 대중적인 차원으로 올려지고, 결국은 망각을 부추긴다. 더이상 망각으로 남아 있는 역사적인 기억은 존재하지 않는다. 말하자면 인위적인 기억에 의해 기억을 지움으로써 망각은 실현되는 것이다. 그런 의미에서 대중매체는 더이상 기억의 도큐먼트가 아니라 망각의 도구일 뿐이다. 게다가 매체들이 생산해낸 공포와 학살의 가상현실은 이미 현실을 뒤덮어버렸음에랴. "믿거나말거나박물지의 그런 비(秘)공장 가운덴, 콩나물을 키우듯 살인들을 키우는 공장이 있다니까요. 80년 5월 18일에 준공식을 비밀리에 치르곤, 그날부터 살인들을 생산해냈다더군요"라는 '나'의 말에, 비디오가게 여점원은 다음과 같이 대답한다. "너무 식상한 얘기예요. 그건 클라이브 바커, 라는 소설가의 주테마의 변종 같군요. 〈헬레이저〉 시리즈나, 〈캔디맨〉 시리즈, 혹은 〈일루전〉 같은 비디오가 벌써 나와 있지요. 그런 건 공포영화 장르의 영원한 테마라구요"(「그분」)라고.

그렇다고 해서 백민석의 소설이 과거 그 자체에 대한 객관적인 인식을 추구하는 것은 아니다. 오히려 백민석은 과거의 문화적 기호들을 현대적인 관심 속으로 불러들이는 방식을 취한다. 굳이 가다머의 말을 빌리지 않더라도 모든 과거는 현재적으로 해석된 것이며, 따라서 역사에 대한 객관주의적 태도는 타자적 시선의 거부에 다름아니기 때문이다. 다소 이색적인 분위기의 「플로리다산 오렌지 주스」는 존 슐레진저 감독의 1969년 작 〈한밤중의 소몰이꾼〉의 '믿거나말거나박물지' 식 리바이벌이다. 두 소몰이꾼의 플로리다를 향한 유토피아적 욕망은 라디오의 CM송이 만든 가상현실이 불러일으킨 것이다. 그리고 이러한 유토피아적 욕망 또한 맹목적일 경우 편집증으로 변질된다. 그들은 플로리다라는 가상현실을 위해 자신의 삶과 육체를 소진한다. 그렇지만 그 결과 그들은 상류 사회의 LSD와 알코올과 대마초와 나이트클럽에 중독된 채로, '믿거나말거나박물지 뉴욕발 플로리다행 버스' 안에서 숨을 거두게 된다. 플로리다는 정작 영화 속에서 한 번도 등장하지 않음에도 불구하고, 현실을 규정하는 절대적인 힘을 지닌 가상현실이다. 그것은 사내들의 목숨을 흡입하는 블랙홀과도 같은 체계이다—"봐라, 방금 또 한 사내가 플로리다를 위해 목숨을 바쳤다." 게다가 그 영화를 보는 '나' 마저도 플로리다가 미국에서 가장 살기 좋은 곳이라는 인상을 갖게 되었다. 이처럼 가상현실 속의 기호들은 과거와 현재를 넘나들면서 무한대로 자신을 증식시켜나가는 거대한 체계인 것이다. 그렇기 때문에 가상현실 속의 역사적 기억은 스스로의 근원을 망각하며, 체계 그 자체의 논리에 의해 새롭게 재생산되고 있다.

이런 맥락에서 보면, 백민석의 소설을 두고 "쾌락의 서사 혹은 순응론"으로 읽거나, "유희로서의 예술"이라고 지적하는 것은, 그 우려의 함의를 전적으로 부인할 수는 없겠지만 그럼에도 불구하고 다소 일면적이라 할 수 있다. 오히려 그의 소설은 근대적 기획의 전도된 양상과 그 메커니즘에 대한 통찰을 보여주고 있으며, 그 통찰은 종말에의 상상력과 두려움에 그 뿌리를 두고 있기 때문이다.

3. 두려움, 종말에의 상상력

백민석은 '당혹해' 하면서 동시에 우리를 '당혹케' 만든다. 그것은 그의 소설이 현대사회의 왜곡된 삶의 양상들과 그 미래의 징후가 착종된 당혹스러운 가상적 현실을 다루고 있기 때문이며, 동시에 그것을 다루는 그의 방식 자체가 당혹스럽기 때문이다. 그의 소설에는 일상 밑바닥에 먼지처럼 가라앉아 있던 욕망들이 몸을 꿈틀거리며 일어나 유령처럼 떠돌아다니고 있다. 포르노와 록 음악 등 고상하지 못한 하위문화에 본적지를 둔 그 유령들은 키치를 이유식으로 떠먹고는 속성 재배되어 이제는 포스트모더니티에 현주소를 둔 독립세대주를 형성하고 있다.

그의 소설은 의미의 거대한 파괴라는 포스트모더니티의 혁명 속에서 현대의 병리적 증후들의 박물지를 펼쳐 보이는데, 그 박물지는 공포에 침윤된 종말론적 상상력에 의해 채색되어 있다. 그렇기 때문에 그의 소설에서 종말론적 상상력은 과거와 현재, 그리고 미래의 세 가닥을 묶는 매듭이다. 과거는 현재를 이야기하기 위해 소환되는 한편, 미래의 불길한 예감은 현재에 그 빛을 드리운다. '믿거나말거나박물지 브랜드의 벽시계'는 이처럼 "전혀 다른 세 가지 차원의 시간을 동시에 아우르는"(「술집 까스등」) 것이다. 그 시계의 초침을 움직이는 것은 포스트모더니티의 투명함에 대한 두려움과 그러한 체계에 저항하는 허무적 열정의 미망 사이의 긴장이다.

믿거나말거나박물지의 18번 격납고에는 "투명인간의 실패작"들이 있다(「음악인 협동조합 3」). 그들은 '투명인간 프로젝트'의 희생자들이다. 그들은 범죄자와 정신이상자들로, '투명인간'이 그 종점에 놓인 근대의 기획에서 낙오된 사람들이다. 이들을 체계에 순응하는 인간으로 만들려는 기획, 그것이 바로 '투명인간 프로젝트'인 것이다. "믿거나말거나박물지에선 지난 80년대 중반부터 인간을 투명하게 만드는 작업을 해왔다"(「음악인 협동조합 3」)라는 언급을 떠올린다면, 믿거나말거나박물지는 포스트모더니티를 향해 치닫고 있는 세기말 현실을 새로운 가상현실로 옮겨놓은 것이 아니겠는가. 생산의 포화 지점에서 초래되는 의미의 소멸, 더 나아가 투명성과 죽음을 요구하는 패권적인 체계의 기획이 다름아닌 '투명인간 프로젝트'인 것이다.

> 믿거나말거나박물지가 뭐 창립 때부터 격납고를 열여덟 개 가지고 있었는지 아나? 처음엔 격납고가 세 개뿐이었다네. 하나하나 늘려가다보니, 19번 격납고까지 가게 됐지. 믿거나말거나박물지 체계는 스스로 꽝, 폭발할 때까지 끝도 없이 격납고들을 증식하고 부풀려나갈 거야. 그런 건 아무리 체계에 몸담고 있는 인간이라 해도, 인간의 의사하곤 상관없는 거지. 언제 꽝, 괴멸하게 될지도 체계 그 자신만이 알고, 결정을 내리게 되는 거야.(「음악인 협동조합 3」)

의미의 생산은 더이상 통제할 수 없을 만큼 폭력적인 구조를 갖추기에 이르렀다. 비이성과 광기는 예외나 일탈이 아닌, 중심이고 규칙이 된다. 그 결과 믿거나말거나박물지는 끊임없이 그 격납고를 늘려나간다. 그것은 인간의 의사와는 상관없이 스스로 폭발할 때까지 증식하고 부풀려나가는 '체계'이다. 이처럼 현재의 박물지를 펼쳐보는 작가의 시선에는 종말론적 공포가 개입해 있다.

한편 앞서 말한 '투명인간의 실패작' 들은 기술과 죽음이 어떻게 나란히 가고 있는지를 보여주는 예이다. 근대적 기술의 관점에서 신체는 자연의 연장이며, 그 매체이다. 그러나 종말론의 관점에서 기술은 더이상 기능적 매체가 아니라 죽음의 도구이다. 근대 기술의 산물인 차량과 건축물은 매순간 사고를 내포하고 있으며, 결벽을 위장하고 있는 '충돌' 과 '붕괴' 의 기호에 다름아니다. '충돌' 과 '붕괴' 는 더이상 질서의 위반이 아니라, 그 자체가 질서로 된다. 기술과 죽음이 결합하여 이루어진 가상현실은 이제 현실의 중심으로 들어와버렸다. 그렇기 때문에 '신체분실자' 들이라는 가상현실 속의 대상은 더이상 허구가 아니라 기술과 문명 속에 놓인 인간의 모습을 징후적으로 제시하고 있는 것이다.

그렇다면 '체계' 의 폭발을 앞둔 종말의 구체적인 모습은 어떠한가. 「음악인 협동조합 4」는 그 시간적 배경이 2000년 11월 30일로 설정되어 있다. 즉 20세기의 마지막날을 한 달 앞둔 시기이다. 의기양양하던 박물지 안내인 펨프(pimp), 그는 인간의 손을 이끌고 현대 문명과 문화의 창녀촌으로 데려갔던 '포주' 이다. 지금은 그가 횡령범으로 최후를 맞이하기 직전이며, 산성 스콜이 퍼붓고 한강이 뿌글뿌글 끓고 있는 그야말로 종말의 순간이다. 다른 작품들과는 달리 여기에서는 비관적 감상과 죽음의 분위기가 글 전체를 뒤덮고 있다. 강 건너에서 다가오는 "페드럼통 같은 검은 덩어리"는 종말의 상징이 아니겠는가. 그것은 "아무도 보지 못했으면서도, 누구나 공포를 품고 있는, 그 어떤 것"이며, "누구나 그에 대한 공포를 품고 있으면서도, 아무도 실제론 본 적이 없는, 그런 어떤 것"(「음악인 협동조합 4」)이다. 이 순간 '나' 는 자신과 펨프의 선택적 죽음을 폐기하고, 제발 병원에 데려가달라는 펨프의 제안을 진지하게 연구한다. 그러나 그 '어떤 것' 들은 이미 이쪽 강변에 상륙해, 사납게 떨며 물기를 털어내고 있다. 자신과 펨프의 선택적 죽음이 눈앞에 있는 상황에서 종말은 이미 다가와 있다.

펨프가 퉁퉁 부은 두 눈을 반짝이며 마루 저쪽에서, 마지막 힘을 짜내 소릴 질렀다. "자네도 그걸 보고 있나!"

"자네도 그걸 보고 있나!"

내가 펨프의 최후 진술을 나지막이 따라 중얼거려보았다.(「음악인 협동조합 4」)

종말의 예감을 구체적으로 현시한 이 장면은 지나치게 작위적인 감이 있지만, 그럼에도 불구하고 믿거나말거나박물지가 우리에게 주는 전언이 무엇인지를 확인할 수 있게끔 한다. '믿거나말거나박물지'가 세기말의 '오감도'이며 '기상도'인 이유가 여기에 있다.

그러나 복고주의적 시나리오가 역사를 망각하는 데에 기여한다면, 종말론적 상상력은 그 절대적 위협을 통해 현실의 도처에 통제의 시스템을 가동시킨다. 그것은 곧 위기를 조장함으로써 위기를 은폐하는 것에 다름 아니다. 그런 의미에서 대재난을 강조하면서 에너지 소비를 저지하는 환경보호론 또한 종말론적 상상력의 한 변종이다. 여기에서 진짜 위험은 오염과 폭발이 아니라, 통제 시스템의 일반화이다. 그렇기 때문에 환경보호론이 야기하는 전 사회적인 저지와 무기력과 투명성의 시스템 속에서 "어느 때보다도 인생을 즐기면 산다"는 그린맨의 고백은 일종의 아이러니처럼 들린다. 이와 같은 맥락에서 보자면, "온몸에 야채와 과일을 주렁주렁 매단 채 긴 의자에 앉아 한가롭게 광합성을 하고 있는, 반인간 반식물 우리의 그린맨"(「Green Green Grass of Home」)은 '반인간 반외계인이었던 슈퍼맨' '반인간 반절지 동물이었던 스파이더맨' '가면을 쓰고 고담 시의 우울한 밤하늘을 날아다녔던 배트맨'과 동격이다. 환경론이나 공상과학 모두에는 종말론적 상상력이 그 배후에 놓여 있기 때문이다. 이처럼 백민석의 소설은 종말론적 상상력이 불러낸 가상현실의 세계이지만, 그의 소설에는 종말론적 상상력으로의 원심력을 끌어당기는 구심력이 존재한다.

4. 미망과 두려움 사이에서 사유하기

그렇기 때문에 백민석은 '무서운 아해'면서 동시에 '무서워하는 아해'다. 그것은 백민석의 소설이 포스트모더니티가 초래할 '투명성'에 대한 두려움과 상실된 근원에 대한 미망 사이에 포박된 세대의 글쓰기이기 때문이다.

그러므로 그의 소설을 두고 신세대 사유와 삶의 방식의 반영이라고 판단하는 것은 섣부르다. 그의 소설이 '지금-이후'의 삶의 양상들을 박물지의 형식 속에 펼쳐 보이고 있는 것은 사실이지만, 그렇다고 거기에 순응하고 그 뒤를 좇는 것은 결코 아니기 때문이다. 오히려 실제 작품 속에서는 그러한 삶의 양상에 대한 비판적 시선이 날카롭게 벼려져 있음을 확인할 수 있다. 「음악인 협동조합 1」에서 '나'에게 펨프의 아들은 다음과 같이 말한다.

> 내가 말했잖아요! 형이 이해할 수 없다 해도 어쩔 수 없어요. 어차피 우리를 둘러싼 이 세상도 이해 못 할 곳인데 어째서 우리만 이해할 수 있는 존재가 되어야 하나요? 우리에게 왜 그걸 요구하나요? 우린 왜 하나의 불가사의한 괴물 같은 존재가 되어선 안 되나요?(「음악인 협동조합 1」)

이렇게 말하는 펨프의 아들의 머리채를 '나'는 라이터 불로 태워버리는데, 이는 자의식이 없는 투명한 세대, 그렇기 때문에 심지어 살인이 비윤리적임을 이해하지 못하는 세대에 대해 느끼는 '나'의 당혹스러움과 갈등을 상징적으로 표현한 것이리라. 그리고 그 속에는 사막처럼 황량하고 유리처럼 투명한 형태에 대한 미혹이 짙게 배어 있다. 그렇기 때문에 백민석의 소설은 근원에 대한 복고주의적 미망을 뿌리치면서, 동시에 의미의 텅 빈 공간을, 투명함을, 예정된 죽음을 유예시키면서 극도의 무기력함을 강요하는 '체계'에 맞서는 허무주의적 열정이다.

문학사를 돌아보면, 전쟁에 대한 미망과 개발주도형 산업사회의 본격적 전개 사이에서 김승옥의 소설이 탄생했으며, 이를 김현과 김주연은 65년 세대의 글쓰기라고 부른 바 있다. 그러했듯이, 백민석의 소설은 막연히 신세대의 글쓰기가 아니라 95년 세대의 글쓰기로 불려야 한다. 그것은 백민석의 소설이 90년대 문학의 한 전환점을 보여주기 때문이다. 90년대 들어 성립된 이전 문학의 전통으로부터의 단절 양상이 90년대 중반을 넘어서야 비로소 그 뚜렷한 윤곽을 드러내고 있다고나 할까. 90년대 초반의 신세대론이 이념의 상실로 인한 혼란의 상황 속에서 새로운 문학적 방향을 수립해야 한다는 당위적인 대망론의 성격을 지니고 있었다면, 90년대 중반 이후 소설의 새로운 경향은 그러한 인위적 설정과는 다른 면모를 보여주고 있다. 전혀 새로운 문법의 글쓰기, 전혀 새로운 상상력을 그 본질로 하고 있기에 그러하다. 굳이 95년 세대를 설정하고자 함은 이 때문이다.

90년대 소설은 후일담적 성격을 한편으로 탈각시키면서, 동시에 강화시켜나가는 이중적인 움직임을 그 바탕에 깔고 있다. 내성과 일상에 몰두했던 90년대 전반의 소설들 또한 이러한 규정으로부터 벗어나지 못한다. 신경숙(「멀리 끝없는 길 위에」)이나 윤대녕(「은어낚시통신」)이 출발점으로 삼는 것 또한 이 언저리이다. 그것들은 이념을 더욱 아련한 빛으로 물들이는 내성, 이념의 부정적인 측면을 부정함으로써 이념을 더욱 빛나게 만드는 일상의 창조라 하겠다. 그러나 이들의 글쓰기에서 이념이 자취를 감추고 난 이후, 그들의 소설은 오정희, 윤후명 등의 소설세계로 다시 돌아가버렸다. 이러한 맥락에서 본다면, 조경란과 김영하 또한 각각이 노선의 연장선상에 놓여 있다고 할 것이다. 이런 상황 속에서 백민석은 기호의 유희, 복고적 회고, 혹은 현실의 추수에 함몰하지 않으면서도,

의미에의 미망을 거부하고 새로움을 향해 나아가는 뚜렷한 명제이다.

문학의 위기라는 구호를 배경으로 등장한 세대가 문학의 위기를 무의식적으로 은폐하고 있는 상황, 그 속에서 백민석의 글쓰기는 문학의 자율성이라는 허울을 벗어던지는 공격적인 글쓰기를 보여주고 있다. 그를 통해 백민석은 상실된 근원에 대한 미망과 종말에의 상상력이 빚어낸 공포 사이에서의 고뇌와 긴장을 환기시키고 있는 것이다. 『16믿거나말거나박물지』가 '체계'에 대한 저항으로 읽힐 수 있는 것은 이 때문이다.

5. 미망과 두려움을 넘어서

백민석의 소설은 '경계'이자 '바깥'이다. 그것은 그의 소설이 새로움(Das Neues)의 역사철학이라는 아포리아에 갇혀 있으면서도, 이를 의식적으로 넘어서고자 하는 역동적인 긴장을 보여주고 있기 때문이다.

우선 '경계'라는 규정은 『16믿거나말거나박물지』에서의 실험이 과연 반복될 수 있는 성질의 것인가 하는 우려에서 기인한다. 아방가르드는 그 본질상 실험이 수행되는 그 순간만 전위적이기 때문이다. 작품집으로 묶여나온 이후, 그의 소설적 전략은 뚜렷하게 표면에 드러난 감이 있으며, 그렇기 때문에 그의 소설을 읽다보면 보드리야르와 보르헤스가 자주 떠오름을 어쩔 수 없다. 그의 소설에서는 간혹 비평가의 목소리마저 들린다. 그의 소설이 종종 '유희'가 아닌 '논리'라는 느낌이 드는 것도 이와 관련된다. 어쩌면 그가 '시'가 아닌 '소설'이라는 장르를 선택하는 한, 이러한 측면은 계속 딜레마로 남을 것이다.

이러한 우려를 스스로 의식이라도 한 듯, 『16믿거나말거나박물지』 이후의 「뷰티풀 피플」(『한국문학』 1997년 겨울호)과 「목화밭」(『문예중앙』 1997년 겨울호)에서 백민석은 변모의 조짐을 보여주고 있다. 이들 작품에서는 '폭력적인 글쓰기'는 사라지고 '폭력에 대한 탐구'가 그 자리를 대체하고 있다. 그는 이미 『헤이, 우리 소풍 간다』에서, 상상계의 폭력이 상징계로 드러나는 방식과 특정 세대에게 있어서의 그 역사적 연원에 대한 소설적 탐구를 펼쳐 보인 바 있다. 그러나 근작에서의 폭력은 사회적인 방식이 아닌 심리적인 방식이라는 점에서 관념성을 벗어나 있으며 따라서 훨씬 문학적이다.

한편 여기에서는 『16믿거나말거나박물지』나 『내가 사랑한 캔디』에서도 부분적으로 시도된 바 있는 상호텍스트성(intertextualité)의 활용이 새로운 실험으로 등장한다. 이것은 혼성모방이나 패러디의 차원이 아닌 복수적(複數的) 글쓰기라는 점에서 본격적이다. '양담배를 피운다는 이유로 남편에게 맞은 회계사' '납치당한 학생 윤수영' '과천 경찰서의 오형사' '해물찌개의 꽃게' '비 오는 날 동물원' '남편이 아끼는 청동제 대형 보일러' 등의 장치가 두 작품에서 교차하는 장면은 고도의 문학적 트릭이다. 또한 이것은 전면적이라는 점에서 아쿠타가와 류노스케(芥川龍之介)의 「숲속에서」나 아쿠타가와의 방법을 차용한 김남천의 「장날」, 혹은 임철우의 「붉은 방」 등 한 작품 내에서 제한적으로 시도된 복합시점과도 구분된다. '경계'를 뚫고 '바깥'을 향해 나아가는 그의 실험이 어떻게 새로운 방식으로 이어지게 될지 지켜볼 일이다.

(1998년 조선일보 신춘문예 평론 부문 당선작)

잃어버린 기억들의 역습
—김경욱론

1. '광장'을 가로질러 '카페'와 '호텔'을 지나 '베티를 만나러 가다'

『베티를 만나러 가다』(문학동네, 1999) 이전에 김경욱은 한 권의 창작집과 두 권의 장편소설을 낸 바 있다. 장편소설 『아크로폴리스』(세계사, 1995)와 『모리슨 호텔』(열림원, 1997), 그리고 창작집 『바그다드 카페에는 커피가 없다』(고려원, 1996)가 그것이다. 이들 소설이 출간될 때 그에게는 어김없이 신세대 작가라는 말이 따라다니곤 했다. 무엇보다 그가 젊은 탓이고, 또한 그의 소설에 등장하는 인물들이 젊기 때문이리라. 여기에다가 그의 소설에 빈번하게 출몰하는 영화나 록 음악이 이러한 손쉬운 규정에 빌미를 제공한 느낌도 있다. 그러나 돌이켜보면, 물론 그 빈도수에 있어서는 정도의 차이가 있을지는 몰라도, 영화나 록 음악을 소설에 즐겨 차용하는 것은 90년대 초반의 새로운 경향으로 꼭 젊은 세대 작가들에게만 나타나는 특징은 아니었던 듯하다.

기실 따지고 보면 신세대 작가라는 규정은 김경욱의 작품세계를 명확하게 설명하지 못할 뿐만 아니라, 그 자체가 매우 의심스럽거나 별로 의미가 없는 개념이다. 그 개념은 문학의 본래 영토는 엄연히 존재한다는 태도를 바탕으로 새로운 문학적 경향을 그것에 부수된 하나의 변주곡 정도로 세대적 의미만을 부여하는 보수적인 인식을 드러내는 것이다. 또한 이 개념은 같은 젊은 세대의 작가들이라고 하더라도 개별적으로 지닐 수 있는 다양한 편차와 추구방식의 차이들을 은폐할 수도 있다는 점에서 그것을 사용함으로써 얻는 득보다는 실이 많다. 물론 한 세대가 가질 수 있는 고유한 체험이 있으며, 많은 경우 그와 같은 세대적 체험이 의식이나 상상력에 결정적인 영향을 미칠 수 있다는 사실을 부인할 수는 없을 것이다. 그러나 이 경우에도 문제의 관건은 그 세대적 체험으로부터 나오는 의식세계나 상상력을 내용적으로 규정하는 것이며, 나아가 그와 같은 보편적인 세대 체험을 문학적으로 형상화하는 작가의 독특한 방식을 이해하는 것이다.

이와 같은 관점에서 볼 때, 김경욱의 초기작들은 그 문체나 주제의식에 있어 신세대라는 규정이 무색하리만큼 전통적인 것에 가까운 것이었다. 예를 들면, 그의 첫번째 장편소설 『아크로폴리스』는 젊음의 문턱에 들어서는 대학 신입생의 의식세계에 대한 기록이다. 이 비애의 기록에서 가장 큰 울림을 지니는 것은 사라져가는 것의 뒷모습을 바라보는 아웃사이더의 시선이다. 이념의 부재 상황을 대면하고 견디어가는 아웃사이더의 독특한 방식이 거기에 있다. 이념과 갈등하고 불화하던 아웃사이더는 이제 시대로부터 밀려난 이념의 흔적들에게 한쪽 구석을 내주어 받아들이고 있다. 중심을 바라보는 시선이 없다면 그는 아웃사이더가 될 수 없다. 골방에서 비디오 보고 음악을 듣는다고 아웃사이더가 될 수 없는 것은 이 때문이다. 중심의 빈틈을 회의할 수 없는 자, 중심 속에서 주변으로 밀려날 운명을 예감하지 못하는 자는 결코 아웃사이더일 수 없다. 그렇기에 아웃사이더는 항상 중심과 주변의 경계에 서 있으며, 중심을 회의하고 비웃기는 해도 결코 그것을 저주하거나 그 반대의 중심을 만들어 그것을 비판하지 않는다. 아웃사이더는 중심으로부터 자발적으로 소외되기를 선택한 자이기 때문이다.

『바그다드 카페에는 커피가 없다』에서도 「택시 드라이버」나 「至尊無常」 같은 경우에는 정치적 현실을 통과하는 삶들에 대한 자의식이 민감하게 펼쳐져 있다. 또한 「바그다드 카페에는 커피가 없다」나 「시네마 天國」 등에서도 영화와 록 음악은 소재나 분위기 형성의 매개로 기능하고 있을 뿐, 궁극적으로 이 작가가 문제삼고 있는 것은 이념이 부재하는 현실 속에서 겪는 아웃사이더의 고뇌라고 할 수 있다.

곧 이념이 중심에 놓여 있던 때에는 그 이념을 비껴가는 자의식을 통해, 그리고 이념이 부재하는 현실 속에서는 새롭게 발견된 욕망의 진정성에 대한 회의를 통해 일관된 아웃사이더의 세계를 그려내었던 것이 김경욱의 작품세계라 할 수 있겠다. 동일한 의식의 경계선 안에 머물러 있되 그것을 바라보는 감성과 시각에서만 다소 독특한 개별성을 지니고 있었다고나 할까.

그러나 이번 창작집에서 김경욱은 새로운 변신을 시도하고 있다. 무엇보다도 뚜렷한 양상은 영화나 록 음악이 소재나 취향이 아니라 그 자체가 소설의 문법으로 변모하고 있다는 점이다. 영화나 록 음악에서 발현된 상상력이 그 자체로 소설 문법을 이루거나, 그 상상력에서 더 나아가 영화나 록 음악의 문법 자체를 해체하고 뒤집어 새로운 텍스트를 만들어 내는 방식이 그것이다. 말하자면 영화나 록 음악의 문법이 소설 문법의 보조적 장치로 사용되는 것이 아니라, 영화나 록 음악의 문법 자체가 소설 문법과 얽히고 서로 침범하여, 소설 문법을 파괴하고 변형시키는 동시에 그 결과로 하나의 새로운 소설 문법을 발견하기에 이른 것이다. 이 시점에서 영화와 록 음악은 현실을 반영하는 가상의 세계가 아니라, 그것 자체가 이제 현실의 일부가 된다. 그것은 삶 속에서 펼쳐지는 사건들을 인식하는 동기이며, 나아가 그것 자체가 사건들이 되기에 이른다.

2. '가면무도회', 소통을 부르는 외로움들의 질주

이번 작품집에 나타나는 김경욱 소설의 두드러진 변모 중의 하나는 그의 인물들이 더이상 아웃사이더이고자 하지 않는다는 점이다. 그들은 이제 어떤 존재, 혹은 어떤 세계와 '연결' 되기를 열망한다. 「그녀를 사랑해선 안 되는 단 한 가지 이유」에서 누드모델인 '그녀' 를 사랑하지만 사랑해서는 안 되는 또하나의 '그녀' 인 '나', 「우체부와 올리비아 핫세와 로버트 레드포드」에서 비디오 가게 여주인 '올리비아 핫세' 를 사랑하는 우체부, 자신의 고객인 '로버트 레드포드' 를 사랑하는 '올리비아 핫세', 그리고 옛사랑을 잊지 못하는 '로버트 레드포드' 등은 모두 단절되어 있는 관계 속에서 연결을 갈망하는 인물들이다.

그러나 이러한 연결에의 열망을 생산해내고 그 열망을 현실 속에서 발견하게끔 이끄는 것은 너바나의 〈블리치〉, 올리비아 핫세, 로버트 레드포드 등의 록 음악 혹은 영상의 이미지들이다. 그렇기에 그것은 대상 지향적이라기보다는 오히려 자기 지향적이며, 항상 폐쇄회로 속의 열망으로만 존재한다. 그 결과 연결이나 열망의 내용보다는 연결 그 자체, 열망 그 자체만이 추구된다.

> 그는 그녀가 새겨놓은 어둠을 응시한다. 그녀의 모습은 더이상 보이지 않는다. 손만 뻗치면 닿을 것만 같던 그녀를 삼켜버린 무채색의 어둠만이 렌즈를 가득 채우고 있다. 이제 그녀의 그 어떤 움직임이나 몸짓도 기대할 수 없다. 달 표면의 고요와 적막만이 그와 그녀 사이에 가로놓여 있는 것이다. 이제 더이상 그녀와 그는 연결되어 있지 않다. 그는 그 사실을 인정해야만 했다. 그녀는 이제 아무런 리듬도 그에게 제공하지 못하고 있는 것이다. 그는 다시 세상 어딘가로 연결되어야만 했다. 그것만이 그의 유일한

선택인 것처럼 보인다. (……) 나는 누군가와, 그 무엇과 연결되어야만 한다.(「베티를 만나러 가다」, 15쪽)

「베티를 만나러 가다」에서 세계를 향한 주인공의 연결에의 욕망은 '관음증'과 PC통신을 그 숙주로 선택한다. 크쥐스토프 키에슬로프스키의 〈사랑에 관한 짧은 필름〉에서처럼 주인공은 '그녀'의 방을 망원경으로 관찰한다. 망원경은 마치 영사기와도 같이 그녀의 신체와 동작을 영화의 한 장면처럼 재생한다. 하지만 그녀의 방에 불이 꺼지면 영화는 종영된다. 연결의 단절은 곧 새로운 연결에의 욕망을 불러일으키고, 그는 컴퓨터의 파워 스위치를 눌러 '베티를 만나러' 간다.

PC통신 속에서 '나'의 ID는 '아비'이다. '아비'는 '나'이되 '나'와 분리된 또다른 '나'이다. 가면무도회장과도 같은 익명성의 공간인 '에덴의 동쪽' 속에 던져져 있기 때문이다. "그가 단지 〈아비정전〉에 나오는 주인공의 이름인 아비일 뿐이듯 베티는 단지 베티일 뿐"(17쪽)이다. 그것은 '나'에게 하나의 새로운 세계와도 같다. '완벽한 익명성'이 그 세계를 떠받치고 있는 하나의 기둥이라면 다른 하나의 기둥은 '야릇한 긴장감'이다. 그 긴장감은 세계와 접속되었다고 느끼는 순간의 희열과 동시에 다시 세계로부터 떨어져나갈지도 모른다는 불안이 만들어내는 긴장이다. 그러한 긴장감으로 충전되어 있기에 그것은 단지 가상이 아니다. 그 세계는 그와 같은 긴장감에 의해 현실과 접속된 세계이며, 나아가 현실에 침범하여 고유한 영토를 형성하고 있는 현실의 한 축이다. 이제 '아비'는 현실 속의 '베티'를 만나러 흥분을 달래며 거리로 나온다. 그러나 '아비'는 '베티'를 만나러 가는 길에서 정체를 알 수 없는 불안감을 느낀다. 그에게 PC통신의 공간이 아닌 현실은 '천국보다 낯선' 것이기 때문이다. 낯설기에 도무지 현실감을 불러일으키지 못한다. 오히려 PC통신 속의 '아비'나 '베티'가 더욱 뚜렷한 현실로서 그들을 규정하고 있기 때문이다. 그러한 새로운 세계의 뚜렷한 현실감은 현실의 거리를 "그저 스쳐 지나가는 쇼윈도의 디스플레이 같은 것"(26쪽)으로 만든다.

이런 맥락에서 보면, 김경욱의 소설에 자주 등장하는 음악이나 영화가 그 출현의 매개를 필요로 하지 않는 것은 오히려 자연스럽다. 꼭 상황에 적절한 음악이나 영화일 필요가 없다. 거리의 소음처럼, 지나치다가 얼핏 보이는 간판이나 포스터처럼 그렇게 음악이나 영화가 도처에 잠재해 있다. 그렇기에 그것은 소재도 배경도, 나아가서는 음악이나 영화도 아니다. 소음이나 간판처럼 현실 속의 사물이며 우리가 호흡하는 현실의 일부분이다. 독자들 또한 그 음악의 멜로디나 영화의 한 장면을 굳이 떠올릴 필요가 없다. 그것은 그저 하나의 기호이며 기호화된 현실의 한 부분이기 때문이다. 이는 사물이나 현실을 인식하는 새로운 방식이라 부를 만하다.

> 나는 '로미오와 줄리엣' 하면 콧수염을 기른 셰익스피어보다는 오히려 청순하기 이를 데 없던 올리비아 핫세의 얼굴을 떠올렸고 FM의 영화음악 시간에 일 주일에 한 번씩은 흘러나오던 그 영화의 오리지널 사운드 트랙을 떠올리는 축이었다.
>
> 또 '모비 딕' 보다는 '백경'이라는 이름에 더욱 친숙했고 『모비 딕』이 허먼 멜빌의 작품이라는 것은 몰라도 영화 〈백경〉에 그레고리 펙이 에이헤브 선장으로 출연했다는 것은 알고 있었다.(『아크로폴리스』, 16쪽)

이러한 태도 앞에서 원본성이나 아우라는 무색하며 무의미하다. 현실을 차단하여 미의식을 산출해내는 아우라가 아니라 복제된 현실이 그대로 작품에 끼어들고 있다. 그러나 복제된 현실은 더이상 현실로부터 유리된 가상이 아니다. 세계는 언제나 나의 의식 속에서 언어성에 의해 재현된 세계이다. 복제된 현실은 그 재현된 세계에서 물리적 현실을 조연으로 전락시키고 그 자체가 이제 주연급의 역할을 수행하고 있다.

3. '아르헨티나', 현실 반대편으로 가는 시속 200km의 붉은 스포츠카

소통은 현실의 일부가 된 복제된 현실을 그 매개로 해서만, 그리고 그 것의 경계 내에서만 가능하다. 그 경계 내에 폐쇄된 의식은 새로운 탈출구를, 새로운 세계를 꿈꾼다. 소통을 향한 열망의 진원지는 현실 속에서의 단절감이다. 그러나 좌절된 소통에의 열망은 단절의 심도를 확인하는 계기반일 뿐이며 의식 속의 단절을 부각시키는 조각칼일 뿐이다. 소통의 의지와 단절로 인한 좌절감이 차갑게 응고되어 내면화되는 것은 이 때문이다. 그래서 이제 "모든 것은 순조로웠다고 말할 수 있"(「변기 위의 돌고래」)게 된다. 좌절된 연결 때문에 초조해지는 일은 더이상 없다. 외부세계를 향한 민감한 촉수를 거두어들이고 세계 속에 자신을 무방비상태로 내던지면 그만이다. 그러나 현실 속에서 좌절된 소통의 의지는 무의식 속에서 자신만의 세계를 구축한다. 이 세계는 언제든지 의식의 표면으로 떠올라 삶을 위협할 힘을 그 안에서 축적해나간다. 그러다가 그것은 삶의 한순간 마치 마술처럼 현실의 외피를 뚫고 솟아오른다. 「변기 위의 돌고래」에서 어느 날 주인공의 삶 속으로 침범해들어온 대낮의 '극장'은 이와 같은 무의식의 공장이 생산해낸 것이다. 이 지점에서 현실 속의 '에덴의 동쪽'이나 의식 속의 '아르헨티나'는 무의식 속의 '극장'으로 전이된다.

「아르헨티나의 연인들」은 지상에서 사랑을 허락받지 못한 두 연인의 갈증을 그려내고 있다. 그들이 꿈꾸는 새로운 세계의 이름은 '아르헨티나'이다. 그것은 지구의 반대편에 놓인 현실 속의 지명이 아니라, 현실 반대편을 지칭하는 상징적 기호이다. 그 세계로 가는 패스포트는 섹스와 마약과 죽음이며, 상처로 얼룩진 삶은 그 세계의 주민증이다. 그러나 어디에도 '아르헨티나'는 존재하지 않는다. 그것은 의식으로 하여금 일탈을 억압하고 회귀를 강요하는 현실의 압력이 만들어낸 환각인 탓이다.

그러나 그것은 환각이되 환각이 아니다. 인물들로 하여금 삶의 질서로부터 이탈시키고, 그 관계를 파멸로 몰아가고, 결국에는 마약으로, 죽음으로 이끄는 현실인 까닭이다. 따라서 '아르헨티나'를 찾아 떠나는 여정의 끝에는 '아르헨티나'가 없다. 의식 속의 '아르헨티나'는 무의식의 바다 속으로 침몰하며, 그것은 「변기 위의 돌고래」에서 '극장'으로 다시 융기해올라온다.

「변기 위의 돌고래」에서 주인공은 승진에서 탈락된 성적 불능의 사내다. 그는 돌아누워 잔뜩 웅크린 아내의 등을 보며 등푸른 돌고래를 문득 떠올린다. 그러나 갑자기 왜 돌고래가 연상되었는지 알 수가 없다. 다음날 그는 출근길에 깜빡 잠이 들어 내려야 할 정거장을 놓치고 밀려드는 잠을 해결하기 위해 아침부터 삼류극장 소파에 몸을 맡긴다. 극장 대기실의 〈그랑부르〉 포스터에 그려진 돌고래들을 보는 그의 의식 위로 한 여자의 기억이 돌고래처럼 솟아오른다. 그는 무엇엔가에 이끌리듯 옛 여인의 아파트를 찾아가지만 흔적조차 찾을 수 없다. 집으로 돌아온 그는 옷을 모두 벗고 화장실 변기 위에 앉는다. 자신이 기억할 수 없을 정도로 오래 전, 푸른 대양을 자유롭게 헤엄쳐다니던 한 마리 돌고래였을지도 모른다고 생각하면서.

'극장'은 마치 이 작가의 이전 작품인 「9층과 10층 사이에는 뭉크가 있다」에서의 '뭉크 갤러리'처럼 순조로운 일상의 한 틈을 비집고 분출해온 무의식이 불러낸 세계이다. 그것은 순조로운 일상의 이면에서, 돌연 삶의 질서를 뒤흔들고 의식에 지각변동을 일으켜 무의식의 마그마를 의식 위로 분출시킬 준비를 하고 있다. 주인공의 의식과 육체를 진공청소기처럼 빨아들이는 돌발적인 수면에의 욕구는 무의식이 의식에 건 최면의 결과이다. 무의식은 주인공으로 하여금 역을 지나치게 만들고 극장으로 이끈다. 낯선 손길을 출현시켜 주인공의 의식을 헝클어뜨리며, 〈그랑부르〉의 포스터를 보여주면서 옛 여인의 기억을 환기시킨다. 그러나 여인은 흔적조차 없고 불투명하고 불안한 상실감만이 남는다. 이제 완벽하게 사라져버린 세계 속의 '나'가 생성된다. 그 세계 속에서 '나'는 어쩌면 한 마리 돌고래였을지도 모른다. 하지만 그 세계는 사라져버린 과거의 시공간이 아니며, 꿈의 세계도 아니다. 분열된 '나'의 의식 속의 한 부분을 차지하고 있는 의식 속의 현실이기 때문이다.

4. '화성', 다른 시간과 공간을 향한 욕망의 우주선

소통을 향한 열망의 좌절은 현실 속에서는 곧 과거화되고 모든 것은 순조롭다. 다만 마치 무슨 그림인지 알 수 없는 얼룩처럼 상실감이 남을 따름이다. 그러나 의식 내부의 한편에서는 그와 같은 열망이 사라지지 않고 새로운 형태의 세계를 끊임없이 꿈꾼다. 현실 속의 대상이나 관계에의 열망은 '아르헨티나'와 같은 추상적 공간이나 '극장'과 같은 의식 내부의 공간에 투여된다. 그러나 점차 그 투여량이 증가함에 따라 '나'의 의식은 필연적으로 둘로 갈라질 수밖에 없다. 이제 외부 현실과의 단절은 '나' 속에 내면화되어 두 개의 '나'로 분열된다. 현실 속의 '나'와 '나'에게 타자로서 존재하는 '새로운 세계' 속의 '나'가 각각 그것들이다.

「블랙 러시안」에서 주인공은 두 개의 세계 앞에서 분열되어 있다. 하나의 세계는 그가 놓여 있는 1996년 11월 14일의 세계이지만, 이 세계에서 주인공은 어떠한 현실감도 느끼지 못한 채 그 무엇을 잃어버린 듯한 상실감 속에 던져져 있다. 주인공이 '지금-여기'의 세계에서 느끼는 상실감은 바로 그 잃어버린 세계의 뚜렷한 존재감 때문이다. 그 잃어버린 세계로 들어가는 입구에 걸린 표지가 '그녀'이며 그녀의 '블랙 러시안'과 'UFO'이다. 바로 '그녀' '블랙 러시안' 'UFO'를 경계로 그는 1996년의 그와 2317년의 그로 분열되어 있다. 분열된 두 개의 '나'는 상실감으로 상호 연대하고 있다. 여기에서 2317년의 나는 내 안에 있는 '나'라는 타자이다. 그 타자는 '다른 시간과 공간의 존재에 대한 열망과 믿음'

이 만들어낸 것이다. 그 분열된 타자의 공간 속에서 화성에 불시착한 '나'를 구하러 우주선 '블랙 러시안'을 타고 '그녀'가 나에게로 오고 있다. 이 두 개의 세계를 분열시키고 또다시 접합시키는 것은 SF영화의 상상력이다. 그러나 상상력이 만들어낸 세계는 SF영화에서처럼 미지의 가상이 아니라, 바로 지금-여기의 '나'의 의식 속에 존재하고 있다.

「화성의 역습」에서 '나'는 기억상실에 걸리기 이전의 '나'(박인후)와 기억상실에 걸린 '나'(르노)로 분열되어 있다. 이 분열의 원인은 '다른 시간과 공간의 차원에 속한 나'가 화성의 폭발로 인해 머리 부분에 입은 외상 때문이다. 그러니까 이미 '나'는 기억상실에 걸리기 이전부터 두 개의 '나'로 분열되어 있었던 것이다. 곧 여기에서는 '나'가 기억상실에 걸리기 이전의 '나', 화성처럼 '다른 시간과 공간의 차원에 속한 나', 그리고 기억상실에 걸린 이후의 나 등 세 개의 '나'로 분열되어 있다. 따라서 여기에서의 분열은 「블랙 러시안」의 이원적 분열보다 한층 중층화되어 있다. 이 분열된 세계들을 이어주는 것은 정사 장면을 찍은 '몇 장의 사진'과 은행의 '감시 카메라'와 'TV'이다. 주인공은 자신의 실체를 확인하기 위해 은행강도에 가담하여 일부러 감시 카메라를 복면을 쓰지 않은 맨 얼굴로 바라본다. 그 결과 확인된 것은 문제의 사진에 있는 남녀가 자신의 아내와 자신의 직장 상사라는 것, 그리고 그가 증권회사에 다니다가 해고되었다는 것, 아내가 교통사고로 죽었다는 것 등의 사실이다. 곧 여기에서 기억은 과거로부터 되찾아지는 것이 아니라 '사진'과 '카메라'와 'TV'에 의해 재생되고 있다. 어느 것이 진짜 '나'의 세계인지 확인할 방도는 없다. 해는 서쪽으로 기우는데 그는 동쪽으로 차를 달려 태양으로부터 점점 멀어진다. 그의 의식은 다시 '화성'을 향해 비행하고 있다. 그렇기에 화성으로의 비행은 분열된 자아를 찾아가는 의식의 여행이다. 이 우주선은 어느 곳에도 머물 수 없다. 분열된 '나'의 어느 것도 진정한 '나'가 아니기 때문이다.

한편 「앨리스는 앨리스가 아니다」에서 '나'는 여러 번의 반복을 통해 끊임없이 재생산된다. 곧 반복에 의해 '나'는 수개의 '나'로 분열되어 있는 것이다. '나'가 "마치 하나의 차원과 다른 차원의 틈에 끼인 시간과 공간에 잠시 내던져진 듯한 느낌"을 받는 것은 그같은 분열의 체험에 기인한다. 이렇듯 여러 개로 분리된 세계를 잇는 매개는 '앨리스'와 '핑크팬더'이다. 아니, '앨리스'와 '핑크팬더'가 여러 개의 '나', 여러 개의 현실을 재생산한다. '앨리스'와 '핑크팬더'가 여러 개로 재생산해내는 현실이기에 그 현실 속의 '나'는 이미 겪었던 것을 반복해서 경험하는 듯한 느낌에 사로잡히게 된다.

> 그런데 그런 일련의 행동들이 내겐 너무도 자연스럽게 느껴져서 아주 오래 전부터 수없이 반복해온 일, 이를테면 이를 오른쪽에서부터 닦는 것처럼 당연하게 생각되는 것이었다.(「앨리스는 앨리스가 아니다」, 125쪽)

'나'의 직업은 타인의 기억을 제거해주는 일이다. 그가 지닌 인간의 기억을 제거하는 머신건은 기억을 대기중에 노출된 알코올처럼 증발시켜버린다. 그러나 '나' 또한 타인의 기억을 제거시키는 순간 '나'의 기억까지 제거당한다. 타인은 다른 차원에 속한 '나'의 분신들이기 때문이다. 그는 마치 「이상한 나라의 앨리스」처럼 이미 기억 자체가 이상한 방식으로 구성되어 끊임없이 반복되는 세계 속의 주민이다. 거기에서는 허공 속의 웜홀을 지나면 새로운 시간과 공간의 차원이 펼쳐진다. 그렇기에 '앨리스'는 '앨리스가 아니다.' 그것은 잃어버린 '나'이며, 잃어버린 기억들의 역습을 받고 있는 '나'이기 때문이다.

5. 망각의 해자(垓字)를 건너가는 돌고래

김경욱의 소설들은 다듬어지지 않은 초고의 느낌을 준다. 그러나 그 초고들은 다듬어지기를 기다리는 미완성의 텍스트들이 아니다. 그것들은 다듬어지기를 거부하고 있으며, 그러한 태도가 그것들의 존재방식을 이루고 있다. 구성이라는 계기를 거부하는 듯한 태도는 그의 문체나 비유에서도 확인해볼 수 있다.

> 주말을 제외하고 그녀의 집에 아홉시에 불이 켜지지 않는 경우란 거의 없다. 그녀의 방에 아홉시를 전후해서 불이 켜지지 않기를 바라는 것은 흰 수염고래가 낙하산을 타고 잠실 야구장 마운드에 내리기를 바라는 것과 같을 것이다.(「베티를 만나러 가다」, 9쪽)

김경욱이 자주 사용하는 직유적 표현은 얼핏 보면 매우 유치하다. "냉장고 속의 콜라처럼 신선하다"든가 "메마른 우물처럼 건조하게 들렸다"는 식의 표현에는 적절하고도 참신한 비유를 만들고자 하는 노력이 결여되어 있는 것처럼 보인다. 그러나 이와 같은 비유를 그가 전략적으로 일관되게 사용해왔음에 유의할 필요가 있다. 예컨대 "그것은 달나라에서 수영하길 기대하는 것만큼이나 어리석은 일일 것이다"(『아크로폴리스』, 46쪽)와 같은 표현을 그는 처음부터 고집해온 것인데, 여기에는 무거움과 심각함으로 위장한 구성이라는 계기에 대한 강한 거부감이랄까 비판의 흔적을 엿볼 수 있다. 요컨대 이와 같은 표현의 유치함은 단지 형식적 차원의 결함이라기보다 무거움과 심각함을 희화화하는 의식으로부터 연원하는 전략의 일종이라고 할 수 있다. 내면화라는 것의 이데올로기, 의식적인 구성 혹은 구성된 의식의 허구성에 대한 비판인 것이다. 인위적인 구성 이전의 의식은 분열과 생성으로 넘쳐흐르며 마치 컬트 무비처럼 즉흥적이고 돌출적인 장면으로 가득 차 있기 때문이다. 김경욱은 이와 같은 의식의 모습을 심각하지 않은 방식으로 담아내고 있다. 그의 시도들이 과격하지는 않지만 그럼에도 불구하고 강한 실험성을 느끼게 하는 것은 이 때문이다.

김경욱의 이번 소설집에서도 영화나 록 음악은 여전히 모티프의 중심을 이루고 있다. 그러나 더이상 그것들은 소재나 배경 따위가 아니다. 이제 그것 자체가 하나의 문법으로 소설 속에 도입되어 소설 자체를 흔들고 뒤섞어놓는다. 그로 말미암아 사건이나 현실의 재현이라는 전통적인 소설의 방식은 심각한 해체와 파편화의 흔적들을 간직하게 된다. 그러나 그것은 분열된 세계를 연결시키는 하나의 방식이라고 할 수 있다. 분열된 세계는 어떠한 논리적인 연결로도 결합시킬 수 없는 생산된 현실들이다. 김경욱은 이러한 세계들을 영상의 문법을 통해 연결시키고 있다. 여기에서 우리는 이러한 영상 문법의 흐름을 타고 외부와의 단절된 소통과 좌절된 의식의 지향이 파놓은 망각의 해자를 건너가는 돌고래의 항해를 바라본다. 지구를 벗어나 화성으로 우주로, 현재를 벗어나 망각된 다른 차원의 시간 속으로 항해해가는 의식의 돌고래를.

(『베티를 만나러 가다』, 문학동네, 1999)

바람의 길, 기억의 집
—이혜경론

1. 생(生), 바람에 떨어진 마른 잎의 떨켜

이혜경의 작품들 속에서 생은 마치 오랫동안 물이 조금씩 증발하여 수족관의 가장자리에 남은 누런 테와 같은 형상을 띠고 있다. 혹은 유리에 남아 있을 때는 무지갯빛 물무늬였으나, 해가 지자 생기와 아름다움을 잃은 채 하찮은 얼룩으로 남은 자국과도 같다.

이와 같은 생의 이미지는 이혜경 스스로가 도입한 낯선 언어 가운데 하나인 '떨켜'로 이어져 더욱 선명한 인상을 불러일으킨다. 나뭇잎이 떨어진 자리가 굳어지고 말라서 수분의 증발을 막게끔 되어 있는 특수한 세포층을 일컫는 단어인 떨켜는, "내부에서 자라던 즐거움, 성마름 등의 발랄한 감수성은 끝이 말려 더이상 자랄 수 없"(「우리들의 떨켜」, 『그 집 앞』, 민음사, 1998, 255쪽)게 되어버린 생의 한 고비에 대응된다. 곧 청춘의 생기가 끝이 말려 더이상 뻗어나가지 못하는 그 자리, 거기에 우리들

생의 떨켜가 있으며, 이 자리는 이혜경 소설들의 시선이 놓인 곳이기도 하다. 떨켜에 고정된 시선을 잠시 뒤로 당기면, 가지 사이로 부는 바람과, 그 바람에 떨어지는 잎들과, 생기를 잃은 채 앙상하게 버티고 서 있는 나무 한 주가 시야에 들어온다. 그리고 바람 속에 서 있는 나무로부터 원근을 조절하면 그 나무가 서 있는 황량한 들판과 그 위로 나 있는 한 줄기 길이 눈앞에 다가오리라.

그러나 마른 강이 가슴 그득히 차오른 물의 부피를 기억하고 있듯이, 가을날 마른 나무의 기억 속에도 봄의 생기와 여름의 신록이 자리잡고 있다. 또한 나무가 쓸쓸히 서 있던 그 길은 목숨들이 모여 살고 있는 집의 흔적을 기억하고 있을지도 모를 일이다.

그런데 이 집을, 집이 놓여 있던 길을, 길 위에 서 있던 나무를, 그리고 나무에서 뻗어나온 잎사귀를, 오직 기억 속에서만 존재하게끔 하는 것은 무엇인가. 그것은 바람이다. 그것은 부슬거리는 봄비와 타는 듯한 여름의 볕을 지나서 오는 것이다. 그것은 애초부터 뒤틀린 출생과 유년의 멋모르는 꿈과 청년의 짓눌린 욕망을 지나서 오는 것이다. 바람은 집 바람벽에 균열을 일으키고 길거리를 먼지로 휩쓸고 나뭇잎을 떨어뜨리고, 그리하여 그 자리를 떨켜로 오그라들게 만든다.

이혜경은 이 떨켜의 주름과 촉감을 그려내고 있을 따름이지만, 거기에서는 어느새 바람 소리가 들리고 있다. 휘저어대는 열정의 보이지 않는 몸짓과 그 열정이 바람이 되어 달려온 평탄치 않은 길이 언뜻 환각처럼 떨켜 끝에 나타났다가 사라진다. 그 열정과 길의 뿌리에 놓인 한 채의 초라한 집이 머릿속에 떠올랐다가는 일순 바람에 먼지로 흩어져버린다. 이혜경의 언어들은 이러한 공(空)의 환각을 자극한다. 그것은 그의 언어가 마치 시의 언어처럼 팽팽한 긴장으로 가득 차 있기 때문이다. 그 언어의 촘촘한 밀도는 말하지 않았으되 어느새 다가와 그것들을 감싸는 이와 같은 이미지들에서 유래하는 것이다. 경험의 파편들은 이미지를 향해 응축되는 한편, 이미지는 다시 밖으로 향한 울림을 지닌다. 이 순간 사고는 서로 반대 방향으로 치닫는 역동적인 이중화의 장면을 연출한다. 그리고 이미지들은 울림을 타고 인과적 구성을 뛰어넘어 새로운 이미지로 변용된다. 바슐라르의 말처럼 이 경우 이미지는 대상의 대치물이 아니라 그 자체가 특수한 현실을 이룬다.

2. 바람, 대기를 향한 핏방울의 꿈

바람은 '대지'로부터 불어온다. 곧 땅으로부터 벗어나 대기로 향하는 욕망의 찌꺼기들이 바람을 이룬다. 땅이 끌어당기는 회한의 마찰력과 그것으로부터 벗어나려는 대기의 욕망이 대지의 한 지점에서 일깨워질 때, 몸을 일으켜세우는 것, 그것은 바로 바람이다. 그러기에 그 바람에는 운명적으로 애비의 '피'가 섞여 있다. 그 섞인 '피'를 떨쳐내려는 역동적인 질주의 몸부림이 바람의 본질이다. 바람이 지나가면서 정주의 공간이었던 대지는 나그네 잠시 머물다 가는 '역려(逆旅)'로 탈바꿈한다.

> 이제 생각하면 제 아버진, 역마살이 낀 사람이 아니었나 싶어요. 특별히 배운 양반도 아니었고 풍류를 즐기는 양반도 아니었는데 왜 그리 발을 못 붙이셨는지. 술친구 한두 명 빼고는 친구도 없이 지내셨어요. 그래요, 참 외롭게 산 양반이었지요. 아뇨, 농사지어야 하니까 늘 집에 계셨지요. 그런데도 흥건히 취해서 툇마루 기둥에 기대앉은 아버질 보면, 어디론가 하염없이 떠나가는 사람으로 보였으니까요. 그럴 때 막연히 허공을 보던 아버지의 눈, 제가 잠적하고 싶다고, 난생 처음 생심을 내던 때 그 눈빛이 떠오른 것을 보면요.(「젖은 골짜기」, 『그 집 앞』, 202~203쪽)

「젖은 골짜기」에서 작중 화자의 잠적하고자 하는 욕망을 표면적으로 지배하고 있는 것은 현실적인 요인이다. 주인공은 맏이로 태어나서 동생들을 키우고 학교 보내면서 이런저런 고생 끝에 겨우 자리를 잡아갈 무렵, 평생을 바쳐 일하던 회사로부터 퇴출당한다. "그만 그 자리에서 존재도 없이 사라지고"(203쪽) 싶은 욕망이 주인공의 내부에서 꿈틀거린다. 그러나 이러한 욕망의 배후에는 아버지의 '그 눈빛'의 기억이 복합적으로 얽혀 있다. 이 순간 아버지의 그 눈빛에서 일던 바람을 잠재우고 안주의 터를 닦고자 뒤돌아볼 틈도 없이 달려온 주인공의 마음 한편에서 바람이 인다. 바람에서 자란 혹이 암처럼 돋아난다. 바람은 대기 가운데로 흩어지면서 그 밀도가 엷어지는가 싶더니, 다시 땅을 스치며 먼지를 품고는 다시 촘촘한 밀도를 얻게 된다. 먼지 섞인 바람은 비로소 가시적인 형태를 지니게 되지만, 눈에 보이는 먼지바람은 역동성을 상실한 채 황량함을 떠올리게 할 뿐이다.

이혜경의 소설에서 아버지는 허랑함 혹은 무기력함을 상징하는 존재이다. 「가을빛」에서 술에 취해 돌아와 잠들었다가 담임 선생님이 가정방문 왔다는 말에 내의 바람으로 벌떡 일어나 부엌 옆방으로 뛰쳐나가며 '나 없다고 그래라'라고 이야기하는 아버지, 천둥 번개 치는 날이면 부끄러움도 없이 이불을 뒤집어쓰는 아버지, 혹은 「떠나가는 배」에서 빚을 받으러 갔다가 빚 얘기는 한마디도 못 하고 돌아오는 아버지, 그리고 「우리들의 떨켜」에서 빚보증을 섰다가 가산을 떼이고 학교에서마저 쫓겨나는 아버지. 아버지는 허랑하고 정처없는 삶의 모델이자, 그것으로부터 필사적으로 벗어나고자 하는 의지를 불러일으키는 존재이다. 울타리가 아니라 바람인 아버지. 그리고 그 건너편에는 그 바람 때문에 항상 그늘에 놓여 있는 존재인 어머니가 있다. 거기에서 피어날 수 있는 꽃이란 '그늘바람꽃'밖에 없지 않겠는가.

바람은 한번 불고 지나가면 눈에 보이지 않는다. 그러나 그것은 그냥 지나쳐가는 것이 아니라 기둥과 벽에, 그리고 마음의 한구석에 미세한 균열을 남기고 간다. 처음에는 보이지 않던 이 균열은 시간과 더불어 점차 뚜렷해지면서 불길한 예감으로 다가온다.

벽 어딘가에 균열의 징조가 나타난 것 같은 두려움이 엄습했다. 지금은 그저 비에 젖어 드러나지 않고 있을 뿐이다. 날이 개면, 눅눅했던 벽이 마르며 쩍 가라지고 마른 벽 위로 실지렁이 같은 까만 금이 거침없이 뻗을 것이다. 그러다 어느 햇살 쨍쨍한 날에 벌어지며 폭삭 주저앉으리라.(「우리들의 떨켜」, 239쪽)

균열은 벽에서부터 시작되어 가족의 분열로 이어지고, 마침내는 가족 구성원들의 가슴속에 보이지 않는 금을 새겨놓는다. 바람에 의해 기둥과 벽에서 떨어져나온 미세한 조각들은 먼지가 되어 흩어지지만, 그것들은 바람을 타고 멀리 날려가는 것이 아니라 대기로 솟구쳐올랐다가는 다시 마음속에 가라앉아 마침내는 두터운 층을 이룬다. 그리고 그 두터움의 무게로 가슴을 짓누른다.

푸른 등이 켜져도 복잡한 거리에서 속력을 낼 수 없는 차들은 대개 나란히 달렸고 그때마다 탐색의 눈초리는 어김없어서 얼굴에 앉은 먼지의 무게를 느끼게 했다. 그 무게는 차가 달리며 와닿은 먼지로 버석거리는 우리의 가슴을 눌렀다.(「우리들의 떨켜」, 215~216쪽)

가슴속의 먼지는 '명개'로, '해감'으로 혹은 '앙금'으로 되어 가슴 밑바닥에 가라앉는다. 가슴속에 켜켜이 쌓인 이 먼지층은 그것을 떨쳐내려는 의식적인 몸짓을 불러일으킨다. 바람의 혹은 견고함과 단호함을 꿈꾼다. 「노래하는 여자 노래하지 않는 여자」에서의 큰언니나 「우리들의 떨켜」에서 누나의 표독스러움은 이와 같은 의지의 굴절된 표상이다. 다시금 마음 한구석으로부터 바람이 일기 시작한다. 이 순간 먼지를 떨쳐내려는 필사적인 바람의 움직임이 감지된다. 가슴속의 먼지를 털어내려는 몸부림의 바람. 그러나 바람이 잦아들자 먼지들은 다시 흩어져나와 대기를 뿌옇게 만든다. 그러면서 흩어졌던 가슴속의 먼지는 안개가 되어 길 위로 내려앉는다.

3. 길, 마음의 젖은 골짜기

바람은 '바람기' 로부터 온다. "일상에 젖어, 이대로 한 세상 흘려보내도 좋으리라 싶을 때면 여지없이 들썽이는 바람기."(「귀로」, 『그 집 앞』, 137쪽) 그러하기에 바람이 싣고 온 가슴 밑바닥의 먼지와, 그것을 털어버리려는 몸부림은 두 가지 모두 열정의 근거를 이룬다. 그러나 흩어져 멀리 사라져버린 줄 알았던 먼지들은 다시 안개가 되어 길 위로 내려앉는다. 그것은 곧 열정의 소진을 의미하며, 그러기에 안개는 신념에 대한 미련과 회의 사이에서 흔들리는 불확정의 상태에 대한 메타포이다. 신념은 사라져도 그 자리는 공허한 빈터로 남겨져 있다. 앞만 보고 달려왔던 삶의 한순간에 찾아오는 피로감, 그것은 삶을 돌아보는 반성의 계기일 수도 있겠지만 이제 더이상의 성취의 동기와 기쁨은 없다. 다만 이제는 더이상 내 것일 수 없는 맹목성에 대한 회억만이 남아 있을 뿐, 피로감은 안개가 되어 사방을 휩싼다.

> 안개가 빈틈없이 둘러싼 골짜기에 갇힌 것 같았어요. 그 안에서 무슨 일이 벌어져도 덮어버리고 시치미떼는 안개요. 그럴 땐 물방울에 지나지 않는 안개의 무게도 만만치 않아요.(「젖은 골짜기」, 207쪽)

이 안개는 기형도의 시구를 떠올리게끔 한다. 기형도의 안개가 '정치적 기후' 로서의 안개이자 '실존적 기후' 로서의 안개라면, 이혜경의 안개는 전자에 비해 후자가 더욱 짙은 밀도로 작용하고 있다. 그러나 그것은 김승옥의 안개처럼 환상적인 것이 아니라 현실적인 것이다. 그것은 바람이 스쳐간 집의 기둥과 벽의 입자가 만들어낸 것이며, 금이 간 마음속의 세포가 떨어져나와 이루어진 것이다.

> 안개가 되었는지도 모른다. 아버지가 내뿜는 입김도 아버지의 체액도 모두 작은 알갱이로 빠져나와 안개가 된 것인지도 모른다. 그래선지 안개는 더 짙었다.(「우리들의 떨켜」, 249~250쪽)

아버지의 탄식의 입김과 소진된 체액이 떠돌아다니며 이룬 안개, 그래서 더 짙은 안개. 가족은 사회적으로 생산된 무의식을 공급하는 대리점이다. 들뢰즈와 가타리의 분석에서 볼 수 있는 것처럼, 가족은 욕망하는 생산의 질서를 표상하기 위해 존재한다. 그러기에 가족이라는 오이디푸스적 구조에는 욕망을 생산해내고 공급하는 사회 터전이 포개어져 있다. 둘러보아도 보이는 것은 아버지와 어머니지만, 그 배후에는 보이지 않는 생산의 질서가 아버지와 어머니를 조종하고 있다. 오이디푸스적 구조는 생산의 질서를 표상의 심상으로 재배치한다. 그러면서 아버지의 현실적 고통은 오이디푸스적 구조를 통해 자식의 실존적 고통으로 전이된다.

이혜경의 소설에서 안개와 어둠 등의 풍경은 아버지의 호흡으로부터 흘러나온 것이지만, 그 자체가 자식의 내면의 상태를 표현하는 것이기도 하다. 아니, 그 반대로 내면의 조각들이 마음속으로부터 새어나와 안개가 되고 어둠이 된다. 현실은 이미지의 외부에 있는 것이 아니었다.

> 미처 기색을 감지할 겨를도 없이 딸이 훌훌 사라지던 날, 늦은 귀가를 기다리던 어미를 비웃듯이 덮쳐오던 어둠을 한내댁은 잊지 못했다. 축대 아랫집의 기왓장 갈피마다에서 어둠이 스며나와 지붕의 윤곽을 지워나가고 한내댁의 가슴을 꺼멓게 잠식한 뒤에도 아이는 돌아오지 않았다.(「어스름 녘」, 『그 집 앞』, 83쪽)

이혜경 소설에서는 이와 같이 내면과 외부가 넘나드는 발상의 유형을 자주 발견할 수 있다. 예컨대 "광물성이라는 말을 떠올리자 담박 상대방을 알아버린 기분이었다"(「오답 쓰기」, 『세계의문학』 1982년 겨울호, 312쪽)라든가 "말을 마치자 진정 깊은 곳에서 노여움의 물살이 일기 시작했다. 입 밖에 낸 말이 길어올린 노여움이었다"(「어스름 녘」, 81~82쪽)와 같은 문장은 극히 짧은 문장으로 된 표현이지만, 감각 혹은 감정의 발생 방식에 대한 통찰을 느끼게끔 하는 대목이다. 이혜경의 소설 문장에서 느끼게 되는 밀도는 이러한 표현, 즉 단어들 사이에 서술되지 않은 채 내포되어 있는 감정들의 존재에서 말미암는다.

이렇게 보면 안개는 소진된 열정의 조각들이 호흡을 타고 흘러나와 인물들의 주위를 휩싸는 것이다. 열정이 소진된 자리, 거기에 신념과 불안 사이에서 흔들리는 배가 놓여 있다. 열정이 소진된 이후 피로의 경계를 지나쳐왔기에 어떠한 것에 대한 확신도 가능하지 않다. 모든 것은 뿌연 안개 속에 놓여 있다.

> 학교를 그만두겠다는 아이들을 설득하는 현순의 목소리에는 가장 중요한 요소가 빠져 있었다. 열의, 어찌 되었든 학교를 마치는 게 중요하다는 확신의 결여.(「불의 전차」, 『창작과비평』 1996년 여름호, 209쪽)

이 열의와 확신의 결여를 초래한 것은 무엇인가. 성격적 요인이라고 말할 수도 있겠지만, 그것 또한 현실이 오이디푸스적 구조를 통해 생산해낸 것이다. 「떠나가는 배」에서 길우는 대현 스님의 신념과 아내 미연의 불안 사이에 놓여 있다. 신념은 스님의 것이자 동시에 길우의 것이기도 하다. 스님의 신념이 새삼스레 길우를 자극하는 것은 길우 또한 그 신념에 붙잡혀 있기 때문이다. 다만 길우의 신념은 스님의 그것처럼 낙관적인 것이 아니라, 억눌리고 음습한 정열에 의해 지배된 것일 따름이다. 마찬가지로 불안은 아내 미연의 것이자 길우 자신의 것이기도 하다. 불안은 그 곁에 있는 자의 영혼까지 잠식한다. 다만 그 두려움 때문에 그것에 대한 거리를 의식적으로 확보하려는 반사적 행동과 심리를 유발할 따름이다. 그러기에 길우가 걷고 있는 신념과 불안 사이의 길은 마치 폭이 좁은 골짜기와도 같다.

> 사람마다 살아가다보면 거센 계곡물이 흐르는 골짜기를 만날 때가 있잖아요. 다들 바짓자락을 둥둥 걷어올리고 휩쓸리지 않으려 애써 가누며 건너는 그런 골짜기요.(「젖은 골짜기」, 209쪽)

어떠한 신념의 봉우리에도 도달할 수 없기에 마음은 자꾸 패어 골짜기를 이룬다. 골짜기, 그것은 마음의 깊은 구석이다. 그러나 그 골짜기에 머무를 수도 없다. 계곡물이 흐르고 있기에 자칫하면 허무에 바짓자락이 젖을 수도 있기 때문이다. 다시 기를 쓰고 봉우리를 찾아 오르지 않을 수 없다. 골짜기는 폭이 좁을 뿐만 아니라 깊이 패어 있기에, 아슬아슬한 균형감각과 함께 감정의 심도를 동반한다.

> 겨울 골짜기, 채 녹지 않은 얼음장 밑으로 흐르는 물처럼 시린 무엇이 사돈의 말투에서 뚝뚝 들었다.(「어스름 녘」, 88쪽)

> 스님이 볼펜 쥔 손에 힘을 주어 꾹꾹 눌러박을 때마다, 손등에서 도드라지는 힘줄은 산맥 같고 검고 거친 스님의 살결은 골짜기 같다.(「떠나가는 배」, 『그 집 앞』, 191쪽)

골짜기로부터 흘러나온 마음은 길을 만난다. 길이 없는 봉우리와 골짜기 사이를 힘겹게 헤쳐나와 보니, 그것은 그저 많은 사람들이 걸어다니는 평범한 길이었던 것이다. 봉우리와 골짜기는 다만 자신이 만든 마음속의 환각이었을 따름. 자신이 만든 환각의 봉우리와 골짜기를 피해 아슬아슬하게 걸어왔을 뿐, 모든 것은 안개가 자욱하게 끼어 시야를 흐려 놓고 있었기에 가능한 환각이었다.

얼마나 시간이 흘렀는지, 길우가 저린 발을 푸느라 다리를 바꿀 즈음에 아버지는 부시시 일어났다. 그럼 몸조리 잘하시우. 그렇게 밤길을 되짚어 오는 길, 아버지는 길우에게 물었다. 길우야, 사람은 말이다…… 어머니 말로는 뜬구름 잡는 이야기, 국민학생인 길우로서는 냇가에서 잠깐 쥐었다 놓친 피라미처럼 미끈, 하는 감촉만 남겼을 뿐, 실체는 잡히지 않는 이야기. 그 밤길이, 빚보증 서준 집에 아버지 깜냥으론 빚을 좀 받아볼까 하고 나선 길이었다는 걸, 길우는 아주 뒷날에야 알았다. 끝내 빚 이야기는 한마디도 못 하고 일어서던 아버지.(「떠나가는 배」, 173쪽)

그 밤길이 있고 난 얼마 뒤, 길우네는 읍의 변두리로 더 밀려났고, 가난과 허기는 길우의 일상이 되었다. 그 밤길을 벗어나기 위해 봉우리로 다시 골짜기로 오르내리지 않으면 안 되었다. 그러나 봉우리는 작은 둔덕이었고, 골짜기는 얕은 도랑이었을 뿐.

길 바깥으로 뛰어내릴 용기도 없으면 그저, 그 길이 끝나면 무언가 다른 풍경이 나오려니 하면서 걸을 수밖에요. 그래도 끝내 다른 무엇이 없으면……, 그저 그랬나보다, 그러고 마는 거지요.(「젖은 골짜기」, 213쪽)

바람의 흔적이 길을 이룬다. 열정이 바람이 되어 밟고 달려간 자리가 굳어져 길이 된다. 안개가 끼어 있었기에 홀로 갇혀 있다고 느껴졌을 따름, 사람들은 서너 걸음 저편에서 걸어가고 있었다. 이 순간 실존의 회색빛 세계는 초록빛의 현실로 전환될 수 있는 계기를 마련한다. 그러나 안개는 사람들로 하여금 홀로 있다는 느낌을 조장하고 그 때문에 사람들의 마음속에는 나르키소스의 골짜기가 생겨난다. 길은 끝없이 이어진다. 그러나 무한한 계속을 상정하는 순간 과정은 즉시 정지된다. 안개 바깥으로 나가는 것은 이제 가능하지 않다. 안개 바깥으로 향한 시선을 거두어들이는 순간, 안개 속에서 기억의 향이 피어오른다.

4. 기억, 바람 부는 길 위의 시간들

안개는 영혼을 맞이하는 무당의 무대처럼, 기억을 맞이하기 위한 제의적 공간이다. '가을빛'과 '어스름 녘'은 이 안개의 다른 이름이며, 그것들은 모두 몽상적인 의식의 메타포다. 기억은 이 안개 속을 뚫고 나오는 것이다. 안개가 자욱하게 끼어 있는 길 위의 시간들 사이로 기억이 솟아오른다.

> 그때로부터 얼마나 시간이 흐른 것인가. 마른 강 같은 나날을 꿈도 못 꾸었던 그때로부터 얼마나 멀리 흘러왔나.(「그 집 앞」, 『그 집 앞』, 51쪽)

시간이 흘러가는 것이 아니라 흘러간 후 깨닫는 것이다. 강물이 줄어들어 강둑에 생겨난 수위(水位)의 흔적만큼 시간은 자각되는 것이다. 그 시간 속에는 봉우리와 골짜기가, 그리고 그 사이로 난 길이 있다. 시간은 균질적이고 투명한 공간이 아니라, 거기에는 삶과 열정과 고통이 깃들여 있다. 술잔의 줄어든 술만큼, 연기로 날아간 후 생겨난 담배의 재만큼 시간은 흐른다. 마찬가지로 열정만큼, 고통만큼 시간은 흐른다.

> 이따금 그 작은 가슴에 찌르르, 무구한 통증을 느낄 아이들. 나는 그애들에게 다가가고 싶다. 다가가서 껴안고, 그애들 앞에 놓인 무수한 시간, 그 시간 속에 깃들인 고통들을 다독이고 싶다.(「그 집 앞」, 46쪽)

아기를 보는 아버지의 눈길에서 나는, 아버지가 보는 게 아기가 아니라 아기 앞에 놓인 무한한 시간임을 깨달았다.

젖비린내 풍기는 아기를 끼고 누워 끈끈한 더위 속에 버성기는 아버지의 기침 소리를 들을 때면, 아기가 개구리처럼 배를 움직이며 야금야금 들이마시는 것이 다름아닌 아버지의 시간일지도 모른다는 엉뚱한 생각이 들곤 했다.(「가을빛」, 『그 집 앞』, 105쪽)

기억의 저인망을 끌어올리면 거기 건져지는 녹슨 통조림이나 버려진 신발짝, 그것은 시간이다. 반찬 찌꺼기와 세제가 뒤섞인 개숫물, 그것은 시간이다. 기억은 이 시간과의 대면이요 싸움이다. 이 시간을 걷어내고 원초적인 삶의 출발점으로 되돌아가고자 하는 욕망이 곧 기억이다.

누가 나를 거품이 부걱이는 설거지통에서 씻어 맑은 물에 헹궈내주었으면. 반찬 찌꺼기와 세제가 뒤섞인 개숫물처럼 가라앉지 않은 감정으로 들끓는 나를 누가 좀 밭쳐내주었으면.(「그 집 앞」, 72쪽)

기억은 안개를 걷어내고 순화된 감정의 자리에 이르기 위한 욕망이다. 그러나 기억은 회상의 형식이 아니라, 현실 속의 욕망이 생산해낸 것이다. 기억은 곧 망각의 다른 이름이다. 곧 기억은 기억하는 것보다 더 많은 것을 잊어버리는 과정이다. 아니, 기억된 것을 제외한 모든 것을 망각하는 과정이다. 기억은 안개를 걷어내기도 하지만, 역설적으로 안개가 마련한 몽상의 무대가 그것을 가능케 한다. 이 순간 기억과 상상은 연대하는 것이다. 그리고 그 둘은 서로를 심화하는 데 힘을 모은다. 기억은 시간의 시체를 일으켜세워 거기에 생기와 숨결을 불어넣는다. 그것은 회상 속에서 끄집어내어지는 것이 아니라 기억과 상상의 기이한 융합을 통해 눈앞에서 펼쳐지는 것이다. 이 과정에서 한 개인의 과거 전체는 새 옷으로 갈아입고 새집에 기거하게 된다. 이처럼 구성의 의지가 기억의 본질을 이룬다. 그러기에 기억은 과거의 집적체가 아니다. 과거를 바라보는 순간의 시선, 그 시선이 낳은 산물이다. 화염병이 아니라 화염병을 들고 거리에 섰던 순간의 심장의 떨림만이 기억의 본질인 것처럼, 과거의 사건 그 자체에 대한 기억이 아니라, 그것을 떠올릴 때 동반되는 후각의 여운이 곧 기억의 본질이다. 기억은 사건이 아니라 신체 내부에 새겨진 감각이다.

> 그 집이 거기에 있다. 흙 묻은 무를 토막친 것처럼 시간이 쓱 잘리면서, 순결한 단면을 내밀듯 그 집을 보여준다. 그 동안 흐른 시간을 물로 씻어내듯 쓱 문대버리고. 시간을 행궈낸 물이 발치를 적시며 흐른다.(「그 집 앞」, 68쪽)

기억은 그렇게 온다. 시간을 걷어내면서, 시간을 행궈낸 물을 발 밑으로 흐르게 하면서 그렇게 온다. 그러기에 기억은 한없이 순수하고 맑게 눈앞에 나타나지만, 그러한 순수함의 밑바닥에는 나르시스적 충동이 자리하고 있다. 이 순간 과거의 어떠한 고통도 초라함도 기억의 외피를 쓰고 자신만의 고유한 순수함으로 다시 태어난다.

> 시어머니가 집안이나 가문에 대해 말할 때마다, 내가 그리움으로 기억하는 것들이 누추해지고 내가 그리워하는 그 기억이 혹시 윤색된 것이 아닐까 하는 의구심마저 일었다. 곱게 풀먹인 삼베 밥상보를 걷으면 그 아래, 쪽이 떨어져나간 보시기에 담긴 김치 쪼가리며 밥풀이 늘어붙은 주발이 나오는 것처럼, 내가 옛집에서 지난날을 쓸쓸하지만 온화했던 나날로 기억하는 게 지저분한 밥상보를 덮는 심사는 아니었을까.(「그 집 앞」, 62쪽)

기억은 안개를 뚫고 한순간 선명하게 등장하지만, 그러나 사실은 그 자체가 어슴푸레한 것이었다. 하지만 그 어슴푸레한 빛이 지속되면 하나의 아름다운 화석으로 변한다. 이 순간 시간은 공간으로 변모한다. 그 공간 속에서 기억은 불멸의 성채를 이룬다. 그것은 기억을 보호하고 지켜주고 그 속에서 기운을 차리고 다시 꿈꾸게 해준다.

5. 집, 기억의 빛깔로 지어진 공간

기억이 돌이 되어 한 채의 집이 지어진다. 기억은 의식 속의 한 가지 작동 형태에 지나지 않는 것이지만, 그 기억이야말로 의식의 집을 구성하는 장치이자 매개이다.

> 오래 한 곳에 박여 있던 돌을 들었을 때, 그 바닥에 고여 더 짙어진 흙 빛깔, 여자의 어딘가에 그런 빛깔이 고일 거야.(「그늘바람꽃」, 『그 집 앞』, 8~9쪽)

> 언제던가, 학교에서 막 돌아오는데, 비가 오니까 이틀째 밭에 못 나가고 술을 마시던 아버지가 힐끗 고개를 들어 저를 바라보시는데, 그 눈, 그 눈을 잊을 수 없어요. 글쎄, 뭐라고 표현해야 할까요. 겨우내 묵혔던 밭을 갈아서 파헤치면 뭉클, 빛깔 짙은 흙이 나오지요. 그걸 볼 때의 철렁함 같은 것. 어린 마음에도 문득 깨달았어요. 나는 아버지에게 혹이구나, 아버지는 나를 혹으로 여기고 있구나.(「젖은 골짜기」, 202쪽)

이혜경의 소설에서 집은 흙으로 지어지는 것이 아니라 흙 '빛깔'로 지어지는 것이다. 마치 돌을 들었다 놓듯이 삶을 한 번 들었다가 다시 제자리에 놓는 순간, 그 사이에서 언뜻 드러나는 흙 빛깔이야말로 집의 재료이다. 기억의 밭을 갈아서 파헤치면 나오는 '뭉클, 짙은 흙 빛깔', 이것이야말로 집의 재료다. 돌이나 흙이 아닌, 빛깔로 지어진 집, 그 집은 그러니까 쌓아올리는 건축물이 아니다. 본체는 생략되고 이미지만으로 지어지는 집, 가지처럼 뻗어나가고 무성해지는 것이 아니라 안으로 안으로 응축하여 형성되는 집이다.

「그 집 앞」에서 그 집은 이러한 빛깔로 지어진 이미지의 집이다. 거기는 모든 과거의 사건들로 채워져 있는 것이 아니라 젊음의 순수한 가슴 떨림만이 존재한다. 한쪽 다리에 의족을 하고 있던 순정 언니에 대한 기억이 곧 그 집의 주인이다. 말하자면 그 애틋함이 집을 이루고 있는 것이다. 그것은 다시 사실은 본처와 소실의 관계에 있는 큰어머니와 작은어머니에 대한 기억으로 이어진다. 소실과 한 집에 살면서도 그러한 상처를 혼자서 다스리며 덮어두고 다독이면서 살았던 큰어머니, 거지에게 두 손으로 돈을 드리도록 했던 어머니에 대한 기억이 '그 집'의 공간을 점유하고 있다. 그러기에 그 기억들은 '아아, 어머니'라는 감탄사를 동반하지 않으면 안 된다. 이미지의 번득임에 의해 비로소 먼 과거가 메아리들로 울린다. 그러기에 기억이 만든 이미지는 표현의 생성인 동시에 새로운 존재의 생성이다. 기억은 비좁을 뿐만 아니라 겨울에는 춥고 여름에는 더웠던 다락방을, 작으면서도 크고 더우면서도 시원한 새로운 공간으로 생성시킨다.

기억의 성채인 '그 집'은 현실을 되짚고 관계를 이해할 수 있는 통찰을 제공하면서, 동시에 "강물이 더 혼탁해지기 전에, 흐려진 제 몸을 스스로 씻어내려 목숨들을 품어안는 강물의 사랑으로"(「그 집 앞」, 77~78쪽) 다시 한번 삶을 살아내리라는 절망적인 다짐을 통해 현실을 받아들일 수 있는 힘을 주인공에게 부여하고 있다. 그러나 그러한 다짐과 의지는 기억의 작동과정 속에 이미 내재되어 있던 것이다. 바슐라르의 말처럼 몽상 혹은 기억은 그 자체의 존재를 직접적으로 즐기는 습성을 지니기 때문이다.

6. 글, 바람 부는 길 위에 세워진 기억의 집

기억의 이미지가 만들어낸 집은 어렴풋한 빛 속에 놓여 있다. 그 빛 너머에서는 잡힐 듯하면서도 멀어져가는 소리가 울린다. 그것은 누구의 음성인가. 자신의 내성의 목소리가 아니겠는가. 그 목소리에 귀를 기울이고 그것을 옮겨적는 것, 그것이 곧 글쓰기이다. 따라서 기억의 집은 세워지고 나니 글의 형태를 띠고 있다. 집짓기는 다름아닌 글쓰기였던 것이다.

> 사랑은, 다 만든 인형 같은 것이다. 만들 때는 이리저리 설레고 꿈을 꾸는 듯하지만, 일단 형태를 갖추고 나면 인형은 독자적인 생명을 주장하는 것이라고.(「그 집 앞」, 69쪽)

어찌 사랑만 그러하랴. 삶 또한 그러하며 예술의 본질 또한 그러하다. 남은 것은 사랑으로부터, 삶으로부터, 그리고 글 그 자체로부터 버려진 의식이다. 그리고 그 본체를 갈망하는 그리움과 안타까움이다. 이러한 그리움과 안타까움은 여성성의 본질을 이룬다.

이혜경의 소설에는 소실의 딸이 반복하여 등장하고 있는데, 이것은 '애비는 종이었다'와 등치될 수 있는 차원에서 '에미는 소실이었다'로 이해할 수 있다. 곧 작가의 개인사적인 사실이나 실재라기보다는, 오히려 존재의 차원에서 제기되는 문제라 할 것이다. 그것은 바람과 집의 이중적인 존재론적 구속을 불러일으키기 위한 장치라고 할 수 있다. 곧 여기에는 '여성'이라는 존재 자체가 서자와도 같은 것이라는 인식이 개재되어 있다. 여성은 '서자'로서의 의식을 극단화하기 위한 계기와 같은 어떤 것이다.

> 가난한 딸이 잘사는 친정집 문턱을 넘어설 때의 기분이 그럴까요. '모(母)'란에 씌인 이름이 자기 어머니 이름이 아닌 호적등본을 볼 때의 마음

이 그럴까요. 선산에 묻어서는 안 된다는 큰집의 반대에도 불구하고, 그래도 뿌리를 거기에 잇대려고 첩의 소생인 아버지를 어찌어찌 선산 발치에 묻고 큰집 눈 피하며 성묘하러 다닌다는 어느 서얼의 마음이 그럴까요. 저 건물에 들어서려 할 때마다 마음이 멈칫거리던 때가 있었지요. 저 건물 안의 공연장에서 하는 공연을 보러 갈 마음을 내지 않고, 보고 싶은 전시회가 있어도 미루다가 그만두던 때가. 단지 그 건물 안으로 들어가는 일이 버거워서.(「서자들」, 『문예중앙』 1995년 겨울호, 369쪽)

위의 인용에서도 확인할 수 있듯이, 서얼이라는 사실이 중요한 것이 아니라 문제는 서얼의 마음 혹은 의식이다. 말하자면 변두리의 자의식인 것이다. 일상에 발을 거는 이 콤플렉스를 시선으로 도입하기 위해 '소실의 딸' 이라는 장치가 필요했던 것이다. 그 시선이 이혜경의 글쓰기에 동기를 부여하며 소설의 육체와 이미지를 지배하고 있다. 가난한 딸이 잘사는 친정집 문턱을 넘어설 때의 '기분', '모' 란에 적힌 어머니 이름이 자기 어머니의 이름이 아닌 호적등본을 볼 때의 '마음', 첩의 소생인 아버지를 선산 발치에 묻고 눈 피하며 성묘 다니는 어느 서얼의 '마음', 계약직 사원으로 있는 회사 건물에 들어서기를 멈칫거리는 '마음' 등등은 이 시선에서 보면 사실 같은 것이다. 그것은 또한 "물살에 실려 떠내려가다가 강둑에 드러난 나무 뿌리나 수초에 걸려, 인정 많은 누군가의 손에 키워지기를 바라는 마음으로 물비늘 반짝이는 강물을 보며 눈 안에 그렁그렁 물비늘을 일으키는 여인들"(「그 집 앞」, 42쪽)의 마음이나, "다들 모이를 쪼아먹느라 정신없는데 혼자 시궁창 쪽으로 아기작거리며 다가가는 병아리 한 마리에 눈 못 떼는 어미닭의 마음"(「그늘바람꽃」, 16쪽)과도 같은 차원에 놓인다. 이혜경의 소설에서 이러한 자의식은 대개 여성이라는 존재성의 외피를 쓰고 있다. 여성이라는 차원에 의해 이와 같은 서자의 시선이 보다 복잡한 이중적인 양상을 띠게 된다.

이혜경의 소설 곳곳에서 확인되는 글쓰기에 대한 자의식은 이와 같은 서자성 혹은 여성성이 만들어낸 자동화 과정의 일종이다. 더 거슬러올라가면 그러한 서자성과 동일시된 여성성은 체제의 질서로부터 소외되고 배제된 의식을 토대로 하는 근대 예술의 미적 자율성이 낳은 관습적 의식의 산물이다.

> 한때 제가 이 건물에서 맛보았던 서자의 기억이, 그 뒤 다른 서자들을, 적자 속에 웅크린 서자들을 쉬 알아볼 수 있게 해주었으니까요. 적자로만 살았더라면 결코 알아보지 못했을 서자들의 슬픔을, 서자를 끌어안고 사는 많은 적자들을.(「서자들」, 374쪽)

"말이 마음을 어찌 전할 수 있을까"(「떠나가는 배」, 167쪽)라든가 "삶의 고단함을 어루만지는 어떤 문장이 저 헛기침 소리의 울림을 담을 수 있으랴"(「귀로」, 130쪽)라는 탄식은 말이나 글에 절망한 것이 아니라 사실은 마음 자체가 절망을 담고 있는 것이다. 그것은 애초부터 아련하고 애틋한 감정에서 출발한다. 그것은 글보다 소리의 울림이 본질이라는 '음성중심주의' 적 발상을 그 토대로 삼고 있다. 이혜경 소설의 결말부에 드러나는 회귀적 혹은 순환적 구조는 그 자체가 소설 구성의 이데올로기일 뿐, 어떠한 희망도 전망도 될 수 없다. 말하자면 「그 집 앞」에서의 "다시 한번, 다시 한번 살아내리라. 나는 절망적으로 다짐한다. 은빛 캔의 유혹을 일거에 떨칠 자신도, 시어머니 앞에서 자꾸 닫히려는 마음을 활짝 열어 보일 자신도 없지만, 내 안의 흙탕물을 가만가만 가라앉힐 수는 있을 것이다. 강물이 더 혼탁해지기 전에, 흐려진 제 몸을 스스로 씻어내려 목숨들을 품어안는 강물의 사랑으로"(77~78쪽)라든가, 「가을빛」에서의 "저 바람이 내 아버지의 숨결을 몰아 이르는 곳은 어둡지만 따뜻한 자궁이라는 것을, 어쩌면 막 비워버린 내 몸에 깃들일지도 모른다는 것을"(122쪽)과 같은 경우, 그리고 「떠나가는 배」에서의 "길우는 문득 미연에게 스님의 이야기를 하고 싶어진다. 스님이 기다리는 새 세상과 그토록 오랜 세월을 거듭 무너지면서도 다시 쌓아올리는 믿음을"(195쪽)과 같은 화해적 결말은 "말이 마음을 어찌 전할 수 있으랴"나 "삶의 고단함을 어루만지는 어떤 문장이 저 헛기침 소리의 울림을 담을 수 있으랴"와 같은 자의식이 만들어낸 것이다. 미래에 대해서 이야기하고 있지만 그것이 항상 회귀적, 순환적 느낌을 주는 것은 왜일까? 그것은 바깥을 향하며 끝을 맺지만, 바깥의 의미는 언제나 바깥쪽을 벗어나서 갇혀 있는 안쪽에 있기 때문이다. 데리다의 통찰에서 보이듯, 미래는 성립된 규범적 의식과 절대적으로 단절된 무엇이며, 따라서 일종의 괴상망측함 속에서만 자신을 예고하고 스스로를 현전시킬 수 있다.

> 저걸 만든 아낙이, 자기 손톱으로 무늬를 놓은 그릇이 천몇 년 뒤까지 남아서 한 사람의 마음을 어루만져주리라고 상상이나 했을까. (……) 선사시대 아낙의 손톱이 한 일 같은 걸 말로써 해낼 수 있을까.(「귀로」, 139쪽)

선사시대 아낙이 만든 그릇의 손톱 무늬 또한 텍스트의 일종이 아닌가. 다만 손톱이 펜의 역할을 하고 있을 따름이다. 텍스트 이면에 놓인 영혼을 전제할 때 기억의 형이상학은 모성의 성채를 형성한다. 마음을 어루만질 수 있다는 발상은 텍스트의 외부와 내부 사이에 단절을 전제할 때만 가능하며, 그 경계에 대한 긴장을 놓칠 경우 그러한 발상은 이데올로기화될 우려마저 지니고 있다. 이혜경 소설의 깊지만 좁은 폭은 이와 같은 우려를 자극한다. 가족은 욕망의 사회적 흐름을 가두는 단위이다. 이혜경의 소설은 가족 내부에 새겨진 미세한 잔금을 형상화하지만, 그것은 언제나 무한하고도 순환적인 시간으로 귀결된다. 말하자면 미세와 무한의 변증법에 갇혀 있는 것이다. 떨켜에 고착된 시선은 기억을 매개로 무한의 시간과 손잡고 있다.

그러나 실존적 고통의 뿌리에는 언제나 현실의 질서가 놓여 있기에 실존적 고통의 실체는 현실적 질서 가운데서 드러날 수밖에 없다. 그리고 실존적 고통은 현실적 질서 속에서 새로운 실존적 고통으로 대물림된다. 그리하여 더욱 복잡하고 새로운 욕망이 끊임없이 생산된다. 그러한 욕망은 더욱더 복잡하고 새로운 현실 그 자체이다. 가족은 이와 같은 욕망의 끊임없는 생산을 차단하여 실존의 빛으로 물들인다. 그러면서 현실을 뛰어넘어 과거로 향한 순환과 미래로 향한 초월로 비약해버린다. 이혜경의 소설들이 진정한 의미에서의 소설이 아닌 시적 충동의 소산인 것은 이 때문이다.

그에 비하면 "다짐 하나도 온전히 내 것일 수 없다니"(「노래하는 여자 노래하지 않는 여자」, 『그 집 앞』, 165쪽)와 같은 탄식이 보다 더 자각적일 수 있다. 이혜경 소설이 이제 직면하고 있는 문제는 여성성이 만들어낸 자동화 과정으로서의 글쓰기에 대한 자의식을 벗어나 타자와 대면하면서 발생하는 글쓰기 자체에 대한 자의식을 자각하는 것이 아닐까. 가족이라는 오이디푸스적 구조의 접점에서 언뜻 비친 현실을 가족구조 밖으로 이끌어가는 것, 그것은 글로 옮기는 것에 대한 절망이 아니라 글 자체에 대한 절망일 것이다.

(『문학동네』 1999년 여름호)

삶 이전, 혹은 죽음 이후의 세계
—정영문론

1. 고집스런, 섬뜩하며 그로테스크한 권태

정영문의 중편 『하품』은 끊이지 않고 이어지는 대화, 그런데 그 대부분은 삶의 일상성을 모욕하는 듯한 대화, 그 결과 비루한 일상만이 드러나게 되는 대화들로 채워져 있다. 이 대화의 당사자들인, 한없이 비루해지고자 안간힘을 쓰는, 그럼으로써만 겨우 존재하는 이 '비루한 인간들'(해설을 쓸 당시 이 작품의 가제는 『비루한 인간들』이었다)은 도대체 누구인가. 게다가 그들은 왜 이렇듯 조리에 닿지 않는, 서로를 무시하는, 상대방의 무시에 한술 더 뜨는 모욕으로 기어코 되갚는 대화 아닌 대화를 나누고 있는 것일까.

때로 나는 하루 동안 만나는 사람들에게 조리가 닿지 않는, 그들이 전혀 알아들을 수 없는 말만 하는 때가 있어. 그럴 때면 나 자신의 말이 결코 지루하지 않은 음악처럼 여겨지는 거야, 그가 말했다. 실제로 나는 사람들의 말에 귀를 기울일 수가 없어. 나는 사람들의 말에 관심이 없을 뿐만 아니라, 그보다도, 타인에 대해 관심이 없는 게 분명해.(『하품』, 62쪽)

타인과 세계에 대한 관심이 없는, 나아가서는 자신의 삶조차에 대해서도 무관심한 이들에게 말이란, 침묵과 더불어 그와 같은 관심없음을 견디는 두 가지 방식 가운데 하나이다. 상대방에 대한 관심에서 나오는 일상의 발화들이 아니라, 말 그 자체로부터 생산되는 말들. 그러니까 이 말의 주체는 그 말을 하고 있는 사람이 아니라 말 그 자체가 말의 주체일 수밖에 없다.

왜 그게 내가 말한 것처럼 여겨지지 않는지 모르겠네, 왠지 나의 생각 가까운 곳에 누군가가 버티고 있는 것만 같단 말야, 그 누군가가 나를 대신해 생각을 하는 것 같아, 그게 누구일까, 그가 말했다.(『하품』, 66쪽)

그 누구는 어느 누구도 아닌, 말 그 자체이다. 분명히 내가 말하고 있음에도 불구하고 "내가 말한 것처럼 여겨지지 않는" 것도 그 때문이다. 그렇다면 이러한 말의 자기 생산과정을 발생시키는 근원은 무엇인가. 그것은 삶의 관계들에 대한 모든 믿음의 말소, 혹은 모든 삶의 관계들에 대한 회의의 산물이다. 나아가서 그것은 삶의 관계들에 대한 회의일 뿐 아니라, 삶 그 자체에 대한 절망과 회의이다. 그 회의로부터 '고집스런, 섬뜩하며 그로테스크한 권태'가 솟아난다. "그걸 하기 전까지는 그것이 의미가 있다는 것을 알게 되지 못하는…… 그것이 좋은 것이든 나쁜 것이든, 의도를 갖고 할 수 있는…… 뭔가 절실한 마음으로 할 수 있는…… 그 일을 하는 동안 마음이 절실해지는" 그런 것은 어느 곳에도 존재하지 않는다. 요컨대 그와 같은 권태 속에서 존재는 비루해지고, 존재의 의미는 희미해질 수밖에 없다. 존재의 의미가 희미해지자, 존재와 소멸 그리고 죽음이 연대하기 시작한다. 그러면서 존재 이전과 이후와 단절되어 있던 존재 그 자체는 낮게 가라앉아 존재 이전 및 존재 이후와 소통하기 시작한다. 그리하여 삶 이전과 죽음 이후의 풍경이 삶 속으로 흘러들어 온다.

> 눈을 감으면, 무덤 속에 누워 있는 나의 모습이 만져질 정도야, 코를 막으면, 차마 맡기 역겨운, 나의 안에서 이미 썩어가고 있는 시체 냄새가 나기도 하지, 그가 말했다.(『하품』, 82~83쪽)

어느새 의식 속을 뚫고 들어와버린 죽음의 감촉과 냄새. 삶의 무게를 걷어내면, 그 권태의 공간 속에 삶 이전의 기억과 죽음 이후의 감각이 삶의 표면 위로 떠오른다. 존재 자체와 존재 이전, 혹은 존재 이후가 구분되지 않는 '不知周之夢爲胡蝶與, 胡蝶之夢爲周與'의 세계가 거기에 펼쳐진다.

2. 미리 앞당기는, 혹은 거슬러올라가는 진화

인간 또한 애초에는 하나의 유기물에 지나지 않는 존재가 아닌가. 인간은 모든 유기물과 자신을 구별하여 인간에게 독특한 지위를 할당하고, 문명과 문화로써 그것을 보증하려 한다. 그러나 우주적 차원에서 인간을 바라보면 어떠할까. 그저 그 속에서 생성, 성장, 소멸하는 유기물의 일종에 지나지 않는다. 그럼에도 유기물과 인간을 결정적으로 구분하는 문턱은 말, 곧 언어이다. 직립은 자유로운 손과 나아가 도구적 생산을 가능케 한다. 음식과 소음에만 활용되던 입은 입술이 생성됨으로써 분절음의 발화를 가능케 한다. 숲의 소음이 사라진 초원 지대로의 이동은 작은 소리로 이야기하는 것을 가능케 한다. 말하자면 손과 입술과 초원이 오랜 시간에 걸친 공모를 통해 언어를 이루어낸 것이다. 그러니까 인간이 홀로 이루어낸 진화가 아니라, 우주적 진화의 한 부분일 따름이다. 그리하여 앞발은 손이 되고, 입은 입술이 되고, 머리는 얼굴이 되었다. 그러하기에 언어는 들뢰즈와 가타리가 『천의 고원』에서 말한, 유기적 지층과 인류적 지층의 경계, 곧 유기물과 인간의 경계에 위치한다. 물론 텍스트 바깥을 사유할 수는 없다. 우리는 텍스트의 바깥조차 텍스트를 통해서만 사유할 수 있을 뿐이다. 더군다나 진화의 방향 자체는 거스를 수 없는 것이다. 문제는 두 방향이 동시에 서로에게 빛을 던진다는 점이다. 문자언어가 해체되는 지점에서 문자언어가 음성언어에 대해 가하는 폭력뿐만이 아니라 언어가 언어 이전의 삶에 대해 가하는 폭력이 드러나듯이, 인간 그 자체가 회의되면 될수록 인간 이전과 인간 이후의 존재에 대한 사유가 확장되기에 이른다.

『하품』의 모태라고도 할 수 있는, 정영문의 첫 장편 『겨우 존재하는 인간』(세계사, 1997) 속의 등장인물들이 놓여 있는 지점은 바로 인간다움에 대한 해체과정의 어느 지점에서 발견되는 지대, 혹은 인류적 지층의 출발 이전, 곧 지독한 삶의 권태 속에서, 삶의 마모와 해체 속에서 발견되는, 삶 이전의 지대이다. 그것은 우리 삶의 구조들이 철거된 자리에서 발견되는 점성(粘性)으로 이루어진 평면(plan de consistance), "구체성의 세계로부터 이탈한 곳에 있는, 보다 유동적인, 끝없는 기형적인 변형의 세계"(『겨우 존재하는 인간』, 156쪽)이다.

나는 최근 들어, 더 전락할 것이 없는데도 불구하고 끝없이 전락하고 있는 것처럼 여겨졌다. 어쩌면 실제로 나라는 존재의 전락이 이루어진 것이 아니라, 전락에 대한 기대가, 전락의 보이지 않는 끝과 그곳에 있는 종말에 대한 기대가 더 커진 것인지도 몰랐다. 또한 나의 그 전락에는, 마침내는, 내가 나 자신도 알아볼 수 없는 상태에서야 끝날 그 비루한 삶의 지속에는, 완전한 해체와 마모의 순간에 느끼게 되는 자유에 대한 열망 또한

포함되어 있는 것처럼 느껴졌다.(『겨우 존재하는 인간』, 113쪽)

전락할 것이 없는데도 불구하고 끝없이 전락하고 있는 것처럼 느껴지는 것, 그것은 삶의 경계 안에서 이루어진 전락이 이제 삶의 경계 바깥으로 뻗어나가고 있다는 것을 의미한다. 그러나 삶의 경계를 벗어나자 그것은 전락이 아니라, 이제 새로운 생성이다. 그 지점에 이르러서야 비로소 '자유에 대한 열망'이 생성된다. 이것은 은유나 알레고리의 차원이 아닌, 뿌리처럼 얽힌 시간의 미세한 흐름을 타고 흐르는, 혹은 거스르며 채우는 현실적 '되기'이다. 그리하여 그것은 인간에 내재한 유기적 지층, 더 나아가 에너지로만 존재하는 물리화학적 지질학적 지층의 발견에 이른다. 존재의 동기는 없다. 다만 맹목적인 어떤 지향성, 우주의 물질들이 상호작용 속에서 수억만 년에 걸쳐 이루어낸 진화의 끝에 나의 존재가 있을 따름이다. 동물 혹은 사물로 된다는 것, 그것은 인간과 사물 사이에 가로놓여 있는 공통의 지층, 그 모든 사물이 공모하여 이루어내는 공통된 흐름의 발견이다. 그것을 두고 작가는 '맹목적인 지향성'이라 이름 붙이고 있다.

나는 나 자신이 그 지렁이처럼 여겨졌다. 나는 나 자신과, 그것을 응시하며, 성찰하며, 포괄하는 내가 하나가 되는 것을 느꼈다. 나는, 나는 지렁이다, 라고 나만 알아들을 수 있는 작은 목소리로 읊조렸다. 반토막이 난 몸뚱어리로 흙먼지 위를 기어가고 있는 지렁이도, 그것을 골똘히 바라보며 뒤쫓은 나도, 우리는 이 세계에 아무런 근거 없이 존재하는 것들일 뿐이었다. 우리는 완전히 우연히, 이 세계를 배경으로 등장한 막연한 움직이는 형상들에 지나지 않는 것들이었다.(『겨우 존재하는 인간』, 127~128쪽)

그러나 이것은 인류적 지층 이전의 원초적 상태로의 회귀가 아니다. 지렁이가 됨으로써, 정확히 말하면 '지렁이가 되는 인간'이 됨으로써 인간적인 존재 내부의 한 심급을 발견하고, 그 위에 세워져 있는 인간적으로 규정된 특정한 코드를 해체하는 것이다. 곧 그것은 지렁이가 되는 것이 아니라, 지렁이와 더불어 존재하고 있는 하나의 새로운 지층을 발견하는 것이며, 그 지층으로부터 흘러나오는 새로운 생성의 흐름을 발견하는 것이다.

> 아무런 문제도 없는 상태가 계속되는 게 두려워. 변화하지도, 진화하지도 않는, 전개도 반전도 없는, 다만 끈질기게 유지되는 생이 있을 뿐이지……(『하품』, 55쪽)

이와 같은 새로운 생성은 마치 카프카의 「변신」에서 그레고르 잠자가 벌레로 된 것과도 같은 것이다. 결국 인간이라고 규정된 제한된 영역을 벗어나서 흐르고 있는 욕망의 흐름을 좇는 것, 사회 기구 이면에 놓인, 그것을 규정하고 있는 하나의 장(場)을 발견하는 것, 바로 그것이야말로 '인간 이외의 존재 되기' 의 본질이다.

3. 절대적인 이유도, 궁극적인 목적도 없는 존재

이처럼 『하품』은 『겨우 존재하는 인간』에 이어져 있다. 공원이 동물원으로 바뀌었지만, 여전히 사건과 대화는, 마치 연극 무대와도 같은 벤치 주위를 벗어나지 않는다. 그러나 『하품』에서는 『겨우 존재하는 인간들』에 대한 여러 가지 방식의 변주가 드러나고 있다. 『겨우 존재하는 인간』에서의 무거운 언설들은 '비루한 인간들' 의 관계, 그것의 가벼움으로 전환된다. 살인과 절망의 그로테스크한 포즈는 유희적 정신으로 대체되어 있다. 나와 세계, 곧 '나' 중심의 관계들은, '나' 와 '그' 의 동등한 관계로 바뀌어 있다. 이러한 변화들은 『하품』에 이르러 이와 같은 주제가, 다소 희미해진 느낌이 없지는 않지만 그럼에도 불구하고, 더욱 세련되고 객관적인 양상으로 다루어지고 있음을 의미한다.

한편 『하품』에서 발견할 수 있는 또하나의 중요한 변화는 시선에 관한 것이다. '나'는 '나'의 내면 속에서는 고귀함을 간직한 '인간'이다. 말하자면 자신의 존재의 근원에 대해 끊임없이 질문하고 회의하는 자의식을 지닌 실존적 존재다. 하지만 타자의 시선으로 바라보면 어떠할까. 그저 하루하루를 살아가는 개미와도 같은 존재다. 『겨우 존재하는 인간』에서는 존재 자체에 대한 물음이 '나'의 자의식에 짙게 배어 있었다. 그러나 『하품』에서는 이러한 자의식이, 인간다움이 모두 걷혀 있다. 그 결과 관념으로서의 인간다움은 모두 사라지고, 타자의 시선으로 바라본 '비루한 인간들'만이 존재하는 철저한 회색의 세계가 펼쳐지고 있다.

그러나 이러한 변화들보다도 더 중요한 것은, 작가가 근대의 끝자리에서 등장한 인간 존재에 대한 새로운 문제를 지속적으로, 끈질기게 탐구하고 있음을 보여주고 있다는 점이다. 그만큼 이 문제는 어느 특정 시기에 해당되는 것이 아니라 그 까마득한 옛날부터 여러 다른 형태로 우리에게 부과된 것이며, 따라서 그것은 거대한 공허와 함께 우리 앞에 놓여 있는 문제이다.

> 또 만나세, 오늘처럼, 어제처럼, 어제의 어제처럼, 그 까마득한 옛날부터 지금까지 우리가 그랬던 것처럼, 이 장소에서, 그 시간에, 그래서 그 동안 수없이 했던 얘기들을, 아니면 아직 하지는 않았지만, 지금껏 한 얘기들과 크게 다르지 않은 얘기들을 하세, 할 얘기가 도무지 없을 것 같지만, 또 있겠지, 그가 말한다.(『하품』, 98쪽)

이러한 맥락에서 바라보면, '비루한 사람들'은 우리 아닌 다른 어떤 존재가 아니라, 우리 속에 내재된 인간적 숙명의 다른 이름일 것이다. 고도(Godot)를 기다리는 블라디미르와 에스트라곤처럼, 포조와 럭키처럼,

운명과도 같이 우리 앞에 놓여 있는 예정된 종말을 유예시키는 끝없는 대화는 그래서 계속 이어져왔고, 앞으로도 이어질 것이다. 그 도저한 흐름의 어느 높은 파고 위에 『하품』이 있다.

(『하품』, 작가정신, 1999)

어떤 잊혀진 죽음을 위한 진혼의 퍼포먼스
—김연수론

1. 기억의 동맥 속에 경화(硬化)된 시간, 스무 살

내면 깊숙이 자리잡은 젊음의 기억은 누구에게나 아스라한 감탄사와 더불어 찾아오는 것이리라. 젊음은 다시 돌아오지 않기 때문이다. 그러기에 스무 살은 언제나 기억이라는 혈관 속에서 동맥경화를 일으킨다. 그것은 훼손되지 않은 순금처럼, 지리한 삶 속에서도 시간의 흐름 속에 용해되지 않고 언제까지나 빛나는 어떤 것으로 응어리진 채 남아 있기 때문이다. 시간이 흘러도 스러지지 않는, 아니 시간이 흐를수록 더욱더 찬란하게 빛나는 이 기억의 패러독스. 이 순간만큼은 전쟁이나 혁명 같은 역사적 사건조차도 젊음 속에 내속되는 것을 피할 수 없다.

그러나 스무 살은 우리들을 비루한 세상 속으로 밀어넣고는 우리의 등 뒤에서 손을 흔들고 있다. 자신도 모르는 사이 이후의 삶을 규정해놓고는 사라져버리는 허깨비의 이름은 스무 살이었던 것이다. "남몰래 흘리는 눈물보다도 더 빨리 우리의 기억 속에서 마르는 스무 살이 지나가고 나면, 스물한 살이 오는 것이 아니라 스무 살 이후가 온다"(237쪽)고 김연수는 말한다. 스무 살은 그 이후의 삶과는 기후와 풍경이 다른 계절이되 다시 돌아오지 않고 기억과 그리움으로만 존재하는 계절인 것이다. 그것은 단절의 강 저편에, 채워지지 않는 헛헛한 갈증이 만들어낸 길고 어두운 기억의 낭하(廊下) 저편에 놓여 있다.

이 풍요롭고 아름다운 세계에 대한 기억은, 그러나 시간의 축복이면서 동시에 시간의 해찰이기도 하다. 그것은 무기력한 일상 속에서 고통받고 있는 정신과 육체에 활력을 주는 강장제이지만, 거기에는 그 고통을 마주하는 대신 자꾸만 환상으로 도피하게끔 강요하는 중독성의 마약 성분이 들어 있다. 실상 멀리서 보이는 이 황금빛 보석은, 가까이 다가가서 보면 검은빛의 울퉁불퉁한 광물질이 아니겠는가. 우리가 잃어버린 도끼는 금도끼, 은도끼가 아니라 볼품없는 쇠도끼였던 것이다.

물론 '내가 잃어버린 것은 쇠도끼다' 라고 말하는 것은, 우리가 익숙한 교훈적 설화에서와 같은 정직함의 문제만은 아닐 것이다. 시간의 흐름 속에서 과거의 사건이 변질되고 은폐되고, 그리고 선택되는 것은 기억의 자동적 작동의 소산이기는 하지만, 거기에 머무르지 않는다. 그것은 체계가 주입하고 강요하는 성격의 것이기도 하다. 체계는 세대라는 이름으로 집단화된 기억을 강요한다. 개인의 실존적 망설임 속에 부유하던 기억은 이 순간 안정된 서식처를 발견한다.

그러기에 이 기억에 대한 굴착은 개인적인 회고의 정직함의 문제가 아니라, 어쩔 수 없이 이데올로기와의 직접적인 대면으로 귀결된다. 곧 시간의 두께 속에 몸을 웅크리고 있는 이데올로기와의 힘겨운 지구전을 요하는 것이다. 이 순간 기억은 언어화와 더불어 사회성 혹은 역사성과 필연적으로 마주하게 된다. 그것은 한 인간의 기억이면서 동시에 한 가정의 기억이며, 또한 한 세대의 기억이며, 나아가 역사의 한 장면에 대한 기억이다. 그러하기에 "생에서 단 한 번 가까워졌다가 멀어지는 별처럼 스무 살, 제일 가까워졌을 때로부터 다들 지금은 너무나 멀리 떨어져 있다"(268쪽)는 김연수의 단절적 인식은, 기억에 사로잡힌 우리의 상처에 힘겹게 내려앉은 딱지를 자꾸만 들추어 분홍빛의 속살을 붉은 피와 더불어 보여준다. 그곳에서 우리는 80년대와 90년대 사이에 의식을 걸치고 있지만, 80년대에도 90년대에도 소속되지 못한 어떤 세대의 내면을 엿볼 수 있다. 그러나 어찌 특정한 한 세대만의 문제겠는가. 누구라도 이데올로기화된 시대 규정을 파헤쳐 기억의 어둠으로 들어가면 거기에는 실체 없이 떠도는 역사가 놓여 있다.

이 어두운 기억의 낭하를 어쩔 수 없이 보아버린 견자(見者), 시인(詩人/視人)의 비애는 누구의 몫인가. 그것은 작가 스스로가 초래한 것이면서, 동시에 시대가 그의 어깨에 지운 역사의 무게이기도 하다. 스무 살이 실존적이면서 동시에 역사적일 수밖에 없는 근거가 여기에 있다. 이 순간 스무 살은 한번 발화된 후 사라져버리는 감탄사가 아니라, 현재와 뒤섞이고 그 속에서 새롭게 생성되면서 시간 속을 떠다니는 공백의 기표가 된다.

2. 어느 잊혀진 세대를 위한 진혼곡

모든 정치적 사건을 풍문이나 후일담으로 경험한 세대가 있다. 마르크스를 플라톤과 함께 대학생 권장도서 목록으로 받았던 세대. 지하 주점과 캠퍼스에서만 들리던 운동가요는 어느새 레코드판으로 구입할 수 있게 되었다. 이 변화는 너무도 순식간이어서 마치 환각처럼 그들을 어리둥절하게 만들었다. 공개적으로 출판된 비봉출판사판, 이론과실천판 『자본론』 앞에서 아무 글씨도 없는 검은 표지의 두꺼운 책이었던 북한판 『자본론』은 마치 존재하지도 않았던 것처럼 흔적 없이 사라져버렸다. 여리고성을 무너뜨리고자 주위를 떠돌던 음침한 주문의 돌멩이들은 이제 여리고성을 증축하는 데 쓰이는 긴요한 벽돌이 되어버렸다. 이 투명한 변화의 장막을 가로질러 90년대는 왔다. 문제는 단절을 전후로 한 이 두 세계가 양립할 수 없다는 것이다. 딱딱한 껍질을 벗어던진 오징어는 변화된 환경에 적응할 수 있었지만, 껍질을 고수한 암모나이트는 화석만을 남긴 채 절멸해버린 것처럼.

과학화로 표상되는 이념의 절정과 그 이념의 급격한 무너짐이 불합리하게 공존하던 그 혼란의 터널을 빠져나오자 세계는 이미 이 세대가 입을 옷과 봐야 할 책과 생각할 사유를 준비해놓고 있었다. 물론 거기에는 신세대라는 꼬리표도 함께 달린 채. 이 가면을 쓰지 않으면 세계는 출입을 허락하지 않는다. 자신도 모르는 사이, 얼굴에 가면이 덧씌워져 있음을 알아차려버린 자, 그는 가면을 쓰고 있으되 이것이 가면이라고 자신의 손가락으로 가리키지 않으면 안 된다. 김연수의 소설들에는 세계가 강제적으로 부여한 신세대라는 가면 아래에서 작동하는 세대적 자의식이 짙게 드리워져 있다.

「*뒤져버린* 도플갱어」에서 주인공 승민은 가장 90년대적인 공간에 대해 시각적으로 사색하고자 한다는 기획 의도를 밝힌 한 잡지사의 청탁으로 대학로 마로니에 공원을 사진에 담게 된다. 애초에 그는 사진의 한계를 넘어 이제까지 흘러온 모든 시간과 존재한 모든 공간을 한 프레임 속에 담겠다는 야심찬 의욕을 품는다. 그러나 그것은 가능하지 않다. "대학로를 가득 메웠던 80년대 노동자들의 행렬과 중앙선을 가로질러 방향을 꺾으려다가 자동차에 부딪혀 아스팔트에 길게 순간적으로 존재하는 불꽃을 튀기며 날아가는 십대들의 오토바이가 같은 시간, 같은 공간에 함께 존재할 수는 없었던 것"(80쪽)이기 때문이다. 마치 우리가 단절되어 있는 두 시대의 의식을 동시에 지닌 채 살아갈 수 없는 것처럼. 그래서 승민은 거꾸로, 윤곽만을 지닌 텅 빈 피사체들을 통해, 바로 그 무(無)가 빚어내는 환각을 통해 이제까지 지내온 모든 시간과 공간을 자극하여 환기시키고자 한다. 그런데 정작 그 사진의 여백에 찍힌 것은 다름아닌 자신의 모습이다.

롤랑 바르트의 말처럼 사진은 항상 존재하지 않는 것의 증인이다. 비록 주체가 아직 살아 있다고 하더라도 사진 찍히는 것은 주체의 어느 한 순간이고, 그 순간은 더이상 존재하지 않기 때문이다. 그러하기에 우리는 삶의 매순간마다 끊임없이 스스로의 이미지들을 장사지내는 셈이다. 지나간 과거의 이미지들을 현재와 동일시하며 고정시키는 순간, 그 이미지들은 죽음을 맞이한다. 같은 논법에 따른다면, 미래의 이미지들을 미리 앞당겨 현재와 동일시하는 순간 이미 현재 또한 죽은 것이다. 설사 그것이 자신의 모습이 아닌 어떤 피사체라고 하더라도 그 속에는 자신의 모습이 투사되어 있기에 결국 사진에서 보는 것은 스스로의 죽음이다. 사진이 특히 죽음의 감촉을 직접적으로 느끼게 하는 것은, 거기에는 기호들의 불연속이 없기 때문이다. 요컨대 사진에는 기호들이 자율적으로 구성하는 의미층(디노테이션)이 부재하고, 다만 피사체를 선택하고 바라보는 시선 혹은 스타일이 만들어낸 암시적인 의미층(코노테이션)만이 존재하기 때문이다.

주체의 연속성에 무수한 균열을 허용해버린 자, 그러하기에 이미지 속에서 죽음에 접한 자에게 남는 것은 오직 절대적인 허무이다. 이 허무는 모든 과거와 미래의 이미지에 대한 거부라는 점에서 소극적인 냉소가 아닌, 적극적인 태도이며 윤리이다. 스스로의 이미지들을 대면할 수 없는 순간이 도래한 이후, 이 허무를 견디는 방식은 속도의 극한을 추구하는 일이다. 과거와 현재와 미래의 이미지들이 거대한 속도 속에서 응축되어 하나의 소실점으로 변모하는 순간의 장엄한 아름다움이 허무에 빠진 삶을 유혹한다. 이 순간 모든 이미지들은 무화되기에 이른다. 문제는 이러한 허무감의 근원에 자리잡고 있는 역사의 얼룩이다. 사진 속에서 죽어 있는 자신의 이미지를 보게끔 강요한 것은 무엇인가. 이 급격한 불연속을 의식 속에서 체험케 한 원인은 무엇인가. 여기에 80년대와 90년대 사이의 인식론적 단절이 놓여 있다.

가상의 놀이기구 플라잉코스터를 등장시키고 있는 「마지막 롤러코스터」에서도 문제가 되는 것은 '스피드'와 '텐션'이다. '나'의 대학 동창인 재인이 어느 날 네버랜드 플라잉코스터의 열세번째 코너 *도살자의 갈고리*에서 사망한다. 거기에는 롤러코스터를 전문으로 연구하는 동아리인 승룡회(昇龍會)의 회장이 동승하고 있었다. 재인은 롤러코스터의 이상이 결코 텐션과는 무관하다는 요지로 발언해 승룡회장을 자극시켰고, 급기야 둘은 비 오는 날 함께 플라잉코스터를 탔던 것이다. 재인의 죽음으로 인해 '나'는 재인이 하고 있던 노정치가의 회고록 쓰는 일을 떠맡게 되고, 승룡회장은 자신이 병적으로 집착해 완성시킨 플라잉코스터에서 사람이 죽었다는 죄책감에 시달리다 결국 자신도 플라잉코스터에서 죽음을 맞이하기에 이른다. 무엇이 이들을 플라잉코스터에 집착하게 만들고, 결국 그것에 적응하지 못하고 죽음에 이르게 한 것일까.

> 우리는 과학적 이론으로 무장해 대오를 이끄는 레닌이 아니라 그에 감화돼 청춘을 불태우는 농노가 되고 싶었다. 재인은 자신의 특별한 가계(家系) 때문에 반대급부적으로 더 과격하게 주장했고 나는 세상을 향해 좀더 완곡한 형태의 욕을 하고 싶어서 그랬던 것뿐이다. 하지만 이제 우리는 더 이상 대학생이 아니다. 재인에게는 회고를 들어줘야 할 노정치가가 있고 내게는 치러야 할 세금고지서가 있다. 그 변화를 받아들일 수 있느냐 없느냐는 개인적인 환경의 차이일 것이다. 재인으로서는 견디기 어려웠던 모양이다. 다시 말해 재인은 자신이 죽을 것이란 사실을 미리 알고 있었는지 모른다.(52쪽)

출발점부터 '레닌'이 아닌 '농노'였다. 이념에 몸을 던지되, 그 이유를 이념에 환원시킬 수 없도록 투명함과 솔직함을 강요받았던 세대의 비극이 여기에 있다. 이념의 가면은 이들에게 너무도 투명했던 것이다. 가면에 분장을 채 하기도 전에 쓰고 있던 가면을 박탈당하고 새로운 가면을 강요받아야만 했다. 변화는 너무도 급작스럽게 다가왔던 것이다. 그런데 무엇이 이 변화에 둔감하도록 만든 것일까. 그것은 개인적인 환경의 차이일 수도 있고, 그렇지 않을 수도 있다. 물론 그것은 궁극에는 개인의 실존적 결단으로 귀착되는 것일 터이지만. 이 순간 문제는 세대의 테두리를 뛰어넘는다. 꿈에 대한 냉소도, 그 꿈에 대한 순진한 미망도, 그 꿈이 이미 현실화되었다는 믿음을 강요하는 체계의 견고함에 의해 좌절되기 때문이다. 그러하기에 '죽음'은 세대를 뛰어넘어 이 둘을 묶는 공통분모이다.

> 내겐 꿈이 있었어요. 어떻게 이 레일을 벗어나지 않고 플라잉코스터를 날아오르게 할 것인가? 재인씨와 같은 친구들은 스스로를 비웃고 친구들을 비웃다가 결국 레일 안에서 천천히 죽어갔고 살아남은 다른 친구들은 레일을 떠나버렸죠. 꿈. 그렇죠? 그것을 꿈이라고 말하면 왜 안 되는 거죠? 아직 꿈에서 깨어나지 않았는데, 왜 우리는 또다른 세계를 준비해야만 하는 것이죠?(71쪽)

플라잉코스터에 대한 순수한 미망도, 그것이 간직한 꿈에 대한 철저한 허무도 결국 레일이 끊긴 지점에서 새롭게 형성된 세계 속에서 그 유효성을 상실해간다. 이 지점에서 한 특정 세대의 의식은, 기존의 세계와 새로운 세계 사이에서 방황하는 보편적 정신을 지시하기에 이른다.

「구국의 꽃, 성승경」에서 재민과 서영은 이념이 지배했던 시대의 끝자락으로부터 헤어나려 몸부림치고 있는 인물들이다. 그들이 했던 마지막 작업은 시위를 하다 죽은 한 여학우의 삶과 주변을 다큐멘터리로 제작하는 것이었다. 어쩌면 이 작업은 그들에게 그들이 지녔던 꿈에 대한 미망으로부터 벗어날 수 있도록 해주는 계기가 될 수도 있었을 것이다. 그런데 어렵게 촬영을 마치고 나자 재민에게 갑작스런 의문이 솟는다. 왜 이 영화를 찍었는가. 그것은 죽은 성승경의 삶이 아닌, 자신의 욕망의 찌꺼기가 아닌가. 이 회의의 도달점에서 바라볼 때, 죽은 여학우의 삶을 다큐

멘터리로 제작하는 작업은 결국 죽은 자가 아니라 죽지 않고 살아남은 자들을 위한 또다른 기념비 세우기에 지나지 않았던 것이다.

> 하지만 그후로 재민은 예술대 화단에 서 있는 그 검은 기념비의 신성한 영역에 대해 회의를 품기 시작했다. 왜 같은 곳에서 떨어졌는데, 누구는 죽고 누구는 죽지 않은 것일까? 운명일까? 아니, 운명이라니. 운명 따위는 없다. 겨우 살아난 그 학생에게는 매정한 소리지만, 독재 타도를 외치다가 떨어지면 누구나 죽어야 한다. 예외가 있어서는 안 되는 것이다. 하지만 예외가 있었다. 그 예외를 위해서는 준비된 기념비가 없었다. 그때부터 재민은 그 기념비에 대해 의심을 품기 시작했다. 과연 그 기념비는 솔직한 것일까?(224쪽)

그러던 중 재민에게 성승경이 나타난다. 그러나 그것은 성승경이 아니라 죽은 성승경의 남동생 승진이다. 시위 도중 누나가 죽자 승진의 키는 162센티미터에서 멈춰버렸다. 정확하게 누나의 키였다. 더이상 키가 자라지 않으면서 승진은 점점 더 남성성을 잃어갔다. 승진은 죽은 누나의 원피스를 입고 다니며 여자 행세를 하는데, 그 순간만큼은 누나가 된다. 자기가 누나가 됨으로써 동생인 자신을 위로할 수 있었기 때문이다. 그러나 새로운 삶을 잉태할 수 없는 불모의 몸은 이미 죽어버린 몸이다. 승진은 "바뀐 환경에 적응하지 못하고 스스로 불임의 육신이 되어 멸종의 길을 택한 생물체처럼 누구보다도 낯선 제 몸뚱이를 증오하고, 자신의 정체성을 찾기를 거부하고 유령의 모습으로 떠다니는 것"(233쪽)이다. 하지만 이 순간 죽은 누나는 승진의 몸을 숙주로 해서 새롭게 태어나 살아가게 된다. 자발적으로 고통을 선택하는 재민이나 대속(代贖)의 제의를 치르는 승진의 행위는 망각의 어둠으로 인해 더욱더 또렷하게 빛을 발하는 잊혀진 기억을 위해 진혼곡을 연주하는 것에 비유될 수 있다. 그러나 휘황하게 불을 밝힌 붉은 조명 아래에서 그 빛을 인식할 어둠은 한

줌도 되지 않는다. 영원히 어두워지지 않는 하늘 아래에서 잊혀진 기억은 저주받은 육신처럼 90년대를 떠돌아다닌다. 죽음의 감촉은 이 떠돌아다니는 기억에 대한 부채감과 죄의식에 맞닿아 있다.

3. 글 쓰는 인간, '죽지 않는 인간'

김연수의 소설 도처에는 죽음과 소멸의 풍경이 널려 있다. 「*뒈져버린* 도플갱어」「마지막 롤러코스터」「구국의 꽃, 성승경」이 죽음의 이야기라면, 「죽지 않는 인간」은 죽음에 둘러싸여 있으되, 그렇기 때문에 죽을 수 없는, 죽지 않는 인간의 이야기이다.

「죽지 않는 인간」에서 주인공 '나'의 삶에는 터널, 낭하, 동굴 등이 마치 환각처럼 출몰한다. 무엇이 넓은 세상으로부터 '나'를 이 좁고 습기 찬 곳으로 내모는가. 터널의 끝에는 다음과 같은 명구가 씌어져 있다. "운명은 절대로 너희 의지와는 무관한 것이다." 보르헤스의 『알렙』에 나오는 「죽지 않는 인간들」에서처럼, 죽지 않는 이미지들을 찾아가는 도정에는 필연적으로 운명의 수레바퀴에 대한 자각이 동반된다. 가장 쓸모없기 그지없는 생각조차도 하나의 보이지 않는 섭리에 따라 이루어져 있다는 것, 이 거대한 운명의 자각 앞에서는 결코 죽음이란 있을 수 없다. 그러니 터널, 낭하, 동굴의 이미지들이란, 피부를 감싸고 있는 이 거대한 운명에 대한 감각적 인식에 다름아니다. 운명의 수레바퀴 아래에서 '나'는 이미 죽어 있는 존재이다. 그렇기에 결코 죽을 수 없는, 죽지 않는 존재이기도 하다.

> 내가 인식하는, 이 세상의 모든 사물이 온 곳. 바로 이미 죽은 것들이다. 이미 죽었으되, 살아가는 것들은 이제 다시는 죽지 않는다. 아버지도 죽고 J형도 죽지만, 동굴을 지나온 나는 죽지 못하는 운명이다. 이미 죽었기 때

문에! 착한 사람들은 모두 예수의 존재를 믿었고 예수 당대에 죽었지만, 몇몇은 죽지 못하고 영원히 떠도는 것이다. 마치 껍질을 벗어버린 오징어처럼, 동포를 배반하고 살아남은 변절자처럼. 한 번 죽어 다시 죽지 못하는 중음신의 넋처럼!(203쪽)

그런데 무엇이 이러한 운명에 대한 감각으로 '나'를 이끄는 것인가. "저 문 밖, 수십 미터에 달하는 어두운 복도 저편에서는 수많은 사람들이 서로 뒤엉키면서 세계라는 장엄을 이루고 있는데, 우리는 죽어 제사를 받기 위해서 지금 제사를 준비하고 있는 것인지도 모른다"(158~159쪽)라는 인식을 강요한 것은 무엇인가. 암모나이트처럼 절멸해서 화석으로 남지 못하고, 오징어처럼 껍질을 벗어던져버렸다는 일종의 죄의식 때문이다. 예수와 더불어 죽지 못했기에 온갖 병을 다 앓아야 하는 운명에 놓인 카르타필루스의 기다림 또한 이러한 죄의식이 만들어낸 산물이 아니겠는가. 그러하기에 길고 어두운 복도를 지나면 밝은 세상이 펼쳐지는 것이 아니라, 거기에는 더이상 나아갈 수 없는 어둠 속의 벽이 가로막고 있다. 글쓰기를 운명처럼 받아들일 수밖에 없는 이유 또한 여기에 있다. 곧 주인공 '나'가 동굴 저편 멀리에서 장관을 이루며 서로 얽히고 설켜 들어가는 현실의 모습을 동경하면서 중음신의 몸으로 소설이라는 공간 속을 떠돌게 되는 것은 이 피할 수 없는 운명의 자각 때문이다.

이미 죽어서 이제 나의 소설 속에서 절대로 죽지 않게 되어버린 그 불행한 존재란 바로 소설을 쓰고 그 소설 안에서 부활하고 영원히 죽지 않기를 마다하지 않았던 바로 '나'라는 것을.(205쪽)

이 지점에서 작가의 세대적 자의식은 글쓰기에 대한 자의식 속으로 전이된다. 「공야장 도서관 음모 사건」은 '글쟁이'의 자의식을, 보르헤스의 「기억의 명수, 푸네스」와 「바벨의 도서관」의 모티프들을 활용하여 실험적으로 드러낸 소설이다. 어느 날 '나'에게 '나'의 선풍기를 구입하겠다는 사내가 찾아온다. 알고 보니, 그는 실용적인 가치로 선풍기의 존재를 한정하려는 사람들에 대한 반발심 때문에 수많은 새로운 종류의 선풍기를 구상하고 만들어냈던 인물이다. 그런 그가 갑자기 선풍기 생산을 중단하고 선풍기를 수집하고 유폐시키는 작업에 착수한 것은 무엇 때문인가. 그것은 자신의 행동이 결국 선풍기의 종말을 초래할 뿐이라는 자각에서 비롯된 것이었다. 특이한 존재감을 지닌 선풍기를 만드는 것은 결국 선풍기가 가져야만 하는 가능성을 사라지게 하는 일이기 때문이다. 사내가 처한 이와 같은 상황은, 몇 달간 소설을 쓰지 못하고 있는 '나'의 처지와 일치하는 것이다. 여기에는 이른바 바르트나 블랑쇼 등의 텍스트론에서 제기된 현대적 글쓰기의 운명이 개재해 있다. 새로운 글쓰기의 가능성을 끊임없이 추구해온 '나'의 소설쓰기는 결국 소설 자체의 가능성을 끊임없이 단축시키는 행위에 다름아니었던 것이다. 이러한 자각이 사내의 선풍기 유폐나, 공야장 노인의 희귀본 유폐를 통해 비로소 이루어진다. 글쓰기가 허무에 도달한 지점에서 새로운 글쓰기가 비롯된다는 자각이 그것이다. 그러하기에 "결국 글쟁이들이란 없어진 원본에 가장 가까운 책을 쓰는 게 일이 되겠구만"(46쪽)이라는 슬픈 탄식은 동시에 당첨 없는 복권들처럼 일종의 역설적인 위안을 느끼는 해주는 것이기도 하다.

「르네 마그리트, 〈빛의 제국〉, 1954년」은 김연수의 소설세계에서는 다소 낯선 가족의 이야기를 담고 있다. 이 작가에게 이러한 가족의 갈등을 둘러싸고 펼쳐지는 '집'의 붕괴의 상황은 「우리집, 불타는 모습」(『문학사상』 1995년 11월호)을 제외하면 좀처럼 찾아볼 수 없었던 것이었다. 우선 「르네 마그리트, 〈빛의 제국〉, 1954년」에서 중심이 되는 사건은 '나'와 재식이 이복형제라는 사실로부터 비롯된다. 이러한 상황 속에서 '나'의 어머니는 본능과 이성 사이에서 찢겨진 존재가 될 수밖에 없다. "잘 안 된다"라는 표현이 이러한 분열적 상황을 잘 말해주고 있다. 물론 가장 큰 고통은 재식의 몫이다. '나'는 선산에 가자는 아버지의 권유를 뿌리치고 집 나간 재식을 찾아간다. '나'가 재식과의 정신적인 화해를 예감하는 것은 르네 마그리트의 그림 〈빛의 제국〉의 이미지들을 통해서이다.

> 뭉게구름이 떠다니는 맑은 하늘 아래로 테라스에 불을 밝힌 하얀 이층집이 하나 있다. 이층집의 옆에는 키 큰 나무가 한 그루 서 있고 집 뒤로는 숲이다. 하늘은 분명 낮임에도 나무를 경계로 한 지상은 어둠 속에 있다. 그리고 테라스의 불빛이 은은하게 집 앞 어두운 연못에 비쳐지고 있다. 시간이 서서히 사라지다가 결국 정지하고 마는 그 세계. 모든 논리가 사라지고 결국 도저히 함께 할 수 없는 것들이 하나로 뭉뚱그려져 존재하는 공간.(127~128쪽)

맑은 하늘과 어둠 속의 지상이 한 화면 속에 공존하고 있는 세계, 도저히 함께 할 수 없는 것들이 하나로 뭉뚱그려져 존재하는 공간의 이미지, 이 속에서 '나'는 '나'와 재민이 완전히 같지도 않지만, 전혀 다른 사람도 아니라는 사실을 발견한다. 어둠과 빛은 재현(representation)의 공간 속에서만 모순으로 존재할 뿐이다. 그 재현의 공간의 메타포가 바로 '집'인 것이다. 그러하기에 집 밖에서 나와 재식은 조금씩 변해가는 이 세계를 살아가는 닮은 사람일 뿐이다.

미셸 푸코의 마그리트 론인 『이것은 파이프가 아니다』는 마그리트가 어떻게 칼리그램(문자로 형상을 그리는 기법)을 구성하고 해체하였는지를 치밀하게 분석한 책이다. 그는 이러한 분석을 통해 말과 그림과 대상을 재현하지 않는 언표의 비재현적 공간을 이끌어낸다. 이 공간 속에서 재현을 거부하는 이미지들이 비로소 드러나기에 이른다. 이 작품이 김연수의 글쓰기를 지탱하고 있는 방법적 반성을 드러낸 것이라고 볼 수 있는 이유가 여기에 있다.

4. 깊이를 거부하는 미끄러짐의 미학

김연수의 『스무 살』을 떠받치고 있는 동력은 '스무 살'로 표상되는 젊음의 이미지들이다. 그러나 그것이 젊음의 사실적 기록이 아니며, 젊음의 일방적인 과시도 아님은 물론이다. 그것은 젊음이 저무는 문턱에서 세계에 흡수되지 못하고 떠도는 젊음의 에너지에 대해 사유함이고, 또한 거기에서 빚어지는 세대적 자의식을 고통스럽게 앓는 것이다.

이 세대의 자의식이란 무엇인가. 그것은 깊이를 간직하지 못함이다. 아니, 깊이를 간직할 수 없음, 혹은 깊이를 거부함이다. 진창처럼 질척거리는 의식의 늪을 다듬고 관리하는 이념은 존재하지 않는다. 이념은 우리의 의식과 삶에 깊은 골을 파는 것이다. 그리하여 세계는 이 홈에 의해 분할되고 재배치되어 구획된 영역들을 이루게 된다. 이러한 삶의 구획들이 없다면, 우리의 의식과 삶은 홈 속에 고이지 못하고 끊임없이 표면 위를 미끄러지며 부유한다. 이념은 하나의 깊이를 이루지 못하고 환각처럼 사라졌으되, 그 화인(火印)은 의식에 낙인되어 있다. 이곳에 이념의 끝자락에 엉겁결에 승차한 세대의 비극이 존재한다.

이렇듯 미끄러지고 부유하는 삶에게 새로운 환경이 다가온다. 그러나 그것은 무엇이겠는가. 무너진 무덤을 대체하는 새로운 무덤이 아니겠는가. 하나의 깊이를 대체하려고 하는 새로운 깊이의 운동이 아니겠는가. 김연수의 소설들에서 공통적으로 엿보이는 '형식과 내용의 마찰음'은 하나의 이념의 깊이에 귀착되지 않는, 이념들 사이에서의 미끄러짐에 기인한다.

> 이 소설 어딘가에도 제가 썼습니다만, 저희 세대가 분단의 아픔을 직접적으로 그린다는 것은 약간 무리가 갑니다. 그렇다면 분명히 다른 아픔이 존재할 터인데, 현재의 저로서는 그런 아픔을 그릴 때 가장 효과적인 방법이 바로 대중매체의 형식이라는 것이지요.(『가면을 가리키며 걷기』, 세계사, 1994, 339쪽)

데뷔작 『가면을 가리키며 걷기』가 그의 글쓰기에서 작동하고 있는 세대적 자의식의 형상화로 보이는 것은 이러한 맥락에서이다. 김연수의 소설들이 새로운 기법들을 추구하면서도, 그럼에도 그것이 문학사적인 감각에 이어져 있다고 볼 수 있는 것은 그의 글쓰기가 이와 같은 확고한 인식에서 출발하고 있기 때문이다. 이 작품에서 김연수는 전통과 새로움의 추구 사이에 끼어 있는 글쓰기의 난처함을 서원기의 편지를 통해 중층적으로 제시하고 있다. 곧 허구와 사실의 경계를 허물면서 펼쳐지는 김연수의 실험적인 글쓰기 방식은 그의 세대적 자의식이 새로운 시간 속에 놓이게 되면서 쓰게 된 가면인 것이다. 그는 이 가면을 자신의 손가락으로 가리키며 걷고 있다. 실험적인 텍스트의 언표들은 그 자신의 의미를 지시하고 있을 따름이지만, 그럼에도 불구하고 텍스트 그 자체는 어떤 세대의 비극적 세계 인식을 드러내고 있다.

새로운 시대의 흐름 속에서 잊혀져가는, 그럼에도 불구하고 잊혀지지 않는 어떤 형상의 기억을 엿본 견자(見者)의 비극은 곧 세대론의 표지에 완강하게 저항하고 있는 김연수의 글쓰기의 동력이자, 그의 글쓰기를 언더그라운드의 영역에 머무르게끔 만드는 요인이기도 하다.

그런데 「깐깐오월」(『현대문학』 1999년 10월호) 이후 김연수의 글쓰기가 변화하는 조짐이 엿보이고 있다. 이념의 열풍이 지나간 어둠을 근대의 네온 불빛이 몰아내고 있던 1930년대 경성(京城)의 공간이 그에게 매혹적인 것 또한 어떤 세대 인식의 동질성 때문이리라. 그런 점에서 김연수의 글쓰기는 1930년대 문단의 외곽에 위치하며 이념이 사라진 자리에서 모더니즘적 실험을 감행했던 '단층파'를 떠올리게 한다. 그러하기에 최근 김연수의 이상(李箱) 탐구는 새로운 변화를 예감케 한다. 그는 지금 펜을 쥐고 있는 팔의 겨드랑이가 가려운 것이다.

(『스무 살』, 문학동네, 2000)

우리들의 일그러진 욕망의 판타지
—김영하론

1. 욕망이라는 이름의 환상

토도로프(T. Todorov)는 독자 혹은 작중인물이 작품 속에 등장하는 초자연적 현상에 대해 그것을 자연적인 것으로 받아들여야 할지, 아니면 초자연적인 것으로 받아들여야 할지 결정하지 못하는 망설임에서 환상문학의 본질을 찾았다(『환상문학 서설 *Introduction á la Littérature fantastique*』, 1970). 곧 작품 속의 초자연적 현상이 결국 초자연적인 것으로 귀결되면 그것은 '경이(merveilleux)'에 속하는 것이며 자연적인 것으로 귀결되면 '미스터리(étrange)'인데, 이 양자 사이에 환상문학이 위치하고 있다는 것이다. 물론 이러한 토도로프의 주장에 대한 반론도 많지만, 결국 이러한 반론들은 따지고 보면 토도로프가 환상문학을 특정한 역사적 양식으로 설정하고 있다는 점을 간과하고 있기 때문이다. 예컨대 리얼리즘의 한계를 지적하면서 문학에 있어서 환상의 보편적 성격을 역설하고 있는 캐트린 흄(K.Hume)의 『환상과 미메시스(*Fantasy and Mimesis*)』(1984)는 장르로서의 환상문학이 아닌 단지 작품에 등장하는 소재적 차원에서 환상을 파악하고 있으며, 그렇기 때문에 19세기에서 20세기로 넘어오는 역사적 과정에서의 환상문학의 성격 변화를 사상한 채, 단지 문학에서 환상의 사용방식과 기능을 평면적으로 다루고 있을 뿐이다.

토도로프에 따르면, 환상문학이라는 장르는 현실 대 상상이라는 형이상학이 지배하던 19세기의 산물이다. 그 이후 확고한 외적인 현실이니, 그런 현실의 모방으로서의 문학이니 하는 것은 매우 의심스러운 것이 되어버렸기 때문이다. 현실과 상상의 대립에 대한 집착이 소멸하면서, 환상문학 또한 결정적인 타격을 입게 되었다. 말하자면, 환상문학은 리얼리즘의 잉여에서 그 존재 근거를 부여받고 있었던 것인데, 리얼리즘의 약화와 더불어 환상문학 또한 소멸의 운명에 처하게 된 것이다. 한편 이전의 소설 양식에서 환상은 결국 터부시된 주제들에 접근하기 위한 통로의 역할을 수행하는 한편, 그것을 통해 규범에서 허용되지 않는 욕망을 표현하기 위한 목적에서 차용된 바 있다. 그런데 20세기 이후의 소설에서 이와 같은 규범으로부터 벗어난 욕망을 추구하는 것이 소설 자체의 존재방식이 되었으며, 그리하여 환상은 구체적인 욕망의 형태로 이제 소설의 내부로 진입하기 시작한다. 이런 맥락에서 토도로프는 환상문학이저 실증적인 19세기의 속임수에 지나지 않는 것이라고 단언한다.

그렇지만 리얼리즘과 환상문학의 죽음을 위로하는 것은, 이들의 죽음으로부터 새로운 문학이 생겨났다는 사실이다. 이제 문학은 언어의 내부에 있으면서, 동시에 언어의 고유한 형이상학을 파괴하는 방향으로 나아가고 있다. 언어는 그것에 대응되는 현실의 흔적을 간직하고 있지만, 텍스트의 내부로 이 언어가 들어서는 순간 그것은 현실 속의 보편적 의미와 구별되는 자율성을 지니게 된다. 문학 담론의 언어는 현실을 재생하기 위한 것이 아니라, 오히려 현실 속의 보편적 의미체계에서 배제되고 억압된 세계를 제시하기 위해 소환되기 때문이다. 그러하기에 토도로프의 말처럼, 문학은 곧 언어가 자살하기 위한 흉기와도 같은 것이다. 환상문학이라는 문학의 하위장르가 소멸한 이 지점에서 이제 문학작품 자체가 욕망의 형식인 환상의 체계로 구성되기에 이른다.

이런 맥락에서 바라본다면, 1990년대 이후 우리 소설계에서 환상이라든가 욕망이 소설 담론의 키 워드가 된 것은 매우 자연스러운 일이라고 할 수 있다. 현실의 재현에 기초한 리얼리즘론이 급격하게 퇴조하면서, 소설은 현실과 비현실의 경계를 지워나가는 행위를 자신의 고유한 영역으로 삼고 있는 것처럼 보인다. 그 결과 문학 속에서 환상은 예외가 아니라 보편적 규칙으로 자리잡게 되며, 이러한 흐름 위에서 정신분석학적 연구방법이 유행처럼 통용되기에 이른다. 환상은 더이상 현실의 결핍에 기인하는 비현실의 추구가 아니라 물질과 정신의 경계가 소멸한 지점에서 생성되는 욕망의 다른 이름이며, 소설은 바로 이 욕망들의 기호가 된 것이다.

2. 환상의 새로운 존재방식

전통적인 소설에서도 환상은 자주 등장한다. 주로 주인공의 환각과 몽상, 혹은 꿈을 통해 제시되는 환상이 그것이다. 소설작품 자체가 이저(W. Iser)의 표현대로 "결함 있는 현실에 대한 상상적인 처리"라면, 소설 속에 현실을 보정할 환상이 등장하는 것이 필연적이라 할 경우가 없을 수 없다.

그런데 전통적인 소설방식에서는 현실 혹은 역사(사회)가 작품의 기본적인 구도를 이루고 있으며, 특정 대목에서 환상임이 명백한 그러한 환상을 통해 현실에 대한 작가의 태도를 우회적으로 드러내는 것이 일반적이다. 이것은 토도로프의 말대로, 환상 자체가 본질적으로 사회적 제도로서의 검열, 그리고 작가 내부의 검열을 벗어나 터부시된 테마에 접근하기 위한 수단이었음을 상기한다면, 쉽게 이해될 수 있는 대목이다.

그러나 이제 작품 속에서 실재와 환상의 경계는 소멸된다. 현실의 이야기에서 출발하여 갑작스럽게 환상이 출현하는 것이 아니라, 처음부터 현실과 환상이 뒤섞여 있는 것이다. 극단적인 경우 글쓰기의 욕망은 텍스트의 안과 바깥을 넘나들기도 한다.

> 지난해 펴낸 장편소설 『나는 나를 파괴할 권리가 있다』 때문에 가끔 이상한 전화나 편지를 받을 때가 있다. 그 소설에는 자살 안내라는 좀 특이한 일을 하는 사람이 화자로 등장하는데, 독자들 중에는 작가인 나와 그 자살 안내인을 같은 사람으로 착각하는 사람이 있는 모양이다. 대뜸 전화를 걸어와서는 자신이 지금 자살을 하려고 하는데 뭐 해줄 말이 없느냐는 식이다. 오죽하면 나 같은 사람에게까지 그러겠는가 싶어 안쓰럽기도 하지만 나로서는 난감한 노릇이다.(「흡혈귀」, 『엘리베이터에 낀 그 남자는 어떻게 되었나』, 문학과지성사, 1999, 47쪽)

「흡혈귀」의 서두인 위의 대목은, 비록 고유명이 등장하고 있지는 않지만, 현실적인 존재인 『나는 나를 파괴할 권리가 있다』의 작가는 동시에 허구적 공간의 서술자이므로 텍스트의 안과 바깥에 동시에 위치하게 된다. 말하자면, 이러한 설정은 물론 허구 텍스트와 비허구 텍스트 사이의 경계를 허무는 것은 아니지만, 그 경계 지점에 대한 사유를 통해 마련된 것이라고 할 수 있을 것이다. 그렇기 때문에 여기에는 '표면적 세계'와 '이면적 환상세계'의 경계가 선명하지 않다. 독자는 이제 작품 속에 등장하는 초자연적인 사건에 대해 그것이 초자연적인가 아니면 자연적인가 망설이는 것이 아니라, 작품 자체가 현실과 허구를 넘나든다는 사실에서 긴장감을 느낀다. 작가이며 동시에 화자인 인물을 통해 실재와 허구는 마치 뫼비우스의 띠처럼 서로 이어져 있다. 이것은 현실에 대한 하나의 태도를 갖는 작품을 철저하게 허구로 간주하는 한편, 하나의 자율적 체계 속의 한 요소인 작품의 사건들을 작품 외부의 경험적 실재(체험, 역사, 사회)와 동일시하는 근대소설의 아포리아에 대한 비판이라고 할 수 있을 것이다.

이런 각도에서 살핀다면, 김영하의 소설들은 그 자체가 환상과 실재의 경계가 소멸한 지점에서 생성된 욕망의 투사라고 볼 수 있다. 그렇기 때문에 김영하의 소설은 환상문학이라는 고전적 범주를 통해 설명하기에는 적절하지 않다. 그럼에도 불구하고 그의 소설들이 욕망의 이름 아래 포착된 새로운 현실을 환상의 여러 가지 변주를 통해서 보여주고 있다는 점만큼은 분명한 사실이다. 여기에서는 작품 속에서 환상을 생성시키는 동력이라 할 수 있는 글쓰기 욕망의 층위에 따라 김영하의 소설들을 몇 가지 특징적 범주로 나누어 살펴보고자 한다.

3. 문화적 기호와 욕망의 생성

욕망은 도처에서 생산된다. 하지만 욕망은 자유롭지 않다. 왜냐하면 사회적 체계 속에서 욕망은 경직된 이데올로기에 의해 제약되어 있기 때문이다. 이데올로기는 욕망을 제약하는 한편, 사회적으로 생산된 욕망을 주체들에게 공급하기도 한다. 그러나 욕망을 관리하는 이러한 이데올로기적인 장치들의 반대편에서 배제된 욕망의 분자들이 떠돌아다니고 있다.

「삼국지라는 이름의 천국」에서 주인공 '그'는 자동차 세일즈맨이다. 영업소의 지점장은 무능한 그에게 수시로 화를 내고 들볶는다. 한편 같은 영업소에서 근무하는 고등학교 선배 김상근은 '그'의 고객을 가로챈다. 대학 시절 함께 학생운동을 하던 동료들은 체계 속의 충실한 일원으로 변모한 지금도 '우리 애들 모임'을 갖고 '그'에게 참가할 것을 권유한다. 체계는 '그'의 존재를, '그'의 욕망을 코드화하려고 덤벼든다. 그러나 체계에 적응하지 못하는 욕망은 그 반대편에서 분자적 상태로 돌출한다.

도대체 그 친구는 그에게 무엇을 기대하는 것일까. 스스로도 말쑥한 기업의 샐러리맨이면서, 누가 봐도 '애국적 사회 진출'로 봐주지 않을 곳에서 먹고살면서, 학원 선생과 대학원생과 방위병들과 삼성맨들이 모여서 뭘 하겠냐고 그더러 늦게라도 오라는 것일까. 그는 짜증이 나기 시작했다. 가기 싫어, 라고 말하지 못하는 자신의 느물스러운 사회적 속성에 대해서, 그리고 기호 뒤편에 숨겨진 의미에 둔감한 그 녀석에 대해서 말이다. 나는 가기 싫단 말이다. 그저 한때 운동을 했다는 연으로 만나서 웃고, 떠들고, 술 마시고, 옛날 얘기하고, 먹고사는 얘기하면서, 배 나오고 머리 벗겨진 그 옛날의 4·19세대들처럼 변해가는 순간순간들이 싫단 말이다.(「삼국지라는 이름의 천국」, 『호출』, 문학동네, 1997, 167쪽)

「삼국지라는 이름의 천국」에서 이 분자적 욕망들은 '삼국지' 게임이라는 문화적 기호에 투여된다. 이 경우 분자적인 욕망이 투여된 문화적 기호는 단순한 가상의 이미지에 머무르지 않는다. 그것은 현실과 비현실의 경계를 무너뜨리고, 그 자리에 새로운 현실을 구성한다.

자세히 보니 지점장의 뒤통수가 툭 튀어나와 있다. 그냥 튀어나온 것도 아니고 양쪽으로 갈라져 있었다. 반골이다. 그래. 위연이다. 제갈량은 죽으면서 "위연을 조심하라. 그는 반역자의 골상을 가졌다"고 말했다. 그래서인지 게임 속의 위연도 배신을 밥 먹듯이 했다. 애초에 위연을 데리고 있던 건 그였다. 그러나 적벽전투에서 오나라에 투항했고 그 뒤에 여러 차례 그의 영토를 공격해왔을 뿐 아니라 그의 장수 마속과의 일 대 일 대결에서 마속을 죽이기까지 했다. 언젠가는 내 너의 목을 반드시 베고 말리라.(「삼국지라는 이름의 천국」, 155쪽)

그런데 문제는 이 분자적 상태의 욕망 또한 하나의 세계를 이루는 것이며, 그와 대립하고 있는 체계의 이데올로기와 더불어 체계를 구성하고 있는 한 부분이라는 점이다. 그리하여 개별 주체의 문화적 기호에 대한 욕망의 투여는 하나의 집단적 사회적 성격을 띠기에 이른다. 「전태일과 쇼걸」에서 '전태일'과 '쇼걸'이라는 서로 대립되는 것처럼 보이는 두 세계를 하나로 연결시키는 것은 영화라는 이름의 문화적 기호이며, 더 나아가서 문화적 기호가 삶의 중심으로 자리잡게 된 새로운 시대적 흐름의 등장이다.

> 그 남자는 담배를 피워물며 조성만의 묘 옆에 주저앉았다. 그 동안 참 많이도 죽었구나. 담배를 피우는 그 두 사람 사이로 선글라스와 찢어진 청바지 같은 전혀 안 어울리는 옷차림을 한 젊은이들이 오락가락하였다. 광주항쟁을 배경으로 한, 장선우 감독의 영화 〈꽃잎〉 촬영팀이었던 모양이다. (……) 영화는 참 편리한 장르 같아. 〈너에게 나를 보낸다〉 같은 포르노를 찍다가 〈꽃잎〉 같은 작품을 찍어도 아무도 뭐라고 하지 않잖아.(「전태일과 쇼걸」, 『호출』, 216~217쪽)

작품 속에 문화적 기호들로 표상되는 분자적인 욕망들은 항상 그것에 대응되는 현실적 억압과 마주하고 있다. 그래서 사실은 세 가지 차원의 글쓰기 선이 존재하는 것이다. 첫째는 현실적 억압에 대한 대항의식으로서의 글쓰기, 둘째는 현실적 억압에 의해 배제된 욕망을 그려내는 글쓰기, 셋째는 현실적 억압과 그로부터 배제된 욕망 모두에서 벗어나고자 하는 추상적인 방향을 말하는 글쓰기 등. 첫째가 글쓰기의 정치적 차원이라면, 둘째는 글쓰기의 대중적 차원이라 할 수 있을 것이며, 셋째 차원은 글쓰기의 미학적 차원에 각각 대응되는 것으로 파악해볼 수 있다.

이렇게 보아오면, 문화적 기호에 대한 욕망의 투여를 곧바로 김영하

소설의 글쓰기 욕망과 동일시할 수는 없다. 글쓰기 욕망은 다른 차원에서 비롯되기 때문이다. 곧 경직된 이데올로기의 선분과 그로부터 배제된 욕망이 투여되는 분자적인 선분으로부터 동시에 벗어나는 추상적인 방향이 곧 궁극적으로 김영하의 글쓰기 선이 존재하는 지점이다.

하지만 김영하 글쓰기의 특성은 이 추상적인 글쓰기의 방향을 관념화하여 제시하지 않는다는 점에 있다. 또한 그 추상적인 글쓰기의 방향을 기준으로 분자적 욕망의 허구성을 섣불리 재단하지도 않는다. 그는 다만 체계로부터 배제된 분자적 욕망들의 발생 근거를 신중하게 탐색하며, 그것을 다양한 차원에서 제시하고 있다. 그의 소설에서 난해한 실험적 성격보다 오히려 대중적인 취향의 일면을 발견할 수 있는 것은 이러한 글쓰기의 욕망의 존재 지점에 기인한다.

4. 사물과 욕망의 투여

김영하 소설에서 문화적 기호를 둘러싼 욕망의 생성이 그 욕망들의 시간적 기원을 보여주고 있다면, 「총」「내 사랑 십자드라이버」「호출」「거울에 대한 명상」「나는 아름답다」「도마뱀」 같은 작품들에서는 사물과 결부된 환상을 통해 현실 속에 일그러진 채 잠재되어 있는 욕망을 드러내고 있다. 여기에서 사물은 그 뒤에 숨어 있는 환상의 이미지들을 불러오는 일종의 아이콘으로 기능하고 있다. 말하자면 총(「총」), 십자드라이버(「내 사랑 십자드라이버」), 호출기(「호출」), 거울(「나는 아름답다」), 도마뱀 펜던트(「도마뱀」) 등의 사물들은 환상의 오브제로 기능하고 있는 것이다. 이 아이콘을 누름으로써 주체는 새로운 세계로 인도된다.

> 솔직히 저는 십자드라이버를 사랑합니다. 십자드라이버는 저를 새로운 세계로 인도하는 열쇠였습니다. 그것이 없이는 아무것도 분해할 수 없고

아무것도 조립할 수 없지요. 저는 가끔 사이보그가 되는 꿈을 꾸곤 했습니다. 손가락 하나하나가 공구로 되어 있는, 엄지손가락은 렌치, 집게손가락은 십자드라이버, 가운뎃손가락은 일자드라이버인 그런 사이보그 말입니다. 꿈속에서 제 손가락들은 바람 소리 나도록 움직이면서 수많은 기계들을 분해했다가는 다시 조립하면서 새로운 것들을 만들어내죠. 멋지지 않아요?(「내 사랑 십자드라이버」, 『호출』, 94쪽)

문화적 기호에 대한 탐닉이 이념으로 표상되는 합리적 이성에 대한 권태감과 연결되어 있다면, 사물에 대한 집착은 운명적인 결핍과 관련되어 있다. 「내 사랑 십자드라이버」에서 주인공의 기계에 대한 집착은 부재하는 아버지와 술주정뱅이 어머니라는 현실적 관계에서 생성된 것이다. 말하자면 가족관계의 억압이 편집증적 욕구의 이면에 놓여 있는 것이라 하겠다. 이러한 측면은 다른 작품 「총」에서도 마찬가지로 살펴볼 수 있다. 「총」에서 주인공 이석태가 총에 대해 집착하는 근원은 "엄마, 엄마는 아세요? 제가 어쩌다 여기까지 오게 됐는지?"(142쪽)에서 상징적으로 표현되어 있다. 말하자면 김영하의 소설에서 사물에 대한 인물의 집착은 그 근원에 어떤 운명적인 결함을 내포하고 있는 것이라 하겠다.

사물에 대한 집착은 곧 편집증적 욕구와 이어진다. 사르트르는 모리스 블랑쇼론이자 동시에 카프카론이라고 할 수 있는 『상황 Ⅰ』 속의 「아미나다브 혹은 언어로서 생각된 환상에 관하여」에서 "인간적 환상은 목적에 대한 수단의 반항"이라고 말하고 있다. 사물이 목적을 위한 수단이 되기를 거부하고, 그것 자체가 하나의 목적이 되어버린 것이다. 그리고 이렇게 전도된 관계 속에서 세계는 그러한 사물을 중심으로 재편되기에 이른다. 「내 사랑 십자드라이버」 속의 "제가 보기에 인간은 딱 두 종류예요. 십자드라이버 인생하고 안 그런 인생"(94~95쪽)이라는 대목에서 이러한 전도된 관계와 그것을 통해 세계의 재편성을 확인할 수 있다.

현대적 상황 속에서 시간은 갈수록 작은 단위로 분할되고, 체계는 그것을 통해 주체를 미시적으로 지배한다. 그 속에서 욕망은 획일화되는 한편, 그것으로부터 배제된 욕망은 보편화의 방도를 상실하고 특수한 대상에 집중된다. 그렇게 특수한 대상에 투여된 욕망은 그것을 중심으로 세계를 재편하고자 하는 편집증적 욕구를 유발시킨다. 편집증적 욕구는 그렇게 재편된 세계와 실제로 존재하는 세계 사이의 불일치를 견디지 못한다. 그리하여 파괴욕은 편집증의 필연적인 귀결이 된다. 김영하의 소설은 이러한 병리적 징후들을 통해 부재로서 존재하는 어떤 세계의 상을 제시하고 있다.

5. 신체와 욕망의 집중

문화적 기호와 사물에 투여되었던 욕망은 이제 물질과 정신의 경계가 소멸된 지점에서 신체 위에 각인되기에 이른다. 첫 창작집 『호출』에서도 「베를 가르다」에서의 발이나 「손」에서의 손등에서 이러한 면모를 발견할 수 있었다. 『엘리베이터에 낀 그 남자는 어떻게 되었나』에 이르면 이러한 면모는 전면화되어 나타나고 있다. 이 작품집에 실린 소설들은 신체에 새겨진 욕망의 무늬들이 문자의 형식을 빌려 현현(顯現)된 것이다. 아내의 발(「사진관 살인 사건」)과 반쯤 면도된 콧수염(「엘리베이터에 낀 그 남자는 어떻게 되었나」), 배꼽 밑의 문신(紋身)(「비상구」), 몸이 기억하고 있는 번개의 흔적인 전문(電紋)(「피뢰침」), 신체의 사라짐(「고압선」) 등은 그 기관들이 지니고 있는 상처의 부피로 인해 부풀려져, 기관들이 제대로 배치되어 있지 않거나 기관들을 결여하고 있는 신체들을 떠올리게 한다. 그 기괴한 신체들은 규범을 뚫고 비어져나오는 낯선 욕망들이 만들어낸 것이다.

김영하의 소설이 지니는 고유함은, 이 욕망들의 연원이 역사적 사건이나 가족사적인 상처에 놓여 있지 않다는 점이다. 물론 김영하의 이전 작품들 가운데에서도 「내 사랑 십자드라이버」나 「총」 같은 작품을 보면, 그 욕망의 근원에 어머니의 부재가 놓여 있는 경우를 발견할 수 있지만, 다른 대부분의 작품에서 삶의 균열은 합리적인 계기 없이 초래되고 있는 것을 볼 수 있다. 말하자면 그러한 역사적 사건이라든가 가족사 속의 상처를 대체하는 것이 김영하 소설에서는 문화적 기호라든가 사물, 혹은 신체에 의해 매개된 욕망이라고 할 수 있다.

> 처음 그 모임에 관해 들었을 때의 기분을 뭐라고 해야 할까. 쌍둥이였다는 사실을 다 크고 나서야 안 기분이랄까. 반가우면서도 어딘가 불편한, 삶의 기저가 아주 천천히 흔들리는 느낌이었다.(「피뢰침」, 『엘리베이터에 낀 그 남자는 어떻게 되었나』, 125쪽)

「피뢰침」에서 주인공은 어린 시절 낙뢰의 경험을 가지고 있다. 하지만 그러한 순간적으로 강렬했던 경험조차 사회 속에 편입되는 과정에서 차츰 잊혀져간다. 남다른 경험이란 일종의 죄의식을 동반하는 것이기 때문이다. 그리하여 과거의 한순간을 강렬하게 사로잡았던 경험과 그것을 둘러싼 욕망들은 무의식 속에 묻힌다.

그런데 이러한 잊혀진 체험과 그를 둘러싼 욕망을 일깨우는 계기가 등장한다. 작품 속에서 그것은 '아다드(Adad)' 라는 '벼락 맞고 살아난 사람들의 모임' 이다. 그것은 곧 수직적으로 편입되지 못한 욕망들의 횡단적 연결인 것이며, 이것을 일깨우는 매개가 곧 몸(신체)이다.

> 몸은 기억하고 있었던 것이다. 몸은 오랜 주술에서 풀려나는 미라처럼 천천히 먼지들을 털어내면서 내가 잊고 있다고 믿어왔던 그때 그 순간의 현상들을 재현해내고 있었다. 아주 짧은 순간이었지만 머리가 터질 것같이 아파오면서 귀가 먹먹해지고 시력이 급격히 저하되었다. 금세 정상으로 되돌아오긴 했지만 꼭 병치레 끝냈을 때처럼, 기력은 없는데도 기분은

상쾌했다.(「피뢰침」, 127쪽)

몸(신체)은 이제 욕망들이 소통하는 네트워크가 된다. 의식에 맺혀 개념화되지 못하고 몸에 새겨진 불투명한 욕망과 그것과 연루된 공포를 잠재울 수 있는 방도는 몸을 여는 것, 곧 신체에 새겨진 욕망을 승인하는 길뿐이다. 탐뢰 여행과 그를 통한 전격 세례는 이러한 몸을 열어 욕망과 공포를 새로운 차원으로 끌어올리는 통과의례와도 같은 것이다. 곧 몸(신체)은 규범으로부터 배제된 욕망의 발견을 위해 그 매개로서 주어진 것이다.

「고압선」은 이른바 신체결시증을 모티프로 한 소설로, 카프카의 「변신」을 떠올리게끔 하는 작품이다. 「변신」처럼 비현실적 환상의 계기는 서두부터 등장하고 있다.

어느 날 그 남자는 희한한 소리를 듣게 되었다. 여자를 사랑하지 마십시오. 위험합니다. 남자는 처음에는 흘려들었다. 그러나 점쟁이는 진지했다. 명심하십시오. 그저 하는 말이 아닙니다. 여자를 사랑하면…… 점쟁이는 그 대목에서 고개를 가로저었다. 당신은 사라집니다.(「고압선」, 『엘리베이터에 낀 그 남자는 어떻게 되었나』, 215쪽)

주인공 '남자'는 은행원이며 감원의 계절을 맞이하여 동료들이 하나둘씩 직장을 떠나는 상황에서 큰 불안감을 느낀다. 그는 외국어에 능통하지도 못했고, 줄이 든든하지도 않았으며, 그렇다고 좋은 대학교를 나온 것도 아니었다. 게다가 아내와 어머니는 자주 싸웠고 어머니 때문에 섹스조차 마음놓고 할 수 없는 상황에 놓여 있다. 이러한 상황에 의해 억압된 욕망은 대학 시절 남몰래 흠모하던 여인과의 만남을 통해 그 투여의 대상을 발견한다. 그러나 이 억압된 욕망이 현실 속에 분출될 경우 자신이 맺고 있는 사회적 관계는 위태롭게 될 것임에 틀림없다. 그리하여 「변신」에서 관료적 현실로부터 탈출하고자 하는 그레고르 잠자의 욕망이 스스로를 벌레로 변화시켰듯, 「고압선」에서 주인공의 탈주 욕망은 스스로의 신체를 지워나가기에 이른다. 그것은 자신이 있으나마나 한 희미한 존재임을 수동적으로 승인하는 것을 거부하고 스스로가 적극적으로 '아무것도 아닌 존재' 가 되고자 하는 욕망이 만들어낸 것이다. 이 지점에서 의식의 규범으로부터 탈주하는 무의식의 적극적인 생산이 환상적 계기를 통해 문학적으로 형상화되기에 이른다.

6. 욕망의 세 층위와 환상

세계의 인식과 참여를 둘러싸고 이루어지는 승인 욕망은 우리 삶을 이루는 굵직한 선분이다. 이와 같은 선분은 우리의 의식과 삶, 그리고 타인과의 사회적 혹은 일상적 관계들, 심지어는 사랑과 같은 추상적 의식까지도 지배하고 있다. 하지만 이러한 표층의 삶으로부터 배제된 욕망들이 또 우리 욕망의 한 층위를 이루고 있다. 이러한 두 욕망의 층위에서도 환상은 얼마든지 가능하다. 우선 전자의 경우 그와 같은 정치적 사회적 억압과 맞서는 환상을 품을 수 있다. 이 경우 환상은 정치적 성격을 짙게 품는다. 또한 후자의 경우 일상 속에 내재된 억압과 그로부터 발생하는 욕망은 일상에 대한 공격적 환상을 통해 형상화될 수 있다. 이 두 가지 경우는 모두 우리 삶의 현실들을 바탕으로 이루어지는 것이며, 그러하기에 그러한 현실과 그 현실로부터 발생하는 환상 모두 어떤 의미에서는 미메시스적인 차원에 놓여 있는 것이다.

그러나 진정으로 문학적인 환상은 실상 이 두 가지 욕망으로부터 벗어나는 추상적인 방향을 통해 제시될 수 있다. 그것은 곧 삶의 미메시스적인 계기들로부터 탈주하고자 하는 낯선 욕망이다. 그러하기에 그것은 이제까지 존재하지 않았던 새로운 차원의 현실이 발생하는 것이며, 이 점에서 그것은 '사건' 적 성격을 띤다.

김영하의 소설에서 욕망은 각각 문화적 기호, 사물, 그리고 더 나아가면 신체에 의해 매개되어 있다. 그리고 각각의 매개가 진행될수록 억압과 욕망은 더욱 내밀한 성격을 지니고 있음을 발견할 수 있다. 김영하 글쓰기의 특질은, 이러한 과정에서 필연적으로 동반되게 마련인 현실 추상화의 방향을 택하지 않고, 낯선 욕망들을 다양한 삶의 소재들 속에서 포착하고 있으며, 그것을 자연스럽게 소설의 육체로 형상화하고 있다는 점이다.

그렇기 때문에 김영하의 소설은 기본적으로, 캐트린 흄이 리얼리티에 대한 환상의 대응에 의거하여 분류한 네 가지 도식, 즉 환영문학(literature of illusion, 리얼리티에서 벗어나도록 독자를 설득), 성찰문학(literature of vision, 다른 리얼리티가 있을 가능성을 일깨움), 교정문학(literature of revision, 리얼리티에 대한 작가의 도덕적 해석을 받아들이고 그에 따라 살아가도록 권함), 탈환영문학(literature of disillusion, 리얼리티를 해체하면서도 그 대용품을 제공하지 않음으로써 리얼리티를 불가해한 것으로 파악) 가운데에서 성찰문학의 범주에 위치시킬 수 있다. 탈환영문학이 기본적으로 환영문학과는 달리 독자들을 세계에 참여시킨다는 점에서, 또한 교정문학과는 달리 작품 속에 그려진 세계에 만족하기보다 그것을 끊임없이 방해하고 있다는 점에서 성찰문학과 공통점을 지니지만, 탈환영문학은 독자들을 불편하게 만들고 끊임없이 유리시킨다는 점에서 어떤 의미에서는 엘리트주의적이고 교설적인 일면도 지니고 있다고 볼 수 있다. 바로 이 점에서 김영하 소설의 성찰문학적 성격, 곧 삶의 다른 현실을 환기시키는 다양한 환상적 계기의 활용은 대중적 친화력과 소설적 흥미의 원천이라고 볼 수 있을 것이다.

(『문예연구』 2000년 여름호)

부재와 현존의 엇갈림 속에 놓인 의식의 공중 누각
—최수철론

최수철의 첫 소설집 『공중 누각』의 출현이 1985년이니 그로부터 15년의 세월이 지났다. 세월이 흐르면서 작가 또한 갖가지 삶의 이력들을 거치게 마련이고, 그에 따라 그의 소설세계 또한 변모하는 것이 보편적일 터인데, 최수철의 경우는 예외적으로, 또한 독보적으로 출발 당시의 세계를 일관되게 지켜오고 있다. 『공중 누각』의 뒤를 이어 나온 두번째 창작집 『화두, 기록, 화석』(문학과지성사, 1987)에서 비롯, 장편소설 『고래 뱃속에서』(문학사상사, 1989), 『어느 무정부주의자의 사랑』(열음사, 1991) 4부작, 『벽화 그리는 남자』(세계사, 1992), 『불멸과 소멸』(범우사, 1995), 그리고 세번째와 네번째 창작집 『내 정신의 그믐』(문학과지성사, 1995)과 『분신들』(문학과지성사, 1998)을 거쳐 최근의 장편소설 『매미』(문학과지성사, 2000)에 이르는 지속적이고도 일관된 과정이 바로 그 증거이다. 이 지속성의 근거는 무엇일까. 아마도 그 가운데 하나는, 자의식의 탐구로 요약되는 『공중 누각』의 주제가 쉽사리 정복당할 수 없을 만큼 철저하고도 밀도 높다는 사실에서 찾을 수 있을 것이다.

『공중 누각』에 실려 있는 소설들에서는, 행위가 상념으로, 그리고 사건이 몽상으로 대체되는 특이한 전도 현상을 공통적으로 목격하게 된다. 신체와 의식 사이의 이러한 불일치는 비대해진 의식 편향성을 초래하게 되며, 그 결과 최수철 소설의 주인공들은 행동성을 상실한 채 폐쇄된 의식에 사로잡혀 있는 무기력한 주체로 설정되고 있다. 그러나 여기에서 작가가 주체의 무기력함, 왜소함을 강조하는 것이 곧 그것 자체를 인간의 본질적 모습이라고 보고 있다는 증거라고 말하기는 어렵다. 그것은 타자의 시선 속에 얽혀 있으면서도 스스로를 통합적 주체라고 믿고 있는 자아를 붕괴시키고 해체함으로써 자아의 새로운 확산을 위한 조건을 마련하기 위한 장치로 볼 수 있기 때문이다.

> 따라서 그는 이 시간 동안에 모든 행위를 상념으로 대치시키는 노력을 주도면밀하게 수행하고 있었다. 예를 들어 혀끝에 올라선 갈증을 느끼면 그는 이런 상태에서는 냉장고로 다가가서 열고 물을 꺼내 벌컥벌컥 마시는 대신에, 이전에 언젠가 버스에서 발등을 밟혔던 기억이나 고층빌딩의 옥상 난간에 서 있었을 때, 아니면 은행에서 주간지를 읽던 때의 기억을 꼼꼼하게 되살리곤 하는 것이었다.(「공중 누각」, 86쪽)

주인공은 본능과 지각에 의해 자극되어 행위로 연결되고자 하는 새로운 상념을 의식적으로 억누르고, 다른 기억 속의 상념들을 끊임없이 소환하여 그 공백을 메우고자 시도하고 있다. 모든 행위를 상념으로 대치시키고자 하는 주인공의 '노력'은 표면적으로는 일상의 질서에 적응하지 못하는 엉뚱한 행동으로 비칠 수 있다. 그러나 실상 작가는 주인공을 통해 논리적인 체계로 정돈되지 않은, 혹은 신체적 행위와 유기적으로 통합되지 않은 우리 의식의 '맹점'을 보여주고 있는 것이다.

인간의 의식은 과거의 기억과 현재의 감각적 인지, 그리고 미래에 투사된 지향 등이 얽혀 이루는 여러 겹의 층위로 이루어져 있으며, 그중 하나의 상념이 의식의 표면에 떠오르면 다른 상념들은 마치 암초에 부딪힌 배처럼 의식의 밑바닥으로 가라앉게 된다. 우연히 과거의 사건 하나가 의식에 포착되어 그 기억의 순간에 사로잡히면, 혹은 상상의 세계에 잠시 젖어 있다보면, 방금 전까지 의식을 점유하고 있던 현재 순간의 감각적 인지와 연결된 생각들이 돌연 사라져버리는 경험을 누구나 하게 되는 것은 이 때문이다. 의식을 확고한 주체의 근거로 삼고 이것으로부터 외부의 대상과 신체의 행위를 주체화하는 대신, 작가는 의식이 관계 맺고 있는 현실 속의 행위나 사건을 괄호 속에 넣고, 다만 의식 자체의 내부적 메커니즘을 주제화하고 있다. 의식과 행위의 분열을 자각하는 이 시선에 의해 현실은 새롭게 재편되어 의식 앞에 놓이게 된다.

> 등뒤로 현관문을 닫은 후에야 그는 자신의 행위를 의식했다. 그는 자신을 붙잡는 일상 업무가 하나씩 생각날 때마다 앞으로 크게 한 걸음 내디뎠다. 잠시 후 이미 그는 큰 길가에 나와 있었다.(「공중 누각」, 88쪽)

현관에 나서기까지 '그'는 어떤 상념에 사로잡혀 있다. 그 동안에도 신체는 상념에 사로잡혀 있는 의식과 절연된 채 현관까지 걸어나와 문을 열고 닫는다. 피부에 와닿는 현관문 밖의 차가운 바람의 감촉과 현관문 손잡이의 금속성 촉감은, 분명히 신체는 그것을 감각적으로 인지하고 있음에도 불구하고, 의식에 전달되지 않고 있다. 이 순간 감각과 의식은 단절되어 있기 때문이다. 물론 그 단절은 감각과 의식이 다시 이어진 이후에야 비로소 느껴지는, 그러니까 새롭게 '생성되는 단절'이다. 갑자기 들리는 소리, 갑자기 보이는 사물, 그것은 감각과 의식의 너머에서 들려오는 소리요 영상이다. 그것이 폐쇄되어 있던 의식을 일깨우고, 뒤이어 의식과 감각 사이의 연결을 감지케 하고, 그리고 감각은 살아서 다시 움직이기 시작한다. 신체는 의식과 단절되어 무언가에 홀려 있듯 움직이고 있었다. 닫혀진 의식이 열리고, 의식과 감각 사이가 발견되고, 그리고 감각이 그제야 신체를 일깨운다. '그'는 현관문을 닫은 후에야 비로소 자신의 행위를 인식하게 되는데, 이 순간에 이르러서야 겨우 의식과 신체가 접촉하여 유기적으로 통합된 주체를 이룬다. 그러니까 주체는 하나의 실체적 개념이라기보다 인간 존재와 그 의식에 관한 파악방식의 하나일 따름이다.

일상적인 주체는 의식의 지령에 의해 행위를 수행하는 한편, 그 행위의 결과로 새로운 의식을 획득한다고 믿는다. 하지만 실상은 그렇지 않다. 행위하는 순간 우리의 의식은 잠시 정지되며, 의식이 진행되는 동안 의식은 행위를 돌보지 않는다. 그러므로 모든 행위를 상념으로 대치시키고자 하는 주인공의 주도면밀한 노력은, 아니 그와 같은 주인공의 의식과 행위의 평행과 교차를 바라보고 있는 서술자의 시선은, 의식적 존재로서의 인간이 지닌 근원적 운명을 이미 감지한 결과라고 말할 수 있을 것이다.

맞은편 건물 중앙에 붙어 있는 창문의 푸른색이 게릴라처럼, 아니면 인디언 전사처럼 그물코를 타고 조금씩 확산되어나가다가 줄장미의 붉은색과 초록색에 부딪혀 갑작스럽게 원래의 크기대로 수축되어버리고, 줄장미의 붉은색과 푸른색은 바람 탓인지 가볍게 몸을 움직이면서 원숭이처럼 그물눈의 이쪽에서 몇 칸 건너 저쪽까지 넘나들고 있었다. 그러자 밤새도록 어두운 방구석에 버려져 있던 그의 코와 귀, 눈의 감각세포들이 뇌(腦)가 잠들어 있던 동안에 부스럭거리고 뒤척이며 꾀하고 있었던 음모를 결행이라도 하려는 듯이 조금씩 반란을 일으키기 시작했다. 그의 감각세포들은 방충망의 잘고 무수한 그물코를 통해 멋대로 바깥 풍경의 조각들을 끌어들여서 스스로 자극을 받고 기꺼워하며 흥분하거나 제풀에 기가 꺾이곤 하는 것이었다.(「공중 누각」, 80~81쪽)

신체와 의식이 분리된 그 공백의 지대에 이른바 '감각의 무정부상태'가 자리잡는다. 이 순간 감각은 신체와 의식이 단절됨으로써 형성하는 점이 지대에 그것의 자율적인 세계를 펼쳐놓는다. 이때 감각은 미처 주체의 의식 속으로 편입되지 않은 채 신체와 의식 사이에서 유동하며 "스스로 자극을 받고 기꺼워하며 흥분하거나 제풀에 기가 꺾이곤" 하는 자동적인 파노라마를 전개한다.

그런데 여기에 행위와 감각과 의식이 서로 단절되어 이루는 단층 지대를 인식하고 거기에 의미를 부여하는 또하나의 새로운 의식이 뒤따른다. "나의 의식이 깨어 있건 잠이 들었건 상관없이 내 속에는 그를 주시하고 있는 또다른 시각(視覺)"(「홍도가 죽었다」, 67쪽), 그것을 '자의식'이라 부를 수 있을 것이다.

> 그러나 내가 알고 있는 것은 단지 아침에 나의 몸과 정신이 제자리를 벗어나 어지럽게 늘어서 있다는 것, 그러면서도 그들은 철저히 따로 논다는 사실뿐이었다. 그리고 또하나 분명한 것은 그렇게 심리적으로 육체적으로 분리되어 고통을 받고 있는 나를 갑작스러운 충동처럼 하나로 연결시켜주는 계기가 있다는 사실이었다. 나는 이 계기를 알아야 한다. 새벽녘의 몽환 속에서 느끼는 고통보다는, 오히려 이 계기라는 것의 정체 앞에서 전혀 속수무책인 나의 무기력함이 더 큰 고통인 셈이었다.(「신유년 겨울, 혹은 계륵」, 118~119쪽)

최수철은 이 지점에서 인간이 의식과 신체의 분열이라는 스스로의 운명을 자각하는 순간 떠안게 되는 고통에 대해 말하고 있다. 그것은 "평소에는 그런 대로 제대로 겹쳐 있다고 여겨지던 나와 내 속의 나 아닌 내가 요즘은 조금씩 그 핀트가 빗나가고 있다는 느낌"의 형태로, 혹은 "나는 내 속에 들어 있는 나의 자의식을 일종의 마그마라고 생각해왔는데, 요즘 그 마그마가 내 의식의 허한 틈으로 비집고 나오는 감각"(「어느 날,

모험의 전말, 305쪽)의 형태로 일상 속에 출몰하여 주체를 위협한다. 자의식이 발동되는 것, 인간이 언어를 필요로 하는 것은 바로 이 때문이 아닐까. 그것은 분열된 주체를 초월하여 새로운 통합의 상태를 이루고자 하는 몸부림에 붙여진 다른 이름이다.

> 잠결이었던 탓도 있겠지만, 내가 아침에 들은 닭 울음소리는 성량과 음색이 어우러져 있는 현실적인 소리가 아니라 내 속 어딘가의 공명에 의해 울려나오는 소리에 더 가까웠다. 그것은 때때로 성량으로만, 때로는 음색으로만 기억될 뿐이었다.(「신유년 겨울, 혹은 계륵」, 125쪽)

하지만 언어를 매개로 한 신체와 의식의 통합은 근본적으로 불가능하다. 의식과 신체 사이에는 어떤 실체가 놓여 있는 것이 아니라, "때때로 성량으로만, 때로는 음색으로만 기억될 뿐"인 공백이 자리하고 있기 때문이다. 언어를 통한 새로운 주체의 형성은 그로부터 배제된 타자를 생성하는 과정과 불가분의 관계에 놓여 있다. 언어는 끊임없이 주체에 대한 스스로의 규정으로부터 미끄러져 미지의 영역으로 이동한다. 이 가혹한 운명 앞에서 인간은 초라하다.

의식/감각/행위의 분열을 목격하고 있는 바로 이 지점에서 자의식의 글쓰기가 비롯된다. 그렇다면 자의식의 글쓰기란 인간 존재의 숙명에 대한 통찰을 다른 이름으로 부르는 것이 아니겠는가. 그것은 의식과 감각과 행위의 총체로 스스로를 규정하고 있는 주체라는 신화를 그 근저에서 뒤흔들고 있다.

그런데 역설적으로 의식과 감각과 행위가 서로 분열되고 뒤섞여 이루는 불투명한 세계를 바라보기 위해서는 더욱더 섬세하고 또렷한 언어가 요청된다. 결국 귀결점은 언어에 대한 자의식이다. 그것은 곧 글을 쓰고 있는 '자신'을 의식하고 있는 것이다. 언어를 무기로 하여 일상적 주체를 해체하고, 그것을 통해 인간의 본래적인 존재방식을 드러내는 것. 소설 그 자체에 대한 문제제기 없이 일상적 현실을 소설 속으로 실어나르는 반복 행위들의 한가운데에서 빛나고 있는 최수철 글쓰기의 신선함은 바로 이 점에서 비롯되었다.

한편, 신체와 의식으로 분열된 주체는 이제 타자와의 대면 속에서 스스로를 새롭게 발견하는 계기를 마련한다. '나' 라는 주체는 실상 '나' 에 대한 타자들의 규정의 총합으로부터 형성된다. '나' 는 내 아버지의 아들이며, 아들의 아버지이며, 선생의 제자이며, 제자들의 선생이다. 친구의 친구이며, 애인의 애인이다. 이렇게 타자들의 규정으로 구성된 '나' 를 타자들과 구별하면서, '나' 와 타자를 구별 짓고 있는 전체적인 장 속에서 '나' 의 위치를 이끌어내는 과정에서 주체가 생성된다.

이렇게 해서 형성된 주체는 자아를 비추었던 타자의 거울을 깨뜨리고, 자아동일성을 관념적으로 구성하여 스스로를 타자와 분리시키고 그것에 주체라는 믿음을 부여한다. 그리고 이를 근거로 타자를 인식하고 자기화한다. 그러나 이러한 주체는 일종의 관념일 뿐이며, 현실적으로 주체는 '나' 가 마주하는 타자에 따라 '나' 에 대한 타자의 규정 가운데 일부를 선택적으로 소환하여 새로운 주체를 구성하며, 그렇게 구성된 주체로서 타자에 맞선다. '나' 는 '나' 의 아버지 앞에서는 아들인 '나' 이며, '나' 의 제자 앞에서는 선생인 '나' 이다. 이 둘은 실상 서로 다르지만, 그럼에도 불구하고 '나' 라는 동일한 관념으로 유통되고 있다. 하지만 아들로서의 '나' 와 선생으로서의 '나' 는 얼마나 다른가. 통일되어 있다고 믿고 있지만, 사실은 상황에 따라 여러 '나' 로 분열되어 있는 것이다. 그러므로 '나' 는 '나' 의 타자와 대면하는 순간, 타자에 의해 규정된 '나' 와 그것으로 인해 배제된 '나' 로 분열된다. 이 분열을 자각하는 순간, 거기에 상응하는 고통이 초래된다.

> 생각을 정리해서 다시 말해보기로 하지. 남의 식으로 생각한다는 것은 결국 내가 타인의 존재와 부딪칠 때, 그 팽팽한 대립의 공간에서 나 자신을

피동적으로. 아, 이따위가 무슨 소용인가!(「어느 날, 모험의 전말」, 308쪽)

주체를 '타자에 의해 규정된 나'로 간주할 경우 수동성의 무기력함에서 벗어날 수 없다. 한편 타자 규정성을 배제할 경우 그것은 동일성의 환상으로 귀착되고 만다. 주체는 '타자에 의해 규정된 나'와 '타자에 의해 규정될 수 없는 나' 사이에서 숙명적으로 떠돌게 되어 있는 것이다.

실상 타자를 적극적으로 사유하지 않는다 하더라도 주체는 이미 스스로 충분히 허약하다. 강력한 타자와 마주하게 되면, 주체는 공백의 상태에 놓이게 되고, 결국 주체는 스스로를 타자가 규정하는 방식대로 새롭게 구성하게 되기 때문이다.

벌써 삼 년 전의 그러한 언어 습관이 사장을 상대로 하여 갑자기 튀어나왔으니 그로서는 당황하지 않을 수 없었던 것이다. 그것은 아마도 그가 은연중에 사장을 군대에서의 상관처럼 어렵게 여기고 있었다는 사실의 증거일 수 있는 것이므로 그는 자신이 어쩔 수 없이 소시민이라는 생각에 씁쓸한 미소를 흘렸다.(「어느 날, 모험의 전말」, 315쪽)

「어느 날, 모험의 전말」의 이 대목에서 주인공 김공근은 회사에 사표를 제출하기로 마음먹고 사장 앞에서 자신의 입장을 당당히 선언할 참이다. 그런데 이러한 그의 생각과는 달리 현실 속에서의 그는 '~말입니다'라는 군대식 어미를 반복하며 말을 더듬고 있다. 여기에서 '직각 언어'의 무의식적인 사용, 곧 군대에서 존대어를 쓸 경우에 문장을 절대 '~어요'로 끝내서는 안 되고 그 자리에 대신 '~ㅂ니다'를 붙여야 하는 언어 사용의 강제적 규정을 주인공이 자신도 모르게 일상 속에서 수행하고 있는 장면은, 강력한 타자 앞에서 스스로의 주체를 구성하지 못하고 일방적으로 타자가 규정하는 방식대로 스스로를 규정하는 장면을 그대로 보여주고 있다. 그리고 동시에 그러한 타자와의 관계를 매개하는 것이 바로 다름아닌 '언어' 라는 점을 상기시키고 있다.

그러하기에 타자에 의해 규정된 '나' 와 그것으로부터 배제된 '나' 의 거리는 '나' 의 욕망을 생성하는 장치이다. 「코」에서 '나' 는 김공도의 코에 대한 편집증으로부터, 그리고 「소리에 대한 몽상」에서 박찬중은 김인곤(김인곤은 이후 『벽화 그리는 남자』, 세계사, 1992에서 주인공으로 다시 등장한다. 이러한 동일 인명의 반복 현상은 「도주」 「말(馬)처럼 뛰는 말(言)」, 그리고 「낙마」 등에 반복하여 등장하는 최배중의 경우에서도 볼 수 있는데, 이러한 최수철 특유의 반복적 명명 방식은 소설쓰기의 일관된 주제를 작가 스스로 확인하는 한편 독자에게 암시하는 장치라고 할 수 있을 것이다)의 소리에 대한 편집증으로부터 각각 자신의 욕망을 발생시킨다. "나의 욕망과 그의 부재는 동전의 양면"(「부재를 위하여」, 138쪽)인 까닭이다.

그러나 「소리에 대한 몽상」에서 보듯, 주인공으로 하여금 주체 속의 공백을 들여다보도록 이끌고 소리에 대한 편집증이라는 타자의 삶의 방식을 수용하도록 만든 것은 김인곤이라는 타자의 존재였지만, 결국 이웃 주민들과의 갈등으로 인해 경찰에 끌려가고 마는 김인곤의 편집증적 욕망의 좌절은 주인공으로 하여금 미래의 자기상을 자각시키고 다시 처음의 지점으로 되돌아오도록 만든다. 이는 결국 타자에 의한 규정으로 회수될 수 없는, 타자의 규정에 의해 배제된 주체의 잉여 영역을 새삼 일깨우는 계기로 작용한다.

타자에 의해 규정된 '나' 와 타자화되지 않은 '나' 사이의 간격을 언어가 메운다. '나' 는 이미 언어라는 타자의 시선에 의해 포획되어 있을뿐더러, 타자화되지 않은 '나' 를 표현할 유일한 매개 또한 언어이기 때문이다. 이 순간 언어는 인간의 존재 자체에 다름아니다.

그것들은 일종의 살벌한 장치였다. 날카롭게 벼려진 획들로 이루어진 사슬은 그 자체로 글을 쓰는 사람도 읽는 사람도 모두 꽁꽁 묶어버릴 수 있을 것이었다. 수많은 환충류(環蟲類) 생물들 같은 각각의 음절들은 서서히 아주 서서히 탁자 위에 쏟아지듯이 내려와서 그의 손가락을 타고 손등 위로 기어오르고, 쉬지 않고 손목을 거쳐 팔뚝을 지나면서 그에게 간지러움을 느끼게 했다. 그 지독한 연쇄가 그의 상체에 온통 퍼져들고 있을 때 그는 크게 하품을 했다.(「공중 누각」, 95쪽)

의식의 표면으로 주체를 이끌어올리는 언어는, 과거와 미래를 모두 현재의 순간으로 불러들이는 매개체이다. 이 순간 시간은 언어를 통해 절대적으로 의식 속에 현존한다. 이제 남은 시간들은 죽여야 하는 대상(time killing)에 다름아니다. 그러하기에 권태와 무기력에 젖어 무방비상태로 세상 속에 스스로를 노출시키고 있는 최수철 소설의 주인공들은, 사실 그러한 절대적 현존의 순간을 자신도 모르게 이미 보아버린 자들이다.

이전까지 시간이 부담스런 하중으로 느껴진 적이 간혹 있긴 했지만, 언제인가부터는 시간은 벗어버릴 수 없는 등짐이나 맨살에 붙어버린 불쾌한 감각의 이물질이 되어버린 것이었다. 그것이 연체동물의 빨판처럼 그의 팔다리에 흡착되어 떨어지지 않았다.(「타임 킬링」, 36쪽)

바로 이 시간과의 싸움에서 글쓰기가 비롯된다. 그러므로 글쓰기는 의식이며 욕망이다. 동시에 의식과 욕망이 미처 인식하지 못하는 근원적 지점에 놓인 '맹점' 이다. 언어가 진퇴양난에 이른 지점이자 글쓰기의 객기가 발동하는 근원이다. 언어화되는 과정 속에서 끝내 언어화되지 않는 지점이며, 그러하기에 죽음이며 공백이다. 현실 속의 글쓰기가 '가수(假睡)' 이며 '가면(假眠)' 인 까닭 또한 여기에 있다. 가면(假眠)은 가면(假面)이다. 언어라는 거짓 얼굴을 쓸 때에만 스스로의 의식과 욕망을 응시할 수 있는 '거짓 잠' 의 순간이 마련되기 때문이다. 이는 순수 사건에 대한 감각과 그것을 주체화한 결과로 얻어지는 기억, 이 둘로 분열된 인간 의식의 운명적 상태에 대한 심각한 반성을 통해 도출된 자각일 터이다.

그러나 이 반성된 의식은 실체화되지 않으며 따라서 일종의 지향성의 상태로 존재한다. 그것은 이를테면 '공중 누각'과 같은 어떤 것일 터이다. 그리고 그것이 곧 최수철 글쓰기의 원점이며, 그것은 곧 우리 소설사에서 새로운 층위의 글쓰기가 비롯되는 순간이기도 하다. 이렇듯 『공중 누각』의 메마르지 않는 신선함은 그것이 의식의 불투명한 세계를 섬세한 언어로 그려내는 새로운 글쓰기의 기원이라는 점에서 찾을 수 있다.

(『공중 누각』 개정판, 문학과지성사, 2000)

기억의 현전, 공백의 울림
—신경숙론

인류의 진화과정에서 몸짓이나 분절화되지 않은 의성어로 표현할 수 없는 것을 드러내기 위해 만들어진 것이 '말'(음성언어)이라면, 이 '말'로써 표현하기 힘든, 혹은 그것으로 표현할 수 없는 것을 드러내기 위해 창안된 수단이 곧 '글'(문자언어)이라 할 수 있다. 이렇게 보면, '말할 수 없음'이라는 상황과 그럼에도 불구하고 말하고자 하는 의지라는 두 축의 역설적 결합이 곧 '글'이라 하겠다. 이는 달리 말하면, 주체 내에서 갈등을 일으키고 있는 이같은 모순이 글쓰기를 추동하는 동력이며 또한 이 모순의 치열성에 비례하여 그 '글'의 가치가 새삼 드러날 수 있다는 것인데, '글'이 단순한 기록이나 정보 전달의 차원을 넘어 인간의 존재 그 자체와 관련되는 것은 이 때문이다. 그러므로 '글'이 표현하는 인간 존재성의 밀도는 세계와 대면하여 주체가 품는 욕망과 그것이 현실 속에서 갖는 근원적 한계에 대한 인식의 깊이와 결부된다.

소설이라는 장르 자체가 본질적으로 그러하듯이 신경숙의 소설 또한 이 '말해질 수 없는 것'에 대한 발견을 글쓰기의 출발점으로 삼고 있는데, 문제적인 것은 이러한 태도가 자각적이고도 분명하다는 사실이다. 그는 "이 말해질 수 없는 것들을 내 글쓰기로 재현해내고 싶은 꿈, 이미 사라지고 없는 것들을 불러와 유연하게 본질에 담게 하고 자연의 냄새에 잠기게 하고 싶은 꿈, 그렇게 해서 이 순간을 영원히 가둬놓고 싶은 실현 불가능한 꿈"(산문집 『아름다운 그늘』, 문학동네, 1995, 46쪽 ;「지금 우리 곁에 누가 있는 걸까요」, 『딸기밭』, 문학과지성사, 2000, 33~34쪽)이라고 소설의 안과 밖에서 거듭 강조해서 말하고 있다. 실제로 글쓰기의 장면에 부딪히면, 이 '말해질 수 없는 것'은 생각보다 훨씬 커다란 장벽으로 다가서리라.

그러하기에 이 '말해질 수 없는 것들'은 소설 속에서 '빈집'이나 '외딴 방', 혹은 '마당' '모래펄' 등의 텅 빈 공간의 이미지들로 변주되면서 반복하여 제시된다. 말하자면, 풍금 그 자체가 아니라 풍금이 있던, 그래서 지금은 비어 있는 '자리'가 문제되고 있는 것이다. 대상이 사라진 그 '자리'는 기억의 과정 속에서 물리적인 공간의 차원을 넘어 '내 몸 속에 살고 있는 마당'이라는 의식 속의 공간으로 전환된다.

이 근원적 상실감을 유발시킨, 그래서 의식 속에 비어 있는 공간을 만들어낸 것은 다름아닌 시간이며 시간이 변화시킨 세계와 주체이다. 이때 '고향'이 현실 속에서의 상실감을 보상하는 어떤 절대적 지위에 놓이는 것은 그것이 이러한 시간적 과정의 출발점을 이루기 때문일 것이다. 거기에는 오렌지빛 한복의 어머니가, 가난한 집 장남이어서 데모도 하지 못했던 흰 얼굴의 큰오빠가, 마라톤 선수였던 셋째오빠가, 그리고 우물 속에 빠뜨리고 온 쇠스랑이 있다. 사막 한가운데 불시착하여 모래와 별들 사이에 홀로 떨어진 생텍쥐페리를 지켜준 것이 그의 고향이었듯, 황폐해져만 가는 현실이라는 사막과 멀기만 한 이상 사이에 갇힌 자아로 하여금 글쓰기의 모험을 감행케 한 것은 기억 저 밑바닥에서 어울거리는, '고향'이라는 원초적 공간이다.

이 지점에 이르면, '고향'은 과거의 특정 공간이 아닌, 현재와 미래로 투사된 의식 속의 공간적 이미지로 전환된다. 의식이 새롭게 가닿는 지점이 곧 '고향'이기 때문이다. 고향을 이처럼 절대적인 공간으로 순화시키는 과정에는, 시간의 매순간에서 겪는 현실적 사건에 대한 아픈 기억들이 더께를 이루며 매달려 있다. 현실 속의 의식이 고향이라는 원초적 이미지를 되돌아보게 되는 것은 현재 속의 주체가 겪는 모종의 상실감 때문이다. 그러하기에 자아와 세계의 갈등이 심화될수록 '고향'은 더욱 강렬한 이미지로 현재의 의식 위로 떠오른다. 시간은 한편으로는 현재를 끊임없이 과거화하면서 현재 속에 빈자리를 만들어놓는 동시에 다른 한편으로는 부재하는 그 대상을 향한 그리움을 증폭시키는 장치로 기능하고 있었던 것이다. 시간은 대상의 부재를 현실 속에서 확인케 하지만 역설적으로 그것에 대한 그리움을 증폭시켜 그것으로써 그 빈 공간을 가득 채운다. 시간이 초래한 상실감으로 인해 불가피하게 떠안게 된 '말해질 수 없는 것'의 빈 공간을 기억으로 채워나가는 일, 바로 이 지점에서 신경숙의 글쓰기가 비롯된다.

그러나 대상을 그대로 글로 옮기는 것조차 힘든 일인데, 하물며 한때 존재했으나 지금은 사라진 대상을 그 흔적을 통해 표현한다는 것은 어떠하겠는가. 그것은 한없이 촘촘한 결을 지닌 섬세한 언어로 말해지지 않으면 안 된다. 그러므로 이 언어는 대상이 사라진 안타까움에 대응되며, 나아가 대상에 의해 가려져 있던 욕망을 발견하는 매개이다.

상실감이 시간의 보편적 차원에서 포착될 때 인간 운명의 존재론적 차원이 섬세하게 부각된다. 스쳐 지나갈 땐 잔인한 운명의 덫처럼 여겨졌으나, 시간이 지나자 누구에게도 양도할 수 없는 단독의 세계로 남은 그 순간들. 생각하면 아득해지는 그 순간들. 아련한 후각으로만 남겨진 그 순간들. 그냥 지나쳐갔던 것으로 보였던 그 시간들 속에는 돌이켜보면 아련한 추억들이 자신도 모르는 사이에 새겨져 있었던 것이다. 이 유령처럼 숨죽여 웅크리고 있는 기억에 생기를 불어넣어 일으켜세우는 것,

거기에 근원적인 글쓰기 욕망이 잠재해 있다.

그러나 차원을 달리 하여, 상실을 초래한 시간적 변화가 주체와 세계의 관계의 차원에서 포착될 때, 그 상실감과 욕망은 작가가 속한 세대의 현실 인식이라는 관점에서 그 의미를 드러낸다. 여기에는 거대한 억압으로 인해 가치 기준을 잃고 헤맬 수밖에 없었던, 그리고 그 헤맴 속으로 몰아닥친 이념을 향한 열정에 사로잡힐 수밖에 없었던, 그리고 그 짧은 꿈 뒤끝에 남는 혼곤함을 감당해야 했던 어떤 세대의 비애가 자리잡고 있다. 이 지점에서 미학적 욕망은 그 바탕에 놓인 구체적인 현실에 대한 체험을 이끌고 있다. 「멀리, 끝없는 길 위에」(1992)나 『외딴방』(1994)이 한 개인의 죽음을 앞에 둔 조사(弔辭)를 넘어서 한 세대의 의식에 바쳐진 진혼곡의 성격을 띠고 있는 것은 이 때문이다. "산불처럼 번지는 욕망. 내가 배운 모든 이미지여, 살아나다오. 나는 그녀를 재생해내고 싶다, 엮어주고 싶다, 소설이 아니라도 좋다, 나와 같은 해에 태어나 흔적없이 사라져버린 그녀의 무덤이 여기이게 그렇게만"(「멀리, 끝없는 길 위에」, 『풍금이 있던 자리』, 문학과지성사, 1993, 261~262쪽)과 같은 대목은 그의 글쓰기가 단지 미학적 욕망의 소산에 그치지 않는다는 암시로 읽힌다.

그가 밝혀놓은 바와 같이, '사실도 픽션도 아닌 그 중간쯤의 글'이 씌어지는 이유 또한 여기에 있다. 기억이란 근본적으로 언어(언어성)를 통해서만, 소설이라는 삶의 내러티브를 읽거나 쓸 때에만 찾아오는 것이기 때문이다. 기억은 그것을 현재화하는 순간의 의식에 따라 여러 가지 방식으로 서사화될 수 있다. 결국 기억의 서사에서 핵심은 기억의 대상이 되는 사건이라기보다 기억하고 있는 순간의 의식인 것이다. 이렇게 보면, 글쓰기는 기억에 대한 새로운 인식이자, 기억 그 자체이기도 하다. 극단적으로 말하자면, 기억을 현재화하는 서사적 형식 바깥에 기억은 존재하지 않는다. 그의 소설은 그 시대를 거쳐온 우리 자신의 삶을 서사화하고 동시에 우리 자신의 삶을 인식하며 그것에 의미를 부여하도록 이끈다.

이 순간 기억의 진흙뻘 속에서 무언가가 힘겹게 고개를 들며 소리친다. "고만고만한 세부사항이나 찾아내서 뭘 어쩌겠다는 거지? 제발 연대순으로 줄 맞춰 요점정리하려고 들지 마. 그건 점점 더 부자연스러워질 뿐이라고. 설마 삶을 영화로 착각하고 있는 건 아니겠지? 삶이 직선으로 줄거리를 가질 수 있다고 생각하는 건 아니겠지?"(『외딴방』 개정판, 문학동네, 1999, 167쪽)라고. 이 목소리는 기억의 나르시즘을 경계하는 작가 자신을 향한 목소리이자, 어느 순간 서사 속에 자신의 정체성을 맡겨버린 독자를 일깨우는 목소리이다. 삶을 서사화하는 새로운 방식이 마련되는 것은 바로 이 순간이다. 성장에 대한 기억을 서사화하는 과정 속에서 그의 글쓰기 또한 성장을 겪고 있다고나 할까. "내 아무리 집착해도 소설은 삶의 자취를 따라갈 뿐이라는, 글쓰기로서는 삶을 앞서나갈 수도, 아니 삶과 나란히 걸어갈 수조차 없다는 내 빠른 체념"(243쪽)에서와 같은 자각은 그러한 성장의 산물이라 할 수 있을 것이다.

그런데 기억이, 그리고 그 속의 상처가 딱딱해져버린 이후는 어떠할까. 이러한 상황을 초래한 것은 우선 시간의 변화이지만, 그보다 더 근본적인 원인은 글쓰기 그 자체에 있다. 글쓰기는 한편으로 유령처럼 떠돌던 과거의 기억에 형태를 부여하여 현재로 해방시키지만, 다른 한편으로 글쓰기에 의해 고정된 기억은 실체화되어 그 역동성을 상실하기 때문이다. 그 기억이 여전히 가슴 한편을 아프게 하는 것은 분명하지만 그럼에도 불구하고 더이상 글쓰기의 동력이 될 수 없는 것은 이러한 맥락에서이다. '나'는 '기억 속의 나'를 포함한 그 기억 속의 사람들과는 다른 사람이 되어버렸다는 사실을 어쩔 수 없이 인정해야만 하는 시점에서 이제 글쓰기는 새롭게 시작될 수밖에 없다. 『딸기밭』(문학과지성사, 2000)에 실린 소설들과 최근작 「부석사」(『창작과비평』 2000년 겨울호)는 이 지점에서 신경숙 글쓰기가 새로운 국면으로 접어들고 있음을 상기시킨다. 이제 체험의 영역 속의 기억은 현재 속에 분산되어 허구의 영역에서 삶의 보편적 감정을 길어올리는 새로운 역할을 수행한다.

『딸기밭』에 실린 소설들에서 이제 기억은 대상화되거나 혹은 망각으로 치환된다. "지금 나는 내 삶을 잊어가는 중이다"(「작별인사」)라는 선언은 그래서 단순하지 않은 울림을 지닌다. 「딸기밭」은 십이 년 전 스물셋의 기억이지만, 그럼에도 불구하고 기억의 진행은 망각과 더불어 일어난다. 소설 속의 '나'는 "다른 젊은이들이 지니고 있는 일정량의 우울이나 좌절과는 상관없는 듯한 또다른 우울과 좌절의 분위기"를 지닌 '남자'와 흰 목덜미와 솜털이 보송한 종아리를 지닌 '유'를 향한 관능의 기억을 떠올린다. "전혀 다른 그 둘의 외모가 지니고 있는 금지의 영역이 하나의 뜻을 지니고 있었다"(48쪽)고 느끼는 것은 '나'가 접근금지 표지를 향해 달려가고 있었기 때문이다. 위반을 향한 이 내밀한 욕망에서 우리는 '사소한 일상에까지 스며 있던 억압'을 읽어낼 수 있다. 하지만 이 경우 기억은 '망각'을 거쳐 새롭게 해석된 장면이기에 복원의 의지와는 거리를 두고 있다. 나아가 「지금 우리 곁에 누가 있는 걸까요」에서 작가는 고백의 서술자가 아니라 그 고백을 듣는 타자가 되어 있다.

이 지점에 이르러 글쓰기는 주관적 체험의 영역으로부터 벗어날 수 있게 되었지만, 동시에 체험의 밀도에 상응하는 새로운 그 무엇을 요청받게 된다. 『딸기밭』이 그 모색의 다양한 시도들을 보여준 것이라면, 「부석사」는 이 시도의 과정이 이른 한 지점을 보여준다는 점에서 그 의미를 지닌다.

「부석사」는 표면적으로 보면, '그녀'와 '남자'의 대칭구조로 이루어져 있다. 그리고 이 대칭구조의 각각의 축은 다시 '그녀'와 갑자기 그녀를 버리고 떠난 'P', 그리고 '남자'와 그의 약혼녀였던 'K'의 대칭구조를 내포하고 있다. 판단이 서면 곧바로 실행에 옮기는 'P'나 죄의식도 없이 연애행위의 레퍼토리를 반복하는 'K'는 어김없고 빈틈없는, 그래서 동화하기 힘든 '현실'의 메타포가 아닐까. '그녀'와 '남자'는 현실로부터 받은 이 고통의 기억으로부터 여전히 벗어나지 못하고 있다. 관계의 복원이 사실상 불가능한 것임에도 불구하고. 말하자면 '그녀'와 '남자'는 고통의 기억과 현재의 불안 사이에서 길을 잃고 있는 것이다. 작가는 이 존재론적 불안을 부석(浮石)의 '틈'으로 표상하고 있다. 글쓰기는, 사이가 떠 있는 부석의 틈과 같은, 고통의 기억과 현재의 불안의 긴장을 통해 흘러나오는 것이다.

이 존재론적 불안이 잠정적이나마 글쓰기를 통해 진정되기까지 한동안 '그녀'와 '남자'의 국도에서의 방황은 지속되리라. 그것은 '고속도로'로 표상되는 도시적 삶의 질서의 팽창과 점차 소멸되어가는 고향의 메타포로서의 '지방도로' 사이에 '국도'가 놓여 있기 때문이다. 더구나 도시적 삶의 질서는 국도의 풍경조차도 바꿔나가고 있으며 지방도로 또한 국도화되어가는 일로에 놓여 있다. 그렇다면 부석의 '틈'은 또한 점점 더 낯설어져가는 현실 속의 공간과 소멸되어가는 기억의 공간 사이에 떠 있는 의식에 대한 표상이라고도 볼 수 있을 것이다. 문제는 이 의식이 '틈'으로 표상될 만큼 그 존재론적 불안이 절실하게 표현되고 있다는 점이다. 작가는 이 '말해질 수 없는' 의식의 '틈'을 공백의 형태로 작품 속에 간직한다.

이 순간 '고향'에 대한 기억의 형식을 통해 현전되었던 '말해질 수 없는 것들'은 글쓰기의 도정을 따라 현재에까지 이르러 '틈'의 공백으로 작품 속에 자리잡는다. 독자는 이제 서사 자체에 몰입하는 것이 아니라 이 '틈'에 대해 끊임없이 사유하지 않으면 안 된다. 이 성숙한 글쓰기의 도정에서 발견된 '틈'은 독자의 의식 속에서 한없이 부풀어올라 그들 앞에 '아름다운 그늘'을 드리우고 있다.

(『문학사상』 2001년 2월호)

글쓰기로 치유해야 했던 순수의 만성질환
—이응준론

1. 시적 글쓰기의 기원

누군가에게, 삶이 너무 헐거워 도무지 견딜 수 없었던 그런 시절이 있었다. 모든 것을 무방비상태로 맞이하던 그 시절. "젊다는 건 너무 지겹고 힘들어"(「아이는 어떻게 숲을 빠져나왔는가」, 『달의 뒤편으로 가는 자전거 여행』, 문학과지성사, 1996, 62쪽)라고 고요히 탄식하던 시간들. 고통과 환멸이란 비슷한 몸무게의 두 사내가 타고 노는 시소 한가운데에 웅크리고 앉아 있던 그때, 그게 삶이라고 믿어버렸던 시간들. 힘겨움과 더불어 알 수 없는 황홀함의 느낌, 표면상으로는 극단적으로 대립되는 두 감정이 한순간 한데 엉켜 빚어내는 긴장감으로 인해 혼곤했던 기억이 후각을 자극하며 머릿속에 떠오른다. 노트 한켠에 적힌 몇 줄 잠언은 그러한 시간들을 통과했던 흔적일 터이다. 곧 '그 시절을 위한 잠언'인 것이다. 이처럼 "삶의 작렬하는 태양을 향해 굳센 팔뚝으로 정조준되어진 푸른 총구"(「달의 뒤편으로 가는 자전거 여행」, 『달의 뒤편으로 가는 자전거 여행』, 192쪽)와도 같은 젊음의 기억은 순수의 만성질환을 앓던 짜릿한 고통의 기억을 이끌고 다닌다.

그러나 그 기억은 실체 없이 단지 추억의 속도로만 감지되는 형상의 일종이다. 그렇기 때문에 "대부분의 추억은 막상 현상해보면 전면이 하얗게 물들어버린 필름처럼 아무것도 입력되어 있지 않"(「그 시절을 위한 잠언」, 『달의 뒤편으로 가는 자전거 여행』, 87~88쪽)다. 그것은 지각의 무장을 해제한 감각으로만 다가설 수 있는 성스러운 대상이기 때문이다. 울림으로만, 향기도 악취도 아닌 어떤 고유함의 냄새로만 존재하는 그 형상을 글쓰기로 재현하기 위해서는, 자신의 자리를 찾아가기 위해 몸부림치는 비유들이 동원되지 않을 수 없다. 시인의 전력보다 근본적인 은유적, 시적 글쓰기의 기원을 바로 여기에서 찾을 수 있다.

> 그리고 또 바랐다. 내가 그보다 더 지독한 문체주의(文體主義) 작가가 되는 것을. 문체만을 위해 글을 쓰고, 오직 문체 때문에 스스로 파멸해가는 자멸파(自滅派) 말이다. 그래서 결국, 내 기억의 근처에는 수사학(修辭學)의 빈 항아리만 남고, 난 공허한 구멍, 그 그늘 속에 내 영혼을 허무의 소금에 절여놓으리란 것도.(「아이는 어떻게 숲을 빠져나왔는가」, 74~75쪽)

자멸에 대한 욕망은 그것이 갖는 어떠한 관능 때문이다. 파멸의 밀도가 높을수록 관능은 증폭된다. 그 어떤 것도 이 관능을 향한 욕망을 거세할 수 없다. 하지만 이러한 욕망이 발휘될 수 있는 순간은 생의 한 지점뿐이다. 그럼에도 불구하고, 이해관계를 초월하여 순수하게 발휘되는 이 욕망은, 비록 애매한 방식이긴 하지만 존재의 한쪽 근간을 이루고 있다. 다만 생의 한 지점을 통과해가며 그것은 서서히 약화되어가며 잊혀질 따름이다. 그럼에도 불구하고 이 욕망에 유독 거세게 휘둘린 자, 그래서 허무의 소금에 절여진 영혼을 담을 수사학의 빈 항아리를 목마르게 찾는

자, 그에게 허락된 운명의 이름이 곧 작가가 아닐 것인가. G. 바타이유의 말처럼 이 '저주의 몫(part maudite)' 은 삶에 있어서 가장 무거운 의미를 짊어진 자에게만 예정되어 있다. "만일 고통을 감당할 자격이 없다면, 불행조차도 함부로 찾아와주지 않는 것"(「Lemon Tree」, 『내 여자친구의 장례식』, 문학동네, 1999, 12쪽)이기 때문이다.

2. 글쓰기 욕망의 원풍경으로서의 일인칭

여기 일인칭으로 일관하는 소설들이 있다. 대명사 '나' 는 소설 도처에서 넘쳐흐른다. 특히 이응준의 초기소설에서 '나' 는 작품 속에서의 인물 역할은 도외시한 채 오로지 서술자의 역할만을 고집하고 있다. 그리고 그 서술자인 '나' 의 목소리는 어느덧 텍스트의 바깥에만 있어야 할 어떤 자의 육성을 닮아 있다.

근대적 양식인 허구로서의 소설의 특징 가운데 하나는 텍스트 안에 그것의 생산자에 대한 언급이 부재한다는 사실에서 찾을 수 있다. 바로 이 점이 텍스트가 그것의 생산자의 주관성에 직접적으로 귀속되는 소설 이외의 담론과 소설을 구분 짓는 기준이다. 그럼에도 불구하고 소설에서 텍스트 내부와 외부의 경계는 매우 모호하다. 현실 속의 주체로서의 작가와 텍스트 내적 존재로서의 서술자의 구분에 근거하여 겨우 설명될 수 있을 따름이다. 그러하기에 작가의 표현 욕망이 허구의 구성 의지를 초월할 때, 이 텍스트의 경계는 끊임없이 위협받는다. 서술자 '나' 는 텍스트 내에서 안정된 자리를 찾지 못하고, 텍스트의 경계 안팎을 넘나든다. 이 경우 소설은 이른바 '고백' 의 형식에 다름아니다. 그리고 이 고백은 '정직한 환상' 의 다른 이름이다.

대개의 경우, 우리가 계획이라고 부르는 것들의 껍데기를 가만히 까보면 염려란 무서운 씨앗이 똬리를 틀고 있다. 순진한 사람들은 그 씨앗이 고통이란 씨앗과 비슷하게 생겼기 때문에 그냥 놔두는 경우가 많다. 그러면 고통을 가장한 염려의 씨앗은 순식간에 거대한 바오밥나무로 자라나 우리라는 별을 뿌리의 악력으로 부숴버린다. 고통과 염려는 다른 것이다. 고통은 인간을 강하게 하고, 슬픔을 알게 하고, 사랑하는 법을 숙고하게 하고, 겸손을 알게 하고, 스스로 살게 하지만, 염려는 아무런 일도 하지 못한다. 염려는 오늘을 쑥대밭으로 만들고, 내일에 불을 지른다. 염려는 고통을 괴물로 만들고, 나를 겁먹게 한다. 왜소하게 만든다. 염려는 한마디로 쓰레기인 것이다.(「그 시절을 위한 잠언」, 85~86쪽)

이와 같은 형식의 소설 속에서 세계는 오로지 '나'의 절대성에 기초하여 그려지고 있다. '나'는 마치 신과도 같은 위치에서 세상을 향해 선언한다. 아포리즘 지향성은 이러한 메커니즘의 필연적인 산물일 터이다.

'나'의 절대성에 기반하여 세계와 직접적으로 대면하는 이러한 양식의 글쓰기는 '나'의 의식 속에 내재된 욕망을 여과 없이 투영하게 마련이다. '나'를 세계와 대립하는 하나의 주체로서 성립시킨 것은 바로 이 욕망이기 때문이다. 바로 이 욕망이야말로 세계의 회색 풍경으로부터 '나'를 오롯이 떼어내어 그것에 인간적 지위를 부여해주는 결정적 계기인 것이다.

그러하기에 이 욕망은 '나'로 하여금 세계와 자꾸만 불화를 일으키도록 유혹하는 사탄이다. A. 코제브의 말을 빌리면, 인식은 인간을 수동적 평온상태로 유지시켜주는 반면 욕망은 인간을 불안하게 만들고 행동하게 만들기 때문이다(『헤겔 강독 서설』). 이 불안을 잠재우기 위한 처방전에 적혀 있는 치료제, 그것이 곧 글쓰기일 터이다.

나의 이야기이며, 또한 읽고 있는 당신의 이야기는 될 수 있을지언정, 결코 모든 사람들의 이야기일 수는 없는 이야기. 나는 오래 전부터 그런 이야기를 꼭 한 번 쓰고 싶었다. 그래, 꼭 한 번만.

나는 작가는 아니다. 스스로 작가라 우기고 살면 최소한 불행한 작가 정도는 되겠지만, 운좋게도 나는 그다지 무모한 편이 아니다.

그러나 이런 생각도 해본다. 반드시 야구 선수들만이 야구를 해야 하는 법은 없는 거라고. 삶과 그 구원이 각자의 책임이라면, 기념하고픈 뭔가에 한번쯤 몰두해볼 기회란 누구에게도 열려져 있어야 한다고.(「어둡고 쓸쓸한 날들의 평화」, 『달의 뒤편으로 가는 자전거 여행』, 148쪽)

이러한 장면은 소설 장르 이전에 존재하는 글쓰기의 원풍경일 터이다. 바로 여기에 작가 이전의 인간, 소설 이전의 글쓰기가 놓여 있다. 이러한 맥락에서 보자면, 일인칭의 고백형식으로 일관하는 이응준의 초기소설들은 소설이라는 장르의 매개 이전에 존재하는 어떤 글쓰기 욕망의 직접적 투영이라 할 것이다. 거기에는 소설이라는 제도적인 장치에 의해 구획되지 않은 순수한 욕망의 미끄러짐이 존재한다. 바로 이 고백의 형식 속에 토로된 날것 그대로의 힘이야말로 이응준의 초기소설에 내장된 에너지의 발원지라고 할 수 있다.

그러나 이 '나'의 직접성 절대성은 다른 어떤 소설적 장치보다도 그 고백을 절실한 어떤 것으로 만드는 데 효과적이지만, 그 대신 그 고백은 '나'의 직접성 절대성으로 인해 독백의 나르시시즘을 그 한계로 가질 수밖에 없다. 그 고백의 세계에는 어떠한 타자도 부재하기 때문이다. 그러하기에 '나' 이외의 소설 속의 모든 인물들은 '나'를 둘러싸고 있는 배경에 지나지 않는다. 인물들에게 붙여진 이러저러한 고유명들도 의미를 갖지 못한다. 그러하기에 그들의 이름은 대화 속에서 호명될 때나 편지의 서명으로만 존재할 따름이다.

한 권의 작품집과 한 권의 장편을 세상에 내놓고 절망에 빠진 소설가 '나'를 주인공 겸 서술자로 설정하고 있는 「달의 뒤편으로 가는 자전거 여행」에서 '나'는 헤어진 연인 지원으로부터 한 통의 편지를 받는다.

'나'의 답장은 씌어지기만 할 뿐, 그곳을 향해 부쳐지지 않는다. 그녀가 있는 주소는 다름아닌 '나'의 의식이기 때문이다. 곧 '나'의 분신인 그녀가 사막 한가운데로 보내져, 거기에서 '나'에게로 연애편지를 부친 것이다. 이러한 맥락에서 "내가 쓴 소설을 언제나 처음 읽던 여자. 그녀가 쓴 시를 항상 외우고 있던 나"(「달의 뒤편으로 가는 자전거 여행」, 191쪽)라는 소설 속의 대목은 '나'와 그녀의 관계에 대한 솔직한 암시로 읽힐 수 있다. 말하자면, 변성(變聲) 이전의 시인으로서의 목소리를 갈망하는 소설가 '나'의 욕망이 만들어낸 허상이 곧 그녀인 것이다. 달의 뒤편을 향한 이 욕망의 사주(使嗾)에 의해 그녀는 인도로, 그리고 타지마할로 떠돌아다니고 있다. 마찬가지로 이 소설에서 아버지, 큰형, 그리고 작은형으로 얽힌 가족관계 또한 '나'의 욕망이 만들어낸 일종의 환영에 지나지 않는다. 그들은 '나'의 욕망의 실현을 위해 나를 둘러싸고 있는 풍경에 지나지 않는다. 이 독백적 성격은 '나'의 절대성이 발휘하는 강렬함을 얻기 위해 지불해야만 했던 대가이다.

3. 달의 뒤편, 일상에서 잊혀진 꿈들의 서식처

은유적, 시적 글쓰기와 일인칭 고백의 형식 속에 내포된 아포리즘 지향성이 젊음에 대응되는 글쓰기의 형식이라면, 그것의 내용은 성장의 과정에서 체험된 고통과 상처에서 찾을 수 있다. 젊은 시절, '나'의 몸 안에는 고통과 상처만을 가리키도록 설정된 삶의 나침반이 내장되어 있기 때문이다. 그렇다면 고통과 상처는 젊음의 운명을 끌어당기는 거대한 자석이었던 셈이다.

'나'는 이 고통과 상처가 이끌어당기는 방향으로 방황의 여정을 떠난다. 그 여정에서 인생이라는 텍스트를 한 페이지씩 읽어나가게 되는 것이다. 그 책장마다 적혀 있는 새로운 세계의 이야기들은 '나'의 앎의 의지를 작동시키는 유혹의 힘을 지니고 있다. '나'는 이 세계라는 텍스트에 "아기의 피처럼 순수한 붉은 줄"(「이제 나무묘지로 간다」, 『달의 뒤편으로 가는 자전거 여행』, 21쪽)을 그어가며 생이라는 추상에 대해 진지하게 사유한다.

이 방황의 형식은 곧 방황자의 낭만적 내면성에 대응되는 것이다. 따라서 이 여정은 일상과 배리된 불순함에 이끌리며, 따라서 방황을 통해 얻어지는 깨달음보다 방황의 과정에 놓인 탕진과 자학에 그 가치가 놓여 있다. 목표는 바로 이 처리할 길 없는 낭만성, 내면성을 떨쳐버리는 데 있기 때문이다. 그 결과 얻어지는 것은 세계에 대한 환멸감일 터이다. 환(幻)이 멸(滅)하자 거기에 펼쳐진 폐허의 풍경, 그것은 곧 방황으로부터 돌아온 피곤한 여행자의 의식 그 자체이다. 이 지점에서 여행자는 현실세계 속 공동체의 일원으로 귀환하기에 이른다.

「이제 나무묘지로 간다」는 고등학교 시절 비밀 독서회에서 만난 그녀를 서른하나의 '나'가 우연히 다시 만난 사건이 그 내용으로 되어 있다. 삶에 지친 표정의 만화가가 된 서른둘의 그녀를 통해 시인인 '나'는 기억의 먼 장막 뒤편, 파란 안개가 자욱한 그곳 '청무(靑霧)'로 건너간다. 거기에서 죽음보다 심각한 청춘의 병을 앓고 있던 '나'와 그녀가 강을 따라 걸으며 대화를 나누고 있다.

"스위스 어딘가엔 나무묘지가 있대. 사람이 죽으면 그 유해 가루를 뿌리에 주사하는 거지. 그럼 그 사람은 나무 속으로 들어가게 되는 거야. 어때, 멋지지 않니?"

"……" 나는 약간 섬뜩했다.

"난 말이야, 죽고 나선 절대로 땅에 묻히기 싫어. (……) 난 죽으면 나무묘지로 갈 거야. 내 몸의 찌꺼기와 영혼을 키 크고 튼튼한 나무 속에 넣어줄 사람을 찾고 있어. 얼마나 멋있어, 나무가 된다는 거. 말을 안 하고 살아도 되고, 내가 양팔을 가지로 벌리면 햇살이 녹색의 잎사귀들을 황금으로 도금하고, 새들은 그 밑에 쉬며 내일 찾아올 폭풍우의 소리를 미리 듣겠지. 나는 그 폭풍우에 내 머리채를 풀어헤치며 춤을 추고 싶어. 그리고, 아침에는 강가의 안개를 이마에 적시며 맑은 공기들을 뿜어내는 거야."
"……" (「이제 나무묘지로 간다」, 17쪽)

'나무묘지'는 이들 어린 두 남녀의 낭만적 내면성이 만들어낸 환상일 터이다. 그러하기에 시간이 흘러 다시 만난 두 사람이 확인하게 되는 것은, 나무묘지란 애초부터 없었으며 그리고 안개는 파랗지 않았다는 사실일 따름이다.

환각이 현실이라는 선인장 가시에 찔리자 손끝에서 '별빛 같은 아픔'이 감지된다. 이응준의 초기소설들이 그려내는 세계는 추억 속의 환각도, 그러한 환각이 사라진 현실도 아니다. 기억 속의 환각이 현실에 찔려 남기는 '별빛 같은 아픔'이다. 그것은 비록 환각일지라도 그 속에 담긴 소멸되어가는 어떤 기억을 아픔의 형식으로 간직하고자 하는 어느 낭만주의자의 처절한 몸부림의 산물일 것이다. 그러하기에 그의 소설들에 나타난 감성은 깊이 들여다볼수록 정결하고 투명하다. 그의 소설에 자주 등장하곤 하는 '별' 혹은 '달'의 이미지는 이 정결함, 투명함의 메타포일 터이다.

난 믿고 있었다. 우리가 꼭 나무묘지는 아닐지라도, 땅에 묻히기를 거부하는 상처받은 영혼들이 교감하는 어떤 장소에서, 나무만큼 영원한 모습으로 만나리라는 것을. 어쩌면 그때 우린, 우리 지상에서 슬펐던 것보다 더 아름다운 일들은 없었노라 얘기할는지도 모른다.(「이제 나무묘지로 간다」, 26쪽)

무리누나, 시골 지주집 순박한 고아 출신 식모였던 그녀는, 만약 인간이 죽어서도 살아서의 심성을 얼마만큼이라도 유지하고 사는 것이라면,

그리고 별 따위가 되어 밤하늘에 박힌다는 식의 전설이 거짓이 아니라면, 아직도, 하늘나라의 사람이 된 지 한참인 지금까지도, 달나라엔 울창한 숲, 드높은 산맥, 잔잔한 강과, 시퍼런 바다가 존재한다고 믿고 있을지 모른다.(「달의 뒤편으로 가는 자전거 여행」, 197쪽)

위의 대목은 이응준 소설의 감성적인 문체적 특징을 잘 보여주고 있거니와, "땅에 묻히기를 거부하는 상처받은 영혼들이 교감하는 어떤 장소", 그것은 곧 지상의 반대편에 존재하는 어느 별일 터이다. 그것이 별이 아닌, 달 혹은 달의 뒤편이라 해도 사정은 크게 다르지 않다. 달의 뒤편의 지도가 만들어지기 시작한 것은 1959년 10월경. 달에 존재한다고 믿었던 숲과 산맥과 바다와 강은 모두 밝거나 혹은 어두운 암석들에 불과했다. 하지만 그렇다고 해도 달의 뒤편이 모조리 밝혀진 것은 아니다. 달의 뒤편은 일상에서 잊혀진 꿈들에 대한 메타포의 일종이기 때문이다. 『달의 뒤편으로 가는 자전거 여행』에서 '나'는 현실로의 귀환을 거부한 채 환각이 깨어지는 통증을 스스로의 것으로 껴안는다. 그러하기에 종국에 펼쳐지는 것은 환멸의 현실이 아니라 새로운 꿈으로의 초월이다. 이를 두고 젊음의 글쓰기라고 말할 수 있을 터이다.

4. 소설성 획득 계기로서의 타자

시에서 소설로 '변성(變聲)' 했음에도 불구하고, 이응준의 초기소설들의 성대를 울리는 목소리가 여전히 미성(美聲)을 간직하고 있었다면, 두 번째 창작집 『내 여자친구의 장례식』(문학동네, 1999)은 그의 소설들이 성년의 세계로 진입했음을 보여주는 전환점에 해당된다. 거기에서 우리는 얕은 관목림(灌木林)들이 음수림(陰樹林)으로 천이(遷移)되어가는 과정을 엿볼 수 있다. 그 과정은 단지 시간의 점진적인 경과가 아니라 일종의 '생의 화학적 반응'(「Lemon Tree」, 15쪽)이 일어나는 단절의 계기를 내포하고 있다.

『내 여자친구의 장례식』이 보여주는 가장 뚜렷한 단절의 양상은 『달의 뒤편으로 가는 자전거 여행』이나 그의 첫 장편 『느릅나무 아래 숨긴 천국』(살림, 1996) 등의 가족 서사로부터 벗어나고 있다는 사실에서 찾을 수 있다. 가족 서사로부터 벗어났다는 것은 실상 '나'의 의식의 폐쇄성 혹은 나르시시즘으로부터 벗어나 시선을 '나'의 외부로 정향시키는 것을 의미한다. 그리고 거기에는 '나'의 시선을 변경시키는 계기들이 '나'의 타자로서 존재하고 있다.

「Lemon Tree」는 표면상 앞서 살펴본 「이제 나무묘지로 간다」와 같은 구조로 되어 있다. 오 년 전의 그녀를 최면시술사가 된 '나'가 다시 만나는 서사 구조가 곧 그것이다. 하지만 여기에서 '나'는 그녀를 통해 기억 속의 과거로 빨려들어가는 대신, "너의 느닷없고 우스꽝스러운 등장으로 인해, 그간 애써 얻어낸 내 평화와 안정이 손상받고 있다는 모종의 불쾌감 때문이었다. 어서 이 괴상한 자리를 접고 너와 헤어지고 싶은 마음만이 간절했다. 깊이 망가져 보이는, 그래서 어딘지 허망하고 정상이 아닌 것 같은 네가 부담스러웠던 것이다"(「Lemon Tree」, 17쪽)라는 대목에서 볼 수 있듯, 그녀를 통해 현재의 '나'의 존재를 확인하고 있다. '나'는 더이상 우울한 빛을 띤 과거의 환영에 사로잡힌 존재가 아니며, 그녀는 이렇듯 생의 한 고비를 넘어버린 '나'의 자기상을 되비추는 거울로서의 타자이다. 오 년 전 그녀와의 헤어짐 또한 이러한 맥락에서 이루어지고 있었다. "고독한 나머지 늘 조잡하고 분주한 너는, 패배감으로 주눅들어 있는 내 고요함의 도플갱어"(「Lemon Tree」, 20~21쪽)였기 때문이다. 그녀의 갑작스러운 출현은 젊음의 주술로부터 벗어나 속화되고 있던 '나'에게 타자로서 존재하는 어떤 기억과 대면케 하는 계기라고 할 수 있다.

필름이 들어 있지 않은, 그래서 어떤 풍경도 담거나 인화할 수 없는 작은 어둠이 거기에 머물고 있었다. 아직도 내 혈관엔, 지난 여름의 순결한 소금 한줌과 파도의 노래가 자라고 있을까. 앞으로 어떻게 이 고사(枯死) 직전의 꿈을 되살려 가꾸어낸단 말인가. ……비로소 난, 조금씩이나마 불안해지고 있었다.(「Lemon Tree」, 31쪽)

그녀와 만나던 오 년 전의 과거에 이르는 통로라고 할 수 있는, 카메라 속의 작은 어둠, 그것은 일상으로부터 벗어날 수 있는 미세한 출구를 표상한다. 그 미세한 틈으로 얼핏 엿보이는 "지난 여름의 순결한 소금 한줌과 파도의 노래", 그것은 속화된 일상의 타자로 놓인 '고사 직전의 꿈'이다. 「이교도의 풍경」에서 '나'의 친구인 구문모의 죽음이나 「내 가슴으로 혜성이 날아들던 날 밤의 이야기」에서의 길수형의 실종 역시 '나'의 속화된 일상을 일깨우는 타자의 역할을 수행하고 있는 소설적 장치들이다.

이응준의 시집 『나무들이 그 숲을 거부했다』에 실려 있는 「크리스마스 연극」이 소설적 형상으로 새롭게 옷을 갈아입은 「지평선에서 헤어지다」에서도 일상과 욕망 사이의 긴장에서 흘러나오는 자기 응시의 시선은 뚜렷하다. 혼란과 불황을 거듭하고 있는 한 남성 잡지의 편집장인 '나'는 어느 날 옛 여인의 결혼 소식을 듣는다. 그녀는 '나'의 젊은 시절, 이국의 타향에서 외로움으로 만났고, 그래서 제풀에 지쳐 헤어졌던 연상의 여인이다.

나는 화사한 신부화장의 그대를 선뜻 알아볼 수 없었다. 무엇인가가, 그대의 맨살에 머물던 시절의 외로움을 요령껏 아름답게 감추고 있기 때문이었겠지. 그러나 찬찬히 살펴본 그대는 결국 내가 기억하고 있던 그대이고, 그러하기에 영원히 내가 알지 못하는 그대였다.(「지평선에서 헤어지다」, 『내 여자친구의 장례식』, 209쪽)

뒤늦게 도착한 결혼식에서 바라본 그녀는 '나'의 기억의 다른 이름이다. 시간의 흐름에 떠밀려 내려와 있기에, 내가 기억하던 그대는 동시에 '나' 가 영원히 알지 못하는 대상이다. '나' 의 기억은 '나' 의 타자로서만 존재하기 때문이다.

5. 일상과 욕망 사이에 놓인 자기 응시의 시선

그러나 그렇다고 해서 타자의 존재에 의해 일깨워진 일상을 초월하여 '나' 가 막바로 타자와의 동일시로 나아가는 것은 아니다. 바로 여기에 『내 여자친구의 장례식』이 『달의 뒤편으로 가는 자전거 여행』과 구분되는 근거가 놓여 있다. 『내 여자친구의 장례식』이 비로소 환상에서 벗어나 현실을 지향하고 있다는 것 또한 이러한 맥락에서 설명이 가능하다.

"몸이 아픈 이들을 조금이라도 생각한다면, 어쨌건 살아가야 하는 것" (「이교도의 풍경」, 『내 여자친구의 장례식』, 34쪽), 혹은 "그런데 봐라, 난 엄연히 살아 있다. 적어도, 내 몸의 고통을 받아들이며, 당당하게 살아가고 있다구" (「이교도의 풍경」, 40쪽), 혹은 "삶이 아무리 나약한 것일지라도, 살아 있다는 건 그 자체만으로도 엄청난 기적이 아닐까" (「이미 어둠의 계보를 알고 있었다」, 『내 여자친구의 장례식』, 149쪽) 등의 서술 대목은 '나' 가 과거의 기억으로부터 단절되어 일상을 살아갈 수밖에 없는 유력한 근거라고 할 수 있다. 이제 자멸의 욕망은 유혹이면서 동시에 경계의 대상이 된다. 어쩔 수 없이 승인하며 살아가야만 하는 현실과 그럼에도 불구하고 '나' 속의 타자로서 존재의 한 축을 이루는 '순결한 소금 한줌' 의 욕망, 그 둘 사이의 긴장이 '나' 를 에워싸고 있다.

이와 같은 변화는 여러 가지 부수적인 효과를 동반하고 있는데, 첫번째로 그것은 '나' 의 대상화에서 찾을 수 있다. 여전히 이응준은 일인칭을 변함없이 일관되게 사용하고 있다. 그러나 이 경우 일인칭은 『달의 뒤편으로 가는 자전거 여행』의 그것과는 성격이 매우 다르다. 『내 여자친구의 장례식』에서 일인칭은 더이상 절대적 위치에서 발화되는 고백의 형식이 아니다. 이 지점에서 '나'는 한 사람의 등장인물로서 소설 내의 다른 인물들과 대등한 관계 속에 놓이게 된다.

하지만 그렇다고 해서 『내 여자친구의 장례식』의 세계가 이야기성으로 튕겨져나간 것은 아니다. 거기에는 자기 응시의 시선이 뚜렷하게 존재하고 있기 때문이다. 이를 두고 소설성의 획득이라고 말할 수 있을 터이다. 이러한 양상은 문체의 변화에도 영향을 미치고 있다.

> 검은 허공중에서, 달 곁에 묻은 알 수 없는 희미한 무늬를 본다. C는 알아야 하지 않을까? 뉴욕, 한대수, 청춘과 유혹의 뒷장, 다음주 수요일이면 S가 태평양 건너편에 있으리라는 것, 그리고,
>
> "야!"
>
> S의 운동화가 내 허벅지를 건드린다.
>
> "왜?"
>
> "거기 찌그러져서 뭘 생각해? Why 철학하니? 어서 일어나, 술 더 먹으러 가자."
>
> 우리는 모두, 거인족 여인들을 조심해야 한다.(「그녀에게 경배하시오」, 『내 여자친구의 장례식』, 117쪽)

여전히 그의 소설의 몇 대목들은 특유의 감상성으로 빛나고 있지만, 『달의 뒤편으로 가는 자전거 여행』에서 텍스트 전체를 뒤덮고 있던 감상의 습기는 제거되어 이제 이응준 특유의 감각적이고도 재치 있는 문체가 유연하게 펼쳐져 있음을 확인케 된다. 빛을 흡수하여 어두워 보이는 먹구름이 실은 새털구름보다 오히려 따뜻하다는 아이러니를 이응준은 알고 있는 것이다. 이로써 『느릅나무 아래 숨긴 천국』의 '작가의 말'에서 약속한 "내 문학의 1기는 이로써 마감이다"라는 자신감에 찬 선언은 『내 여자친구의 장례식』을 통해 유려하게 증명된 셈이다.

『내 여자친구의 장례식』은 『달의 뒤편으로 가는 자전거 여행』의 감상성과 독백적 나르시시즘으로부터 벗어나 일상과 욕망의 긴장 가운데에 깊은 자기 응시의 시선을 드리우고 있다. 이로써 텍스트의 안과 밖을 떠돌던 글쓰기의 원초적 욕망은 그 형식을 얻기에 이르렀다. 그런 의미에서 『내 여자친구의 장례식』은 이 작가의 소설적 방향 모색에 있어 지참하고 참조하지 않으면 안 될 매뉴얼과도 같은 것이라고 하겠다. 이제 작가가 새롭게 직면한 문제는 『달의 뒤편으로 가는 자전거 여행』 특유의 에너지를 대체할 만한 그 무엇을 제시해야만 한다는 점이다.

6. 분열의 가능성

물론 이러한 과제는 작가가 글을 쓰는 매순간 해결해야만 하는 것일 수 있다. 그럼에도 불구하고 유독 작가를 초조하게 만드는 그 어느 순간이 찾아오게 마련이다.

『내 여자친구의 장례식』 이후 이응준은 단편 몇 개와 한 편의 경장편을 발표한 바 있다. 「무정한 짐승의 연애」(『현대문학』 1999년 9월호)와 「초식동물의 음악」(『세계의문학』 1999년 겨울호), 「그 침대」(『이다』 2000년 제4호)가 그 반복적 변주라고 볼 수 있다면, 「길과 구름과 바람의 적」(『문학과사회』 2000년 여름호)과 『전갈자리에서 생긴 일』(작가정신, 2001)은 이 작가의 새로운 모색을 보여주는 경우라고 할 수 있을 것이다.

우선 이들 근작들에서 눈에 띄는 현상은 소재, 그리고 주제상의 다양성이다. 그만큼 작가는 『내 여자친구의 장례식』 이후의 새로운 방향을 활발하게 모색하고 있는 것으로 보인다. 이러한 시도 가운데에는 초기 경향에 나타난 자멸의 욕망을 극단적으로 형상화한 경우도 있으며, 때로는 이 작가에게서는 좀처럼 볼 수 없었던 판타지 양식의 실험이 차용된 사례도 있다.

한편 「초식동물의 음악」에서는 풍부하고 균형 잡힌 서사 가운데에서 작가 특유의 비관적 감성이 '초식동물'이라는 상징의 형식을 얻고 있는 장면도 엿보인다.

> 어느 날 불현듯, 스스로가 연약한 초식동물로 느껴진다면, 일단 씹으면 모두 자기 것이라며 가책 없이 삼켜버리는 육식동물이 아니라, 금방 목구멍으로 넘어간 한줌의 기억조차도 믿지 못해, 자꾸자꾸 되새김질하는 소심한 초식동물로 여겨진다면. 또 어째서 양, 염소 같은 초식동물만 번제(燔祭)의 제물이 되어야 하는지가 억울하다면. 왜 하필 유순한 초식동물의 각을 뜨고 피를 뿌려, 교활하고 무정한 육식동물의 죄가 씻겨져야 하는가를 신(神)에게 따져묻고 싶다면. 뭐 특별한 생각이랄 것도 없이, 어느 날 문득.(「초식동물의 음악」, 52쪽)

위의 인용에서, 각자의 사랑을 잃고 헤매는 협과 해수, 이들 두 사람이 벗어나지 못하고 있는 삶의 운명이 초식동물이라는 상징 속에 암시되어 있다. 이와 같은 태도는 「무정한 짐승의 연애」에서의 "죽음을 떠올릴 적마다 나는, 차라리 날카로운 이빨과 뜨끈한 정액밖에는 소유하고 있지 않은, 파란 눈의 무정한 짐승이었으면 했다"(「무정한 짐승의 연애」, 116쪽)와 같은 서술 대목과는 극단적으로 대립되어 있는 것처럼 보인다. 그런가 하면, 「그 침대」에서 '나'는 운영과 문영 자매의 삶과 죽음 사이에서, 그리고 가죽소파의 일상과 낯선 침대의 탕진 사이에서 이중적으로 분열되어 있다. 또한 「길과 구름과 바람의 적」에서 '나'는 법인과 법현으로, 악과 선으로 분열되어 있다.

이러한 시도의 다양함은 작품세계의 폭을 확대시키고 있다는 점에서 긍정성을 지니지만, 다른 한편으로 보면 하나의 방향성을 얻고 있지 못하다는 점에서 작가의 시도가 여전히 진행중에 있음을 드러낸다. 이러한 시도들이 제 궤도를 찾을 때, 그리고 그것이 이전부터 이어온 이 작가 고유의 계보와 만날 때 이러한 분열은 새로운 가능성을 품은 씨앗이 될 것이다.

(『문학동네』 2001년 가을호)

탈주의 욕망이 그려낸 몽환적 여행기
—배수아론

1

배수아의 소설세계는 현실을 뒤트는 기묘한 환상의 세계를 펼쳐 보이면서 비롯된 바 있다. '나쁜 피'가 불러일으키는 '나쁜 꿈'이되, 그것은 국적 불명의 이미지들에 의해 채색되어 기괴한 몽유기의 형상을 띠고 나타났던 것이다. 배수아의 초기소설이 던진 신선함은 단연 이 낯선 세계가 유발하는 당황스럽고도 불온한 매력에 놓여 있었다.

배수아 소설의 새로운 국면은 불투명한 이미지들에 의해 가려졌던 현실 속의 계층 갈등을 소설 속에 도입하면서 찾아온 바 있다. 해고된 계약직 직원의 삭막한 일상이나 정보기관 관료의 콤플렉스, 중산층에 편입된 하층계급 출신 여인의 이중적 의식 등등이 대표적인 사례인데, 이들은 미디어로 상징되는 이미지로서의 현실이라는 점에서 소설 속에 도입된 새로운 현실이라 할 수 있을 것이다.

이후 발표된 몇 편의 장편의 경우, 배수아 특유의 인스턴트적 감각과 기계적 감각이 여전히 돋보이긴 하나 대중적 취향으로 기울어진 측면도 없지 않았다. 철저하게 전형과는 거리가 먼 일상의 디테일을 가지고 역사적 시간을 형상화하는 새로운 방식을 보여준 「우이동」(『세계의문학』 2000년 겨울호)이나 삶과 죽음의 문제를 실제와 인식의 문제와 교차시키고 있는 「시취(屍臭)」(『창작과비평』 2001년 가을호) 같은 새로운 단편의 시도들도 있었으나 지속적인 결과로 이어지지는 못하고 있다.

신작 『이바나』는 이와 같이 전개되어온 배수아의 소설세계에서 맞이한 새로운 전환이라 할 수 있을 듯하다. 그러하기에 『이바나』의 등장은 마치 막다른 골목의 벽이 뚫리는 듯한 비현실적인 느낌과 놀라움을 동시에 던져주고 있다. 지금까지의 배수아 소설의 다채로움을 감안하더라도 '돌발적' 이라고 할 수 있을 만큼 색다른 면모를 지닌 소설, 한 편의 컬트 영화와도 같은 이 몽환적 여행기에서 우리는 의외로 깊고도 성숙한 자기 투시의 시선을 발견하게 된다.

2

표면상으로 『이바나』는 '우리'('나' 와 K) 일행의 여행기 형식을 취하고 있다. 여기에 '나' 의 부모의 친구였던 Y와 대령의 이야기가 끼어들고, 소설의 또하나의 축인 B와 산나의 만남과 헤어짐의 이야기가 얽혀 있다.

그러나 이러한 줄거리는 그다지 큰 의미가 없다. 우선 시작부터 독자들은 어떤 장벽 앞에 마주 선 느낌을 피할 수 없다. 이 당혹스러움은 일단 이 소설의 제목이기도 하며 곳곳에서 지칭 대상을 달리하며 출몰하는 '이바나' 라는 단어의 낯섦에서 기인한다.

우리가 이바나, 하고 말하는 것은 집시, 라고 불리는 한 마리 개와, 그리고 나머지 분석되지 않은 체험을 의미한다. (……) 그리고 그것은 십 년쯤 된 자동차의 이름이었다.(5쪽)

'이바나'는 '나'와 K가 13개월 동안 2만5천 킬로미터를 여행하며 타고 다닌 중고 자동차의 이름이다. 그러나 위의 인용에서도 드러나듯, '이바나'라고 하는 고유명은 단일한 대상을 지시하는 이름이 아니다. '이바나'는 집시의 표정을 가진 동유럽의 어느 도시 이름이기도 하며, 여행 후 '우리'가 쓴 책 이름이기도 하다. 그리고 그것은 '나'의 부모님의 친구이자 한때 '나'의 연인이었던 Y의 이름이기도 하며, B가 잠시 머문 곳에서 그곳의 사람들이 안부를 궁금해하는 미지의 존재의 이름이기도 하다. 그리고 그것은 아직은 존재하지 않는 다른 어떤 것의 이름일 수도 있다.

그러나 그렇다고 해서 '이바나'라는 이름이 전적으로 우연적 원리에 내맡겨진 것은 아니다. 그것은 '나'의 욕망이 세계와 교통하는 순간 부여받은 이름이며, 따라서 '나'와 세계 사이에 설정된 특수한 관계를 표상하고 있기 때문이다.

1차적 언어로서 이바나를 말하면 누구나 그것이 무엇인가의 이름임을 알게 된다. 그러나 2차적 의미로서의 이바나를 아는 사람은 없다. 그것에 대한 정보를 전달하는 데는 언어는 불완전하고 제한적이다. 심지어는 빈약하기조차 하다. 일단 언급된 언어는 빠르게 형상화되어버려 조금도 변화할 수 없다. 그리고 우리가 이바나에 대해서 말하고 글을 쓸 때 그것은 각각 다른 언어의 형체로 묘사된다. (……) 그때 이미 그 이바나는 우리의 이바나가 아니다. 결국 언어로 전달되는 이바나는 방언에 지나지 않는다. 그것은 거짓말과 오해이며 과장이고 소문이다.(91~92쪽)

의식 속에서 생성되는 욕망은 그것을 의식 외부로 현실화할 어떠한 수

단도 갖지 못한 순수한 운동 그 자체이다. 이 욕망에 이름이 부여되고 그럼으로써 현실적 관습에 의해 규정되기 시작할 때, 이미 그 욕망은 주체에 귀속되는 고유함을 상실한다. 욕망의 객관화는 욕망에 내재된 운동성의 상실을 그 대가로 요구하는 것이다. 바로 이 넘나듦의 경계에 놓인 것이 곧 언어가 아니겠는가. 언어는 의식 속의 욕망을 외부화하는 수단이지만, 동시에 그것은 욕망을 현실의 일부로 포섭하는 장치이기도 한 것이다. 따라서 욕망은 언어화되는 순간 실체화되며 그 순간 이미 욕망의 흐름은 언어를 벗어나 새로운 불투명성의 지대로 옮아간다. 언어화된 부분의 잉여에 의해 새롭게 구성된 욕망은 이제 새로운 이름을 필요로 한다. 따라서 욕망의 객체화는 욕망의 상실이면서 동시에 새로운 욕망의 생성이다. 이러한 증식은 무한히 진행되며, 따라서 욕망에 대한 규정으로서의 이름=언어는 주체의 욕망과 현실 사이의 경계를 끊임없이 미끄러져간다. 이제 의식과 현실, 본질과 형상 사이의 수직적 대립은 그 사이를 가로지르는 수평적인 미끄러짐으로 대체된다. '이바나'는 '이바나'를 이루는 유일한 구성원이지만, 이는 그것에 귀속되는 세계들, 가능성들, 흔적들로 구성되는 하나의 복잡한 집합을 형성하기에 이른다. 원소는 하나뿐이지만 그럼에도 불구하고 무한히 열려 있는 패러독스의 집합, '이바나.'

'이바나'라는 고유명의 흔들림은 그것을 추구하는 주체의 고정되지 않는 의식에 대응된다. 구체적으로 소설 속에서 그것은 대도시로 표상되는 체계의 시스템으로부터 끊임없이 벗어나고자 하는 탈주의 욕망이다.

여행을 계속하는 동안 우리 속으로 무엇인가 스며들었다. 우리는 우리가 느끼고 있던 그것을 지속적인 것으로 하고 싶었다. 그것은 일종의 영혼이었다. 대도시로 돌아가게 되면 그것은 우리를 찾아왔던 것과 같은 방법으로 우리를 떠나게 될지도 몰랐다. 아마 분명히 그럴 것이다. 우리는 대도시의 삶에 대해서 너무나 잘 알고 있었다. 우리는 잠시 도시를 떠나온 여행자로 길에 머무르기를 원한 것이 아니었다. 우리는 우리 안에 있는 일상적이고 근본적인 본질이 변화하거나 혹은 어떤 변이가 새로이 발현되기를 원했으며 또 실제로 그것이 이루어졌다.(21쪽)

말하자면 '이바나'는 체계의 시스템에 의해 제약된 어떤 욕망을 일깨우는 변화와 전환의 계기인 것이다. 그것은 의미화를 거부하며 일종의 영혼처럼, 운명의 예감처럼 '우리'를 이끌어당긴다. 따라서 '나'와 K의 여행은 이 욕망의 흐름을 좇는 관념의 여행이다. '이바나'와 함께 하는 이 여행이 "나도 아니고 K도 아니고 바로 이바나 그녀 자신이 하는 여행"(110쪽)인 것 또한 이 때문이다.

3

이처럼 끊임없는 언어의 운동을 유발하고 언어를 미끄러져가는 욕망을 발생케 하는 것은 다름아닌 대도시이며, 자본주의이며, 체계의 시스템이다. '이바나'와 더불어 '이바나'를 찾아가는 여정으로 우리의 등을 미는 이 체계의 시스템의 현실적 실체는 무엇인가.

도시란 단순히 자연이나 전원에 반대되는 그런 지역을 나타내는 개념이 아니라 지나치게 총체적인 개성이 되어 있었다. 터져나갈 듯이 과잉된 욕망과 자의식을 상징하기도 한다. 단지 많은 건물과 현대적인 설비만이 대도시를 특징 짓는 것은 아니다. 그것은 밀집된 사람, 포화상태를 넘어버린 개성, 시스템을 유지하기 위한 시스템, 칼날 같은 에고이즘들이 응축된 시공간이다. 대도시는 조직이며 포식자이다. 보이지 않는 사슬은 한번 대도시로 들어온 이들을 잘 놓아주지 않는다.(69쪽)

대도시는 단순한 지역 개념이 아니다. 그것은 끊임없이 새로운 형태로 갱신되는 욕망과 자의식을 공급하는 시스템이며 시간과 공간을 점점 더 미세하게 분할하여 지배하는, 그리하여 칼날 같은 에고이즘을 강요하는 조직이며 포식자이기 때문이다.

그러나 대도시에 흡수된 삶이라고 해서 획일적이기만 한 것은 아니다. 표면상으로 그것은 냉소와 경멸의 포즈마저 지니고 있다.

> 나는 알고 지내던 사람들에게 호감과 동시에 적의와 경멸과 성가심을 느꼈다. (……) 그들은 대다수가 가난을 경멸하는 가난한 탐미주의자들이었다. 그들은 서로에 대해서 공허한 찬사를 던지고 좀더 세속적으로 유명해지기 위해서 최대한 덜 세속적으로 보이는 포즈를 취하곤 했다. (……) 지금 생각해보면 내가 머물렀던 곳은 시궁창이었다. 에고이즘이라는 고급 외투를 입고 독설이라는 값비싼 향수를 뿌리고 자신의 이름을 알리기 위해 방충제 세일즈맨보다 더 요란하게 떠들어대는 한 무리의 신사와 숙녀들, 그들의 지적인 대화와 아방가르드인 체하는 연출과 감미로운 칭찬의 말과 싸늘한 경멸의 표정이 뒤범벅된 시궁창 말이다.(89~90쪽)

체계의 시스템에 대한 성찰은 단지 비판과 경멸과 냉소만으로 해결되는 것이 아니다. 위의 인용에서 보이듯, 체계의 시스템에 대한 즉각적인 부정으로서의 경멸 혹은 냉소는 결국 '시궁창' 속으로 돌아가는 통로이기 때문이다. 자유와 탈주에 대한 일방적 찬사나 시스템에 대한 노골적인 저항이 허위일 수밖에 없는 것 또한 이 때문이다.

그렇다면 무엇인가. 그것은 침묵이다. 하지만 침묵은 단지 현실에 대해 눈감고 외면하는 것을 의미하지 않는다. 침묵은 체계의 시스템 바깥에 스스로의 의식을 위치시키기 위한 필사적인 저항을 의미하며, 그러하기에 어떤 의미에서 그것은 곧 "자신의 목에 스스로 칼을 찔러넣는 일 이상의 아무것도 아니"(90~91쪽)다.

> 나는 매우 혼란스럽다. 몇 달 전만 해도 나는 지금의 나를 감히 상상할 수 없었다. (……) 그러나 나는 이렇게 계속하기를 원한다. 그렇게 원하는 나 자신이 낯설어 미칠 것만 같다. 때로 강렬한 유혹도 느낀다. 나는 회사로 돌아가고, 계속해서 불면으로 고통받아도 좋다. 계속해서 일해도 원망하지 않겠다. 그 대신 불안이 없이 친숙하고, 매일이 노인의 하루처럼 같고, 내일 무슨 일이 일어날지 분명히 알 수 있고, 서른 명의 사무원들이 한 방향을 향해서 앉아 있는 방에서 커피를 마시고 일하고 또 일하고 주말에는 소파에 누워 텔레비전이나 영화를 보는 세계로 돌아가고 싶다는 유혹이다.(84쪽)

직업은 단지 생계가 아니다. 그렇다고 자아실현의 수단 따위는 더더욱 아니다. 그것은 체계의 시스템에 의해 안전을 보장받는 유일한 장치이다. 그러하기에 "회사를 떠나서는 나는 기생충이나 낙오자 이상의 아무것도 아닌 것"이며, 그러하기에 "떠나고 싶다는 생각 자체가 나에게는 실패할 혁명의 꿈에 지나지 않는 것"(82쪽)이다. 시스템으로부터 벗어난다는 것은 일단은 자유를 의미하지만, 그러나 자유로운 '나'는 학교를 빼먹은 아이처럼 초조하고 불안할 수밖에 없다. 혼란과 불안의 현실적인 근거를 여기에서 발견할 수 있다. 그렇기 때문에 이 불안의 도정을 거쳐 도달한 다음과 같은 지점은 매우 구체적인 의미를 띠고 있다.

> 이해할 수 있겠어? 왜 내가 지금 쓰는 이 글을 멈추기 싫어하는지. 이바나는 점점 중요한 것이 되어가고 있어. 바로 내가 쓰는 이 글을 통해서야. 그래서 나는 차마 멈출 수가 없어. 이 끈을 놓을 수가 없어.(130쪽)

'이바나'가 점점 더 중요한 것이 되어가는 이유는 주체의 욕망과 세계가 부딪쳐 빚어내는 갈등이 더욱 심화되면서 그 밀도를 증가시켜간다는 사실에서 찾을 수 있다. '이바나'가 대도시에 대한 반사적 대립물이 아니라, 끊임없이 미끄러져가는 불투명한 언어의 추상물일 수밖에 없는 이유 또한 여기에 놓여 있다.

4

'이바나'와의 여행은 또한 글쓰기의 행적이기도 하다. "이것이 바로 나"라고 말하기 위한 이 도정은 멈춰질 수 없기에 이 글쓰기의 여행은 현실 속에 존재하는 미래를 지향한다. 이 관념적 시선에 의해 현실의 풍경은 '천국보다 낯선' 새로운 영상으로 전환된다. 소설 『이바나』는 체계의 시스템으로부터 벗어나고자 하는 한 이방인의 욕망과 시선에 의해 포착된 세계를 기술하고자 하는 전위적인 글쓰기 의식의 산물이다.

그러하기에 '이바나'를 기술하는 글쓰기는 난해하고도 기괴하다. 아귀가 맞지 않는 퍼즐처럼 뒤틀리고 어긋나면서 『이바나』를 이루고 있는 50개의 조각들, 이 조각들은 일관된 서사의 선분을 이루지 못하고 파편처럼 흩어져 있다. 그리고 이 파편들조차도 "현기증과 몽환 사이를 왕복하면서 잠과 혼수가 뒤엉킨 시간"(36쪽)으로부터 흘러나오는 것이다.

우리는 이 이야기 속에서 어떤 실체감을 발견하기 힘들다. 인물을 그려내는 윤곽선 따위는 존재하지 않는다. 굵은 선분들은 욕망의 운동을 인물과 사건의 틀 속에 가둔다. 따라서 이 운동의 역동성을 기술하기 위해서는 서사의 선분들을 해체하지 않을 수 없다. 이 불투명함이야말로 체계의 시스템으로부터 벗어나는 흐름으로서의 욕망을, 그 운동을 형상화할 수 있는 장치가 아닐 것인가. 보이지 않고 만질 수도 없지만, 의식이 발견한 이 새로운 영토를 기술할 수 있는 가능성은 역설적으로 실체감과 가촉성을 해체하면서 비로소 떠오르게 된다.

『이바나』의 또하나의 문제적인 형식은 이 소설이 텍스트에 대해 말하는 텍스트의 형태를 취하고 있다는 점에서 찾을 수 있다. 소설 속 인물로 등장하는 편집자의 존재는 텍스트 외부에 존재하는 어떤 의식을 텍스트 내부에 도입하기 위한 장치라고 할 수 있다.

> 이것은 단지 독백에 지나지 않아요. 즉 아무도 읽지 않을 거라고 생각하면서 쓴 독백 말이죠. (……) 예를 들자면 불면에 관한 내용이 이렇게까지 많은 부분을 차지할 필요가 없어요. 그리고 꿈 내용도 마찬가지지요. (……) 여행은 관념이 아닙니다. 여행은 현대인에게 부족한 정서적 커뮤니케이션을 보충하는 것이죠. 아니 뭐라구요? 당신들은 그렇게 길게 여행하면서 사람들과 대화를 나누어본 적이 없다니요? 어떻게 그럴 수 있죠?(86~87쪽)

편집자의 시선은 체계의 시스템 속에서 살아가는 주체들의 욕망을 지배하는 메커니즘을 표상한다. 이 메커니즘은 개인의 취향과 기호, 극단적으로는 연애와 말투에까지 침투해 있다. 당연히 이 메커니즘은 그에 대한 저항을 불러일으킨다. 이 소설에서 불면은 그러한 저항의 육체적 기호이다.

> 이바나의 저자들은 그것을 B만큼이나 잘 알고 있어서 그는 마음의 작은 감동을 받았다. 알지 못하는 다른 사람이 그의 숨겨진 부분에 대해서 적절히 묘사해준다면 누구나 감동을 받을 것이다. B에게는 불면이 그중 하나였다. 장기적인 불면은 질병이라기보다는 하나의 고통스럽고도 은밀한 개성이 된다. 즉 B는 불면의 상태이고 아무도 그것을 모른다. 이것이 B를 나타내는 전부가 된다. B는 그 책 속에서 자신이 익명으로 등장하는 그림자인 듯이 여겼다. 형체가 희미한 뒷모습이나 주인공의 배경 저 뒤로 지나가는 여행가방을 든, 가방과 다리만 나타나는 행인이거나 혹은 정체불명의 이니셜로만 등장하는.(122쪽)

B는 불면을 매개로 '이바나'로 상징되는 어떤 욕망에 대해 공감한다. 이 소설은 '나'와 K가 구성하는 축과 B와 산나가 구성하는 축의 병행으로 이루어져 있거니와, 바로 이 지점에서 두 축이 서로 만나는 매개를 발견하기에 이른다. 각각의 삶은 서로의 삶의 그림자로, 소통을 희구하는 간절한 예감의 끈으로 이어진 채 서로 어긋나 있으면서도 어떤 운명을 공유한다.

하지만 불면으로 표상되는 이러한 저항 자체도 시스템의 일부로 전환될 수밖에 없다. 시스템의 미세한 뿌리는 주체들의 이와 같은 욕망을 흡수하면서 점점 더 굵어지기 때문이다.

> 너는 공명심의 덩어리야. 너의 공명심이 나를 죽일 거야. 너도 그것을 잘 알고 있으면서 가만히 있는 거야. 그렇지?(157쪽)

위의 인용은 이바나=글쓰기에 집착하는 '나'를 향해 K가 터뜨리는 항변이다. '나'는 남성이고 K는 여성이지만, 이 경우 성적 정체성은 의미가 없다. K는 '나'의 분신일 터이기 때문이다. 이 소설 속의 인물들에게 성적 정체성이 부재하거나 희미한 것은 이 때문이다. 이런 맥락에서, K의 항변은 시스템에 대한 저항이 결국 시스템의 일부로 전환되어갈 수도 있다는 두려움에 대한 '나'의 자기 검열의식의 표현이라고 할 수 있을 것이다.

결국 텍스트에 대한 동시적이고 다층적인 독해는 텍스트를 구성하고 있는 복합적인 의식을 반영한다. 그리고 텍스트에 대한 의식은 결국 글을 쓰고 있는 스스로의 의식에 대한 투시를 포함하고 있다. 그런 의미에서 의식의 다양한 층위를 동시적으로 바라보는, 그리고 그를 통해 자기 의식의 내부를 응시하고 있는 이 시선이야말로 『이바나』의 글쓰기 의식의 밀도를 말해주는 징표라고 할 수 있을 것이다.

소설 『이바나』는 배수아 소설세계의 한 정점에 해당한다. 이 소설이 배수아의 이전 소설세계를 아우르고 있으면서도 그에 대한 반성을 내포하고 있기 때문이다. 그리고 동시에 그를 통해 새로운 국면을 향한 가능성을 열어놓고 있기 때문이다. 나아가 『이바나』에서 펼쳐지는 의식의 모험은 우리 소설사의 맥락에서 보더라도 단연 문제적이다. 바야흐로 배수아의 새로운 출발을 예감하는 순간이 아닐 수 없다.

(『이바나』, 이마고, 2002)

제3부 내면의 서사, 서사의 내면

투명한 세계 밑바닥의 불투명한 자아
—백민석 장편소설 『목화밭 엽기전』

1. '믿거나말거나박물지' 밑바닥의 개인들의 반란

『16믿거나말거나박물지』(문학과지성사, 1997)가 허구와 실재의 경계를 허무는 가상현실의 세계를 통해 현대의 병리적 징후들의 박물지를 펼쳐 보였다면, 「목화밭」(『문예중앙』 1997년 겨울호) 이후 백민석의 근작에서는 '현대의 징후'로부터 '현대인의 내면'으로의 전략적 시선 이동이 뚜렷하게 감지된다. 표층으로부터 심층으로, 세계로부터 주체로, 외부로부터 내면으로의 전환이라 할 이러한 변모를 통해 그의 근작들이 펼쳐 보이는 새로운 문제는, 세기말 가운데에 놓인 주체의 내면 상황에 대한 심층적 탐구로 요약될 수 있을 것이다.

분명 현대의 징후 속에서 덩어리로서의 대중은 도처에서 길게 줄 서 있는 한없이 투명한 존재이자, 문명이 강요하는 사고와 죽음 앞에 항상적으로 노출되어 있는 무기력한 존재이다. 그러나 투명함과 무기력함을 강요하는, 죽음을 강요하는 이 거대한 체계의 움직임 밑바닥에 개인들의 반란이 잠재해 있다. 표면적인 투명함과 무기력함의 이면에 놓인 "그 쫓겨난 나쁜 냄새들의 엑기스, 진액들이 언젠간 이 과천의 위생처리된 맨홀 뚜껑 바깥으로 넘쳐날 순간이 올 거"(「육식 원숭이」, 『상상』 1998년 봄호)라는 이 불길한 예감, 백민석의 근작은 세기말을 떠도는 바로 이 불길한 예감들의 형상화이다.

2. 인정투쟁 밑바닥의 자기 도취적 가학증

『16믿거나말거나박물지』 이후 「목화밭」 「뷰티풀 피플」(『한국문학』 1997년 겨울호) 「육식 원숭이」 등 세 편은 일종의 연작소설이라 할 수 있다. 이들 연작에서 우선 가장 두드러지는 것은 피감금자에 대한 적극적이고도 특이한 형태의 가학 양상이다.

가학증은 말 그대로 상대의 신체에 폭력을 가하는 행위를 가리킨다. 초기의 프로이트는 이를 성적 도착의 한 유형으로 설명한 바 있다. 그러나 후기 프로이트에서 가학증은 타자와의 결합을 추구하는 한 가지 방식이며, 그렇기에 에로스적 욕망의 한 유형으로 설정되어 있다. 타자와 관계하기에 그것은 이제 사회적 성격을 강하게 띠는 것이다.

한편 사르트르의 『존재와 무』에서 가학증은 인정투쟁의 각도에서 새롭게 조명된다. 이곳에서 가학증의 과녁은 신체가 아니다. 그것은 폭력에 의해 신체와 의식 사이의 거리가 좁혀지는 것을 계기로, 그것을 통해 타자의 의식을 굴복시키려는 행위이다. 이렇게 보면, 가학증은 성적 도착증의 유형이라기보다 인정투쟁의 한 양상이라 하겠다. 인간에게 가장 중요한 것이 자유라면, 가학증은 타자의 굴복을 얻어냄으로써 타자의 자유를 포획하는 것에 다름아니기 때문이다. 요컨대 정신의 차원이며, 나아가 인간의 존재론과 관련된 문제라 할 것이다.

윤수영을 납치하여 지하실에 가두어놓은 채 박태자와 한창림이 펼쳐 보이는 가학증의 양상은 백민석의 소설이 문제삼고 있는 것이 어떤 지점에 놓여 있는지를 보여준다. 한창림은 윤수영에게 모종의 대결의식을 품고 있다. 그것은 신체에 대한 폭력을 동반하고 있지만, 신체에 대한 폭력으로부터 오는 쾌감을 탐닉하기 위함이 아니다. 그의 목표는 뚜렷하다. 윤수영을 고분고분하게 만드는 것이 그것이다. 그로부터 수컷성을 박탈하여 한줌의 '거름'으로 만들기 위함이다. 자신의 가장 본질적인 자유를 박탈당한 인간은 한갓 사물에 지나지 않기 때문에, 의지를 박탈당한 인간이 '거름'에 불과함은 당연하다. 신체에 대한 처분권을 가지고 있기에 한창림은 보다 우월한 위치에 놓여 있지만, 그럼에도 불구하고 절대적인 우위에 놓여 있는 것은 아니다. 문제는 인정투쟁이기 때문이다. 한창림이 위협과 폭력에도 불구하고 말을 듣지 않는 윤수영에게 극한의 린치를 가하고 난 후 의욕상실에 빠지거나 부끄러운 감정에 사로잡히는 것 또한 이와 관련된다. 한창림과 윤수영의 관계는 자유의지를 매개로 대립된 인정투쟁의 장 속에 놓여 있는 것이며, 그렇기 때문에 금전을 매개로 한 현실 속의 납치극과는 차원을 달리 한다.

> 한창림은 한 대 쥐어박을 수도 있었지만, 그마저도 귀찮아져서 그만둬 버렸다. 이런 제길, 솜털도 안 벗겨진 놈한테…… 대체 무엇을 실수했기에, 사내애가 자신을 저토록 만만하게 보는지 궁금했다. 너무 친절했나? 아님 전자충격기 찜질이 모자랐나? 수컷은 수컷이군. 그는 의욕을 잃곤 아무 코멘트 없이 지하작업실을 나왔다.(「육식 원숭이」, 77쪽)

여기에서 육체에 대한 폭력은 도착적 쾌락을 위한 것이 아니라, 타인의 자유를 억압함으로써 자기 동일성을 보존하기 위한 수단이다. 이것은 육체의 욕망과는 질적으로 다른, 정신적인 쾌락의 차원에 속하는 것이다. 그렇기 때문에 쾌락을 지향하며 타자의 고통을 목적으로 하는 도착적 가학증과는 구분되며, 이와 같은 타자에 대한 파괴 본능으로서의 가학증은 외부세계에 대한 일종의 특수한 태도이며 관계의 한 유형으로 설정될 수 있다.

이렇듯 백민석의 근작들에 나타나는 가학증의 양상은 단순한 성적 도착의 병리적 현상에 대응되는 것이 아니다. 그것은 타자 혹은 외부세계와의 관계를 지칭하고 있다. 그러나 사랑의 성취를 최종목표로 설정하고 있는 『존재와 무』에서의 규정과는 달리, 여기에서의 가학 양상은 타자와의 결합의지가 철저하게 결여되어 있다는 점에서 그것과는 확연히 구별된다.

작품 속에서 한창림이 대상에 대한 가학증을 발동하게 되는 이유는 회계사가 양담배를 피운다든지, 윤수영이 예쁘장한 남학생인데다가 수컷성을 소유하고 있다든지 하는 개인적인 요소에서도 발견된다. 이와 같은 요인들은 한창림의 의식 내부에 잠재된 부정의 힘을 구체화해 현실 속에서 폭력을 발생시키는 방식을 드러내준다. 그러나 작품 속에서 이러한 개인적인 요소가 가학증의 필연적인 원인으로 작용하고 있는 것은 아니다. 문제는 한창림의 의식 내부에 놓인 절대성을 향한 망상이다. 예컨대 작품 속에서 "그에겐 웬만큼 마음에 든다는 말은 없었다. 웬만큼이 아니라 완전해야 하지 않을까"(「육식 원숭이」, 68쪽)와 같은 한창림의 태도나 "한창림의 딴에는 치밀한 계획과 사내애 사이에 빈틈이 생겼다. 빈틈이란 그가 두려워하는 것들 중 하나였다"(「목화밭」, 206쪽) 등의 언급은 현실 속의 부정적 대상뿐만 아니라 마침내는 자아 자신마저도 부정하게 될, 절대성을 향한 순수 부정의 연원을 드러내고 있다. 거기에는 타자에 대한 결합의지 대신, 일상 속에 구조화되어 잠재된 자기 도취적인 부정이 근대 후기의 주체가 놓인 조건으로 놓여 있다. 백민석의 근작에서 다루어지고 있는 표면적인 주제가 구조화된 형태로 현실에 잠복해 있는 가학증의 현상에 대한 탐구라면, 작품 속에서 가학증의 현실적 조건은, 박태자가 경멸하듯 반복하여 말하는 '수컷성'의 구조 속에서 구체화되고 있다.

3. 오이디푸스 밑바닥의 안티 오이디푸스

작품 속에서 '수컷성' 구조의 중심에는 한창림이 놓여 있다. 그는 자신의 기분이 나쁘다는 이유 하나만으로 양담배를 피우는 회계사를 폭행하고, 또 윤수영을 감금하고 폭행하는 데서 자신의 수컷성을 발휘하고 있다. 그렇지만 그의 수컷성에 대한 태도는 양가적이다. 그는 한편으로 나약한 수컷성을 경멸하면서 강력한 수컷성에 도취되는 일면을 보여주고 있지만, 다른 한편으로 수컷성에 대한 극도의 혐오감을 드러내기도 한다.

> 수컷이야, 하. 수컷 기질이 있는 사내애를 만난다는 건 요즘 세상에 쉽지 않은 일이었다. 그냥 놔두면 그 기질은 갈수록 또렷해질 것이다. 어쩌면 그애의 수컷 기질이란 한창림이 생각하는 것보다, 더 강력한 싹을 품고 있을는지도 몰랐다. 흥미로워진다. 그의 지론은, 그렇게 수컷 기질이 있는 놈들은 아직 이빨을 드러내기 전에, 그 이빨을 제거해버려야 한다는 것이었다. 수컷들이란, 더 강한 수컷이 나타나면 꼬리를 말고 낑낑대게 마련이다. 아주 흥미로워, 빨리 만나보고 싶다, 하. 그는 혼잣말로 그렇게 으르렁거렸다.(「목화밭」, 186쪽)

작품 속에서 한창림은 아이들을 납치, 감금하여 그들로부터 인성을 박탈시키고, 그러고 난 후 포르노테이프를 찍고 나서 죽여 땅에 묻고는 거름을 만든다. 그리고 그 테이프를 '펫숍'의 삼촌에게 넘긴다. '펫숍'은 말을 듣지 않는 검찰 직원을 끌어다가 해머로 머리를 내리쳐 살인하는 조직 폭력집단이다. 즉 여기에서 '펫숍'은 강력한 수컷성 구조의 정점에 놓인 상징적 권력이라 할 것이다. '펫숍'에 테이프를 넘기면서 잔인한 살인극을 목격한 한창림은, 돌아오는 길에 공포에 질려 울음을 터뜨린다. 그리고 처음 만나는 사내에게 시비를 걸어 구타한다. 그는 한창림의 억누를 수 없는 공포를 대신 뒤집어쓴 것이다. 이렇듯 가학증의 이면에는 거대한 권력체계의 존재에 대한 공포가 자리잡고 있다. 곧 가학증은 공포감으로부터 연원했던 것이다. 그런가 하면 피가학자인 윤수영이나 회계사 또한 이 수컷성의 구조에서 벗어나 있지 않다. 윤수영과 그 친구들의 윤간행위나 기회를 놓치지 않고 돈을 뜯어내려는 회계사 또한 가학성의 구조의 한 고리를 형성하고 있기 때문이다. 그렇기 때문에 사디즘의 피해자는 전적으로 사디즘의 세계에 속하며 사디즘적 상황의 통합적 일부를 이루고 있는 것이다. 이처럼 백민석의 근작들에서는 세계 전체에 구조화되어 잠재해 있는 공포와 가학의 상호작용의 양상이 '수컷성' 구조를 통해 구체화되어 있다.

그렇다면 '수컷성'을 제거하기 위한 박태자와 한창림의 공모는 무엇인가? 아내 박태자는 오히려 한창림을 가학하지 않는가?

> 그녀는 남편에게 벌을 줬다. 쇠젓가락으로 뺨을 좀 할퀴었다. 수컷들에겐 말로만 교훈을 가르칠 수 없다. 육체적인 훈육도 필요하다.(「뷰티풀 피플」, 221쪽)

근대의 출발은 마키아벨리의 『군주론』이나 홉스의 『리바이어던』에서 보는 바와 같이 절대적인 권력을 중심축으로 하여 성립된 것이다. 그것은 윤리적 성격을 바탕으로 한 고대 그리스나 유교의 덕치주의를 부정하면서 출발한 것이다. 이른바 강력한 '수컷 중심주의'라 할 것이다. 그러나 근대의 전개와 더불어 정치적 경제적 영역에서 여성의 권리 확대가 진행되며, 자본주의 말기에 이르러서는 성적 영역에서도 여성에 의한 성의 혁명이 펼쳐진다. A. 기든스는 공공영역의 장에서 민주적 투쟁의 가능성이 협소해진 근대 후기에 있어서, 가족관계를 중심으로 한 이와 같은 사적 영역 내부에서의 민주주의의 가능성에 주목한 바 있다. 그러나 이것은 체계 전체로 볼 때, 남성성에 대한 여성성의 승리라고 볼 수 없다. 그것은 수컷에 대한 공격이라는 점에서는 '반수컷 중심주의' 이지만, 여전히 성의 대립이라는 구조를 존속시킨다는 점에서 보면 '수컷 중심주의' 이기 때문이다. 결국 이것은 '수컷 중심주의' 적인 구조의 약화를 의미할 따름이다. 문제는 성적 대립의 구조 속의 특정 성이 아니라, 구조가 견고하면 부정적인 차별을 부과하고, 구조가 약해지면 하찮은 승리를 부과하는 이 유일한 구조 자체이기 때문이다. 박태자와 한창림의 공모가 해방을 지향한다기보다, 여전히 억압적인 구조 속에 놓여 있다는 사실은 근대 말기의 이러한 여성적 남근주의의 한 면모를 드러내고 있다. 윤수영의 수컷성을 제거하기 위해 몸부림치는 한창림이 더욱 강력한 수컷성을 지닌 만드릴 육식 원숭이에게 매혹당하는 것은 바로 그러한 이유 때문이다.

모든 것은 여전히 체계 속에서, 수컷 중심주의 속에서, 은밀한 권력의 미시적인 그물망 속에서 진행되고 있다. 뷰티풀 피플의 언니를 학대하는 남편이나, '펫숍' 의 삼촌, 회계사에 대한 한창림의 가학 등의 경우가 이러한 구조의 전형을 보여주고 있는바, 이와는 다소 성격이 다르기는 하지만 박태자와 한창림의 관계나 혹은 그들과 윤수영의 관계 또한 이 구조로부터 벗어난 것은 아니다. '구조' 자체는 여전히 수컷들의 체계로 이루어져 있기 때문이다. 그럼에도 불구하고 후자는 성의 무화과정, 즉 성적 대립의 절대화로부터 성의 가역성이라는 근대 후기의 단계로 이행하는 과도기적 성격을 보여주고 있다.

근대의 생산과 성욕이라는 패러다임이 막다른 골목에 부딪힌 상황은 근대 그 자체의 말기적 증상을 드러내고 있다. 남성과 여성의 성적 대립은 근대의 전개과정 속에서 서서히 약화되어가고 있으며, 성전환증(이성으로 가장하는 성도착증)이나 동성애는 성의 가역성 혹은 무화의 단계를 보여주는 징후의 일종이다. 요컨대 그 속에는 이항대립에 근거한 근대의 형이상학의 종말이 잠재해 있다. 그런 의미에서 보면 현대는 동일자와 타자의 경계 또한 모호해지는 징후를 드러내 보인다.

자율적 주체의 신체는 동일자의 영토이자 타자를 위한 공간이다. 그렇기 때문에 주체의 의식은 자신의 육체, 그리고 타자의 육체를 매개로 하여 타자의 의식과 대면한다. 그러나 이제 주체에 대한 육체의 절대적 귀속성은 더이상 진리가 아닌 상황이 도래했다.

> 웃는 플라스틱이란, 뷰티풀 피플의 언니가 플라스틱 인형을 나름대로 부르는 말이다. 언니는 인형이라고 하지 않는다. 난 솔직히 인형이란 말이 무슨 뜻인지 모르겠어, 라고 언니는 말했었다. 플라스틱은 1909년에 발명됐다. 레오 베이클린드라는 사람에 의해서였는데, 포름알데히드와 페놀을 이용했다. 이 두 무시무시한 독극물의 합성물질이 세계 완구산업을 바꿔놓았다. 플라스틱 인형으로 헝겊인형이 대체된 것이다. 플라스틱은, 인형에 표정을 부여했다. 헝겊일 때보다 더 다양한 더 리얼한 더 질감 있는 표정을 가능케 했고, 고착시켰다. 그 실감나는 표정의 기원은 포름알데히드와 페놀이다. (……) 언니로부터, 언니가 왜 인형을 굳이 웃는 플라스틱이라고 부르는지 설명을 들은 적도 있었지만, 박태자는 잊어버렸다.(「뷰티풀 피플」, 222쪽)

위에서 플라스틱 인형을 '웃는 플라스틱'이라 지칭하는 대목은 수사적인 차원을 넘어서는 의미를 내포하고 있는 것으로 보인다. '성형 수술(plastic surgery)'은 보철기구를 통해 육체의 고유한 영토를 침범한다. 또한 유전자 복제기술의 급격한 발달은 신체의 모든 비밀을 생물학적 정보로 환원시키는 상황을 예감케 한다. 신체는 점점 생물학적 정보와 보철기구들로 구성된, 표정을 지닌 '웃는 플라스틱'이 되어가는 것이다. 만일 그러한 상황이 도래하여 생물학적 정보와 보철기구만으로 개체가 생성된다면, 그때는 삼각관계의 오이디푸스 대신에 디지털 방식의 나르시스만이 존재하게 될 것이다. A. 기든스가 도입한 '조형적 섹슈얼리티

(plastic sexuality)' 또한 재생산 없는 섹슈얼리티(피임)와 섹슈얼리티 없는 재생산(시험관 아기 등의 테크놀로지)이 모두 가능해진 현대사회에서의 오이디푸스 구조의 와해에 대응되는 개념이다.

그러한 징후는 현실 속에서도 이미 나타나고 있다. 더이상 아이들은 가족관계라는 오이디푸스적인 틀 속에서 자라나지 않는다. 근대의 주체가 욕망의 명령에 의해 성장하고 또한 욕망의 좌절로 인한 자의식에 의해 수정되었다면, 이제는 매체에 의한 대중의 간헐적인 경련만이 존재할 따름이다. 매체의 유혹과 전략만이 대중의 유일한 환경이 되었다. 그렇기 때문에 대상에 대한 뜨거운 욕망이 아닌 차가운 자기 도취만이 존재한다. TV 앞에서 넋을 잃고 매체의 차가운 유혹에 도취된 개인들에게서 어떠한 의지를 발견할 수 있는가. 바로 이 자기 도취의 왜곡들이 자아의 불투명성을 이루고 있는 것이 아닌가. 백민석의 근작은 이러한 근대 후기의 조건을 연상케 하는 징후들을 담고 있다는 점에서 의미심장한 전언을 내포하고 있다.

4. 나르시스적 자아 밑바닥의 파라노이아

근대의 출발과 더불어 확립된 생산의 질서 속에서 개인은 해방된 자율적인 주체였다. 운명으로서의 타자가 소멸하면서, 개인적 가치는 극단적으로 고양되기에 이르렀다. 그러나 한편으로 근대는, 분화된 개인적 가치들을 통어할 중심의 부재라는 문제를 운명적으로 내포하고 있는 것이었다. 그렇기에 세기말의 종말론적 상황 속에서 개인주의는 필연적으로 좌절을 겪을 수밖에 없다. 까닭 모를 공포(panic)가 세기말의 개인들을 엄습하는 순간이 도래한 것이다. 이제 자아는 까닭 모를 공포에 몸을 떠는 한편, 그러한 자신의 운명에 대한 은밀한 분노를 품는다. 전자에 대한 자아의 부정적 대응이 자폐증으로 드러난다면, 후자는 나르시시즘을 방어기제로 선택한다. 곧 자폐증이 동일자를 부정함으로써 타자를 무시하고 그럼으로써 그 폭력으로부터 자신을 방어하는 것이라면, 나르시시즘은 동일자만을 인정함으로써 타자를 부정한다. 말하자면 나르시시즘은 동일자의 논리를 타자에게 강요하는 가학증의 일종이다. 왜냐하면 타자에 대한 동일자의 논리의 강요가 타자에 의한 저항에 부딪힐 때 가학증이 발동되기 때문이다. 들뢰즈에 따르면, 마조히즘은 상대방을 폭군으로 만들어야 하므로 그의 협력을 얻기 위해 설득을 해야 하며, 그렇기 때문에 복잡한 전략을 필요로 한다. 즉 마조히즘은 '계약'의 바탕 위에 놓여 있다. 그에 반해 가학증에는 순수 부정을 향한 끝없는 반복과 강화만이 존재할 따름이며, 그러므로 철저하게 '제도'에 바탕을 두고 있는 것이다. 바로 여기에 가학증의 위험성이 존재한다.

투명한 세계 속을 파헤쳐들어가면 타자를 부정하는 가운데 자아도취로 불투명하게 가려진 세기말적 군상들의 존재조건이 놓여 있다. 그들 투명한 존재들의 이면은 "난폭하고 약빠르고 충동적이고 그러면서도 기이할 정도로 현명"(「목화밭」, 204쪽)하다. 그들은 사색하지 않고 본능과 감각에 따라 행위하며, 그와 같은 감각의 절대성 속에서 사색하는 힘은 그 위상을 상실한다. 세기말의 주체는 매체 앞에서는 무기력하고 투명한 대중덩어리로 존재하지만, 그 심층에는 자기 도취의 나르시시즘이 존재한다.

> 이것이 요즘의 추세가. 한창림은, 유럽의 소위 예술영화라는 것들을 경멸하고 있긴 했지만, 인정하지 않을 수 없는 그쪽 영화들만의 미덕도 있었다. 사색의 미덕 말이다. 고전물이든 현대물이든, 또 형식이 전통적이든 파격적이든 소위 유럽 예술영화들엔 반드시, 사색하는 인물이 나온다. (……) 하지만 요 몇 년 동안은 그쪽 영화들에서도 사색하는 인물들을 찾기 힘들어졌다. 유럽 영화 제작자들이, 사색이란 물건을 관객들이 견디기 힘들어한다는 사실을 받아들이기 시작한 것이다.(「육식 원숭이」, 72쪽)

분열증이나 파라노이드(편집증)는 자기 도취적 현상의 왜곡된 양상들이다. 그러한 병리적 현상은 이처럼 투명하고 싸늘한 기계적 합리주의에 대한 저항이라는 의미에서 부정성을 갖지만, 한편으로는 바로 그 투명하고 싸늘한 기계적 합리주의의 부산물이라는 점에서 이러한 추세를 거스를 수 없다는 것도 분명하다. '빈틈이 없는 완전함'에 대해 집착하는 편집증이야말로 강력한 수컷성의 발생적 기반에 다름아니다. 머릿속에서만 가능한 요소를 현실 속에서 강제적으로 실현시켜 그 간극을 없애려는 시도, 그것은 편집증이자 절대성을 향한 수컷성의 발현이기 때문이다.

이와 같은 파라노이드를 발생시키는 현실적 조건은 바로 외부의 명령에 무감한 채 매체의 전략과 유혹에 무방비상태로 노출된 자아들의 단자화 양상이다. 그 속에서 타자와의 관계는 절연되고 투명함에 가려진 '나쁜 냄새'는 사라지지 않고 현실 밑바닥에 가라앉는다. 자기 도취에 함몰된 자아들의 관계는 극히 사소한 충돌에 부딪히더라도 '나쁜 냄새'를 풍긴다. 그렇기 때문에 '펫숍'이나 한창림의 지하실은 현실 속에 잠재된 '나쁜 냄새'의 물질적 기호이며, 그것은 언제든지 자기 도취에 함몰된 세기말의 자아를 통해 인격화되어 현실 속에 출몰할 수 있는 가능성을 내포하고 있다.

5. 막힌 출구 밑바닥의 고통, 고통 밑바닥의 출구

백민석의 근작들에는 종말론적 상상력에 의해 암울하게 음각된 근대 말기 개인들의 자화상이 있을 뿐, 근대 이후에의 출구는 철저하게 봉쇄되어 있다. 그리고 그는 부인할 수 없는 징후로서 현실 속에 솟아오른, 후기 근대 속에 놓인 주체들의 내면적 상황을 싸늘한 시선으로 응시하고 있을 따름이다. 그렇기 때문에 백민석의 소설은 현실의 재현을 거부하고 비껴나간다. 인물의 심리와 사건이 있기는 하지만, 여전히 관념에 기대어 있음도 부인할 수 없다. 그의 작품의 난해함은 숙명이리라.

그렇다면 그가 이렇듯 잔인하고도 난잡한 풍속도를 난해한 문체를 통해 그려내고 있는 이유는 어디에 있는 것일까. 이 물음에 대답하기 위해 우리는 백민석의 근작들이 기존의 언어와 문학적 전통을 파괴하면서 그와 같은 끔찍한 고통의 양상을 그대로 펼쳐 보이고 있다는 사실에 주목해야 하리라. 다시 말해서 그의 작품은 기존의 질서와 권력이 제공해준 언어와 문학적 전통을 거부하고 있는 것이며, 바로 여기에 현대사회를 바라보는 비판적 의식과 그의 작품이 내포하고 있는 문학적 실험으로서의 의미가 놓여 있다.

그러나 문학적 실험 또한 문학의 독자적 존재 가치에 대한 고려를 동반해야 함은 물론이다. 예술의 독자적 존재 가치에 대한 인식과 그것을 넘어서고자 하는 실험 사이의 긴장만이 문학적 실험의 예술성을 보장할 수 있기 때문이다. 그 고통스러운 긴장과의 싸움이야말로 작품의 밀도를 확보할 수 있는 수단이리라. 물론 이러한 지적을 전통적 아방가르드에 한정된 편협한 시각이라고 할 수 있을지도 모르겠다. 여하튼 백민석의 근작에서 '우수(憂愁)'가 보이지 않는 것은 이러한 문제와 관련된 것이 아닐까.

물론 이러한 문제는 감당하기 어렵기도 하거니와, 백민석의 근작이 아직 출발단계에 놓여 있기에 섣불리 제기할 성질의 것이 아니다. 「목화밭」「뷰티풀 피플」「육식 원숭이」 등 백민석의 근작에서 제기된 현대 속의 주체들의 심리에 대한 탐구는 아마도 같은 형식 속에서 계속 이어져 나갈 것으로 보이기 때문이다. 전망과 성급히 화해하기에 앞서, 막힌 출구의 너비와 두께를 측정하려는 그의 노력이 어떻게 이어질지 지켜볼 일이다.

(『상상』 1998년 봄호)

어두운 내면을 향해 찍힌 두 개의 발자국
—최수철 · 정영문의 소설

1. 의식의 이름으로 의식을 위반하는 두 가지 방식

모든 개념이 그렇듯이, 소설이라는 개념 또한 그것의 질료인 소설작품들에 의해 규정되고 지탱되고 또한 변화하는 운명을 지니고 태어났다. 따라서 소설의 역사성은 그것에 반영되어 있는 역사적 현실에 의해 설명되는 것이 아니라, 그 자체의 발전과 변화의 흔적 속에서 찾아야 한다. 그 속에 반영된 역사적 현실을 바탕으로 소설의 역사성을 설명하는 태도에는 소설 그 자체가 변하지 않는 항구적 존재라는 전제가 담겨져 있기 때문이다. 소설에 있어서 내용에 대한 저항이 그 형식에 대한 저항을 통하지 않는다면 그것이 설사 아무리 혁명적일지라도 미리 설정된 관념이나 당위를 반복하는 것에 불과할 것이다.

소설적 실험의 의미가 놓여 있는 지점 또한 이곳이다. 실험은 소설에서 역사성을 배제한 채 형식에만 골몰하는 형식주의적 태도가 아니다.

과학의 역사가 새로운 발견과 발명의 역사라면, 소설의 역사 또한 새로운 기법의 발견 혹은 새로운 의식 영역의 개척의 역사라고 할 수 있다. 거기에는 이제까지 있어왔던 방식으로 설명할 수 없는 새로운 현실을 도입하고자 하는 필사적인 몸부림이 내포되어 있다. 그렇기에 이러한 실험은 단순한 변형과 일탈로 수행될 수 없다. 그것은 필사적인 도전의 일종이기에 때로는 실험을 수행하는 당사자에게도 명료하지 않으며, 따라서 난해함은 이러한 과업이 안고 있는 숙명과도 같은 것이다.

최수철은 이전의 그의 창작집 『내 정신의 그믐』(문학과지성사, 1995)의 후기에서 이러한 실험을 "문학의 이름으로 문학을 위반하는 행위"라고 규정한 바 있다. 이러한 명제가 성립 가능한 것은 문학의 반대어가 비문학이 아니기 때문이다. 문학과 비문학의 대립 도식을 설정하는 것은 문학이 고정된 실체라고 전제할 때만 비로소 가능하다. 오히려 문학의 대립물은 언어와 현실에 의해 이데올로기화된 의식이라고 할 수 있다. 이와 같은 맥락에서 바라보자면, 어떤 경우에 문학의 대립물은 문학 그 자체가 될 수도 있는 것이다.

문학의 대립물이 이데올로기화된 의식이라고 한다면, "문학의 이름으로 문학을 위반하는 행위"는 곧 "의식의 이름으로 의식을 위반하는 것"이라고 고쳐말할 수 있다. 여기에서 의식의 반대어는 외부 현실이 아니다. 외부 현실은 항상 언어를 매개로 의식의 일부로 되어 있다. 한편 의식 또한 언어를 매개로 현실의 일부가 되어 있다. 그렇기에 외부 현실은 의식의 타자가 아니라 어떤 의미에서는 의식 그 자신의 동일자이다. 말하자면 의식-언어-현실이 폐쇄된 순환회로를 형성하고 있는 것이라고 할 수 있겠다. 결국 언어를 매개로 현실을 내재화한 만큼, 의식은 언어를 매개로 그 자신을 외재화한다.

의식의 이름으로 의식을 위반하는 것은 이 도식의 바깥으로 나가는 것이다. 그것은 결국 외부 현실의 내재화에 의해 외재화되지 않은 의식의 잉여 부분을 천착해들어가는 작업이다. 그럴 때만 의식에 의해 포괄되지 않은 타자로서의 현실이 도입될 수 있다. 따라서 문제는 언어에 의해 회수되지 않는 의식의 잉여 공간을 탐색하는 것이다. 그것은 곧 의식 그 자신에 대해 의식적이거나 아니면 의식이라는 이름으로 배제된 의식의 나머지 공간인 무의식의 영역을 탐사하는 것에 의해 시도될 수 있다.

그런 의미에서 자의식의 이름으로 의식을 비판하는 것과 무의식의 이름으로 의식을 전복시키는 것은 곧 의식을 위반하는 두 가지 방식이다. 그러나 의식과 자의식 및 무의식은 끝이 없는 하나의 공간에 찍혀진 각기 다른 지점을 일컫는 것일 뿐, 절대적으로 분리된 세계를 이루고 있는 것은 아니다. 그렇기에 의식을 위반하는 그 방식들 또한 항상 의식의 이름으로 수행될 수밖에 없다. 그것은 의식의 경계를 흔들고 의식 그 너머로 나아가는 것이지만, 결코 의식을 부정할 수 없는 까닭이다. 그럼에도 불구하고 회귀를 예정하지 않는다는 점에서 정신의 현상학과는 구분된다.

최수철과 정영문의 신작들은 의식의 다른 이름으로 주체와 의식을 위반하는 두 가지 방식을 보여주고 있다. 최수철이 의식과 세계의 연결이 느슨해진 이른바 '정신의 그믐'에서 출몰하는 자의식을 통해 의식 자체를 반성적으로 탐구하고 있다면, 정영문은 의식에 의해 배반된, 의식의 다른 영역인 무의식을 통해 검은 꿈들의 이야기 사슬을 펼쳐 보이고 있다.

2. 자의식, 정신의 그믐에서 출생한 분신들의 절규

최수철이 일관되게 추구하고 있는 소설적 실험은 자의식의 심연을 관념적으로 이미지화하는 것으로 집약된다. 그렇기에 그의 소설의 주인공은 실존적 방황이나 사회적 고통이 아니라, 관념이라는 여주인공에 도달하고자 몸부림치는 자의식이라고 할 수 있다. 이러한 그의 실험은 매우 더딘 것이어서, 네번째 소설집인 『분신들』(문학과지성사, 1998) 또한 『내 정신의 그믐』에서 그다지 멀리 떨어져나와 있지는 않다. 『내 정신의 그믐』의 속편이라고도 볼 수 있는 『분신들』에서도 자의식에 대한 최수철의 집요한 탐구는 계속 이어지고 있다.

「토카타와 푸가」에서 주인공의 일상은 돌연 출현한 낯선 존재에 의해 끊임없이 위협받고 있다. 정체를 알 수 없는 그 낯선 존재는 자동차의 후면경을 비틀어놓기도 하고, 주인공이 부재한 틈을 타 그의 집에 들어와 서랍과 책들을 뒤지고는 여기저기 발자국을 남기고 가기도 한다. 심지어 컴퓨터에 침입하여 암호를 풀고 파일을 읽고는 그것을 비웃는 팩스를 보내오기도 한다.

> 우리가 살아가면서 일상적으로 벌이는 행위들은 실상은 우리 속에 들어 있는 악령을 잠재우기 위한 거야. 그 점을 알아야 해. 그 악령은 호시탐탐 우리를 노리고 있어. 우리는 그 악령과 힘을 겨루면서 순간순간 버티고 있는 거야.(「토카타와 푸가」, 38쪽)

주인공의 친구로 등장하는 강현수에 의해 말해진 이 대목에서 주인공을 위협하고 있는 낯선 존재의 정체를 확인할 수 있다. 주인공이 그 낯선 존재의 정체를 추적하면서 육감으로 감지되는 그의 존재가 "어쩌면 상상적인 것에 불과한 것인지도 모른다는 생각"(16쪽)을 하는 것도 이 때문이다. 그렇지만 그것은 단지 일회적인 상상으로 그치는 것이 아니라, 주인공의 의식에 끊임없이 침입하여 그것을 통제하고 검열하며 그를 통해 주인공으로 하여금 자신의 의식에 대해 보다 날카롭게 의식하도록 강요하고 있기 때문에 "현실감이 없기 때문에 생겨나는 또다른 현실감"(44쪽)을 이루고 있다. 의식 속의 악령은 호시탐탐 인간의 삶을 위협하고자 하기 때문에, 일상적인 삶을 산다는 것 자체가 의식 속에 있는 악령을 잠재우기 위한 일종의 주문과도 같은 행위이다. 그렇지만 섹스를 하거나

술을 마실 때 의식은 악령의 위협에 스스로를 아슬아슬하게 노출시킨다. 더구나 주인공처럼 마치 "몸은 세상에 맡겨두고서 머리만으로, 아니 정신만으로 새로운 세상 속으로 들어가는"(「토카타와 푸가」, 8쪽) 타조와도 같은 자의식에 침잠되어 있는 경우, 그 악령은 점차 자신의 몸을 키우고 마침내 육체를 얻어 무의식 속에서 의식 밖으로 걸어나온다. 그리고 주인공과 타자로서 대면하기에 이른다.

> 나는 그에게 내가 바로 집 나간 네 아비고 정신나간 네 아들이라고 말했다.
>
> "그래, 맞아."
>
> 나는 그에게 그러나 두려워하지 말라고, 우리가 저지른 전쟁이나 죄악의 근원을 들여다보면 어이없을 정도로 너무나 얇고 투명한, 마치 정신박약아의 뇌와 같은 그 무엇이 들어 있을 뿐이라고 말했다.
>
> "그래, 맞아."
>
> 그는 더이상 내 말을 듣고 있지 않았다. 그러나 그는 여전히 씩씩거리며 갈팡질팡 걸음을 떼놓으면서도 같은 대답을 되풀이했다. 나는 침대에서 내려서서 그에게로 다가갔다. 내 손이 막 그에게 닿으려 할 때, 그는 몸을 빼내어 문 쪽으로 달려갔다. 그때 비로소 나는 그를 알아볼 수 있었다. 그는 내가 그 동안 알아왔던 모든 사람이었던 것이다.(「토카타와 푸가」, 72쪽)

결국 그 낯선 존재는 의식 속에 악령처럼 도사리고 있던 주인공 자신의 분신이었던 것이다. 그리고 "내가 그 동안 알아왔던 모든 사람"이었던 것이다. 일상 속의 주체로서 살아가는 동안 '나'의 밖에서 낯선 존재로 존재했던 그 모든 사람들은 일상과 현실의 먼지들로 이루어진 '주체'가 소멸되자 곧 '나'의 '분신들'임이 발견되기에 이른다.

「토카타와 푸가」에서 자의식이라는 주인공을 도입하기 위한 장치가

'의식 속의 악령' 이라면, 「어둠의 후광」에서 그것은 '아우라' 이다. 널리 알려진 바와 같이, 이 개념은 벤야민이 「기술복제시대의 예술작품」에서 언급했던 복제 불가능한 원본성을 지칭하는 것이다. 물론 벤야민의 경우 예술작품에서 아우라가 소멸하게 된 상황 자체는 예술 진보와 민주화의 계기로서 설정된 것이지만, 최수철은 이를 영상매체의 시대가 낳은 자의식의 소멸 현상에 적용시키고 있다. 최수철은 이 아우라 개념을 후광으로 이미지화하고 있다.

주인공에게 다른 사람들의 아우라가 보이는 사건이 계속해서 연쇄적으로 일어난다. 그는 식당 주인에게서, 친구에게서, 원고를 받으러 간 교수에게서 아우라를 보게 된다. 이들 인물은 모두 생의 의미에 대해 회의하고 있으며, 그를 통해 자신들의 어두운 내면을 응시하게 된 사람들이다. 예컨대 자신의 앞에 커다란 구멍이 패어 있다고 느끼는 식당 주인은 몸을 포기해야만 그 구멍을 빠져나갈 수 있는 역설적인 상황으로 자신의 처지를 인식하고 있다. 이 순간 주인공의 눈은 식당 주인의 얼굴 주위로 푸르스름한 후광이 번져나오는 것을 본다. 또 연극을 하면서 간간이 엑스트라로 영화에도 나오는 주인공의 친구는 상대방이 이미 전화를 끊은 게 분명한데도, 저쪽에서 하는 욕설이나 빈정거림을 듣는 이상한 체험을 하고, 그 황당하고 참담한 느낌을 주인공에게 하소연한다. 그에게 주위 사람들의 대화는 입을 움직이지 않는 복화술사의 그것이나 아니면 입만 움직여 뻥긋하는 립싱크에 불과한 것이다. 곧 진심이 담기지 않은 말로 타인을 기만하고 자기 자신마저 기만하는 표피적인 관계 속에 자신이 놓여 있다고 한탄하는 것이다. 그러한 관계에 기대를 걸고 과격하게 타인들에게 다가가려 했던 자신의 행위가 결국은 떠돌이나 떠버리 노릇을 하며 시간을 낭비한 것에 지나지 않았다는 것이다. 이 순간 주인공은 그의 후광이 더욱 선연히 빛나고 그래서 마치 그의 "머리에 불이 붙은 듯"함을 느낀다. '아우라' 의 정체가 보다 확실하게 드러나는 것은 주인공이 원고를 받으러 간 교수에게서이다. 그는 "영상매체가 기승을 부려서 새로운 문맹의 시대가 도래한 마당에 이런 글이 무슨 소용이 있을까"(101쪽)라고 푸념하면서, 주인공에게 실로 엉뚱한 제안과 함께 그 사정을 다음과 같이 말하고 있다.

> 내게는 오래 전부터 가까운 관계를 유지해온 한 친구가 있어. 이상하게도 요즘은 내 적개심은 유독 그자에게로 향해 있어. (……) 그자는 항상 유령처럼 내 곁을 떠돌면서 내게 영향을 미쳐왔지. 그자는 나의 전폭적이고도 항구여일한 동조자인 동시에 가장 힘겨운 경쟁상대이기도 했어. 나는 내가 그를 능가할 때 행복했고, 그의 기대에 미치지 못할 때 불행했네. 내가 지금까지 얻은 대부분의 것들은 그자로 인해 가능했던 셈인데, 하지만 그자 때문에 나는 결코 멈출 수도 없었지. 내가 이 지경에 이르도록 한 것도, 현재 내가 처한 모든 상황을 유발한 것도, 한마디로 나로 하여금 세상과의 불화를 감당하도록 부추기고 그로 인해 파국에 이르도록 만든 것도, 바로 그자였네. 그래서 이제 나는 누군가에게 하나쯤 있게 마련인 그 존재를, 나의 분신이자 동반자이도 했던 그놈을 죽여버리고 싶네. (……) 그런데 그자가 누군지 알겠나? 그자는 바로 나 자신이었네.(「어둠의 후광」, 104~106쪽)

교수가 죽이고 싶어했던 친구는 곧 바로 그 자신이며, 그는 자신의 분신이기도 한 또다른 자아를 죽이고 싶어하고 있다. 그것은 곧 자기 스스로를 감시하고 통제하고 검열하는 눈, 곧 자의식에 다름아니다.

결국 아우라가 출현하는 것은 "의식이 죽음의 위기에 노출된 것과 같은 바로 그런 순간"(121쪽)이다. 정신이 그믐처럼 어두울 때 의식의 밑바닥은 꿈틀거린다. '정신의 그믐'은 의식이 정전상태에 놓여 정신과 육체가 접점을 이루는 순간이다. 관념과 자의식이 흘러나오는 출구 또한 바로 이 긴장 지대에 위치한다. 「낙마」에서 "비상하기 직전에까지 이르는 질주와 죽음으로 곤두박질치는 추락 사이의 찰나"(186쪽) 또한 이 긴장

지대 혹은 급소의 다른 이름이다. 자아의 분신이기도 한 자의식은 그 '급소'를 뚫고 현실의 표면으로 떠오르며, 아우라의 후광이 그것을 감싼다. 그리고 아우라의 후광 속에서 주인공 또한 자기 자신의 자의식을 본다. 그것은 곧 자신의 '분신들'이었던 것이다.

> 나는 간신히 형체를 유지하고 있던 그 얼굴 위로 내 주변 인물들의 얼굴이 하나씩 겹쳐지는 것을 보았다. 그러다가 끝으로 나 자신의 얼굴이 그 자리를 대신하였고, 그 순간 영사막이 걷히듯 나의 시야는 닫혀버리고 말았다.(「어둠의 후광」, 76쪽)

「영혼의 피」에서 사법시험에 합격한 후 출세를 위해 사랑하던 여인을 버렸으며, 소송이 더디게 진행되는 바람에 세입자들이 물게 된 많은 소송비용을 돌려주지 않았고, 또 사건의 처리를 미루다가 죄 없는 한 청년을 지살하게끔 만든 서유석 변호사와 그를 신의 이름으로 살해하는 신유신이 서로에게 분신들임은 말할 것도 없다. 「도주」와 「발(馬)처럼 뛰는 말(言)」의 최배중이 다시 등장한 「낙마」에서, 메피스토펠레스 역할을 하는 장홍수와 최배중의 관계에도 역시 서로의 자의식을 일깨워 비추는 분신 모티프가 드리워져 있다.

「영혼의 피」의 신유신은 「분신들」에서 한두조로 다시 등장한다. 한두조는 건물 경비원, 삼류 여배우, 떠돌이 승려, 지방 방송국 여기자, 장애인 거지 등 다섯 명을 연쇄살인했다고 스스로 주장한다. 그는 살해 동기에 대해 그들이 자신의 분신들이었기 때문이라고 모호하게 해명하지만, 그가 연쇄살인사건의 범인이라는 증거는 그의 자백 이외에 아무것도 없다. 정신과 의사인 송인경은 한두조가 타인들을 자신의 분신들로 인식하게 된 것은 그가 타인에 대한 환멸과 애정의 교착상태에 놓여 있기 때문이라고 진단한다.

> 애초에 그자는 동질감이 아니라 오히려 강한 환멸을 느낀 타인들에게서 자기 분신의 모습을 발견한 것 같으니까요. 몇몇 타인들에 대한 환멸감에 고통스러워하다가, 차츰 그 환멸감이 어쩔 수 없이 사랑과 등이 맞붙어 있다는 사실을 깨닫게 된 거고, 그 와중에 그 타인들은 그의 분신으로 확고히 자리를 잡게 된 거지요.(「분신들」, 288쪽)

결국 분신들이란 "애정과 살의, 살의와 같은 애정, 애정에 대한 갈급증에서 비롯되는 살의"(328쪽) 등을 동시에 느끼면서 살아갈 수밖에 없는 우리 모두가 관련된 운명의 다른 이름이다. 애정과 살의가 명확히 구분되는 것은 일견 일상으로 보이기도 하는 논리적 세계에서만 가능하다. 그러나 이와 같은 일상은 의식 밑바닥의 자의식에 의해 항상 끊임없이 위협당하고 있기에, 일상으로부터 한 발짝 떨어져 있는 의식 내부의 정신의 그믐 지대에서는 분신들이 멈춤 없이 증식하고 있다.

이와 같은 모티프는 『내 정신의 그믐』 이래 최수철이 집중적으로 탐색해온 것이며, 일종의 연작이라고도 할 수 있을 만큼 상호간의 연결 계기가 뚜렷하게 느껴진다. 다음과 같은 대목들은 '분신들'이 출현하는 동기들을 보충할 수 있는 내용이라고도 볼 수 있을 것이다.

> 나의 적들은 나 자신과 너무도 대칭적이었다. 그 적들이 바로 나 자신이었다. 그들은 다시 그믐이 되면 악령에 의해 조종되는 유령들처럼 되살아날 것이었다. 그렇다면 결국 나는 나 자신을 처형하는 수밖에 없는 것이었다.(『내 정신의 그믐』, 294쪽)

다만 『내 정신의 그믐』 이래로 최수철에게 변화가 있다면 그것은 초기작의 특징을 이루었던 관념적인 문체가 『분신들』에서는 관념적 내용으로 대체되고 있는 듯한 느낌을 준다는 것이다. 「분신들」에서와 같이 여러 화자들을 등장시켜 다양한 시점으로 같은 상황을 해석하는 등, 독백적 어조에서 대화체로의 이행을 의도적으로 시도하고 있음에도 불구하고 그러한 시도가 과연 대화적이고 타자 지향적인 결과를 이끌어내었는가에 대해서는 아쉬운 점이 있다. 추상적 관념의 소설적 필요는 예정된 사상이나 의식을 형상화하기 위한 수단으로서가 아니라, 쉽게 논리화할 수 없는 세계의 새로운 측면을 드러내기 위함이다. 이것은 대화라는 형식의 문제가 아니라, 인물들이 대화적 성격을 지닐 때 비로소 가능하다. 인물들 사이의 갈등이 인위적으로 구성된다면, 관념은 비록 여러 인물들의 입을 거쳐 표현된다고 해도 독백적인 성격을 벗어날 수 없다.

3. 무의식, 죽음에 맞닿은 검은 꿈들의 사슬

최수철 소설의 주인공이 '관념'을 대상으로 힘겨운 싸움을 벌이고 있는 '자의식'이라면, 정영문 소설의 주인공은 꿈과 상상의 심연을 헤엄쳐 다니는 '무의식'이다. 무의식이되 소재나 방법으로 소설에 고용된 것이 아니라, 그 자체가 소설을 지배하고 있는 주인이다. 그렇다고 해서 그 반대로 의식이 무의식에 고용되어 있는 것도 아니다. 의식과 무의식의 경계가 소멸한 지점에 그의 소설이 닻을 내리고 있기 때문이다. 그렇기에 정영문의 소설은 소설이면서 소설이 아니다. '이야기'들의 '사슬'일 뿐이다. 그의 책 제목 '검은 이야기 사슬'이 단순한 수사적 고안에 머무르지 않는 본질적인 이유 또한 여기에 있다.

정영문의 작품들에서 꿈은 그 자체가 소설의 문법을 이루고 있다. 배경, 사건, 심리 등은 미리 주어져 있는 것이 아니라 장면 장면에서 새롭게 생성된다. 마치 꿈에서처럼 밤이라고 인식되기 이전에는 밤도 낮도 아무것도 아니다. 춥다고 인식될 때 비로소 배경은 겨울의 분위기로 뒤덮일 따름이며, 그와 같은 상황을 이끌어내는 어떠한 인과적 관계도 찾을 수 없다. 그러므로 사건들을 연결시키는 접속사는 '그러나' 혹은 '그러므로' 가 아니라 '어떻게 된 노릇인지' 나 '이상하게도' 와 같은 것들이다.

> 곧 우리는 마을 입구에 이르렀다. 모든 길이 우리에게 닫혀 있었다. 장의사는 고삐를 당겨 나귀를 멈춰 세우며, 기다려, 어느 길로 가야 할지를 결정해야지, 하고 말했다. 그가 그 말을 하고 나자 짙은 눈발 사이로 여러 갈래의 길들이, 마치 바다가 갈라지며 길이 나듯, 급조되어 놓여졌다.(「장의사」, 『검은 이야기 사슬』, 문학과지성사, 1998, 30쪽)

이와 같은 장면들은 꿈이 등장하여 현실을 설명하는 계기로서 작용하는 다른 소설들의 방식과는 전혀 다른 차원의 것이다. 여기에서는 현실과 비현실의 경계 자체가 아예 존재하지 않는다. 그렇기에 정영문의 소설에서 꿈은 현실 속의 어떤 상황이나 의식 속에 선험적으로 존재하는 관념을 지시하기 위한 비유나 알레고리가 아니다. 무의식적 욕망이 끊임없이 생산해내는 꿈의 장면들은 그 자체가 이미 현실의 일부를 이루고 있다. 그것을 현실에 대응되는 가상적 상황이라고 이야기하는 것은 의식과 무의식의 경계에 서서 그 두 세계를 나누고 있는 주체라는 개념을 설정할 때만 가능하다. 결국 주체 개념에 의해 분할된 좁은 의식의 방과 음침한 무의식의 공간은 꿈을 통해 서로 넘나들며 넓은 우주와도 같은 무변의 세계로 확장된다. 주체와 자연의 구분을 넘어서면 거기에는 도처에서 생산하고 그것들을 연결하는 욕망의 흐름들만이 존재한다. 그와 같은 세계에서 주체라고 불리는 어떤 것은 그러한 욕망의 흐름들을 채취하고 절단하고 연결하는 "존재하지 않는 인간처럼, 혹은, 존재한다 하더라도 그의 존재란 그의 앞에 쓰러져 있는 그 모호한 그림자에 지나지 않는 것"(「살인에 대한 상상」, 212~213쪽)일 뿐이다.

> 그는 자신이 불구의 몸이라는 사실도 잊어버리고, 마침내는 비록 마음

속으로는, 정상인처럼 걷기 시작했고, 어느새 사자 우리 옆을 지나게 되었다.

그런데 그때 문득 어떤 생각에 그가 손을 내밀자, 어디선가 기다렸다는 듯 매끈한 장대 하나가 날아왔고, 그는 자신도 모르게 그것을 거머쥐었다. (……) 저지할 수 없는 어떤 생각이 그를 휘감았고, 그는 그의 생각과 나란히 달리기 위해 있는 힘을 다해 사자 우리를 향해 뛰어갔고, 그 바로 앞에서, 능숙한 솜씨로 장대를 짚어, 훌쩍 울타리를 뛰어넘었고, 그 순간 우리 속에 있던 사자가 그가 땅에 떨어지기를 기다리며 아가리를 쩍 벌리는 것을 볼 수 있었다.(「장대높이뛰기 선수의 생각」, 118쪽)

장면들은 주체에 의한 의식의 통제를 거치지 않고 자동적으로 생산된다. 무의식적인 생산의 질서 속에서는 불구의 몸이라는 '사실'의 구속을 벗어나 정상인처럼 걷는 것이 자연스럽게 이루어진다. 그리고 '어느새' 사자 우리 옆에 와 있다. 거기에 이르는 과정에 대한 디테일은 무의미하다. 그리고 '문득' 그가 손을 내밀자 장대 하나가 날아온다. 손을 내미는 행위 또한 어떠한 의지의 표현도 아니다. 손을 내미는 자신의 행위를 사후적으로 인식할 따름이다. 따라서 '자신도 모르게' 그것을 거머쥔다. 이와 같은 과정에서 주체는 자신이 채취하고 생산한 욕망 가운데 일부 영역을 자신의 것으로 받아들이고 나머지를 배제하는 주체 고유의 기능을 상실한다.

우리 곱사등이는 꿈을 꾸지 않는다는 것을 알고 계십니까. 그건 우리가 항상 꿈을 꾸기 때문에 우리에게는 따로 꿈이라는 것이 있을 수 없기 때문입니다. 그가 말했다.(「곱사등이」, 41쪽)

의식이 언어에 의해 지배되고 있는 순간에도 욕망은 끊임없이 의식 아래에서 무의식을 생산해낸다. 그렇기에 수면중의 어느 순간에만 꿈을 꾸는 것이 아니다. 꿈은 언제든지 무의식 속에서 그 생산을 멈추지 않고 있다. 그럼에도 불구하고 정영문의 소설이 무의식 속에서 생산된 내용을 그대로 옮기고 있는 것은 아니다. 그것은 그의 표현을 빌리면 '무의식적인 의도'라고 할 수 있는 어떤 것이다. 정영문의 글에서 욕망은 무의식으로부터 길어져나오되, 자동적인 것이 아니라 상황에 대한 대응의 형식을 띠기 때문이다. 이것은 "길고 희미한 중얼거림"(「환멸」, 『겨우 존재하는 인간』, 세계사, 1997, 215쪽)의 형태로 작품에 나타나고 있다.

> 나귀는 저 몸으로 어떻게 수레를 끌겠다는 거지, 오히려 나는 나귀와 수레가 걱정이 되었다. 하지만 나귀는 나의 걱정이 기우라는 듯, 자신은 겉보기와는 달리 실속 있는 짐승이라는 듯 귀를 쫑긋 세웠다. 왜, 그렇게 귀를 세우기라도 한다면 없던 기운이 나기라도 한단 말인가, 나는 나귀를 비웃으며 중얼거렸다.
>
> 하지만 장의사가 수레의 앞자리에 앉자마자, 채찍을 휘두를 필요도 없이, 나귀는 힘차게 걸음을 떼기 시작했다. 아무래도 나귀에 대해 내가 평소에 갖고 있던 생각을 수정하기라도 해야 할 것 같군, 나는 중얼거렸다.
>
> 점점 더 눈발은 거세어졌고 눈을 제대로 뜨기 힘들 정도로 바람이 세찼다. 마을은 한밤의 소란도 모르는 채로 잠들어 있었다. 사람들을 깨울 의무가 있는 마을의 개들은 뭘 하고 있는 거지, 하고 나는 중얼거렸다.(「장의사」, 29쪽)

정영문의 작품에서 작가는 작품의 산모로서의 기능을 갖지 않는다. 작품은 스스로의 힘으로 태어나며 작가는 글이 자신으로부터 태어나는 것을 지켜볼 따름이다. 그러나 거기에는 그의 고유한 기획이 개재되어 있다. 그것은 곧 "야만적인 꿈은, 그것보다 더 야만적인 현실의 잠으로부터 나를 깨워준다"(『겨우 존재하는 인간』)는 명제로 집약된다. 그의 무의식적인 의도가 펼쳐 보이는 세계는 야만과 환멸과 죽음의 공간이다. 그는 그러한 세계의 풍경을 통해 야만적인 현실의 잠을 역설적으로 일깨우고자 한다. 왜냐하면 야만적인 꿈을 생산하도록 의식을 무의식으로 전이시키는 것은 곧 다름아닌 야만적인 현실 그것이기 때문이다. 그러나 그렇다고 해서 그와 같은 꿈들이 현실 속의 어떤 특정한 야만성을 향해 겨누어져 있는 것은 아니다. 문제는 끊임없이 현실의 야만성을 일깨우는 데에 놓여 있기 때문이다.

> 시간의 단위가 정립될 수 없다는 것은 분명했다. 우리가 처한 동일한 내용의 — 층위와 계열이 허물어진 — 시간과 불가능한 인내와 맹목에 대한 의지가 우리를 묶어주고 있었다. 우리를 중첩시킨 것은 우리를 포위하고 있는 불안이었다. 그것은 우리가 그것을 통해 우리의 본질적인 허약함에 이르게 되는 불안이었다. 그 순간 나는 한 가지 사실을 추가로 알게 되었다. 우리는 실재물로서, 동시에 그것의 부인으로서, 자취로서, 꿈으로서, 기억으로서 존재했다. 존재는 잠시적인 존재의 상태를 감당하고 있었다.(「달팽이」, 127쪽)

의식과 자연의 인위적인 구분은 여기에서 폐기된다. 자연의 질서 속에는 인간이 인위적으로 분할해낼 수 없는 다층적인, 다계열적인 시간이 존재한다. 따라서 주체가 소유하고 있는 시간은 자연적인 시간 속의 하나에 불과하다. 주체 속의 시간이 무의식을 통과하여 자연적 시간의 전체 질서 속으로 용해될 때 의식은 자신의 경계를 넘어 인간의 모든 욕망과 삶을 편력하기에 이른다. 때로는 목사(「임종기도」)로, 때로는 죽은 자(「장의사」)로, 그리고 작가(「곱사등이」)로, 모험가(「표류」), 해고자(「자신을 저격하다」), 전과자(「미소」), 사자 먹이(「안락사」)로 자유롭게 분열된다. 그리하여 난쟁이(「임종기도」), 장의사(「장의사」), 곱사등이(「곱사등이」), 대통령 취임자(「자신을 저격하다」), 사자(「안락사」), 카프카(「카프카와의 대화」), 우주의 블랙홀(「블랙홀」), 심지어 타조의 몸에 코끼리의 얼굴을 한 동물(「낙타가 등장하는 꿈」) 등등의 온갖 유형의 사물 및 삶들과 대면한다. 곧 '검은 이야기 사슬'은 의식-현실의 강요된 좁은 영역을 넘어 인류의 모든 삶을 편력하는 꿈의 다른 이름이다.

그러나 이러한 편력에 함정이 없을 수 없다. 거기에는 그것이 향유하는 자유에 대한 대가가 주어지게 마련이기 때문이다. '죽음'이 그것이다. 의식이 소멸한 시점, 그것은 주체의 죽음에 다름아니다. 의식을 담보로 한 무의식으로의 여행이기에, 정영문의 이야기 사슬은 항상 죽음에 맞닿아 있다. 그의 글쓰기가 '이야기 사슬'이되 '검은' 빛을 띨 수밖에 없는 것은 이 때문이다.

4. 자의식의 심화와 무의식의 탈주를 향하여

최수철과 정영문의 작품들은 의식의 한계 너머에 존재하는 어두운 내면을 향한 시선의 산물이다. 최수철이 무의식을 의식의 표면으로 길어올려 상징으로 제시하고 있다면, 정영문은 의식을 무의식의 밑바닥까지 이끌고 내려가 거기에서 펼쳐지는 세계를 네거티브 필름으로 재생하고 있다. 또한 최수철이 전통적인 소설 문법을 유지한 채 그것의 변주를 통해 자의식의 심화로 향해 나아가고 있다면, 정영문은 소설 문법 자체를 변화시킴으로써 무의식의 탈주를 감행하고 있다. 또한 최수철이 중편을 통해 지속적이고도 일관된 행보를 더디게 옮겨가고 있다면, 정영문은 고속 탐색 화면처럼 무의식의 장면을 콩트보다도 짧은 단편을 통해 숨가쁘게 제시하고 있다.

다만 최수철의 신작들은 그의 초기 경향에 비해볼 때, 특유의 관념적 문체로부터 상당히 후퇴한 느낌을 준다. 문체는 관념을 물질적 현존으로 드러내기 위해 소설가가 필연적으로 되돌아와야 하는 최종 지점이다. 그렇기에 그것은 관념을 에워싸는 포장의 일종일 수 없으며, 오히려 자의식이 숨을 쉬고 서식할 수 있는 유일한 거처이다. 최수철은 자의식에 유폐된 독백적인 관념을 지양하고 전체적인 인간관계 속에서 드러나는 관념의 대화적 양상을 추구하고자 하는 것으로 보인다. 그럼에도 불구하고 이와 같은 시도가 대화나 시점의 다각적 제시와 같은 소설적 장치를 통해 성취될 수 있는 문제가 아님은 분명하다. 언어에 대한 깊이 있는 천착이야말로 거기에 달라붙은 이데올로기의 먼지들을 털어버릴 수 있는 유일한 방식이기 때문이다. 자의식의 심연으로부터 나오는 관념이 밀도를 갖추기 위해서는 언어를 통과하지 않을 수 없다. 관념의 대화적 확장과 그 밀도의 심화라는 보다 확대된 주제가 그를 다소 힘겹게 만든 것인지도 모르겠다.

정영문의 경우는 이전 작품에서 그의 주된 탐구대상이었던 가족이라는 굴레를 벗어나는 한편 글쓰기의 전략 또한 치밀해진 느낌을 준다. 그리하여 그의 신작들은 소설의 경계를 넘어 새로운 문법을 창조해내는 90년대 후반의 탈소설적 경향을 뚜렷하게 보여주고 있다. 그는 「겨우 존재하는 인간」이나 「환멸」에서 부분적으로 보여주었던 독특한 언어 구사를 전면화하고 있다. 세계라는 거대한 실체와 대면하는 과정에서 발설할 수 없는 중얼거림으로 은폐되었던 무의식은 이제 꿈의 장면들로 거침없이 쏟아져나오고 있다. 그것을 통해 제시되고 있는 것은 경계를 허무는 상징이 아니라, 허물어진 경계 밖의 세계 그 자체이며, 의식을 위반하는 몸부림이 아니라, 위반하는 의식 그 자체이다.

90년대 후반의 소설적 흐름에서 이와 같이 의식이 자의식으로 심화되거나 무의식으로 확대되어가는 경향이 출현하는 것은 개별 작가의 의도로 환원시킬 수 없는 문제이다. 전통적인 주체 개념, 혹은 전통적인 소설 문법으로 담아낼 수 없는 삶의 현상들이 주체와 의식의 경계를 허물고 있기 때문이다. 최수철과 정영문의 실험적 작품들은 이러한 흐름을 위해 다리를 놓거나 혹은 길을 내는 작업이라고 말할 수 있을 것이다. 물론 소설이 향해 나가야 할 길이 미리 정해져 있는 것은 아니다. 그러나 어두운 내면을 향해 내딛는 이들의 발걸음으로부터 새로운 길은 펴져나올 것이다.

(『문학과사회』 1999년 봄호)

불화(不和), 꿈 없는 시대의 인간학
—공선옥 소설집 『내 생의 알리바이』

우리는 공선옥이 그녀의 첫 창작집 가운데 한 작품인 「우리 생애의 꽃」에서 "우리 모든 생의 반란이란 그다지도 황량한 아름다움이었고 빛나는 참혹"이라고, 그렇기에 반란이야말로 '우리 생애의 꽃'이라고 말했던 것을 기억한다. 이 작품에 나오는, 아이를 내버려둔 채 밖으로 떠도는 어미의 모습은 『내 생의 알리바이』에서도 가장 빈번하게 등장하는 모티프인바, 일상으로부터의 일탈이 타락이 아닌 반란일 수 있었던 것은 그 인물들이 새로운 세계를 향한 꿈을 바라보며 거기에서 그 존재의 의미를 수혈받을 수 있던 시대 속에 놓여 있었기 때문이다. 그러나 이제는 그와 같은 꿈을 지닐 수 없는 시대 속에 놓여 있다는 사실에 직면하게 되면서 일상으로부터의 일탈 혹은 버림받음은 더이상 반란의 의미를 지닐 수 없게 된다. 꿈이 없는 시대에서 반란은 불화로 내면화되고, 그 불화는 반란하지 못함에 대한 알리바이로서 제시되고 있다.

공선옥의 두번째 소설집 『내 생의 알리바이』는 불화의 기록으로 가득 채워져 있다. 세상과의, 사회와의, 남편과 아이와의, 그리고 자신과의 끊임없는 불화가 거기에 펼쳐져 있다. 그 불화 한가운데 놓인 생은 악화일로의 생이며, 이혼녀의 생이며, '바람난 어미' '술 먹고 담배 피우는 엄마'의 생이 아닐 수 없다. 그러나 그러한 생의 고통은 누구에게나 삶의 덤으로 주어지게 마련인 순간순간의 불행과는 성질이 다르다. 그 고통은 화해할 수 없는 시대에 맞서는 처절한 몸부림의 산물이기 때문이다. 그렇기에 공선옥의 소설에 등장하는 이혼이나 아이 유기(遺棄)는 단순히 여성의 문제나 어미의 문제에 그치지 않는다. 그와 같은 사건들은 세계와 겪는 불화의 심도를 가리키는 지표의 다른 이름이며, 그것을 통해 꿈이 없는 시대를 살아가는 인간학의 한 방식을 보여주고 있기 때문이다.

이러한 불화의 태도의 근원에는 80년대가 부과한 원죄의식이 자리잡고 있으며, 그것이 바로 고통을 감내하면서도 끊임없이 불화를 수행하게끔 하는 동력이기도 하다. 「어미」에서처럼 아동일시보호소에 맡겨놓은 아이를 찾아 한밤중에 담을 넘기도 하는 "새끼를 보호하려는 어미의 짐승스러운 본능"이나 "최신 유행음악이나 최신 사조들에 대한 생래적인 거부반응"(「내 생의 알리바이」)은 광주로 상징되는 80년대를 살아남은 자가, 그 시대의 고통을 안고 죽어간 영혼들에게 제시하는 알리바이일 것이다. 요컨대 '한줌의 쓰레기' 같은 삶 속에서 겪는 불화 그 자체인 생은 "부끄러움을 모르는 시대, 꿈이 없는 시대"에서 살아남아 있으되 화해의 현장에는 있지 않았음에 대한 알리바이인 것이다. 「내 생의 알리바이」에서 '나'가 악화일로의 생으로 치닫지 않는다면 '80년'부터 정신질환을 앓다가 마침내 트럭에 치어 죽은 태림에게 어떻게 살아 있음에 대해 변명할 수 있으랴.

그러나 누구에게나 저마다의 알리바이가 있을 수 있는 법이다. 그렇기에 이러한 알리바이가 통용되기 위해서는 꿈 없는 시대를 살아가는 다른 방식의 삶에 대한 이해의 시선을 수반해야 하지 않을까. 그렇지 않는다면 그러한 알리바이는 "남이 들어주기에는 지겹고 본인에게는 눈물겨운"(「뭘 먹고 살까」) 이야기가 될 수도 있으며, 변하는 세상에 대한 일종의 콤플렉스에서 나오는 합리화로 비칠 수도 있기 때문이다. 「우리들의 고향」에서 보이는 과거에 대한 향수의 흔적들은 이러한 우려를 자극한다. 꿈 없는 시대를 자기화하는, 적어도 자신과의 대결 대상으로 삼는 지난한 도정이 필요하다고 느끼게 되는 것 또한 바로 그러한 우려에서 말미암는다. 진정한 불화는 세상에 대한 일방적인 혐오감이나 그러한 혐오감을 자신에게로 투사하는 자학 증상과는 엄밀히 구별될 것이기에.

물론 다른 삶들을 이해한다는 것은 자신의 삶의 방식을 비판적으로 인식할 수 있는 동력이 될 수도 있겠지만, 세상과 대면하여 안간힘으로 버티고 있는 불화의 정신을 희석시킬 위험성이 따르는 것도 사실이기에 그 자체에 갈등의 요소를 내포하지 않을 수 없다. 그럼에도 불구하고 이러한 갈등을 정면돌파하지 않는다면 불화가 지닐 수 있는 알리바이의 시효 또한 한시적일 수밖에 없을 것이다.

공선옥의 『내 생의 알리바이』는 꿈 없는 시대가 우리에게 부과한 위와 같은 문제들을 절실하게 환기시킨다. 그래서 잊고 있던 치부를 돌아보게 만들고 이 작품들을 빌려 자기 이야기를 하게끔 자꾸만 부추긴다. 그리고 나아가 꿈 없는 시대를 살아가는 '나'의 태도는 무엇인가를 되묻게 만든다.

(『문학동네』 1999년 봄호)

체험, 미적 환영에서 새로운 역사성으로

—김영현 · 최인석 · 박완서 · 서정인의 소설

1. 소설, 허구의 환영에서 현실의 체험으로

소설이 허구적 창작물이라는 명제는 적어도 현대소설의 경우에는, 매우 부분적으로만 인정될 수 있다. 왜냐하면 사르트르가 말한 바와 같이, 문학의 대상을 이루는 것은 작가에 의해 체험된 것으로서의 세계 내 존재(tredans-le-monde)이기 때문이다. 그렇기에 소설이란 '환영(幻影)'과의 전적인 공모일 수 없다. 그러나 그렇다고 해서 소설에 현실적 삶이 그대로 투영된다고 보는 것도 곤란하다. 소설은 그와 같이 개체화 되지 않은 보편을 그대로 제시하는 것과는 거리가 멀기 때문이다.

소설은 개인의 삶을 미리 앞서서 생산해내고 그것을 배후에서 규정하는 세계의 관점과 그 세계 속에 자신을 던짐으로써 스스로의 고유성을 확립해가는 개체성의 관점을 결합하고자 하는 시도라고 할 수 있다. 그러나 이와 같은 두 가지 관점이 서로를 넘나드는 순환성의 고리 속에 놓여 있다고 생각해서는 안 된다. 이 둘은 끊임없는 긴장상태에 놓여 있는 것이며 그렇기에 이 긴장을 끝까지 유지해나가지 못할 때 쉽게 화해로 전락하고 만다. 세계의 관점은 주관성을 지배하는 근본적인 구조로서 소설의 도처에서 제시되어야 하며, 그럼에도 불구하고 주관성은 세계에 의해 침투당하지 않은 상태로 어디에서나 있어야 한다. 곧 작품은 곧 외부세계의 내재화와 동시에 고유의 내재성을 외재화하는 점이 지대에서 생산된 산물이다.

이런 의미에서 보자면, 작가는 현실적인 삶을 영유하고 있는 존재이면서, 동시에 소설을 쓰는 순간에는 별개의 개체로 다시 태어나는 존재라고 할 수 있다. '나'는 타인에 의해 인식되는 '나'와 자신의 고유성을 지니고 있는 '나'로 나누어진다. 예를 들면, 싼값에 물건을 구입하고 싶어하는 '나'가 있다. 그러나 외부에서 바라보자면 '나'는 수요를 원함으로써 결과적으로 가격을 상승시키는 요인으로 작용하게 된다. 타인에 의해 인식되는 '나'는 수요자의 한 사람일 뿐이지만, 그럼에도 불구하고 싼값에 물건을 구입하고자 하는 '나' 또한 엄연히 존재한다. 이렇듯 타인에 의해 인식되는 존재로서의 '나'는 '나'에게 타자와도 같은 것이다. 언어를 사용한다는 것은 타인에 의해 인식되는 존재로서 '나'를 제시할 때만 현전할 수 있다. 그럼에도 불구하고 작가는 언어에 의해 외재화될 수 없는 자기 존재의 잉여를 드러내고자 하는 강한 열망을 지니고 있다. 작가는 언어가 지닌 이러한 한계성을 끝까지 밀고 나가는 것을 통해, 개체적 보편성과 보편화하는 개체성 사이에서 태어난다.

그렇다면 이러한 모순된 존재로서의 작가는 독자를 향해 무엇을 말하고자 하는가. 적어도 예술적인 작품은 독자의 삶에 직접적으로 호소하거나 감동이나 관능적인 쾌락에 의해 독자의 취향에 영합하고자 하지 않는다. 작가는 독자로 하여금 세계 내 존재로서의 자신을 인식하게끔, 곧 그것에 대한 책임이 있는 것처럼 인식하도록 자극한다. 그리하여 소설을 읽는 것은 다른 존재에 대한 확인이자 스스로의 내적 체험이 된다.

하나의 작품이 역사적 의미를 띠는 것 또한 작가와 독자 사이의 이러한 복잡한 체험의 상호양상을 통해서이다. 그렇기에 한 작품의 역사적 의미는 특정 시대의 역사적 사건과의 대응으로 설명될 수 없다. 그와 같은 방식은 이미 우리가 알고 있는 역사적 사실을 소설 속에서 확인하는 작업에 불과한 것으로, 소설을 이해하거나 설명하는 방식이 될 수 없다. 문체나 형식상의 특징 또한 이러한 체험의 육화된 성문(聲紋)의 일종이기에 그 음성이 실어나르는 내적 체험과 세계 사이의 긴장으로부터 따로 떼어내서 생각할 수 없음은 물론이다.

소설을 구원의 일종으로 생각하는 세대에게 소설쓰기는 마치 고해와도 같은 성격을 지닐 수밖에 없다. 이런 경우에 소설을 쓰고 읽는 행위는 그 자체가 삶을 살아가고 인식하고 드러내는 행위와 구분되지 않는다. 그렇다고 해서 이러한 체험으로서의 문학이 자신의 상처를 과장해서 드러내는 현시욕과 동일시될 수 있는 것은 아니다. 거기에는 내재화된 외부 현실과 내적 체험 사이에 가로놓인 심연을 뛰어넘는 필사적인 도약이 있기 때문이다. 그렇기에 소설은 미적 환영의 가상을 벗고, 내적 체험을 디딤돌 삼아 현실로 나아가는 도약의 다른 이름이다.

2. 고통, 추억의 빛에서 현실 속의 망명으로

추억의 빛은 어두운 현실을 잠시 밝게 비추는 환각과도 같은 것이다. 이 추억의 빛은 삭막한 삶에 다시 긴장을 불러오는 방법이기는 하되, 그것 자체가 삶과 대면하는 수단이 될 수는 없기 때문이다. 김영현의 이전 창작집 『그리고 아무 말도 하지 않았다』(창작과비평사, 1995)에서 이념이 상실되고 그래서 존재를 걸 만한 절대적 가치가 없는 현실을 위로하고 견디게끔 해주었던 힘은 바로 이 추억의 빛이다. 그러나 그것은 위로이며 잠시 견딤일 뿐이다. 「등꽃」의 인물들은 과거에 대한 그리움과 그것을 망각하고 살아가는 현실 사이에서 끝없이 방황하고 있을 뿐 이를 내적인 체험으로 육화하지 못하고 있다. 어쩌면 시대적 힘과 고통을 드러내는 한편, 인간과 사물 뒤에 영원한 그림자를 포착해야 한다는 두 가지 과제의 동시적 해결이 그에게 일종의 강박관념으로 작용한 것은 아니었을까. 그렇기에 삶의 고통은 「등꽃」에서의 등꽃 이미지나 「비둘기」에서의 신념에 대한 자기 확인을 통해 현실과 화해하는 일면을 보여주기도 한다. 청춘의 고통은 "가슴 밑부리에서 눈물처럼 솟아나는" 추억의 빛에 휩싸인다. 간혹 등장하는 현실에 대한 강한 거부감에서도 어딘가 모르게 "세상에 대한 하나의 야유이고 조롱"(118쪽)과도 같은 일종의 콤플렉스가 느껴졌던 것도 이 때문이 아닐까.

그러나 김영현의 『내 마음의 망명정부』(강, 1998)에서 과거는 현재와 단절되어 존재하는 별도의 공간이 아니다. 현재란 과거들의 축적으로 이루어졌기에 과거는 이미 현재 속에 들어와 있으며 그래서 현재와 구분되지 않는다. 김영현이 "시간이란 하나의 연속이자 압축"(29쪽)이라고 했던 것도 이와 무관하지 않다. 여기에 실린 작품들이 과거로 회귀하는 향수적 욕구의 산물이 아닌 것은 이 때문이다. 진화적 시간관은 인간의 역사적 발전을 보증하는 것이 아니라, 오히려 이성 자체에 대한 회의와 환멸로 귀결된다. '고통'의 진원지 또한 바로 이곳이다. 그러나 이러한 시간관에서 벗어나는 순간, "영점칠 평의 작고 어두운 공간"(76쪽)은 "벌레의 집같이 아늑한 곳"(94쪽)으로 자리잡는다. 현재와 불화하고, 마침내 현실로부터 망명하고자 하는 의지를 가동시키는 동력은 물론 과거의 기억이지만, 이 기억은 시간을 타고 성장해오면서 이미 현재의 일부분이 된 기억이다. 그러하기에 그것은 과거에 대한 객관적 반성과는 그 차원을 달리 한다. 결국은 현재에 대한 해부이자 대결인 것이다. 얼핏 긍정되는 것으로 여겨지는 과거는 다름아닌 현재의 의식 속에 존재하고, 어쩌면 현재의 의식으로부터도 일탈해 있는 '내 마음의 망명정부'이다.

'내 마음의 망명정부'는 영점칠 평의 작고 어두운 공간일 수도 있고,

시간이 멈춰서버린 사막이나 티베트일 수도 있다. 현실로부터 망명하고자 하는 의지는 현실에 대한 부정적 의식으로부터 연원하며, 그렇듯 현실과 불화하게끔 만드는 요인은 과거의 행복하면서도 짐승 같던 시절들의 기억 속에서 찾을 수 있다. 낡은 흑백영화의 필름으로 재생되는 봉천동 자취방 시절은 짐승 같던 시절이지만, 동시에 꿈이 있던 시대이다. 그야말로 "어리석고도 행복한 시절"(113쪽)이다. 그러하기에 그 고통의 기억은 마치 영혼의 고향처럼 여겨지는 그런 공간으로 존재한다. 그럼에도 불구하고 망명정부는 회귀 속에 놓여져 있지 않다. 그것은 회귀와 일탈의 점이 지대에 존재한다. 이 경우 기억은 과거에 대한 긍정이 아니라, 현재와 모순을 이루며 그 속에 자리잡고 있는 자기 자신에 대한 고통스런 확인이기 때문이다.

저마다 마음속에서 꿈꾸고 있는 망명정부는 「고통」에서의 김환처럼 죽음(자살)일 수도 있고, 황세환처럼 생의 무의미일 수도 있다. 혹은 "자기와 바깥세계를 단절시키고 있는 이 놀랍도록 두터운, 거의 오십 센티에 가까운 단단한 시멘트 벽"(31쪽) 속에 존재할 수도 있다. 이처럼 자기 확인은 저마다의 망명지를 꿈꾸는 타인들에게 시선을 던짐으로써 '우리'의 확인으로 확대된다. 그리고 그 고통의 진원을 더듬는 작업은 역사의 한 단면을 벗어나 인간 존재에 대한 근본적인 질문으로 심화된다.

『그리고 아무 말도 하지 않았다』에서 김영현은 주로 타인을 관찰하거나 혹은 타인의 시선을 통해 자신을 간접적으로 바라보는 방식을 취했던 듯하다. 이러한 태도는 그의 첫 창작집 『깊은 강은 멀리 흐른다』의 내성적 경향에 대한 균형감각을 취하기 위한 것으로 보이지만, 그럼에도 불구하고 과거와 현재, 추억과 환멸의 골짜기에 놓여 있었다고 할 수 있다. 그러나 『내 마음의 망명정부』에 이르러 그는 고통과 추억을 자기화하여 이를 현재의 의식 속에서 제시하고 있다. 고통은 과거의 단편적인 흔적이나 현실에 대한 부정에서 연원하는 항수가 아니라, 현재의 모순을 확인하는 지속적인 체험 속에서 발견되는 내적 현실이기 때문이다.

3. 폐인, 혼돈의 심해에서 시장의 일상으로

김영현이 너울거리는 추억의 빛을 걷어내고 현재의 의식 한가운데에서 망명정부를 세우고 있다면, 그래서 정적인 고뇌로 굳어져가고 있다면, 최인석은 심해의 밑바닥에서 일상으로 상륙하는 동적인 분열을 펼쳐 보이고 있다.

최인석은 『나를 사랑한 폐인』(문학동네, 1998)에 실린 「소설가 최보의 어제, 또 어제」에서 "진정한 소설은, 작가가 현재 서 있는 자리의 모든 것을 드러낸다는 의미에서, 이미 하나의 자전이다. 자전이 아닌 소설은 소설이라 하지 않아도 무방하다"(86쪽)라고 말한다. 그래서 그런지 자전 소설을 쓰는 마당에서 작가는 오히려 '소설과 망상의 경계'로 옮아간다. 그러나 그 속에서도 작가가 겪는 내적인 모순을 비롯한 '현재 서 있는 자리의 모든 것'은 그대로 드러나게 마련이다.

「소설가 최보의 어제, 또 어제」에서 주인공은 쉬레버를, 브레히트를, 하이네를, 그리고 동서고금의 신선들과 시므온 등을 만난다. 그들은 과거의 인물들이 아니라 '어제'의 사람들이다. "언젠가는 내일이 오리라는 것을 믿어 의심치 않는 친구들"이기에 그들은 항상 오늘과 맞닿아 있으며 그렇기에 지나가버린 과거의 사람들이 아니라 바로 '어제'의 인물들이다. 오늘 또한 꿈이 성취되고 기다리던 메시아가 찾아오는 내일이 아닌 다음에야 과거와 구분되는 현재가 아니라 연장된 어제에 불과하다.

쉬레버와 최보가 나누는 대화는 이성과 진보에 대한 신뢰를 무시하고 무의식과 욕망에 무한한 권능을 부여하는 프로이트주의적 경향을 경계하기 위함이 아니라, "세상 만물을 쥐어짜 규격만 약간씩 다른 암나사 수나사를 무수히 만들어내는"(88쪽) 편집증적 세계를 비판하기 위함이다. 곧 프로이트 부정이 아니라 프로이트 너머로 나아가기 위함이다. 그렇기에 스스로 분열되는 '폐인'이 되지 않을 수 없다. 그러나 여기에서의 폐인은 그가 이전 창작집 『혼돈을 향하여 한걸음』(창작과비평사, 1997)에 실린 「숨은 길」에서 제시했던 바와는 자못 다르다. "열심히 부패하고 열심히 타락하고 열심히 범법행위를 저지르고 열심히 미치고 열심히 중독되고 열심히 부랑하는 것"과 "스스로 파괴되고 실패하고 병들어 죽어가면서 체계를 붕괴시키는 것"(97쪽)과는 엄연히 다른 길이기 때문이다. 전자가 자본주의의 생리를 무비판적으로 수용한 결과라면, 후자는 자본주의의 질서로부터 끊임없이 탈주하고자 하는 능동적인 전략의 일종이기 때문이다.

『혼돈을 향하여 한걸음』에서 시장의 질서는 「노래에 관하여」의 삼청교육대나 「심해에서」의 매음굴과 같은 일상 이면의 특수 공간에서 특히 추악한 모습을 드러낸다. 그러나 그 특수화된 세계가 일상적 삶의 질서와 구분되는 것은 아니다. 일상적 삶의 질서는 그와 같은 추악한 세계에 의해 유지되고 있기 때문이다.

「나를 사랑한 폐인」에서 동찬이 몸담고 있는 잡지사나, 서영과 김주간이 보여주고 있는 세상의 일면은 그를 폐인으로 이끈 현실적 요인이다. 일상적 삶의 질서와 논리에서 보면 그것으로부터의 일탈이야말로 곧 폐인의 길이지만, 폐인의 눈으로 본 세상은 "시장과 구정물의 늪"에 지나지 않기 때문이다. 곧 일상과 대비되는 억압과 착취의 특수 지대가 있는 것이 아니라, 일상 그 자체가 수나사와 암나사의 규격을 강요하는 편집증적 도착을 보여주고 있는 것이다.

마찬가지로 「지리산의 저 바다」에서 순박한 주인공 만덕을 '환각의 폐인'으로 만드는 것은 공사판의 일상적 삶의 질서이다. 성우를 비롯한 공사판의 인물들은 속물화된 일상의 질서로부터 벗어나지 못하고 있으며, 저마다의 삶의 늪으로부터 탈출하려고 발버둥치지만 오히려 살인이라는 헤어날 수 없는 더 깊은 늪에 빠지고 만다. 『혼돈을 향하여 한걸음』에 실려 있는 「심해에서」의 선영이나 「평화의 집」의 미영과 같이 일상 속에서

구원의 이미지를 찾는 것은 더이상 불가능하다. 유일한 길은 만덕과 같이 '환각의 폐인'이 되는 길이다.

「약속의 숲」에서의 미국은 시장의 질서를 단적으로 보여주는 공간이다. 그러나 이 특수 공간은 전향한 박의원이나 국회의원 출마를 위해 헤어졌던 아내와 딸을 찾아 미국에 온 대영을 통해 이곳의 현실과 연결되어 있다. 브레히트가 겪었던 '시장과 구정물의 늪'을 벗어날 방도는 어디에도 없다. 숲을 헤매는 무수한 방황만이 있을 뿐이다.

'시장과 구정물의 늪'에 일으키는 혼돈은 삶의 시궁창이 아닌 번듯한 일상의 견고한 체계 속에 억압된 채로 잠재되어 있다. 최인석은『나를 사랑한 폐인』에 이르러 진정으로 그와 같은 혼돈을 향해 한 걸음을 내딛고 있는 것으로 보인다.

4. 나비, 마른 꽃에서 꽃잎 속의 가시로

저마다의 세대에겐 각각에게 주어진 절실함의 몫이 있을 것이다. 김영현과 최인석의 세대에게 있어서 그것은 젊음의 한순간을 뒤흔들고 사라진 흔적과의 싸움이라 할 수 있을 것이다. 곧 그 이념과 현실 사이에서 빚어지는 모순과 갈등이 이들의 내적 체험을 지배하고 있는 주조저음인 것이다.

박완서의『너무도 쓸쓸한 당신』(창작과비평사, 1998)은 젊은 세대들의 일상적 삶의 질서로 포착하기 힘든 한 세대의 절실한 현재의 내적 체험을 드러내고 있다. 젊음이 지배하는 일상의 삶의 질서에서 보면, 이들의 삶은 한 편의 '길고 재미없는 영화'나 아니면 '난해한 영화'로 비칠 수 있다. 그러나 거기에는 "젊은이들 보기엔 무슨 맛으로 살까 싶은 늙은이들"(6쪽)이 살아가는 그들만의 의식과 체험이 새로운 세계를 이루고 있다.

「마른 꽃」에서 딸은 조박사에 대한 어머니의 감정을 헤아릴 수 없다.

어머니는 "늙는 일밖에 안 남은 나이를 죽음보다 더 두려워하고 있었"(23쪽)던 그 경계를 넘어서 있기 때문이다. 이 두려움 너머에 그들만의 세계가 있다. 이 두려움 너머의 세계를 발견케 하는 힘은 무엇인가.

「환각의 나비」에서 주인공인 영주의 어머니가 마음을 내려놓고 살 수 있는 세계를 영주는 이해하거나 설명하지 못한다. 집을 나간 어머니를 찾아다니다가 Y시의 '그 집'에서 어머니를 발견한 영주에게 어머니가 마치 '환각의 나비'처럼 보이는 것 또한 이 때문이다. 이 작품에서 Y시의 '그 집'은 마치 어머니에 대한 상징처럼 읽힌다. '그 집'이 있는 농촌 마을은 양옥집 동네라고 한때 불렸으나 세월의 풍파 속에 삼십 년도 채 걸리지 않아 이제 원주민 동네라고 불린다. 그리고 그 주위에는 아파트 단지들이 새로 들어선다. 아파트 단지 주민들에게는 한없이 낯설고, 재개발 소문에만 겨우 관심을 가지는 그곳은 우리 현실 속의 노년이 처한 운명과도 같다. 영주 어머니가 그 집을 찾아 들어간 것은 어쩌면 우연이 아닐지도 모른다.

「환각의 나비」의 영주나, 「마른 꽃」의 딸, 「길고 재미없는 영화가 끝나갈 때」의 '나', 혹은 「꽃잎 속의 가시」의 질부의 시선에서 보면, 이러한 일련의 사건들은 노인들의 돌출적인 일탈이 빚어내는 일상 속의 파문으로 간주될 수도 있을 것이다. 그러나 어머니들의 혹은 노인들의 처지에서 보면 이러한 사건들은 노년의 문턱을 넘어선 한 인간이 세계와 대면하면서 부딪히는 위기의식의 산물이며 그와 같은 위기의식 속에서 체험된 또다른 현실인 것이다. 너무도 쓸쓸한 '당신'들의 세계, 그것은 자칫하면 드라마와도 같은 인정담으로 읽힐 수도 있는 이 작품집의 소설들이 그럼에도 불구하고 하나의 새로운 세계를 우리 소설계에 도입하고 있다고 이야기할 수 있게끔 하는 근거일 것이다.

그러나 그렇다고 해서 이들이 일상적 삶의 질서에 대해 무지하거나 그것을 거부하는 것은 아니다. 「마른 꽃」에서 주인공의 '노회함', 「환각의 나비」에서 어머니의 '천진스러움', 「꽃잎 속의 가시」에서 언니의 '엉뚱함' 등은 우리가 일상에서 쉽게 발견할 수 있는 인성들일 것이다. 그러나 거기에는 겉멋에 휘둘리지 않는 품위가 있고, 돈 욕심에 희생당한 상처 받은 영혼을 어루만지는 너그러움이 있다. 그리고 수십 년 세월을 두고 마음속에만 묻어왔던 그들만의 사건들이 기억 속에서 하나의 세계를 이루고 있다. 그것은 그들이 걸어온 길 끝에서 펼쳐지는 위대하지도 초라하지도 않은 삶의 한 국면이다.

『너무도 쓸쓸한 당신』의 중심을 이루고 있는 것이 이와 같은 세대 체험의 소설화라면, 「참을 수 없는 비밀」이나 「공놀이하는 여자」는 이 작가가 지속적으로 탐구해왔던 여성성의 독특한 추구 양상을 보여주고 있다. 거기에는 고집스럽게 현실과 대결하는 듯하지만 결국은 자신의 주관성으로 회귀하여 대립 그 자체를 견고하게 만드는 성적 대결의 구도가 아니라, 희생당하는 듯하지만 사실은 상대방의 삶마저 포용하고 이끌어가는, 보드리야르가 말했던 세련된 '유혹'의 힘이 있다. 그렇기에 그 속에서 펼쳐지는 화해의 현실과 내밀한 비애는 여성의 사회적 고통을 강조하기 위한 것이라기보다는 유혹의 힘을 지키는 일종의 포즈라고 할 수 있다. 여기에 덧붙여 「J-1 비자」에 나타나 있는 세태에 대한 걸러지지 않은 솔직한 분노와, 「그 여자네 집」에서 엿볼 수 있는 특유의 이야기꾼 기질은 넓으면서도 표나게 드러나지 않는 박완서 문학의 폭을 실감케 한다.

5. 붕어, 지리산 기슭 강에서 물빛 도시로

서정인의 『베네치아에서 만난 사람』(작가정신, 1999)은 말로, 대화로 가득 채워져 있다. 그러나 그것은 일상적 대화를 사실적으로 흉내낸 것과는 거리가 멀다. 서정인의 작품들은 꼼꼼하게 새겨 반복해서 읽지 않으면 전체 구성이나 인물들의 관계는 물론, 누가 이야기하고 있는지, 실제로 발설된 대화인지 아니면 마음속의 생각인지조차 알아차리기 힘들다. 그는 전략적으로, 그리고 일관되게 이러한 문체를 구사해왔다. 그는 "긴 말, 한도 끝도 없이 이어지는 긴 말은 편법이다. 삶의 상투성에서 벗어나되 아직 삶 속에 있고 싶은 욕심이다"라고 『봄꽃 가을열매』의 후기에서 밝힌 바 있는데, 과연 흘러넘치는 대화 속에서 논리정연한 구성의 계기에 포괄되지 않는 삶에 대한 통찰이 개입하여 숨쉬고 있다. 그렇다면 이와 같은 말들, 혹은 대화들을 통해 스며나오는 우리 삶의 모습은 어떠한가.

「잠적」에서 김선생의 부인과 그 친지들은 김선생을 기도원으로 보내려고 하고 있고, 김선생은 어떻게든 이러한 상황으로부터 벗어나려고 한다. 그러나 이들이 만난 이튿날 저녁 김선생은 건장한 괴한들 셋에 붙잡혀서 충청도 괴산으로 끌려가고, 그 이틀 뒤 윤선생도 '잠적' 하고 만다. 이 모든 음모와 흉계가 아무렇지도 않은 듯 거침없이 흘러나오는 요설과 다변 속에 감추어져 있지만, 그 요설과 사변 뒤에 이어지는 쓸쓸하고도 당혹스러운 여운은 우리 삶의 한편에 '잠적' 해 있는 비의를 섬뜩하게 보여주고 있다. 「치과의사의 죽음」 또한 소외된 노년을 우울케 하는 현실적 환경 속의 삶에 그 초점이 맞추어져 있다. 생일을 맞은 것은 김선생인데 정작 그의 생일이라고 모인 가족들은 그가 있는지 없는지도 신경 쓰지 않고 있다. 자식들의 집을 전전하다, 붙잡는 것을 뿌리치고 떠나는 것으로 최소한의 체면을 유지할 수밖에 없었던 한 치과의사의 죽음은 강대구와 김선생이 나누는 대화 속에 간접적으로 도입된 것이지만, 그 소재로 만들 수 있는 한 편의 사실적인 소설보다 오히려 강렬한 울림을 전한다. 「생일」은 주인공 김선도가 여동생 선덕이 자신의 아내에게 보낸 편지를 우연히 발견해 읽고, 주변의 삶을 쓸쓸하게 짚어보는 내용으로 되어 있다. 선도의 형 선호와 고향친구들인 메주, 물방구, 대추, 넙덕이 등이 걸어온 신산하고도 굴곡 많은 삶들은 정직함이라든가 따뜻함 같은 상투적인 이데올로기와는 거리가 멀다. 그렇다고 극적인 꾸밈도 없다. 그저 대화를 통해 흘러나올 따름이다.

「잠적」「치과의사의 죽음」「생일」 등의 작품이 일상으로부터 배제되거나 혹은 시사적 가십거리로 다루어지던 사건들을 새로운 시선으로 포착한 것이라면, 「무자년의 가을 사흘」은 1948년의 어수선한 시기를 배경으로 펼쳐진 이념 대립의 현실이라는 고전적인 소재를 취하고 있다. 그러나 거기에는 우리들에게 익숙하지만 삶과 동떨어진 드라마가 아닌, 낯선 현실이 있다. 이데올로기로 물들여진 의식은 채 거두지도 않은 채 객관적인 것인 양 그럴듯하게 구성하는 방식과 다른 차원의 현실이다. 그러하기에 그것은 오히려 우리의 삶에 밀착해 있다. '삶을 보여주기 위해서 삶을 깨뜨리고 문학다움을 과장하는' 그의 수법은 여기에서도 유감없이 펼쳐져 있다.

서정인은 혼란스러운 말의 공간을 대화라는 글의 형식으로 엮어내어 삶이 유동하는 역설의 지대로 만들고 있다. 「베네치아에서 만난 사람」에서 '구공시'의 이방지대를 떠돌게 만드는 만남과 헤어짐, 그리고 그 과정에서 문득 확인하는 '찾을 수 있다는 희망'은 이러한 혼돈의 표정이자 살아 있음의 징표일 것이다. 이상향과 피비린내가 뒤섞인 것은 지리산만이 아니었던 것이다. 『베네치아에서 만난 사람』을 통해 확인할 수 있는 바, 그러한 혼돈은 우리의 역사에, 그리고 우리의 삶에, 그러니까 우리가 살아가고 있는 의식과 현실 전체에 풀리지 않는 채 뒤엉켜 있기 때문이다. 서정인의 '말 같은 글'은 그와 같은 혼돈의 매듭을 푸는 실마리라고 할 수 있을 것이다. 뒤엉키고 때묻은 언어가 아니라 길게 뽑아낸 매끈한 언어이기 때문이다.

6. 소설, 내적 체험으로부터 새로운 역사성으로

김영현과 최인석이 이념의 문제를 과거로 돌리지 않고 내적 체험 속에서 현재화 자기화하여 그것에 대한 지속적인 탐구를 보여주고 있다면,

박완서와 서정인은 일상의 시선에서 벗어나 있던 새로운 세계를 소설 속에 도입하고 있다. 이들에게 공통된 점이 있다면 그것은 일상의 질서를 바라보고 비판하는 힘을 성숙된 내적 체험 속에서 발견하고 있다는 것이다. 물론 이것은 신변소설이나 자기 고백과는 엄밀히 구분되는 것이다. 존재의 근원으로 돌아가 거기에서 발견된 새로운 '나'의 체험을 통해, 그리고 그 체험과 세계 사이의 긴장을 통해 말하고 있기 때문이다.

역사성은 현실 속에서 펼쳐지는 이러저러한 사건들 속에 있지 않다. 그것들은 우리의 일상을 떠받치고 유지하는 또다른 일상에 불과하다. 그러므로 역사적 사건들을 총체성 속에서 포착하여 소설 속에서 전형화하는 것은 애초부터 불가능하거나, 아니면 가능하더라도 무의미하다. 세계는 언제나 체험된 것으로서 존재하며, 체험된 세계와 일상의 세계 사이의 긴장과 갈등 그리고 그것을 통해 발견된 일상의 세계로부터의 자유에 새로운 역사성은 놓여 있다.

이 계절의 창작집들은 일견 전통적인 소설의 영역으로 보이지만, 결코 사실적 해석이나 형식적 특징으로 설명될 수 없는 내적 체험과 세계 사이의 긴장이 내포하는 울림들을 지니고 있다. 이것은 상상력을 통해 현실을 앞질러나가는 일군의 경향과 함께 90년대 후반 문학의 한 지형을 이루고 있다. 역사를 흘러 우리의 삶과 의식의 여러 겹을 이루고 있는 내적 체험의 석고 가루들은 작가의 치열한 현실 대면 속에서 반죽되어 탄력을 얻고 언어라는 조각칼에 의해 형체를 얻어 마침내 시간과 역사 속으로 다시 던져진다. 이처럼 내적 체험을 경과하여 소설은 비로소 미적 환영으로부터 새로운 역사성으로 이행한다.

(『소설과사상』 1999년 봄호)

글쓰기가 감추고 드러내는 인간의 욕망에 대한 소설적 탐구의 세 가지 사례 고찰

—조경란 · 박청호 · 송경아의 소설

1. 글쓰기 욕망의 두 가지 원천

글쓰기를 추동시키는 내부의 욕망과 외적인 조건은 매우 은밀한 것이기에 표면에 잘 드러나지 않는다. 간혹 그것이 감지된다고 하더라도 그것을 객관화하여 표현하기란 쉽지 않다. 그러니 글쓰기 욕망의 원천을 세부적으로 항목화한다는 것은 거의 불가능한 일일 것이다.

그럼에도 불구하고 겹겹이 쌓인 글쓰기 욕망의 꺼풀을 들추다보면, 눈에 띄는 몇 가지 욕망의 층위가 발견된다. 그중의 하나로 삶을 위조하고자 하는 욕망을 들 수 있다. 송경아가 그의 작품 가운데 기술해놓은 "책, 수많은 책들, 전부 내 삶에 관한 책을 쓰는 거야. 위조본, 복사본, 파본, 앞의 반은 똑같고 뒤의 반이 틀린 두 개의 책, 같은 내용을 다루면서 문체가 다른 책들, 한 장이 틀린 책, 단어 하나가 틀린 책, 글자 하나가 틀린 책, 판본이 다른 책, 장정이 다른 책, 수많은 책을 쓸 거야. 그래서 어떤 게 진짜 나-책인지 어떤 게 가짜인지 구분하지 못하게 만들 거야"(「책」, 『책』, 민음사, 1996, 34쪽)라는 대목은 글쓰기의 이면에 놓인 이와 같은 욕망을 직접적인 언술의 형태로 보여주고 있는 것이다. 이와 같은 욕망을 글쓰기를 통해 체현하기 위해 작가는 실재를 뒤틀고 과장하고 비약시킨다. 그리고 어떤 대목은 지나치게 정직하기도 하지만, 이러한 정직성은 글 전체가 작가의 전략에 의해 허구적으로 배치되어 있기에 오히려 매우 철저하게 은폐될 수 있다. 이 드러냄과 은폐의 긴장 속에서 작가는 자신의 내적인 체험과 대면하고 이를 자아와 세계의 대립으로 치환시킬 수 있다. 그것은 글쓰기 자체가 작가 개인의 특이성과 인간의 보편적인 본질 사이에 놓인 거리를 좁히고자 하는 욕망의 산물이기 때문이다. 그렇다고 해서 이러한 글쓰기의 층위가 고백소설이나 신변소설과 혼동될 수 있는 것은 아니다. 글쓰기의 전략에 의해 이와 같은 욕망이 가려져 있기 때문이다.

한편 최근 소설에서 발견되는 글쓰기 욕망의 징후 가운데 하나는 선행하는 문학작품이나 영화와 같은 문학 이외의 다른 매체를 무의식적으로 반복하거나 패러디화하는 것이다. 무의식적이라 했지만 실질적으로 그것은 무의식을 가장한 전략이다. 물론 이러한 측면은 글쓰기의 보편적 성격을 지적한 것에 지나지 않는다고 할 수도 있다. 롤랑 바르트가 이야기했듯 글쓰기 자체가 선행하는 언어에 대한 미메시스라고 할 수 있기 때문이다. 그럼에도 불구하고 최근 소설에서 징후적으로 드러나고 있는 글쓰기의 모방성은 삶을 위조하고자 하는 욕망을 글쓰기를 통해 구현하기 위해 적극적으로 선택된 장치라는 점에서 특징적이다. 또한 이러한 장치는 글쓰기 자체를 일상적인 삶의 질서로부터 이탈시켜 자율적으로 생산되는 작동체계의 장 속에 옮겨놓는 효과를 낳는다. 그러면서 애초에 위조하고자 했던 실제 삶의 요소는 전혀 다른 차원에서 은폐된 채로 드러나게 된다. 이 지점에서 드러내고자 하는 욕망과 은폐하고자 하는 전략은 양쪽에서 팽팽하게 줄을 당겨 힘의 균형을 이루고 있다.

이렇듯 서로 얽히면서 하나를 이루고 있는 글쓰기 욕망의 두 원천은 90년대 후반의 새로운 문학적 감각을 해명하는 데에 있어서 하나의 단서를 제공하고 있다. 이전 세대의 문학에 작가의 개인적 체험이 그대로 사회적 체험의 한 부분을 이루고 있었던 것과는 달리, 이제 작가적 체험은 철저하게 개인적인 것으로 드러난다. 다만 그와 같은 개인적 체험은, 표면에서는 무차별적인 덩어리로서의 대중으로, 그러나 다른 한편으로는 단자화되어 깊이로서만 존재하는 현대적 인간의 한 표정에 대응된다는 점에서 현실성과 시대성을 동시에 보유하고 있다.

2. 가족의 사회학 — 조경란

조경란의 『가족의 기원』(민음사, 1999)은 가족의 '기원' 이라기보다 가족의 '본질' 에 대한 탐구에 가깝다. 그것은 곧 "가족은 하나의 이데올로기에 지나지 않는다. 그러나 그 이데올로기가 원하는 가족의 모습은 현실 어디에도 존재하지 않는다"(41쪽)라는 명제로 집약된다. 그렇다면 이데올로기를 벗겨낸 현실 속의 가족의 모습은 어떠한가.

조경란의 가족에 대한 탐색은 집요할 정도로 지속적으로 추구된 바 있다. 「목이 긴 사내 이야기」와 「내 사랑 클레멘타인」, 그리고 「움직임」에 이르기까지, 그것들은 모두 『가족의 기원』을 이루고 있는 설계도이다. 그 가운데에서도 특히 「내 사랑 클레멘타인」은 『가족의 기원』의 철골 구조라고 할 수 있다. 그 설계도에 나타난 집은 한 부분이 떨어져나가거나 비가 새는 초라한 형상을 띠고 있다. 집이되 옥탑방이 있는 이층집이다. 같은 집 속에 있되 '나' 는 가족들과 분리되어 일층의 피아노 교습소나 옥탑방에서 살고 있다. 그럼에도 불구하고 '나' 는 가족으로부터, 집으로부터 쉽사리 벗어날 수가 없다. "집은 나에게 도약을 허용하지 않는 결박 같은 존재"(58쪽)이기 때문이다. 그러나 『가족의 기원』에 이르러 비로소 조경란은 집 밖으로 뛰쳐나온다.

『가족의 기원』은 「내 사랑 클레멘타인」의 후편이라고 할 수 있을 만큼 등장인물이나 서사의 구조에서 매우 유사한 일면을 보인다. 그러나 전자는 후자에 비해 '버캐' 나 '야금받게' 등의 어휘만큼 섬세하며, 또한 제가 깨고 나온 알껍질을 뜯어먹는 무당벌레가 알에서 깨어나자 제 어미의 살을 모두 파먹어버리는 거미새끼로 변신한 만큼 더욱 극단화되어 있다. 그러면서 천장 사이로 뚝뚝 떨어지던 빗물은 어느새 허리까지 차올라와 있다.

「움직임」에서의 가족이 할아버지와 이모와 삼촌으로 구성된 왜곡된 형상, 곧 "가족이라는 허울을 쓴 이상한 동물원"의 모습을 취하고 있다면, 『가족의 기원』에서 가족은 부모와 형제를 온전히 갖추고 있음에도 빚에 파산하여 정신적으로 황폐해진 아버지, 비대해진 어머니, 그리고 떠난 채 돌아올 줄 모르거나 자신의 일 속에 갇혀 있는 동생들에 의해 일그러져 와해 직전에 놓여 있다. 그러면서 전자에서는 내향적이고도 수동적이었던 감성이 후자에 이르면 공격적이고도 파괴적인 양상으로 변모해 있다. 그럼에도 불구하고 집과 가족에 대한 미련은 여전히 작중화자인 정원의 발목을 붙들고 있다. 유부남과의 연애 또한 새로운 가족과의 대면이기에 가족으로부터 벗어나는 계기가 될 수 없다. '그' 는 가족 밖에 있는 존재이지만 그 만남의 끝에는 또다른 가족이 기다리고 있다. 정원이 '그' 의 아내인 성원경에게 갖는 호감이나 이끌림 또한 가족의 형성과 해체의 이중적 욕망을 표상하고 있다.

이러한 탈출과 회귀의 줄다리기에서 벗어나는 계기는 연립주택에서 만난 노인과의 대면에 이르러서야 비로소 발견된다. "나는 노인의 입술에 내 혀를 밀어넣었다. 쓰디쓴 한약 냄새와 달인 대추탕처럼 들큰한 맛이 혀끝에 묻어났다. 노인의 몸에 내 몸을 밀착시켰다. 좀더 깊이 노인의 입술에 혀를 밀어넣으면서 한 손을 사타구니 사이로 가져갔다. 노인이 다시 잠들 때까지, 나는 눈뜨지 않았다"(103쪽)와 같은 대목은 「목이 긴 사내 이야기」에서 등장했던 중학생 소년과의 성교 장면이나 「움직임」에서 장님들이 화투를 치는 장면을 연상시키는데, 이와 같은 그로테스크한 장면은 이 소설에서 발견할 수 있는 가장 선명한 인상 가운데 하나라고 할 수 있다. 정원은 노인을 목욕시키고 방으로 이끈다. 그리고 그 곁에서야 불면을 걷어내고 오랜만에 깊은 잠에 빠져들게 된다.

아버지는 집을 나가고 아버지가 없는 집은 빚에 넘겨져 어머니와 동생은 여관 신세를 지게 된다. 남자의 아내와의 만남을 통해 남자와의 관계 또한 막바지에 이르렀다. 그러한 가운데 육 개월 동안 죽은 아내의 시신과 더불어 살았다는 사연과 함께 노인이 시체로 발견되는 사건이 발생한다. 노인의 자살은 정원이 운명의 질긴 끈을 끊고 "어두운 길 저쪽"으로 떠나가도록 하기 위해 마련된 통과제의와도 같은 것이다. 이 지점에서 옥탑방으로부터 벗어나기 위한 힘겨운 도정이 마무리되기에 이른다.

이처럼 조경란의 『가족의 기원』은 가족이라는 운명적 굴레로부터 벗어나기 위한 몸부림의 형상화이다. 이 도정은 "가족은 하나의 이데올로기"라든가 "집은 나에게 도약을 허용하지 않는 결박 같은 존재"라는 단정적인 명제로부터 비롯된다. 그렇다면 가족 밖에는 무엇이 있는가. '어두운 길'만이 놓여 있다. 『가족의 기원』은 「내 사랑 클레멘타인」의 주제를 확대시켜 변주하는 것처럼 보이지만, 둘 사이에는 커다란 도약이 가로놓여 있다. 이 지점에 이르러서야 비로소 문학적 관습에서 유래한 감성적 체질에서 벗어나는 것이 가능하게 된 것이다.

3. 연애의 정치학—박청호

박청호의 소설세계를 지배하고 있는 중심적인 모티프 가운데 하나는 소녀의 이미지이다. 나이가 들었어도, 무수한 남성 편력을 거쳤어도 여전히 소녀다. 연애에 대한 열정을 지니고 있기에, 새롭게 사랑을 시작할 수 있다는 의지를 품고 있기에 소녀다. 그것은 시선을 소년의 그것으로 취할 때 비로소 가능하다. 시간을 초월한 소년의 시선이 무차별적인 여성을 소녀로 탈바꿈시킨다. 뿐만 아니라 소년의 시선과 소녀의 이미지에 의해 실재는 새로운 판본의 세계로 변환된다. 거기에서 초월된 실재가 꿈과 환상으로 새롭게 생성된다. 「죽은 시인의 사회」에서 한철의 입을 빌려 표현된 "꿈이나 생각, 추억이나 미래도 현실이 아닌가요?"(『소년 소녀를 만나다』, 해냄, 1998, 39쪽)라는 질문은 이러한 세계로 들어가기 위해 풀어야 하는 수수께끼와도 같은 것이다.

「라푼젤의 두번째 물고기」에서 주인공 화자는 이미지와 더불어 살아간다. 이미지는, 그것이 설사 소설 속에서 튀어나왔다고 하더라도, 언제든지 의식 속에서 새롭게 생성될 수 있기에 죽음을 초월하는 불멸의 존재다. 그러기에 그것은 현재가 아닌 미래에서 만날 수 있으며, 불멸이기에 그만큼 순수하다. 현재의 계기에서 출발하여 과거의 기억을 더듬어가며 발생하는 욕망이라고 하더라도 욕망의 기원은 미래이다. 미래는 시간적 질서를 초월하여 존재하는 욕망의 충족 상황을 표상하는 것 이외에 다른 어떤 것도 아니기 때문이다. 만남의 무대인 피렌체 또한 한 번도 가본 적이 없을뿐더러 어디에도 존재하지 않는다. 그것은 미래에 속한 지명이기 때문이다. 아니, 과거와 현재와 미래라는 시간적 구분을 초월하여 존재하는 지명이기 때문이다. 이 지점에서 욕망은 과거와 현재와 미래를 관통하여 존재한다.

이 국적 불명의 세계, 시대 불명의 세계란 무엇인가. 그 세계는 어떠한 시간의 역사도 허용하지 않기에 거기에는 성장도 노쇠도 없다. 「담배가게 이야기」에서 보듯 그것은 이미지들이 실재를 지배하는 세계이기에 거기에서는 이미지만이 현실이다. 실재는 이미지의 압도적 힘 앞에서 그 본연의 색채를 잃고 이미지화된 세계의 한쪽 구석에 초라하게 자리잡고 있다. 발목을 붙잡는 현실 속의 사건들은 사라지고, 그 사건들은 이미지들이 서로 교미하고 번식하는 세계 속에 입양되어 존재의 뿌리를 망각한 채 새로운 삶을 살아간다. 사실 이미지란 이 다른 차원의 삶을 살아가기 위한 의식의 교묘한 장치가 아니겠는가. 기억이 망각을 위한 장치인 것처럼. 그러나 이 모든 욕망과 이미지들이 구축한 세계는 사실 그 구석에 초라하게 자리잡고 있는 실제의 사건에 바쳐진 것이다. 그것은 마치 한 폭의 장대한 그림이 그 한쪽 구석에 조그맣고 희미하게 그려진 검은빛의 서명에 무릎을 꿇고 있는 것에 비유될 수 있다. 그러기에 실재와 이미지의 이러한 전도 현상은 실재를 한편으로 은폐하면서 허구적으로 드러내기 위한 일종의 전략으로 읽을 수 있다.

그 세계에서 남자와 여자는 소년과 소녀가 되어 새롭게 만난다. 소년과 소녀로 다시 태어날 뿐만 아니라 소년이 소녀로 전이된다. 박청호 소설에는 『단 한 편의 연애소설』(문학과지성사, 1996)에서부터 유난히 여성 화자가 자주 등장한다. 이때에 여성은 성적인 지표가 아니다. 소년과 소녀가 낳은 새로운 성별의 아이에 다름아니다. 이 경우 성적인 전환은 실재가 환상으로 전환되는 것에 대응되는 어떤 것이다. 「섬」에서 소녀는 아홉 살이면서 동시에 쉰다섯 살이다. 그러기에 '섬'은 기억과 상상이 직선적인 시간을 단절시키고, 반복시키고, 변형시켜 만들어낸 "두께와 깊이와 부피를 지닌 시간"의 다른 이름이다. 그것은 현실 어디에도 존재하지 않지만 의식의 모든 장면에서 떠오를 수 있다. 의식의 자궁에서 기억과 환상의 산고를 거쳐 태어난 돌덩이, 그것이 곧 섬이다. 섬을 잉태하고 출산하는 데에 골몰하는 의식은 따라서 현실이라는 생명체를 그 안에서 키울 수 없다. 이 때문에 환상 이면에는 불모와 죽음의 풍경이 펼쳐져 있다. 시간을 초월해 있기에 죽음 또한 눈앞에 다가와 있다. 환상의 이미지들은 죽음과 바로 맞닿아 있었던 것이다. 환상은 죽음을 문득 떠올리게 하고 죽음은 환상을 통해 잠시 자신의 존재를 은폐시킨다. 이와 같은 환상과 죽음의 변증법은 점증하는 강도를 요구하고, 그것은 결국 중독으로 이어진다. 이러한 점에서 연애와 섹스는 환상과 같은 차원의 것이다. "헤어지는 고통이 나에게 상처를 입히고 나는 그 상처를 치료하기 위해 또다른 사랑을 찾는다. 치료약으로서의 연애, 나는 조금씩 더 깊이 병들어가고 있다"(115쪽)는 발언은 이와 같은 환상과 죽음, 연애와 상처의 변증법을 드러내고 있다. 그러기에 여기에서 연애와 섹스는 자위의 강박적 반복과도 같은 것이다. 「소년 소녀를 만나다」에서 장순호와 장미래가 죽음에 이르는 과정에 놓인 '병'은 바로 그러한 중독의 극단에 놓인 것이다. 그들은 마치 '도박사'처럼 책임질 줄도 모르면서 정신없이 강박적 반복의 유혹 속으로 뛰어든다. 〈나쁜 피〉의 STBO를 떠올리게끔 하는 이 '병'은, 그러기에 「죽은 시인의 사회」에서 시인을 죽음으로 몰고 간 병과 같은 것이다.

연애와 더불어 박청호의 환상에 밑그림으로 놓여 있는 것 가운데 하나는 가족이다. 죽음을 환기시킴과 동시에 그것으로부터 벗어날 수 있도록 하는 계기가 사랑이라면, 가족은 죽음의 그림자에 다름아니며 그러한 그림자를 지우기 위한 몸짓이 곧 살부 욕망이다. 존재와 운명을 차압하고자 덤비는 가족이기에, 그리고 삶의 어느 순간에고 그것은 자신의 존재 속에서 현실화되고 있기에, 그것을 떨쳐버리기 위해서는 환상의 욕망을 품지 않을 수 없다. 물론 궁극적으로 그것은 자신의 존재에 드리워진 가족의 그림자를 더욱 뚜렷하게 드러내는 계기일지라도. 그러기에 살부 욕망의 바탕에는 피의 존재와 그것이 만든 얼룩과 그리고 그 모두에 대한 거부가 복합적으로 얽혀 있다. 「빚을 갚기 위하여」나 「한 착한 남자의 불행」이 이와 같은 범주에 해당된다. 모독과 살인의 욕망을 드러내는 것, 그것은 곧 저주와 처벌을 불러일으키는 것이다. 이와 같은 양가성이 박청호 글쓰기의 본질을 이룬다. 쫓기는 한편 쫓아가는 모순의 역동성이 여기에 있다. 그 모순의 역동성 한가운데 두려워하는 두려운 아이가 서 있다.

박청호 소설에서 잘 드러나지 않지만 분명하게 존재하는 흔적을 하나 더 든다면 그것은 환상적인 상상 속에서 언뜻 비치는 현실과 그 현실의 배후에 놓인 정치적 편린들이다. 그러나 그것은 신변에 가까운 주관적 현실이어서 정치적인 것은 다만 흔적으로만 드러날 뿐이다. 기존의 소설적 관행에 비추어보면 심각한 단점으로 보일 수도 있는 이러한 측면은 사실 박청호 소설의 독특한 측면 가운데 하나이다. 「죽은 시인의 사회」가 박청호의 다른 소설들에 맥락이 닿아 있으면서도 오히려 이질적이고 어색하게 느껴지는 것은 이 때문이 아닐까.

4. 테러의 심리학 — 송경아

송경아의 『테러리스트』(문학과지성사, 1999)는 제목에서 드러나듯이 폭력을 그 소재로 취하고 있다. 그러나 여기에서의 폭력은 사회적 현실과 결부된 정치적 폭력도 아니며, 그렇다고 복수와 응징의 차원에서 수행되는 일상적 폭력도 아니다. 그것은 순수한 의지와 관념으로서의 폭력이다. 마치 스탠리 큐브릭의 〈클락워크 오렌지〉나 올리버 스톤의 〈킬러〉를 연상시키는 폭력의 순수성이야말로 이 작품의 독보적인 영역이라 할 수 있다.

이와 같은 측면은 송경아의 작품세계에서 보면 그의 초기작부터 이어져온 문제의식 가운데 하나이다. 그 이전 작품집 『엘리베이터』(문학동네, 1998)에 실린 「정열」과 「이학기」를 그 대표적인 예로 들 수 있다. 「정열」에서 폭력성의 진원지는 단순히 소유욕이라고 말해버릴 수 없는 맹목적이고도 강렬한 집착이다. 여주인공 소희가 주장하는 "내부에서 타오르는 불이 너무도 뜨겁기 때문에 진짜 불 속을 뚫고 지나간다고 해도 오히려 시원하다고 생각할, 그런 정열"(244쪽)은 그 맹목성으로 말미암아 오히려 광기에 가깝다. 마침내 소희 스스로가 불꽃이 되어버리는 환상적인 장면이 연출된다. 송경아는 이러한 환상을 통해 표면적으로는 안온하고 평안한 세계의 한 꺼풀 밑에서 꿈틀거리고 있는 인간 의식 심층의 카오스를 상징적으로 드러내 보이고 있다. 「정열」이 한 인간의 형상을 통해 의식의 심층의 모습을 드러내고 있다면, 「이학기」는 그러한 심층의 혼란스러운 의식이 인간들의 관계를 거치면서 드러나게 되는 더욱 복잡한 양상을 형상화하고 있다. 이 경우 폭력성의 근원은 진지함과 개성을 거부하는 집단성의 심리적 메커니즘이다. 새로 전학 온 신희가 선영들에게 불러일으킨 두려움의 실체는 '진지함'이다. "나는 두려웠다. 인간의 형상을 취한 이 진지함, 자신의 앞에 닥쳐올 사건과 인물들을 세밀히 관찰하고 답을 내려고 하는 창백한 눈이 기분 나빴고 피하고 싶었다"(262쪽)와 같은 대목에서 드러나듯 양성적 혹은 음성적 권력을 위반하는 낯선 진지함은 이물질처럼 불편함을 주기에 결국 희생양이 되고 만다. "그애는 어떤 성격이어서가 아니라, 어떤 성격이 아니기 때문에 받아들여지지 않는 것"(265쪽)이라는 서술에서 그것을 확인할 수 있다. 강한 권력에 기생하여 용인된 편안함을 유지하고자 하는 욕구, 이것이 곧 진지함을 불편함으로 여기는 빌미를 제공한 것이다. 전상국의 「우상의 눈물」(1980)이 폭력의 좌절 양상을 통해 개인 이면에 존재하는 체제 자체의 폭력성을 알레고리적 방식으로 드러내고 있다면, 송경아의 「이학기」는 양성적 권력과 음성적 권력, 그리고 희생양으로 이루어진 체계의 폭력적 구조와 더불어 그 구조의 메커니즘에 내재한 구성원들의 심리를 탐색하고 있는 것이다. 결국 이와 같이 평온한 세계의 밑바닥에서 꿈틀거리고 있는 병리적 욕망의 메커니즘은 평범한 일상의 '근처' 어디에나 그러한 일상을 전복시킬 수 있는 음험한 심연이 놓여 있음을 상기시킨다.

「정열」「이학기」가 폭력적 욕구에 대한 심리적 해부라고 한다면, 『테러리스트』에서의 폭력은 이와 차원을 달리 한다. 이것은 오히려 그의 초기작인 「유괴」(『성교가 두 인간의 관계에 미치는 영향에 대한 문학적 고찰 중 사례연구 부분』, 여성사, 1994)에 보다 직접적으로 이어져 있다. 여기에서 유괴라는 '폭력'은 등장인물이 작가에게 저항하는 하나의 방식으로 선택된 관념적인 것이다. 곧 부영시라는 공간을 신과 같은 존재인 작가가 구성한 세계라고 파악하고 거기에서 벗어나는 탈출구를 모색하는 과정에서 채택된 것이 곧 유괴이다. 결국 「정열」이나 「이학기」가 평화로운 세계의 이면을 구성하고 있는 심리적인 폭력의 기제들에 대한 탐색이라면, 「유괴」나 『테러리스트』는 그와 같은 체계화된 폭력에 맞서는 상징적 방식에 대한 추구를 드러내고 있다.

『테러리스트』에는 테러리스트 정민규와 서적 수집인 윤여신이 주인공으로 등장한다. 두 인물은 고아이거나 고아나 다름없이 태어났다. 이들을 키운 것은 정상적인 삶의 질서가 아니기에, 각자의 방식으로 주체의 고양을 도모할 수밖에 없다. 폭력과 책이 그 수단이다. 민규를 키운 것이 테러라면, 여신을 키운 것은 책이다. 제도는 그러한 방향으로 삶을 키우도록 강제한 네거티브적인 힘이다. 폭력이 질서의 외부에서 주체성을 확립하는 방식이라면, 책은 질서의 내부에서 추구될 수 있는 주체성 확립의 방식이다. 그렇기에 곧 폭력과 책읽기는 같은 차원에 놓이게 된다. 다만 전자가 파괴의 직접적 양상이라면 후자는 그와 같은 파괴의 욕망을 내면화한 것이라는 점에서 변별될 따름이다. 더구나 여신의 책읽기는 글쓰기로의 이행이 차단되어 있기에 파괴 욕망이 승화될 수 있는 통로가 억압되어 있다. 그러한 점에서 보면 폭력과 책읽기는 선분의 양쪽 두 극단에 놓인 점이라 할 수 있다.

민규와 여신의 만남은 두 극단의 만남이자 동질성의 회복이라 할 수 있다. 그러기에 이 만남은 서로 방향을 다른 방식으로 전환시킬 수 있는 계기로 작용하게 된다. 이러한 전환은 여신의 주인과 그의 서자인 otherself의 개입에 의해 유도되는 한편 가속화된다. 결국 남는 것은 "인간에 대한 애정과 신뢰"를 주장하며 '변절' 하는 민규의 방식과 힘의 의지를 통한 절대적 자유를 고수하는 otherself의 방식의 대립이다. 작가가 이러한 방식의 대립을 설정한 것은 아마도 어떠한 문제에 대한 진단이나 대안을 제시하는 것이 아니라, 그 문제를 극단적인 지점에까지 이끌고 나가 거기에서 발견되는 두 가지 방식의 대립을 통해 문제의 폭과 깊이를 환기시키기 위한 것이라고 생각된다.

이러한 소설적 장치는 김승옥의 「환상수첩」에서 이미 보아온 터이다. 민규가 학급으로부터 불우이웃성금을 받는 사건이 「환상수첩」의 선애를 떠올리게끔 한다거나, 「유괴」의 도입부가 친구의 수기를 소개하는 형식으로 된 점은 이러한 장치에서 보면 오히려 부차적인 비교점이 될 것이다. 「환상수첩」에서 윤수나 정우가 위악적 포즈로부터 스스로를 되찾은 것은 삶의 정상적 궤도를 회복한 것이지만, 그것은 결국 니체가 말하는 노예 도덕의 일종으로 전락한 것으로 볼 수도 있다. 그러기에 임수영의 절대적 방식과 오영빈의 도입과 결말이 필요했던 것이다.

마찬가지로 『테러리스트』에서 민규의 변절은 자신이 비웃었던 제도의 도덕과 일상으로 회귀하는 한계를 내포하고 있는 것이다. 이는 자칫하면 윤리적 방식의 해결로 치닫게 될 우려가 있다. 송경아의 궁극적인 전략은 제도로부터 벗어나고자 하는 욕망과 그 좌절과 더불어 그 배후에 놓인 제도 자체의 강력한 존재성을 보여주는 데까지 나아가고자 하는 것이다. 그것을 위해 대안의 선택이 아닌 두 극단적 대립의 대비가 필요했던 것이다. 그러나 이와 같은 주제의 신선함에 비추어본다면, 서사 구성이나 전개의 밀도가 범상하다는 점은 아쉬움으로 남는다. 공격성은 그것에 걸맞은 형식을 요구하기 때문이다.

5. 가족의 이데올로기와 가족 해체의 이데올로기

위에서 다룬 세 편의 작품들은 글쓰기 욕망의 새로운 원천을 사유하도록 자극한다. 거기에는 일상의 표면에 드러난 관습적인 욕망이 아니라 일상 내부 깊숙이 감추어진 낯선 욕망을 드러내고자 하는 의식적인 태도가 잠재해 있다. 그러한 욕망이 직접적으로 감지되는 장소는 물론 작가 개인의 의식 내부일 것이다. 그러기에 거기에는 그와 같은 개인의 의식에서 체험된 것을 은폐하면서 드러내기 위한 장치와 전략이 동시에 숨겨져 있다. 다른 텍스트로부터 이미지들을 빌려와 그것을 실재와 복잡하게 뒤섞는 것은 그러한 장치 중의 하나라고 할 수 있다.

한편 이들 작품에서 공통점을 추출해낼 수 있다면 그것은 세 작품이 모두 직접 혹은 간접적으로 가족을 문제삼고 있다는 것이다. 조경란이 와해된 가족의 모습을 극단화시켜 그곳으로부터 도주하고자 하는 욕망을 배치시키고 있다면, 박청호의 경우는 거기에 살부 욕망과 모성 모독이 추가되어 더욱 극단적인 부정의식을 드러내고 있다.

가족 형성의 의지 또한 철저하게 좌절되거나 거부된다. 조경란의 경우 연애는 새로운 가족관계를 상상하는 순간 파탄에 이르며, 박청호의 경우 연애는 치명적인 병에 이르는 중독에 다름아니며 결국 죽음에 도달하는 계단이기에 가족 구성의 가능성은 애초부터 봉쇄되어 있다. 한편 송경아에게 가족은 그것으로부터 탈주하고자 하는 욕망을 불러일으키는 동시에 탈주하는 욕망을 가두는 구조의 다른 이름이다. 거기에는 가족 구성의 욕망과 가족 해체의 욕망이 갈등을 이루며 평행선을 달리고 있다.

이러한 가족 해체 양상이 욕망의 발생 기관이자 욕망의 억제 장치로서의 가족 이데올로기를 폭로하고 있다면, 이와 같은 가족 해체의 이데올로기는 무엇인가. 그것은 가족이라는 순환적 구조 속에서 소진되는 탈주의 욕망을 불러일으키기 위한 전략이다. 그러기에 여기에는 파괴적인 공격성이 수반되지 않을 수 없다. 이러한 공격성은 평온한 삶의 이면에서 꿈틀거리는 욕망을 전경화해 극단적인 방식으로 환기해 보여주기 위한 장치일 것이다.

(『소설과사상』 1999년 여름호)

상실된 역사와 관념적 상상력의 만남

—정찬 장편소설 『황금 사다리』

『문학과사회』 1991년 봄호에 실린 「얼음의 집」을 장편으로 개작한 정찬의 두번째 장편소설 『황금 사다리』는 일본 천왕 암살 사건으로 사형선고를 받았던 실존 인물 박열의 삶이 작품의 한 축을 이루고 있다. 역사적 사건을 작품의 한 축으로 설정하는 방법은 이 작가의 작품세계에 한정한다고 하더라도 그다지 낯선 것은 아닌데, 고레츠키와 아우슈비츠, 그리고 가난한 연극이 작품의 한 축으로 차용되었던 「슬픔의 노래」나 소비에트 몰락의 현장을 배경으로 삼은 「섬」과 같은 작품을 통해 이미 그와 같은 경향이 드러난 바 있기 때문이다. 이러한 경향의 작품은 정찬의 다른 경향의 작품들에 비해 특히 높은 형상화와 구체성을 획득할 수 있었는데, 이것은 실재했던 역사적 소재와 그것에 대한 구체적 감각이 정찬 특유의 관념적 경향을 완화시킬 수 있었던 데 기인한다.

천왕 암살을 모의했던 무정부주의자 박열과 그의 아내 가네코 후미코의 극적인 삶이 역사적 사실로서 작품의 한 축에 놓여 있다면, 이 작품이 주제화하고 있는 허구적 공간은 정준영이라는 반허구적 인물에 의해 역사적 사건과 매개되어 있다(시나노가와 조선인 노동자 학살 사건을 증언한 한 노동자가 정준영의 모델로 활용되고 있다). 좀더 자세히 살펴보면, 이 작품은 실재했던 역사적 사건의 무게에 의존하고 있는 것은 사실이지만, 거기에 모든 것을 내맡기고 있지는 않다. 관동 대지진 당시 내무대신이었던 미즈노 렌타로와 경무총감 아카이케의 대화에서 보듯, 저자는 역사적 사건에 대한 풍부한 인문학적 분석을 수행하고 있기 때문이다. 일찍이 재난이 불러일으키는 고통에 대해 인간들이 격분을 일으키는 것은 고통 그 자체 때문이 아니라 오히려 그 고통이 무의미하기 때문이라고 갈파한 것은 니체였거니와, 이와 같은 사상상의 문제를 관동 대지진을 둘러싼 권력의 전술에서 발견해낸 점은 저자의 날카로운 안목을 엿볼 수 있게 해주는 대목이다. 요컨대 이 작품에서 역사적 사건은 작자의 관념적 상상력에 의해 재해석된, 혹은 그와 같은 작자의 재해석에 의해 새롭게 발견된 세계라고 할 수 있다.

이와 같은 역사적 사건의 재해석을 통해 이 작품이 주제화하고 있는 권력의 문제는 단순히 통치나 정치상의 거시적 권력에 한정되지 않는 보편적인 인간의 욕망과 관련된 것으로, 이것은 주인공과 그의 스승인 하야시 세이카의 삶과 운명을 통해 잘 드러나 있다. 상승의 욕망이 가져오는 쾌락의 대가가 가혹한 권력의 운명으로 귀결된다면 이와 같은 권력의 운명으로부터 벗어나는 것은 어떻게 가능한가. 이러한 물음은 이 작품의 궁극적인 주제와 관련되는 것이라 하겠는데, 주인공의 스승 하야시에게 그것은 고문의 쾌락을 지우며 고문 대상자를 사물로서 인식하는 것이었다. 그로 말미암아 하야시는 단순한 고문 기술자가 아니라, 에타의 신분에서 벗어나 천황에 오르는 '황금 사다리'를 꿈꾸는 위대한 환각인(幻覺人)의 자리에 설 수 있었던 것이다. 그러나 그가 구축한 '얼음의 집'은 곧 권력욕의 변형된 모습이라 할 수 있는 부자관계의 덫에 걸려 무너져 버리고 만다. 이 막다른 지점에서 주인공이 발견한 돌파구는 무엇인가.

그것은 정준영으로 변신하기이다. 그러한 변신의 매개는 육체적 감각, 곧 정준영의 살 속에 찔러넣은 칼을 통해 전해져온 혼의 감각이다. 그러나 그와 같은 육체적 감각은 결국 권력의 운명 반대편에 놓인 사랑이라는 관념을 상기함에 의해 가능하였으며, 그와 같은 관념을 통해서만 주인공은 권력과 사랑의 모순을 극복할 수 있었다.

이러한 해결이 설득력을 얻고 있는가에 대해서는 의문의 여지가 있다. 「슬픔의 노래」에서 발견되는 혼의 감각과 그것이 불러일으키는 환촉이 역사적 고통의 구체화를 보여주고 있다면, 여기에서 변신의 매개로 제시된 육체적 감각은 곧 사랑이라는 관념의 다른 모습에 불과하기 때문이다. 이러한 문제의 단초는 애초에 이 작품이 설정하고 있는 대립적 구도, 즉 권력과 사랑(혁명)의 이분법적 구도 자체에서 발견할 수 있다. 이 두 가지 대립의 극단이 그토록 선명하게 구분될 수 있는 것은 순수 관념의 영역에서만 가능하기 때문이다. 가네코 후미코의 삶과 사상이 사랑이라는 관념으로 주조된 것은 현실을 일방적으로 관념화한 결과이다. 그러하기에 소설의 진행과 더불어 그 거리를 심화시킨 두 대립의 해결은 기적과도 같은 변신이라는 방식의 도입을 필요로 할 수밖에 없었던 것은 아닐까.

주제의 구체적 현실성에 대한 문제와 관련하여 한 가지 더 지적할 수 있다면, 그것은 이 작품이 처음 발표되었던 1990년대 초와 현재의 시간적 거리와 관련된다. 고문으로 말미암은 권력의 붕괴가 여전히 상당한 실감으로 주어진 시기와 그로부터 10년 가까운 세월이 흐른 시기 사이의 공백을 작가는 어떠한 방식으로 메우고 있는가. 관동 대지진 사건의 구체적 묘사와 박열의 죽음에 대한 상세한 서술이 역사적 사건의 해석에 풍부함을 더하고 있다면, 관동 대지진 사건을 둘러싼 미즈노 렌타노와 아카이케 경감의 대화 장면과 결말 부분의 주인공의 변신 장면은 작품이 담아내고 있는 주제의 심화에 관련된다고 할 수 있다. 이러한 보충과 심화가 상당히 효과적임에도 불구하고 그것이 새로운 현실에 대응할 수 있는 방식까지 고려한 결과인가에 대해서는 재고의 여지가 있다.

그럼에도 불구하고 이 작품이 담고 있는 역사적 규모의 장대함과 그 주제의 진지함이 새로운 시간 속에 놓인 독자들을 만나게 되었다는 사실은 이의를 제기할 수 없는 반가움임에 분명하다.

(『문학동네』 1999년 가을호)

소설, 혹은 영원한 글쓰기의 실험
—구효서·이인성의 소설

1. 글쓰기 욕망의 불투명성

설명되지 않는 일들이 세상에는 많은데, 글쓰기 욕망의 정체 또한 그 가운데의 한 가지일 것이다. 왜 소설을 쓰는가. 혹은 왜 어느 순간부터 이전의 경향과는 다른 경향의 소설을 쓰는가. 그 근원에 혹은 전환의 지점에 삶의 여러 계기들이 놓여 있을 것이다. 하지만 그렇다고 해서 글쓰기 욕망의 정체가 선명하게 밝혀질 수 있으랴. 사후적(事後的)으로 설명될 수는 있겠지만, 그렇다고 해서 그 설명이 원인으로까지 소급되지는 않는다. 오늘도 끊임없이 소설이 씌어지고 소설에 대한 논의가 생성되는 것은 이러한 글쓰기 욕망의 불투명성에 기인하는 것이 아닐까.

작가 구효서와 이인성이 각각 그들의 네번째 창작집을 세상에 내놓았다. 그 성격은 물론 다르지만 이 둘은 작가적 출발에 있어서 글쓰기 의식의 문제를 매우 실험적으로 다룬 작품으로 소설 창작에 임했다는 공통점을 지닌다. 그러나 이번에 발간된 각각의 창작집을 비교해보면, 묘한 대조를 읽을 수 있어 흥미롭다. 구효서의 『도라지꽃 누님』이 『깡통따개가 없는 마을』(1995)부터 비롯된 작가의 소설 경향의 변모를 더욱 뚜렷이 하고 있다면, 이인성의 『강 어귀에 섬 하나』는 『낯선 시간 속으로』(1983)부터 시작된 실험을 일관되게 심화시켜 보이고 있기 때문이다.

2. '거리', 체험의 근원적 균열에 놓인

구효서의 『도라지꽃 누님』은 일상에 내재한 욕망을 작가 특유의 차분하고도 담담한 필치로 그려내고 있는 소설이다. 일찍이 그는 『확성기가 있었고 저격병이 있었다』(1993)에서 추상적인 감시체제에 의해 둘러싸인 삶과 소설에 대한 신선한 자의식의 세계를 기호세계와 알레고리적 방법을 통해 펼쳐 보인 바 있다. 그리고 『깡통따개가 없는 마을』에서는 소설가로서 살아가는 것에 대한 자의식을 바탕에 둔 작품들을 보여준 바 있다. 얼핏 보면 신변에 지나지 않는 이야기들임에도 불구하고 그것에 소설성을 부여하고 있었던 것은 바로 이 전업작가로서의 자의식이다. 『도라지꽃 누님』은 『깡통따개가 없는 마을』에 나타난 이러한 자의식의 시선을 삶의 일상과 거기에 내재한 욕망들 가운데로 돌리고 있다.

『도라지꽃 누님』에서 일상은 견고하면서도 허술한 어떤 것으로 그려지고 있다. 삶의 공식들은 일상을 "누구와도 다르지 않은" 것으로, "어제와 달라진 것은 아무것도 없"는 반복으로 만들기에 낯익고 견고한 체계를 이루고 있다. 일상 가운데의 욕망 또한 공급된 일상을 매개로 한 모방으로부터 생성된 것이다. "그의 노벨상 소식을 알리는 콜롬비아의 언론이라든가 그의 책을 부랴부랴 번역해 출간한 국내 출판사의 광고 카피에서 본 듯한"(19쪽) 도마동 아주머니의 마르케스에 대한 찬사라든가, "더도 덜도 할 것 없이 북한강변에서 흔히 볼 수 있는"(61쪽) 도라지꽃 누님의 전원 주택, 〈프라이드 그린 토마토〉를 인용한 '나무남자의 아내'의 연못 이야기 등이 그것을 입증하고 있다. 이처럼 일상은 인물들의 욕망마저도 지배하고 있다. 인간과 욕망을 매개하는 일상이 있기에, 구효서가 그려내는 삶의 이야기들은 쉽게 센티멘털리즘으로 빠져들지 않는다.

그러나 일상은 이처럼 견고한 것이지만, 그 속에 내재한 낯선 욕망에 의해 언제든지 무너져내릴 수 있는 허술한 것이기도 하다. 그 낯선 욕망의 세계는 "그 동안 내 눈이 보아내지 못했던 어떤 어둡고 차가운 세계가 그 커다란 붕어의 징그러운 등비늘 모양을 하고 내 의식의 세계를 마구 침범해들어오는 것 같"(11~12쪽)은 그러한 것이다. 그것은 마치 바다 속에 묻혀 있는 침향과도 같이 잘 드러나지 않는 세계지만, 그 존재는 우리 삶을 지탱해가는 근원이다. 혹은 그것은 "잊고 살았던 세월 동안 숲 뒤에서 혼자 성큼 커버린 자신의 존재"(186쪽)처럼 분명히 존재하지만 우리가 일상 속에서 잊고 살아가는 그러한 삶의 한 부분이다.

그런데 구효서의 소설 속에서 낯선 욕망의 존재 유무보다 더 중요한 것은 그것을 드러내는 작가의 방식이다. 그 낯선 욕망은 실체로서 존재하는 것이 아니라, 어떤 '거리(距離)' 속에서만 존재를 드러내고 이내 사라지는 것이다. 그러기에 구효서 소설에서 욕망의 진정한 주체는 바로 이 '거리'라고 할 수 있다. '거리'가 삶을 움직이고 사건을 발생시킨다. 「도라지꽃 누님」에서 누님으로 하여금 인공의 자연으로부터 도라지꽃으로 나아가게 만든 것은 백구와 누님 사이에 놓인 '거리'를 극복하고자 하는 시도이다. '거리'는 그것을 좁히고자 하는 시도를 유발하지만, 결코 좁혀지지 않고 새로운 거리를 낳으며 미끄러진다. 그러기에 '거리'의 확인은 삶의 존재 양식의 확인일 것이다. 「내 목련 한 그루」에 이어진 「잠든 밤에도 비는 내리기 때문이겠지요」에서 그녀가 전화를 거는 이유는 그것이 "서로의 존재를 확인시켜줄 뿐 그 완강한 거리를 좁히지 못하는 기계"이기 때문이다. '거리'는 시간과 공간이 만들어내는 것이기도 하지만, 거기에는 보다 더 근원적인 차원이 놓여 있다. "입 밖으로 내서 말할 순 없었지만 나는 그녀와 나 사이에 가로놓인 어떤 것을 막연히 느끼고 있었다"(「아우라지」, 199쪽)에서 보듯, 그것은 생리적이며 근원적인 어떤 것이다. 이 '거리'가 욕망을 드러내고 그것을 충족시키고자 하는 새로운 욕망을 형성한다.

'나'와 세계 사이에 놓인 근원적 균열인 이 거리는「오후, 마구 뒤섞인」과「검은 물 갇힌 강」에 이르면 '나'와 글 사이의 거리로 치환된다. 그리하여 '나'의 허구화와 망각화로 귀결된다.「검은 물 갇힌 강」은 이 작품집에서뿐만 아니라, 구효서의 소설세계에서 가장 이색적인 성격의 작품이다. 이 작품에서 어두운 욕망의 세계는 벙어리 소년과 매일 서캐를 잡듯 비닐 조각에 돋은 공기 방울을 정성스레 터뜨리는 노파에 의해 그로테스크하게 펼쳐져 있다. 하얀 비닐 조각이 온 마을을 눈처럼 뒤덮고, 그 사이로 목이 터진 벙어리 소년의 외침이 들리는 풍경은 잃어버린 기억이 한꺼번에 의식의 표면을 뚫고 올라오는 폭발적인 힘에 대응된다. 여기에 구효서 소설의 새로운 모색이 놓여 있다고 보는 것은 나만의 생각일까.

3. '사이', 언어의 궁극적 지점에서 발견되는

이인성의『강 어귀에 섬 하나』는 그의 첫 창작집『낯선 시간 속으로』이래 지속되어온, 흔들리지 않는 확고한 실험의 경지를 보여주고 있다. 그러기에 그의 소설은 마치 언어를 처음 배우듯이 그토록 어렵게 읽힌다.『한없이 낮은 숨결』(1989)에서 그야말로 전면적으로 시도된 바 있는 글쓰기의 자의식에 대한 집요한 탐구가 아직도 끝나지 않은 것인가. 마치 필생의 업처럼 그는 이번에도 이 화두에 뛰어들고 있다.

그의 모든 창작집에서는 전체를 꿰뚫는 일관된 구조를 항상 느낄 수 있는데, 네번째 창작집인『강 어귀에 섬 하나』도 예외는 아니다. 물론 이 창작집은 1982년부터 띄엄띄엄 발표된 작품들을 하나로 묶은 것이다. 그런데 무슨 일관된 구도냐고 반문할 수도 있을 것이다. 그럼에도 불구하고 『강 어귀에 섬 하나』에서는 일종의 성장, 한 개인의 성장이면서 동시에 글쓰기 의식의 성장이라고 할 수 있는 어떤 흐름을 뚜렷이 느낄 수 있다. 물론 이러한 흐름은 이번 창작집에만 국한된 것은 아니다. 최근에 발표된 표제작 「강 어귀에 섬 하나」만을 두고 보더라도, 여기에 등장하는 처용 모티프는 「그를 찾아가는 우리의 소설 기행」이나 「한없이 낮은 숨결」에서도 이미 나타난 바 있는데, 그만큼 그의 작품들은 그 자체가 완결되어 있으면서도, 작품들이 서로 넘나드는 '불륜' 의 체계로 되어 있기 때문이다. 그러한 가운데서도 글쓰기 의식에 대한 탐구의 새로운 국면을 보여주고 있는 작품으로 「순수한 불륜의 실험」과 「마지막 연애의 상상」이 특히 두드러진다.

「순수한 불륜의 실험」과 「마지막 연애의 상상」에서 공통적으로 목격할 수 있는 사실은 주체가 분열되어 있다는 점이다. 후자에서 주체가 나와 그로 분열되어 있다면, 전자에서는 영화 속의 나와, 영화 밖의 나와 그로 다층적인 분열을 보여주고 있다. 그런데 문제적인 것은 여기에서 분열이 글쓰기 의식을 도출하기 위한 분열이라는 점이다.

「마지막 연애의 상상」에서 '나' 는 '그' 의 의식이 만들어낸 산물이다. "그의 입으로 빠져나가지 못한 언어들은 내 머릿속 회로에 고스란히 남아 혼탁하게 들끓고 있었다. 아마도 그러다가 그것들이 자기네들끼리 마구 맞부딪치며 부서져, 정말로 언어로 하는 생각조차 망가져, 그가 나로부터 영구히 사라져버릴지 모른다는 불안감이, 그로 하여금, 소리와 말이 분리된, 문자인 글을 쓰게 만들었다 추측된다"(228쪽)는 대목에서 보듯, 현실적인 삶으로부터 배제된 잉여 부분이 곧 '나' 를 이룬다. '그' 는 상상 속에서만, 환각 속에서만 '나' 를 만난다. 그렇다면 무엇이 '그' 를 상상으로 이끄는가. 그것은 곧 악몽이다. 악몽과 현실은 경계를 허물고 맞붙어 있다. 현실 또한 "악몽 옆에 나란히 늘어선, 악몽 밖의 악몽의 새

껍질인, 악몽의 밭인 거대한 악몽"(232쪽)인 탓이다. 현실과 연대한 악몽이 불러일으킨 상상, 그리고 그 상상으로 되짚은 악몽, 이 순환의 '사이'에 '나'가 놓여 있다. '나'는 '그'로 하여금 상상하게 만들고, 글을 쓰게 만든다. 그러니까 곧 '나'란 글쓰기 의식의 다른 이름인 것이다.

이 글쓰기 의식은 육체적 공포와 언어적 공포에 의해 이중으로 갇히게 된다. 육체, 그것은 숨기고 싶은 욕망과 드러나는 통증, 이 둘 사이의 모순을 감당해야 하는 의식이 기생하는 숙주이며, 그리고 이 욕망과 통증을 동시에 공급하는 것은 바로 언어이기 때문이다. 바로 이 공포가 의식에 역동성을 부여한다. 결국 상상이란 공포가 강요한 감각의 전환, 그리고 그로 말미암은 새로운 현실의 발견을 지칭하는 것이다.

「순수한 불륜의 실험」의 시선은 다층적이다. 영화 속에는 두 겹의 '나'가 있다. 행위하는 '나'와 그것을 바라보는 '나'. 그리고 영화 밖에서 그 장면을 바라보고 대화하는 '나'와 '그'가 있다. 영화의 안과 밖, 그 '사이'에 타자의 시선이 놓여 있다. 그것은 '나'의 시선까지도 포함하는 복합적인 타자의 시선이다. 그것은 곧 감각과 현실의 '사이'이기도 하다. '밀폐된 꿈에서 일상의 현실로 돌아오는' 사이에 그것이 위치하기 때문이다. 밀폐된 감각은 언제나 다시 현실에 의해 깨어질 수밖에 없다. 이 방향을 역전시키는 것, 곧 현실을 다시 감각으로 만드는 것, 이것이 곧 '순수한 불륜의 실험'이다. "지금 이 장면, 실제로 우리가 그랬던 적이 있다고 했지만, 우선 지금 그것을 재현하고 있는 저들은 알다시피 우리 자신이 아니야. 그리고 그 장면은 전혀 우리가 행하지 않았던, 그저 상상일 뿐인 어떤 장면과 곧 연결되어 하나의 이야기를 이루게 된 거야"(208쪽)라는 대목에서 보듯, 이 작품은 일종의 메타소설적인 성격을 띠고 있다. 상상을 강요하는 것은 현실이다. 바꿔 말하면, 현실은 상상의 질료인 것이다. 그 상상 속에서 허구와 사실은 그 경계를 허문다.

그렇다면 이러한 실험을 감행하도록 만드는 것은 무엇인가. 그것은 글쓰기와 관련된 어떤 유혹이다. 이 유혹이 감각과 현실 사이의 단절을 만든다. 감각에 몰두하게 만들고, 그럼으로써 감각과 현실의 단절을 더욱 뚜렷하게 실감하도록 하는 것, 거기에 유혹의 실체가 있다. 바로 이 단절의 지점에서 글쓰기 의식이 도출된다. 그리고 이 글쓰기 의식이 유혹과 대면하여 서로 얽히어드는 것, 여기에 불륜의 실체가 있다. 그런 의미에서 「순수한 불륜의 실험」은 일종의 전위적인 '액션 라이팅(action-writing)'이라 할 수 있을 것이다.

4. 체험과 언어의 교직(交織)

소설은 시간과 시대에 따라 새로운 층위들을 형성해간다. 그리하여 소설의 수단이었던 언어 그 자체가 소설의 테마가 되는가 하면, 소설의 소재의 한 부분에 지나지 않았던 체험이 소설의 전체가 되는 양상들이 펼쳐진다. 새로운 층위의 발견과 더불어 소설은 기존의 존재방식으로부터 이탈하여 새로운 영역들을 개척해간다. 바로 이 지점에 소설적 실험의 의미가 놓여 있다.

구효서의 소설에서 '거리'가 나와 세계 간의 거리에 존재한다면, 이인성의 소설에서 '사이'는 '나'와 '나 속의 나' 사이에 존재한다. 구효서의 소설이 글쓰기 의식의 문제로부터 출발하여 소설가로서의 자의식을 거쳐 삶의 영역으로 확대되고 있다면, 이인성의 경우는 새로운 체험의 깊이에 결부된 글쓰기 의식의 문제를 심화해가고 있다. 소설의 구체적 내용이 주는 흥미와 더불어, 독자들을 긴장케 하는 것은 바로 이 변화의 방향이다. 거기에 우리 삶에 대한 새로운 모색이 존재하기 때문이다.

(『문예중앙』 1999년 겨울호)

사느냐 아니면 이야기하느냐
—성석제 · 하성란 · 배수아의 소설

1. 작가의 변모, 그 의미

사르트르(J. P. Sartre)의 『구토(La Nausée)』(1938)에 보면, 주인공 로캉탱의 입을 빌려 인간은 '사느냐 아니면 이야기하느냐(vivre ou raconter)'를 선택해야 한다는 구절이 나온다. 가령 한 사람이 글을 쓰다가 담배를 한 대 피웠다고 하자. 왜 그 순간에 담배를 피웠을까. 글이 잘 씌어지지 않아서일 수도 있고, 한 문단이 끝나서 잠시 쉬려고 했을 수도 있다. 그러나 그 어떤 설명도 그 행위의 동기에 부합할 수는 없다. 그 무엇도 이야기하는 시점에서 과거를 회상하고 그것을 해석하는 것이기 때문이다. 인간은 자신 혹은 타인들의 이야기에 둘러싸여 있다. 그리고 인간은 자신의 이야기 속에서만 자신과 자신에게 일어나는 일들을 들여다볼 수 있다. 이 언어가 곧 인간을 인간으로 만드는 것이다. 순수 행위들은 동물들도 다 하고 있는 것이 아닌가. 다만 이것을 기억과 시간을 통해 언어화하는 경우에만 인간은 사유하고 스스로에게 인간의 자격을 부여할 수 있다. 곧 살아가느냐 아니면 이야기하느냐, 둘 중의 하나일 수밖에 없다. 살아가는 동안에는 이야기할 수 없으며, 이야기하는 순간에는 결코 살아갈 수 없다. 이 이율배반적 상황 속에서 순수 행위와 사건들은 해석되지 않은 채 단지 쌓여갈 뿐이다. 그러니까 순수한 사건들과 언어에 의해 해석된 사건들 사이에는 근본적으로 깊은 골짜기가 놓여져 있는 것이다.

프레드릭 제임슨(F. Jameson)의 논의를 따라 이 구절을 다시 풀어보면, 현실에는 두 가지의 계열이 있다. 한편에는 만져지지 않고, 들리지 않고, 보이지 않는 순수한 물질들의 변화의 계열이 있다. 실제로 나는 내가 누구인지, 어떠한 생각을 하고 있는지, 무엇을 했는지 명확하게 기술할 수 없다. 어떠한 사건들이 일어났는지, 그것이 어떠한 과정을 거쳐서 나에게 의식되었는지 결코 말할 수 없다. 다만 그것을 의식 속에서, 언어 속에서 반영할 뿐이다. 그 과정에서 순수한 사건들이 주관화되는 과정을 거쳐 받아들여지거나 아니면 의도적으로 은폐되는 것은 필연적이다. 그러니 자연스럽게 순수 사건의 계열과는 다른 또하나의 계열은 실제의 사실(facticity) 혹은 사건을 주체가 '상상적 자기화(assumption)' 하는 계열이다. 그런데 문제는 이렇듯 두 가지 계열의 현실로 분리되어 있는 운명 자체를 우리가 거부하거나 비껴갈 수 없다는 점이다. 그러나 불행하게도 인간은 이러한 운명에 대해 자각적이지 못하다. 우리가 이야기하는 대로 살아간다고 생각할 뿐이다.

사실과 상상적 자기화로 분리된 이 운명을 자각한 자, 그가 곧 작가다. 그는 의도적으로 사실을 뒤틀어 하나의 '상상적 자기화' 를 구성한다. 여기에는 남다른 욕망이 개재해 있다. 이야기하지 않고는 견디지 못하는 욕망이 그것이다. 그럼에도 불구하고 사실 그대로를 투명하게 표현할 수는 없다는 제약이 여기에 따른다. 사실과 상상적 자기화 사이의 이러한 갈등을 거쳐 '상상적 자기화' 의 한 방식이 획득된다. 타인과는 다른 자신만의 고유한 '상상적 자기화' 방식의 탄생이 이 지점에서 비로소 이루어진다. 현대적인 글쓰기 의식의 기원이 바로 여기에 놓여 있다. 은폐와 굴절을 통해 어떠한 방식으로든 사실을 표현하기 위한 필사적인 몸짓이 글쓰기 의식의 기원이라면, 그것은 사실과는 다른, 그럼에도 불구하고 사실을 표현할 수 있는 새로운 '상상적 자기화'를 구성하는 것이다. 그렇게 해서 한 작가의 고유한 세계가 이루어진다. 그것은 입담의 세계일 수도 있고, 세부적인 묘사의 세계일 수도 있으며, 스스로 만들어낸 고유한 분위기의 세계일 수도 있다. 이 각각은 이전의 소설이 획득하지 못했던 새로운 '상상적 자기화' 방식의 획득이라 할 수 있다.

그러나 이 고유한 세계는 곧 새로운 사태에 직면하게 된다. 통상적인 자기의 '상상적 자기화'와는 다른 하나의 새로운 '상상적 자기화'를 만들어내는 것이 글쓰기인데, 그렇게 해서 만들어진 '상상적 자기화'의 세계가 곧 작가 자신의 세계로 귀착되기 때문이다. 곧 한 작가의 작품은 설명할 수 없는 한 작가의 사실이 되어버리는 것이다.

여기에서 말하기 혹은 글쓰기의 도취의 문제가 발생한다. 농담에 도취될 수도 있고, 세부적인 묘사에 도취될 수도 있으며, 분위기 속에 도취될 수도 있다. 물론 이렇게 섬세하게 비틀어진 의식의 측면은 사실과 상상적 자기화의 운명적 분리를 선명하게 드러내기 위한 장치일 수도 있으며, 다른 한편으로 사실과 상상적 자기화 사이의 거리를 좁히기 위한 필사적인 기도일 수도 있다. 그러나 결코 해결되지 않는 문제는, 막상 글쓰기의 과정 속에서는 사실과 상상적 자기화 사이에 놓인 이러한 분열이 좀처럼 의식되지 않는다는 점이다. 이야기하기 자체가 살아가기가 되어버리기 때문이다. 곧 스스로의 글쓰기의 동기를 알 수 없고, 이미 흘러나와버린 언어들을 명확하게 다시 규정할 수 없기 때문이다.

이 지점에서 작가는 이제 새로운 '상상적 자기화' 방식을 고안하지 않으면 안 된다. 이 지점에서 글쓰기에 대한 자각의 필요성이 발생한다. 물론 그렇다고 해도 사실과 상상적 자기화 사이의 분열의 운명 자체를 피할 수는 없겠지만, 적어도 글쓰기의 도취적 성격으로부터 어느 정도 벗어나는 것은 가능하다고 하겠다. 바로 여기에 한 작가의 변화가 지니는 의미가 놓여 있다. 그것 또한 결국 '상상적 자기화'의 새로운 구성방식에 지나지 않는 것이겠지만, 그럼에도 불구하고 자신의 작품 자체를 포함하면서 이제 새로운 차원에 놓인 작가적 '사실'과 대면한다는 점에서 그 의의를 지닌다.

2. 홀리느냐 아니면 홀림을 당하느냐

성석제의 『홀림』(문학과지성사, 1999)에서 사건들은 깊이의 중심에 존재하는 본질로 회귀하지 않고 끊임없이 미끄러진다. 예컨대 「협죽도 그늘 아래」에서는 반복되어 등장하는 '한 여자가 앉아 있다'는 명제 사이로 사건들이 흘러들어와 그 사이를 채우고 있다. 명제 사이의 사건들은, 마치 영화 속의 장면들처럼, 앞의 사건들의 마지막 대목의 연상에 의해 새롭게 펼쳐진다. 결정적인 의미로 맺히지 않기에, 언어의 규정으로부터 비어져나오는 새로운 생각의 흐름은 또다른 언어를 불러오게 마련이다. 이를테면 '궤변'이자 '놀이'의 세계이다. 바로 이 놀이의 주체가 곧 협죽도이다. 말하자면 협죽도에서 출발하여 이어진 연상의 흐름이 한 편의 소설을 만들어낸 것이다.

또다른 작품 「해방」도 동일한 원리에 입각해 있다. '왜 우는 거요?'라는 명제들 사이에 사건들이 놓여 있다. 이 울음이 언어를 불러일으키고, 결코 자기 충족적일 수 없는 이 언어의 한계로 인해 새로운 언어가 지속적으로 요구된다. 이 경우 놀이의 주체는 '울음'일 것이다. 그러하기에 '왜 우는 거요?'라는 이 물음에 대한 대답은 끝내 이루어지지 않는다. 들뢰즈가 『의미의 논리』에서 말한 바, 깊이의 아이러니를 대체하는 표면의 유머가 거기에 있다.

물론 이러한 언어의 미끄러짐의 과정에서 그 밀도와 진폭이 점차로 커진다는 것은 말할 것도 없다. 기다림의 정한(情恨)이 도를 더해가는 것, 해방의 차원이 대뇌, 소뇌, 중뇌, 연수(延髓)의 해방을 거쳐 영원한 해방에까지 이르는 것이 바로 그것이다. 그러나 "자신의 여분의 시간에 자신이 아닌 듯한 여분의 자신을 생각해본 적이 없"는 기다림에도 "한없이 긴 듯, 일순처럼 짧은 방심의 시간"(「협죽도 그늘 아래」, 176쪽)은 찾아오게 마련이다. 사실은 그 방심의 시간이 기다림을 위한 새로운 긴장을 만들어내며, 그것이 언어와 의식의 미끄러짐을 지속시키는 것이다. "도마는 재떨이가 되고 재떨이는 도마가 되는"(「해방」, 87쪽) '일 년의 딱 하루' 또한 그렇기 때문에 존재한다.

자전소설로 발표된 바 있는 「홀림」은 이와 같은 미끄러짐의 유희라는 방법적 원리를 내포하고 있다. 'MEMO. HWP' 파일은 존재하지 않는다. 'BAK' 파일도 찾을 수 없다. 그러니 'MEMO. HWP'에 들어 있는 그 무엇의 대용물을 지속적으로 써나갈 수밖에 없다. 그것이 '소설'이라는 이름으로 발표된다. 그럼에도 불구하고 결코 처음의 파일을 복원할 수는 없다. 그러나 "아무것도 없다, 없었다 하더라도 괜찮"(「홀림」, 146쪽)은데, 왜냐하면 메모에는 죄가 없기 때문이다. 물론 메모를 하게 된 아이도 근본적인 문제는 아닐 터이다. 그렇게 생각한 아이가 문제이다. 왜 '아이'인가. 나이가 드는 순간, '이전의 나'는 '새로운 나'에 비해 더 어려지기 때문이다. 곧 과거와 미래가 연대하여 현재를 지우는 것. 현재라는 동일성을 끊임없이 지워나가는 바로 이 미끄러짐이 곧 글쓰기 의식이 생성되는 원천이다.

이 구조로서의 유희(미끄러짐)가 내용적인 유희와 근본적으로 구분된다는 것은 말할 것도 없다. 「꽃 피우는 시간」「소설 쓰는 인간」「붐빔과 텅 빔」「이무기」 등이 「해방」「협죽도 그늘 아래」「홀림」 등과 다른 차원에 놓이는 것은 양자에 있어서 유희의 차원이 다름에 기인하는 것이 아닐까.

3. 사물이냐 아니면 욕망이냐

하성란의 『옆집 여자』(창작과비평사, 1999)는 사물들의 세계를 보여주고 있다. 여기에서 사물들은 기능에 의해 규정되는 것이 아니라, 오히려 하나의 기호로서 삶을 규정하고 있다. 「곰팡이꽃」에서 쓰레기 봉투는 기능이 폐기된 사물들이 버려진 것이 아니라, 삶의 기호들의 집합이다. 이른바 'garbology'의 근거가 거기에 있다. 사물의 표면이 기능이라면 그것의 심층은 바로 기호이다. 안간힘을 쓰며 물기를 쥐어짜내는 낡은 세탁기가 영미인 반면, 실리콘 재질의 손잡이가 달린 스테인리스제 고급 뒤집개는 명희이다(「옆집 여자」). 그러나 그것은 기호에 그치는 것이 아니다. 기호는 현실로서 존재하며, 현실은 바로 그러한 기호들의 체계에 다름아니기 때문이다. 보드리아르가 말한 바, 광고가 사물에 대한 담론임과 동시에 사물 자체인 것도 이러한 맥락에서 설명될 수 있다. 그러하기에 광고 속의 기호는 현실로 걸어나온다. 「깃발」의 이민재나 「치약」의 최명애가 그러한 존재이다.

문제는 기호로서의 사물들의 체계가 그 고유성으로 구성된 것이 아니라 차이의 체계로 이루어져 있다는 점이다. 소외와 소통 부재의 문제가 발생하는 것 또한 이 지점이다. 「옆집 여자」에서 영미는 명희라는 기호의 출현으로 인해, 그 기호와의 차이에 의해 새롭게 정의된다. 바로 이 차이의 심연 속에 욕망이 존재한다. 욕망은 애초부터 있었던 것이 아니라 바로 이 차이에 의해 새롭게 생성되는 것이다.

『루빈의 술잔』이 사물들의 세계에 가라앉아 있는 욕망을 다루었다면, 『옆집 여자』에서는 이와 같은 욕망이 수직적으로 분출되기에 이른다. 그것은 스스로를 소외시키는 기호의 체계에 필사적으로 적응하거나, 혹은 그것으로부터 벗어나고자 하는 시도로서 드러난다. 이 순간, 하성란 소설에서의 보통명사는 고유명사로 탈바꿈한다. 「옆집 여자」에서 영미의 수도 외우기가 낯선 기호체계에 스스로를 적응시키는 방식이라면, 「깃발」에서 옷을 하나씩 벗으며 전신주를 오르거나 「촛농날개」에서 그네타기로, 체조선수로, 행글라이딩으로 날고픈 욕망을 키워가는 것은 기호체계로부터 벗어나고자 하는 몸부림의 방식이라 할 수 있다.

그러나 기호의 체계는 결코 자기화될 수 없으며, 또한 그것으로부터 벗어나는 것도 가능하지 않다. 인간 스스로가 사회 속에서 기호로서 존재하기 때문이며, 그것이 곧 운명이기 때문이다. 그렇기 때문에 「촛농날개」에서 주인공의 날고픈 욕망이 끝내 좌절되고 마는 것은, 태양에 가까워질수록 날개가 녹아내리는 이카루스의 운명이 그 욕망 속에 예고되어 있기 때문이다. 「양파」에서 남자와 여자가 간판 속의 길로 뛰어들어 죽음에 이르는 것은 이와 같은 기호체계로서의 사물의 벽을 상징적으로 보여주는 사례라 할 것이다. 말하자면 사물의 벽을 넘어서고자 하는 욕망을 품자, 세계는 갑자기 커다란 벽이 되어 삶을 향해 덤벼드는 것이다. 이 지점에서 사물들의 세계 속에서 발생하는 숨막힐 듯 건조한 비애(悲哀)가 '악몽' 과도 같은 공포를 동반하게 되기에 이른다.

4. 감추느냐 아니면 드러내느냐

배수아의 『그 사람의 첫사랑』(생각의나무, 1999)은 소설의 사회적 성격의 새로운 존재방식을 보여주고 있다. 이러한 세계가 이전의 배수아의 소설세계와는 급격한 단절을 이루고 있다는 것 또한 의심의 여지가 없다. 그러나 이러한 변화가 단지 소설 속에 관료사회의 현실이라든가 시사적인 소재들이 등장했다는 것만을 의미하지는 않는다. 그것은 오히려 현실적 시선의 획득과 보다 깊이 관련되어 있다.

『심야통신』(해냄, 1998)에 이르기까지 배수아의 소설들이 보여주었던 것은 현실을 뒤트는 환상의 펼침이었다. 나쁜 피가 불러일으키는 나쁜 꿈이되, 그것은 이미지들에 의해 포장되어 나르시스적인 형상으로 나타났던 것이다. 곧 스스로를 '늙된 아이'의 의식 속에 위치시킴으로써 현실을 비껴가는 방식을 취했던 것이다. 그러나 『그 사람의 첫사랑』에 이르면 이러한 스스로의 태도에 대한 자각적인 비판이 드러나고 있다. 이것은 '허영'과 실체 사이의 갈등이 전면에 등장한 것과 직접적으로 관련된다. 그 대표적인 예를 『심야통신』에 실린 「여점원 아니디아의 짧고 고독한 생애」와 『그 사람의 첫사랑』에 실린 「병든 애인」을 비교함으로써 살펴볼 수 있다.

「여점원 아니디아의 짧고 고독한 생애」와 「병든 애인」은 동일한 구조로 되어 있다. 다만 아니디아는 '나'로, 아니디아의 사촌 혁명은 '나'의 사촌 무열로, 혁명의 아들 반은 무열의 아들 군으로, 혁명의 아내 아미는 무열의 아내 미숙으로 각각 치환되어 있을 따름이다. 우선 '무상(無常)'이라는 의미를 지닌 '아니디아'라는 이름이 '나'로, 그리고 혁명, 반, 아미 등이 무열, 군, 미숙 등으로 되었다는 사실부터 차이를 드러낸다. 구름으로 만든 인형에 대한 시를 쓰는 청각 장애자 '반'은 정서불안의 말썽꾸러기 '군'이 되었으며, 냉장고를 열어둔 채 눈물을 흘리며 양파를 썰던 벙어리 '아미'는 낭비벽으로 점철된 '미숙'이라는 현실적인 여인으로 바뀌었다. 극도로 내성적이었던 불행한 남자 '혁명'은 떠버리 '무열'로 바뀌었으며, 혁명의 아이를 유산한 '아니디아'는 무열로 인해 골치 아파하는 '나'로 바뀌었다. 이러한 변화는 무엇을 말하고 있는가. 물론 두 가지 방식 모두 현실의 소박한 표현이 아님은 물론이다. 각각은 현실을 말하기 위한, 혹은 은폐하기 위한 전략의 일종이기 때문이다. 말하자면 아니디아의 시선이 '나'의 시선으로 대체된 것이라고 할 수 있는데, 「여점원 아니디아의 짧고 고독한 생애」에서는 아니디아가 제목에서만 여점원일 뿐 어떠한 현실적인 존재 근거도 갖고 있지 않았던 반면, 「병든 애인」에서 '나'는 해고된 계약직 직원으로 되어 있다. 시선을 둘러싸고 있던 안개가 걷히자, 풍경의 빛과 분위기가, 그리고 실체가 갑자기

달라진 형국이라 할 것이다. 소설 속으로 현실을, 관료 사회의 속성과 모습을, 과거와 그것을 은폐하는 가장된 세련됨 사이의 갈등을 이끌어들인 것은 바로 이와 같은 시선의 변경이다. 시선 속에 내재된 갈등을 자각하고 이를 표현함으로써 소설 전체의 현실성이 확보될 수 있었던 것이다.

「은둔하는 北의 사람」은 이러한 변화를 최초로, 그러기에 낯선 느낌으로 보여준 작품이다. 북한의 외교관 집안 출신이자 생화학자로 체코에서 근무하던 김무사는 남한의 P의원과 북한 고위층의 교섭에 의해, 정치활동과는 무관하게 남한의 프로젝트에 과학자로 참여하게 된다. 박은 김무사를 담당하는 정보부의 직원이다. 박에게는 정보부 국장의 딸이며 유학중인 아내와, 같은 회사 부하이자 정부인 곽명아가 있다. 이러저러한 정치적 음모로 인해 김무사는 북과 남 양측으로부터 버림받는다. 그러나 이 작품의 직접성은 이와 같은 시사적 소재에 있지 않다. 중요한 것은 조직 속에서 인간이 움직이고 존재하는 방식이며, 그 안에 감추어져 있는 삶의 진실이다. 이러한 것을 발견하고 작동시키는 동력은 다름아닌 박의 콤플렉스 혹은 자의식이라 할 수 있다. 박의 아버지는 공사장의 날품팔이였으며 어머니는 시장에서 노점상을 했다. 그러하기에 박은 "처음부터 왕족처럼 태어나 쉽게 다른 사람의 머리 위에 올라탄 그런 종류의 인간들을 난 좋아할 수가 없어. 비록 그들이 충분히 그만한 가치가 있는 인격이라 해도"(71쪽)라고 말한다. 정보부 국장의 딸인 아내에 대해 박은 애증과 연민이 뒤범벅된 감정을 지니고 있다. 박의 아내는 그에게 "여자로서는 숭배와 제의의 대상이고 계급적으로는 타도와 극복의 대상이며 정서적으로는 더할 수 없이 지극한 지향점"(87쪽)이었던 것이다. 이러한 박의 갈등과 모순이야말로 현실을 작품 속으로 이끈 시선 변경의 근원이라고 할 수 있다. 같은 원리에 입각해서 바라보면, 「차가운 별의 언덕」에서 "가끔 밤늦은 시간에 들어와 혼자 텔레비전을 보고 앉아 있는 미자를 보면 내 보이지 않는 곳에서 잔잔한 소름이 돋았다"(320쪽)의 근원에는 "우리 어머니는 내가 대학에 다닐 때 파출부 일을 했어요. 물론 지방 출신이었죠" (346쪽)가 놓여 있다.

배수아의 『그 사람의 첫사랑』의 성숙한 세계는 조직사회 속의 인간에 대한 섬세한 통찰을 보여주고 있는바, 이와 같은 통찰과 소설적 육체를 이루어낸 것은 바로 서술자의 시선에 실존적인 것으로 흩어지지 않는 구체적이고도 명확한 계층적 갈등을 도입함에서 말미암았다.

5. 멈추느냐 아니면 벗어나느냐

성석제, 하성란, 배수아 등의 근작은 이전에 그들이 형성한 고유한 소설세계로부터 벗어나 새로운 형상화의 영역을 전개해나갈 조짐을 보여주고 있다. 성석제가 입담과 재치의 세계로부터 언어의 미끄러짐을 도입함으로써 익살(유머)의 차원을 엿보았다면, 하성란은 보통명사로 이루어진 사물의 세계에 욕망을 내포한 고유명사를 개입시키고 있다. 그런가 하면, 배수아는 인물들의 존재 자체와 욕망 사이의 분열을 주시함으로써 몽유적 분위기에 가려져 있던 현실의 일면을 통찰하기에 이르렀다. 이러한 변화는, 사실의 세계를 보다 구체적으로 드러냄과 동시에, 이러한 사실을 형상화하는 언어적 세계에 보다 높은 밀도를 부여하고 있다는 점에서 의미를 지닌다.

하나의 소설작품에는 끝이 있지만, 소설 자체는 종말을 예고하지 않는다. 순수 사건으로서의 사실과 그것을 언어화하여 받아들이는 의식 사이의 거리는 여전히 존재하기 때문이다. 그 거리 사이에서 발생하는 욕망, 그것이 소진하지 않는 한, 자전하는 우리의 삶을 둘러싸고 글쓰기는 계속 공전할 것이다. 그 원심력과 구심력이 만나는 한 지점에 이들의 소설들이 놓여 있다.

(『동서문학』 2000년 봄호)

세 겹 욕망의 주름
—신경숙 · 한강 · 김현영의 소설

1. '사건' 으로서의 작품

작가의 체험, 그 가운데에 놓인 현실, 사회적 상황, 혹은 이러저러한 문학적 관습 등은 모두 한 편의 소설작품을 이루는 데 있어서 그 원천으로 작용한다. 그러나 그것들은 작품이 비로소 존재하기 시작하는 바로 그 순간, 현존을 중지한다. 문학작품은 그 외부의 원천으로 환원되지 않는 그것만의 고유한 의미론적 자율성을 지닌 하나의 세계를 구성하기 때문이다. 신비평측에서 주장했던 '의도의 오류' 의 근거랄까 타당성이 여기에 놓여 있다. '의도의 오류' 는 문학의 자율적 체계를 문학 외부의 어떤 것과 혼동하는 태도에 대한 근본적인 비판일 수 있기 때문이다.

그러나 리쾨르에 따르면, 작품을 하나의 절대적으로 자율적인 체계로 간주하는 신비평의 태도는 그 반대의 편향, 곧 '절대적 텍스트의 오류' 를 범하고 있는 것이다. 리쾨르는 그러한 태도가 소설작품이라는 텍스트가 '누군가에 의해' 말해진 것이라는 사실을 은폐하고 있다고 비판한다. 창작과 독서 행위에는, 작품을 통해 표상될 수 있는 하나의 새로운 세계를 지향하고자 하는 욕구가 결부되어 있기 때문이다.

텍스트는 이미 존재하는 것을 표시하고 지시하는 것이 아니라 언어로 표명되지 않은 어떤 표상을 구현하는 것이다. 작품을 특정 시대정신의 투영으로, 사회상황의 반영으로, 작가의 어떤 성향의 표현으로 설명하는 것이 문학작품이 지닌 문학적 성격을 해석하는 것에 미치지 못하는 이유가 여기에 있다. 오히려 텍스트는 언어로 표명된 지시체들을 둘러싼 지배적인 의미체계들에서 잠재화되고, 거부되고, 배제된 것들에 관계한다. 현실 속에 존재하는 의미에 귀속될 수 없는 새로운 의미를 지향하는 목소리로서의 텍스트, 그것은 그러하기에 하나의 사건(Geschehen)이다. 이 순간 허구와 현실의 존재론적 대립관계는 폐지되고, 허구 텍스트는 허구이되 허구를 통해 작가의 세계 향하기를 드러내는 하나의 현실이 된다. 그러니까 텍스트는 텍스트 바깥의 지시체들을 반복하거나 모사하는 것이 아니라 그것에 대한 작가의 반응 내지는 대답이라는 사건을 서술하는 것이다. 이와 같은 작가의 반응 혹은 대답은 하나의 기대지평을 염두에 두고 이루어진다. 이 기대지평은 현실 속의 독자와 동일시될 수는 없다. 그것은 사실 텍스트 속에 내재된 것이기 때문이다. 이러한 의미에서 작가의 기대지평은 텍스트에 '내포된 독자'를 의미한다고 볼 수 있을 것이다.

물론 작가가 텍스트를 통해 실현하고자 하는 의미를 작가에게 직접 물어볼 수는 없다. 그것은 텍스트에 내포되어 있는 것이다. 이를 달리 말해 '내포된 작가'라고 할 수 있을 것이다. 그런 맥락에서 텍스트는 '내포된 작가'가 드러내고자 하는 의미라는 원관념을 은유하는 보조관념이다. 그러나 내포된 작가와 관계된 의미라고 하는 것은 지극히 불투명한 것이다. 그것은 "햇빛이 비치는 공동 같은 것. 무슨 의미인가가 있을 것 같으나 분석이 불가능한 것. 그래서, 그럼에도 불구하고, 결핍을 안은 채 덧

없음, 이라고밖에 표현될 수 없는 것"(신경숙, 「딸기밭」, 『딸기밭』, 문학과지성사, 2000, 43쪽)이다. 작품이 화용론적인 성격을 띠는 것, 그래서 무수한 해석 앞에 놓이게 되는 것은 이 때문이다. 이 공백은 그러하기에 문학의 비밀스런 힘의 다른 이름이다.

2. 밭, 욕망이 생산되는 억압과 덫의 메타포

신경숙의 『딸기밭』은 억압의 상황 속에서 발생하는 금지된 것들에 대한 욕망의 촉수가 도달할 수 있는 극단의 지점을 보여주고 있다. 「딸기밭」에는 구체적인 시간적 표지가 존재하지 않는다. 대신에 "학생회관 쪽에서 울려오는 함성"이나 "시청 앞이나 안국동 거리에 줄 서 있던 전경차들"이 등장하고 있을 따름이다. 이러한 풍경은 물론 지금도 볼 수 없지는 않다. 그럼에도 불구하고 이 작품에서는 사소한 일상에까지 스며 있던 억압을 감지할 수 있다. "웃다가도 슬몃 이렇게 웃어도 될까? 좋은 것을 가지게 되어도 이런 것을 가져도 될까? 마음껏 행복할 수는 없는 감정. 좋은 것을 갖게 되고 행복하면 외려 불안한 것"(51쪽) 같은 대목이 이에 해당된다. 말하자면 의식 내부에서 작동하고 있는 개인적 차원의 억제를 통해 그와 같은 억제의 공급처인 외부적인 억압을 읽어낼 수 있는 것이다. "그와는 상관이 없는데도 그를 생각하면 연상작용처럼 떠올랐다 가라앉는, 그의 존재와는 연계가 되지 않는 영상들"(71쪽)이 출현하는 이유 또한 여기에 있다. 주체의 의식 내부에서 작동하는 억제 작용을 들추자 거기에 그것을 감싸고 있던 사회적 억압이 이끌려온다.

> 그때의 처녀의 또래들, 그때의 젊은이들은 일정량의 우울을 누군가에게 배급받은 것 같았다. 연일 계속되는 데모 대열과 곧이어 터지는 최루탄 가스로부터 수혈받은 좌절. 앉음새나 걸음걸이나 응시 속에 섞여 있는 일

정량의 좌절. 어느 시대나 진실을 추적하는 일은 쉽지 않지만 그때껏 경험해보지 못했던 충격들을 그 좌절은 껴안고 있다. 대학가 앞에서 기르는 새들은 하나둘씩 죽어나갔으며 수목들 또한 맥없이 시든다. 어디에 있든 무엇을 하든 우울은 어디서나 모습을 드러낸다.(73쪽)

최루탄 가스로부터 수혈받은 좌절의 황무지가 '딸기밭'의 욕망을 키워간다. 억압과 결부된 욕망은, 그것이 비록 동일한 형태의 관능이라 할지라도, 억압이 배제된 욕망과는 그 성질이 다르다. 그리하여 우리가 이 관능의 기록에서 정작 읽게 되는 것은 그러한 욕망을 생성시킨 억압이다. 이 작품에서 억압과 마주한 '처녀'의 욕망은 '그 남자'와 '유'에게로 투여된다. "강제징집과 녹화사업의 진상을 규명하자는 서명지에 서명을 하는 동안에도, 손이 서명하고 있는 그 순간에도 그 남자를 향한 욕망은 처녀의 머릿속을 떠나지 않는다."(72쪽) 긴 전화통화, 칸막이가 있는 찻집, 창고에서의 섹스 등의 사건을 둘러싼 욕망이 내밀한 것은 그것들의 배경 화면에 억압이 자리하고 있기 때문이다. 처녀는 남자의 추한 얼굴에서, 그가 신고 있는 흰 고무신에서 아버지의 돌발적인 가출로 상징되는 자신의 존재 근거의 한 극단을 바라본다. 그것이 처녀로 하여금 안도감을 느끼고 나아가 그 남자에 대한 욕망에 집착하게 되는 원인이다. 그것은 잊어버린, 혹은 잊고자 몸부림치는 근원으로의 회귀이기에 일종의 퇴행이며, 동시에 억압을 곁에 두고 행해지기에 일종의 불륜이기도 하다.

억압이 생산한 욕망의 다른 한 가지 축은 '유'를 향한 '처녀'의 욕망이다. '조용한 선을 지닌 솜털이 보송한 종아리'에 대한 관능적 욕망이 그것이다. 그녀가 떨어뜨린 '시집'에 대한 욕망이 또한 그것이다. '유'의 살빛은 투명하고, 발육은 조화롭고, 비틀리지 않았으며, 억압받지도 않는다. '유'에게 비애란 없으며, 고통도 결핍도 불가능도 없다. 억압을 의식하고 있는 주체는 아름다움이 불러일으키는 관능을 스스로 억제하지만, 그와 같은 금기는 오히려 관능을 더욱 절실한 것으로 만든다. 그럼에도 불구하고 그러한 관능적 욕망은 순수한 상태로 존재하지 않는다. '유'에 대한 처녀의 관능과 살의라는 양가적 욕망, 자매애와 배제의 욕구라는 모순된 욕망은 "어머니가 피아노를? 처녀의 가슴속에 남산으로 도토리를 주우러 다니던 젊었을 적의 어머니가 스쳐 지나간다. 파전, 밀주 앞에 있는 어머니가"(76쪽)라는 대목에서 그 출처가 선명하게 드러나고 있다. 외부의 억압이 강요한 내부의 억제는 '아름다움'에 대한 관능을 불러일으킨다. 경계심을 동반하지 않는 유혹은 진정한 의미에서 유혹이 아니기 때문이다. 그러나 그 아름다움에 대한 관능이 커다란 내압을 갖게 되는 것은, 실상 그것이 도달할 수 없는 곳에 존재하기 때문이다. 그 관능에 살의가 동반되는 것도 이 때문이다.

따라서 '딸기밭' 사건 이전에 '처녀'의 '유'에 대한 욕망은 '그 남자'에게로 전이된다. "봄밤, 창가에 비치는 유의 벗은 몸이 지닌 아름다운 선을 본 순간부터 일은 결정되어 있었다. 처녀는 그 남자의 욕망을 더이상 정지시킬 수가 없다. 이미 유의 집 앞에서 빈 택시를 잡아타는 순간부터 진행되었던 일"(68쪽)이라는 대목을 설명할 수 있는 단서가 여기에 있다. 그러므로 '딸기밭'의 사건은 역설적으로 금지된 것에 대한 욕망을 결정적으로 종결시키는 계기가 된다.

> 딸기밭에서 돌아온 후 나는 금지된 것들 근처에는 가지 않는다. 생의 불가능성을 받아들인다. 내가 분석할 수 없는 또다른 세계가 누군가의 인생속에서 진행되고 있다는 것도, 그것이 인간을 변화시키리란 것도. 내 인생에 그 남자와 유를 통과시킴으로써 나의 욕망은 끝에 다다랐다. 지금 진행되고 있는 망각의 일만 남아 있었을 뿐.(85쪽)

롤랑 바르트는 작품이 지니고 있는 본질적인 역설 하나를 지적하고 있다. 그는 "작품은 역사의 기호인 동시에 역사에 대한 저항이다"라고 말한다. 신경숙의 「딸기밭」은 보편적 의미체계로 굳어진 역사로부터 배제된, 욕망의 형식으로 존재하는 역사의 기호를 보여주고 있다. 이러한 맥락에서 「딸기밭」은 이 작품집에 실린 다른 작품들과 구별되는 독특한 면모를 드러내는, 『외딴방』에 이어져 있는 작품이라고 할 수 있을 것이다.

한편 「딸기밭」 이외에 이 작품집에 실린 다른 작품들에서는 그 욕망의 연원이 다소 차별성을 지닌다. 그것은 곧 출생과 성장과 죽음에 이르는 삶의 과정 곳곳에 지뢰처럼 파묻혀 있는 '덫'으로 말해질 수 있는 성질의 것이다. 「그가 모르는 장소」에서의 아내의 불륜이나 피 한 방울 섞이지 않은 모자관계, 「그는 언제 오는가」에서의 동생의 죽음, 그리고 「작별인사」에서의 덫에 갇힌 사랑과 죽음 등이 이에 해당된다. 이러한 삶의 덫이 초래한 상처가 그려내는 욕망과 그것의 굴절이 신경숙 특유의 문체 속에 담겨져 있다. 요컨대 『딸기밭』은 사회적 억압과 실존적 상처라는 욕망의 밭과 그것으로부터 생겨난 욕망의 열매를 동시에 보여주고 있는 것이다.

3. 열매, 식물화와 소멸의 욕망

한강의 소설 속에 등장하는 인물들은 상처와 고통을, 마치 그것이 이미 예정되어 있던 운명인 양 무방비상태로 받아들인다. 그들은 희망도 없이 세상을 긍정해버린다. 그러하기에 그의 소설에서는 욕망의 무화(無化) 지점에 이르고자 하는 소멸화의 욕망만이 존재한다. 한강의 소설 속의 인물들이 그들의 모든 고통을 그저 담담하게 운명인 양 받아들일 수 있는 것은, 표면에서는 고요하기 그지없는 그들의 심층이 탈출 혹은 떠남의 욕망에 휘둘리고 있기 때문이다. 이러한 면모는 그의 이전 창작집 『여수의 사랑』에서 뚜렷하게 나타나고 있다.

떠나리라는 것 때문에 동걸은 견딜 수 있었던 것이다. 이 세계에 속하지 않았으므로 그는 강할 수 있었다. 단 한 번의 탈출로 자신의 인생을 완성시켜줄 야간열차가 있으므로 그는 어떤 완성된 인생도 선망할 필요가 없었다. 살아가며 곳곳에서 만나게 되는 오욕들에게도 그는 무신경할 수 있었다.(「야간열차」, 『여수의 사랑』, 문학과지성사, 1995, 107쪽)

『여수의 사랑』의 인물들이 지니는 탈출의 욕망은 현실 속의 욕망보다 훨씬 더 큰 것이었기에, 그들은 현실 가운데에서 발생하는 고통과 그 흔적인 상처에 무감한 듯 행동할 수 있었고, 그런 의미에서 그와 같은 욕망의 존재방식은 연약한 한 영혼이 고해를 살아가는 유력한 한 방식일 수 있었던 것이다. 과연 그들은 여수(麗水)를 찾아떠나고(「여수의 사랑」), 혹은 질주하기도 하며(「질주」), 혹은 야간열차를 타고 동해로(「야간열차」), 더 멀리는 배를 타고 먼 바다로 떠나기도 한다(「저녁빛」). 물론 여기에서 또다른 공간으로 표상된 것은 현실적인 공간이라기보다는 하나의 이미지라고 할 수 있다. 예컨대 여수는 단지 지명으로서의 여수가 아니라, 여수(旅愁)를 표상하는 이미지로서의 공간인 것이다.

그런데 실상 이러한 탈출의 욕망은 역설적인 의미에서 일종의 귀소본능이다. 「붉은 닻」에 보면 '황혼병'에 대한 이야기가 등장한다. 식량을 찾아 강과 숲을 헤매던 인류의 조상들은 불타는 황혼을 신호로 하던 일을 모두 팽개치고 자신들의 동굴을 향해 필사적으로 돌아오곤 했다. 그 본능이 지금까지 그 후예들의 무의식 속에 남아 있는 것을 이른바 황혼병(黃昏病), 혹은 귀소본능이라 부른다. 고통 속에서 희망 없이 세상을 떠돌아다니는 한강의 소설 속의 인물들은 실상 자신들의 근원적인 보금자리에 대한 향수를 처절하게 앓고 있는 것이다.

『내 여자의 열매』(창작과비평사, 2000)에 이르면, 이제 떠남은 단지 공간 속의 '이동'이 아니라 수직적 '초월'을 지향한다. 황혼이 염혼(殮昏)으로 바뀌면서, '붉은 닻'은 이제 '붉은 꽃'으로 변모하기에 이른다. 「내 여자의 열매」에서 주인공은 "떠나서 피를 갈고 싶다"고 말한다. 그러나

'나쁜 피', 곧 '낡은 우울질(憂鬱質)의 피'를 갈아내고 싶다는 그 욕망은 궁극적으로 다른 장소로 옮아감으로써 실현될 수 있는 성질의 것이 아니다. 여기에서 소멸의 욕망, 식물화의 욕망이 발생한다. 이를 상징적으로 보여주는 것이 「내 여자의 열매」에서 아내가 한 그루의 나무로 변모하는 장면이다.

> 그녀의 허벅지에서 흰 잔뿌리가 무성하게 돋아나왔다. 가슴에서는 검붉은 꽃이 피었다. 끝은 희고 아랫부분이 노르스름한 도톰한 꽃술이 유두를 뚫고 올라왔다.(「내 여자의 열매」, 240~241쪽)

『내 여자의 열매』 속의 인물들은 이제 더이상 다른 곳을 찾아 떠나지 않는다. 그들은 고시원 방 속에, 이혼한 남편과 같이 살던 집 속에 여전히 머물러 있다. 그러나 그들은 바로 그 자리에서 초월의 변신을 감행한다. 그 결과 한강의 소설 속에서 사물은 그것의 역설적인 꿈을 지니게 된다. 상장 리본이 흰 꽃으로 피어나고, 상처의 흔적인 멍은 푸르게 자라 열매를 맺기에 이른다. 이 순간 공포는 유혹의 힘을 발휘하고, 연등은 붉은 꽃으로 승화되기에 이른다. 『내 여자의 열매』에 실린 소설들이 종교(불교)와 맺고 있는 친연성 또한 초월성의 추구라는 맥락에서 설명될 수 있다.

4. 냉장고, 플랫(flat)한 욕망의 아이콘

김현영의 『냉장고』(문학동네, 2000)에는 '냉장고' 속에 진공포장된 채 들어 있는 욕망의 열매가 등장한다. "단지 눈에 차지 않았다는 게 이유였다. 그뿐이었다. 모양이 초라한 음식을 보고 있으면 삶의 수준이 한 단계 떨어지는 것 같았다"(24쪽)나 혹은 "나는 서투른 초보는 정말 질색이다. 멋있어지기 위한 노력을 게을리 하는 사람을 나는 이해할 수 없다" (「애완견」, 74쪽)와 같은 대목에서 이러한 욕망의 표정을 엿볼 수 있다.

나-아무개가 백과사전이 부풀 때까지 뒤적여도 찾을 수 없는 것을 할아버지나 아버지는 가지고 있었다. 사관학교까지는 아니더라도, 아무 대학이라도 들어가고 싶어서 교과서를 외우고 있는 동안 그들은 생피가 뚝뚝 떨어지는 삶의 이력을 아무 갈피에서나 빼들었다. 피가 보이는데도 아픔은 멀리 있었다. 할아버지와 아버지가 가진 것을 이어 갖지 못한 나-아무개는 누구의 자식도 아니라고 생각했다.(「팝콘보다 가벼운」, 192쪽)

『냉장고』의 많은 대목에서 위와 같은 세대적 단절감에 기초한 언급들이 등장하고 있는데, 경우에 따라 그러한 언급은 최신의 감각으로 무장한 공격적 발언을 통해 제시되기도 한다. 물론 그렇다고 해서 김현영의 소설이 디지털화된 욕망을 투명하게 승인하고 있는 것은 아니다. 그럼에도 불구하고 이와 같은 새로운 방식의 욕망이 분열된 주체를 둘러싼 하나의 유력한 축으로 자리잡고 있다는 점은 우선 주목할 만하다.

디지털화된 욕망의 세계에서 아날로그적 방식의 자의식을 섬세하게 느낄 수 있는 주체는 역설적이게도 디지털화된 욕망의 세대이다. 디지털화된 욕망을 체현하고 있는 자만이 그 틈새를 파고드는 아날로그적 방식의 욕망에 대해 자의식을 품을 수 있기 때문이다. 이 순간 이와 같은 자의식은 관념적이거나 막연한 이질감이 아니라, 구체적인 실체로 감지되기에 이른다.

그는 우리 세대에겐 역사가 없다고 했다. 전쟁도 보릿고개도 우리를 선택하지 않았다. 이 모든 열매를 누리는 것, 밑바닥까지 타락하는 것, 그것만이 우리에게 맡겨진 역할이라고 했다. 왜소함을 견디기 위해선 남들이 사는 대로 살 수 있어야 한다고도 했다.(「아이콘이 있으세요」, 118쪽)

이러한 자의식으로부터 이 세대의 욕망은 유래한다. "그의 컴퓨터가 되고 싶다. 그가 클릭하고픈 아이콘들로 가득 찬, 그의 컴퓨터가 되고 싶다"(139쪽)는 욕망의 근원이 바로 여기에 존재한다. C. 모리스의 말을 빌리면, 아이콘은 그 자신이 명명된 것이기 때문에 더이상 어떤 것을 지시하지 않는다. 말하자면 그것은 자기 관련성의 체계를 이루고 있는 것이다. 그러하기에 아이콘은 기의를 지시하는 기표가 아니라, 그 뒤에 놓인 무수한 이미지들을 생산하는 입구이다. 이와 같은 세계 속에서, 사실 여부와는 관계없이 이미지들은 등가를 이룬다.

> 그러나 새침을 떼고 있는 여자애를 누가 의심할까. 괜히 딴죽을 걸어보는 너도 청년과 마찬가지로 중년 남자를 의심하고 있다. 사람들은 보이는 대로만 생각할 뿐이다. 그러므로 사람들에게 어떻게 보일까를 생각해서 사실을 조금 왜곡하는 것은 그리 큰 잘못은 아닐 거라고 너는 자신을 정당화한다.(132쪽)

이러한 세계 속에서도 빈틈은 존재한다. 그러나 그것은 '세련됨'과 '촌스러움'이라는 기준의 대립에 의거하여 마련된 것이다. "바게트의 껍데기를 조금씩 뜯어먹고 카페오레를 한 모금씩 마시"는 새어머니와 "푸르딩딩한 입술 사이로 삶은 고구마가 삐져나온 엄마의 시체" 사이의 거리는 치즈, 달걀, 오이, 게맛살, 햄, 우엉, 당근 등이 어울려 한 다발의 꽃처럼 예쁜 김밥과 노란 단무지 하나가 덜렁 들어 있는 김밥의 거리만큼이나 멀다. 이 낙차로부터 욕망이 생성된다. 이 두 거리를 촌스러움과 세련됨으로 분간하는 이 소설집의 시선은 '냉장고'의 욕망이 가족사에 대한 역사적 혹은 실존적 파악과 얼마나 거리가 먼 것인가를 보여주고 있다.

이러한 빈틈을 메우고자 하는 방식으로 도출되는 제3의 욕망 또한 이전의 문학적 전통에서는 보기 힘든 새로운 성질의 것이다. 불꽃 속에서 튀어오르는 방(「팝콘보다 가벼운」)이나, 흰 원숭이(「창백한 아프리카」), 그리고 아이콘의 도상으로 떠오르는 환상 속의 쌍둥이 남동생(「아이콘이 있으세요」) 등의 이미지들이 이에 해당된다.

5. 세 겹의 욕망, 세 겹의 삶

신경숙의 『딸기밭』이 욕망의 '밭', 그러니까 욕망이 생성되는 진원을 펼쳐 보였다면, 그리고 한강의 『내 여자의 열매』가 '열매'로 익은 욕망과 그것의 소멸을 그려냈다면, 김현영의 『냉장고』에서 욕망의 열매는 '냉장고' 속에 진공포장된 채 들어 있다.

이와 같은 욕망의 지층은 어떤 의미에서 세대적인 표정을 짓고 있는 것도 사실이다. 이로부터 우리가 살아가고 있는 세계 속에 다양한 방식으로 존재하는 욕망의 형식들이 사회적 성격을 얻기에 이른다. 그것들은 각각 서로 다른 세계에 관여하고 있지만, 동시에 이렇게 다층적인 단면으로 우리의 삶이 이루어져 있는 것 또한 사실이 아닐까. 이들은 각각 우리의 욕망 속에 가라앉아 있는 잊혀진 냄새를 불러오기도 하고, 아직 뚜렷하게 인식되지 않은 채 예감의 형식으로만 감지되는 기운을 느끼게 해주기도 한다. 그것들은 다층적인 겹으로 이루어진 우리들 욕망 속의 주름이며, 우리는 지금 이 순간에도 그러한 여러 겹의 욕망들 속에서 삶을 이어가고 있다.

(『동서문학』 2000년 여름호)

세 자락 노래의 울림
—이문구 · 함정임 · 백민석의 소설

1. '세계 향하기' 로서의 작품

문학 텍스트는 작가의 세계 향하기로부터 비롯된다. 유사한 소재에도 불구하고 작품이 그려내는 세계가 판이하게 다를 수도 있는 것은 이 때문이다. 문제는 작품 속에 내포된 사건이 아니라 그 사건을 바라보는 작가의 시선, 그리고 그 시선으로부터 도출되는 작가의 세계 향하기이다.

그 세계는, 작가가 현실에 대해 취하는 일관된 태도의 총체로서 존재하기도 하지만, 경우에 따라서는 작가 자신도 뚜렷하게 관념화할 수 없는 순간적인 직감의 형태로 찾아오기도 한다. 한순간 작가의 의식을 휩쓸고 그 흔적만을 남긴 채 사라져버린 궤적을 더듬는 고통스러운 작업이 그 뒤를 잇는 것은 이 때문이다. 그것은 기존의 의미론적 체계에 포함되어 있지 않은 새로운 관점의 발견으로 말해질 수 있다. 그러니까 그것은 부재하는 세계이다. 언어를 통해 추구되는 무엇이지만, 실체화되지 않는 추상적인 방향이다.

문학 텍스트를 작가의 세계 향하기로 파악한다면, 그리고 그것이 추상적임을 인식한다면, 이제 작품은 하나의 의미로 고정되지 않는 하나의 기능으로 파악된다. 랑그의 의미론으로부터 파롤의 화용론으로의 전환이 여기에 놓여 있다. 곧 어떤 고정된 의미를 말하기 위함이 아니라, 그러한 의미를 일깨울 수 있는 하나의 형상을 제시함이 문학 텍스트의 존재방식인 것이다.

텍스트의 세계 환기력을 문제삼을 경우, 무엇보다도 작가가 제시하는 세계의 내적 밀도가 문제되지 않을 수 없다. 문학작품이 체험을 사상한 상상력만의 소산은 아니기 때문이다. 그렇기 때문에 작가의 실제 삶이나 의식 속에서 수행된 체험의 강렬함은 작품의 밀도와 영향력을 보증하는 척도로 작용한다.

그런데 이 경우 문제되는 것은, 텍스트가 하나의 자율적인 체계라는 점이다. 텍스트에 편입되기 시작하면서, 텍스트 속에 편입된 사건들이나 체험들은 현실로부터 탈효용화된다. 어떤 의미에서 보면, 의식 속에서 포착된 체험이라는 것 자체가 하나의 상상적인 허구에 불과하지 않은가. 이 순간 텍스트가 허구인가 진실인가 하는 존재론적 물음은 폐기되기에 이른다.

그런데 여기에서 발생하는 새로운 문제는 텍스트 레퍼토리에 대한 텍스트의 부정이 전면적 부정이 아닌, 규정적 부정이라는 점이다. 그러하기에 체험과 텍스트의 관계는 단순하지 않다. 텍스트가 환기하는 세계는 체험으로 환원되지도, 그렇다고 텍스트 속에 폐쇄되지도 않는다. 체험을 규정적으로 부정하면서 새로운 현실을 창조해내는 것, 바로 여기에 자연인이 아닌 '작가'로서의 몫이 놓여 있다. 형상화 방식의 독창성을 창안하는 상상력의 의미가 바로 이 지점에 놓여 있다. 요컨대 체험의 진실성과 문학적 형상화의 사건성 사이의 변증법적 관계가 작품의 밀도를 이루고 있는 것이다.

물론 이와 같은 원리가 전통적인 소설 장르의 원칙들에서 크게 벗어나는 것은 아니다. 다만 한편으로는 미적 허구로서의 작품 개념을 고수하면서, 작품의 미적 영향을 작품 외부의 사회적 사건이나 작가의 성향으로 환원시키는 근대 문학 개념의 아포리아를 지적하는 것일 따름이다. 또한 장르의 무의식적 영토를 해체하면서 장르에 의해 코드화되지 않은 새로운 욕망을 도입하는 것이 소설의 새로운 과제의 하나로 설정될 수 있음도 물론이다. 그러나 그러한 시도 또한 이와 같은 소설 장르의 특성에 대한 자의식이 동반될 때 비로소 의미를 가질 수 있는 것 또한 사실이다.

여기 이러한 소설 장르의 문제적 쟁점들을 환기시키며 귓가에 들려오는 세 자락 노랫소리의 울림이 있다.

2. 나무와 넝쿨의 발라드(俗謠)

이문구의 『나는 너무 오래 서 있거나 걸어왔다』(문학동네, 2000)는 『관촌수필』(문학과지성사, 1977)에서 비롯하여 『우리동네』(민음사, 1981)로 이어지는 이 작가 특유의 연작형 소설형식에 닿아 있는 작품이다. 다만 『관촌수필』이나 『우리동네』 연작에서는 한 인물이 여러 소설에 걸쳐 등장하는 등 각각의 소설들이 유기적인 연관성 아래에 놓여 있다면, 이번 '나무' 연작에서는 각각의 소설들이, 주제의 관점에서 일관성을 보이기는 하나 개별 작품으로서의 독립성이 두드러진다는 점에서 차이가 있다.

'우리동네' 연작은 작중인물의 현실에 대한 태도가 풍속화된 사건과 대화의 풍요로움에 의해 덮여 있는 것으로 파악할 수 있다. 대표적으로 「우리동네 류씨」에 나오는 방송국 촬영 사건이나 이쁜이계, 천일여관 사건 등은 소설의 흥미를 유발시키는 한편 농촌 현실을 사실적으로 보여주는 소재이기는 하지만, 그것은 궁극적으로 농민의 관점에서 바라본 세계, 아니 농민마저도 포함된 세계에 대한 태도를 이끌어내기 위한 간접적 장치라고 할 수 있다. 이러한 간접적 장치 아래에 감추어져 있는 것은 속 뒤집히는 현실, 그럼에도 불구하고 그러한 현실에 대해 무기력할 수밖에 없는 허무감, 그러나 그럼에도 불구하고 그 무기력한 허무감 밑에 쌓이는 분노 등으로 말해질 수 있는, 세계에 대한 태도이다. 농민들의 대화에서 반복되고 있는 '드러' 라는 표현이 이를 단적으로 드러내고 있다. 이를 한마디로 '정치적 감각' 이라 부를 수 있을 것이다. 풍속과 대화는 이와 같은 정치적 감각을 포장하는 장치의 일종으로 파악할 수 있다.

작품 발표시기로 보아도 그러하지만, '나무' 연작 가운데에서 '우리동네' 연작의 세계에 가장 가까운 것이 「장곡리 고욤나무」(1991)이다. 이봉출의 시선에서 사촌형 기출의 자살 사건을 다룬 이 소설은 농지 매매를 둘러싼 정부 정책에 대한 비판에 그 초점이 맞추어져 있다. 직접적인 현실이 아니라 주인공 이상만옹의 사위 운산을 통해 간접적으로 제시되었다는 점에서 차이를 보일 뿐인 「장척리 으름나무」(1994) 또한 여기에서 그다지 거리가 멀지 않다.

그러나 전체적으로 본다면, '나무' 연작에는 '우리동네' 연작에서 나타났던 정치적 감각이 부재하거나 혹은 다른 가치로 대체되어 있다. 그러면서 장삼이사가 모여 살며 이런저런 만남과 사건 속에 떠들썩했던 '우리동네' 의 생기는 나무 한 그루 외롭게 서 있는 고요함으로 변모하고 있다. 이렇듯 정치적 감각이 작품 속에서 사라지는 계기로 작용하는 것은 자아에 대한 새로운 인식이라고 할 수 있다.

『관촌수필』의 앞부분이 일시적인 귀향에서 출발하며, 그로부터의 회상의 형식이라면, '나무' 연작 또한 귀향의 형식이라는 점은 동일하지만, 회상이 아닌 현재시점에서의 발화라는 점에서 차이를 지닌다. 그것은 과거를 다시 당겨서 현재를 구성하는 방식이 아니라, 미래를 앞당겨 현재 속의 '나'를 발견하는 방식에 해당된다.

「장동리 싸리나무」(1995)와 「더더대를 찾아서」(1994)가 이러한 자아 발견의 과정에 해당되는 단계라 할 수 있다. 「장동리 싸리나무」에서 주인공 하석귀의 "나 역시 저랬던겨. 달빛에 번들거리는 저 물빛마냥 살아온겨. 못나게. 지지리도 못나게"(117쪽)라는 인식이나, 「더더대를 찾아서」에서 주인공 이이립이 언년이 채송자나 더더대를 갑작스럽게 떠올림은 '나'의 존재의 근원을 이루는 출발점을 발견하고자 하는 시도라고 하겠다. 그것은 기억의 형식이기는 하지만, 유교적 범절의 세계를 표상하는 조부나 이념에의 헌신으로 표상되는 아버지의 성스러운 세계에 대한 기억이 아닌, 까마귀나 언년이나 더더대 같은 별볼일 없는 존재에 대한 새삼스러운 기억이다. 이 경우 그들 자체가 하나의 가치를 지닌 세계를 형성하고 있다.

> 이립은 보고 싶지 않은 사람이 많았다. 이립이 보고 싶지 않은 사람들은 자기나 그들이나 서로가 이 세상에 있어도 그만 없어도 그만으로, 생전 가야 득될 것도 없고 해될 것도 없이, 오로지 너는 너 나는 나로 피차간에 아무 상관 없이 살게 마련인 뭇사람이었다.(283쪽)

아무 상관 없이 살아가는 사람들이 특별히 보고 싶지 않을 리 없다. 결국 사람들로 하여금 그렇게 살아가도록 강요하는 세계에 대한 태도인 것이다. 좀더 자세히 말하면, 이 순간 주인공에게 체험된 세계는 『우리동네』에서의 사람들 간의 어울림이나 공분(公憤)과는 대조되는 삭막한 현실로서의 그것이다.

이러한 자아발견을 바탕으로 하여 세계에 대한 태도는 비판에서 이해로 선회함을 볼 수 있다. 그것은 달리 말해, 정치적 감각을 대신하는 새로운 가치에 대한 무의식적 추구라고 할 것이다. 「장이리 개암나무」(1997)에는 기우제를 둘러싼 정치적 담론이 상당 부분 자리잡고 있지만,

그것은 현실에 대한 직접적인 비판이라기보다는 세태의 흐름에 저항하는 고집스러운 개인적 가치에 기인하는 측면이 더 크다. 이것을 상징적으로 보여주는 것이 곧 개암나무(꾸지뽕나무)이다.

이 꾸지뽕나무는 내가 어렸을 적에두 거짐 이만했었시다. 무슨 말인고 허니 대한제국 시대에 태어난 대선배라 이거유. 그러니 워느 집은 누가 원제 나서 원제 죽구, 워느 집은 누가 원제 이사왔다 원제 이사 가구, 워느 집 메누리는 원제 시집오구, 워느 집 뇌인네는 원제가 팔순이구, 좌우간 이 진마딧굴에서는 인륜대사부터 동네 잡사에 이르기까지 이 나무만치 아는 이가 없을 것이다 그런 얘기유. 그러니 아무리 살림이 쨰두 팔어먹을 게 따루 있지, 사램이 돈 몇 푼에 워치게 그럭 허겄수. 또 없었으면 워떡헐 뻔했어. 참말루. 놔두슈. 나무두 이웃입디다.(112~113쪽)

사라지는 것들에 대한 애착으로 말해질 수 있는 이러한 가치가 물론 소중함에는 틀림없지만, 다른 한편으로 보면 상식적인 차원의 것임도 부정하기 어렵다. 「장석리 화살나무」(1999)에서 이용출의 시선으로 파악된 홍쾌식옹의 삶과 역사에 대한 태도 또한 이러한 범주에서 살펴볼 수 있는 성질의 것이다.

있지. 딱 하나 조심헐 게 있어. 그게 뭣인고 허면 세상이 뒤숭숭헐 적마다 누가 물어보기도 전에 나는 중도여, 중간이여, 허구 돌어댕기는 사람덜…… 가령 갑 쪽이 세 불리허다 싶으면 갑 쪽을 찔러박어서 그 공으로 을 쪽에 가 붙구, 또 을 쪽이 세 불리허다 싶으면 을 쪽을 찔러박어서 그 공으루다가 갑 쪽에 가 붙구 허는 사람덜 말여. 저버팀 살구 볼라니 저허구 가까운 사람버팀 궂혀야 허닝께 결국은 남어나는 사람이 없더먼 그려. 이렇게 살을라구 그랬던지 나는 츰서부터 그런 사람덜을 알아봤어.(55쪽)

중도라고 자처하는 태도에 대한 비판은, 특히 특정 가치를 절대화하기 어려운 1990년대 이후의 현실 속에서는 누구도 피하기 어려운 것이 아닐까. 이러한 가치 획득에 대한 시도는 결국 도야(陶冶)의 문제로 귀착되고 만다. 그것은 개인적 성취의 문제가 아니라, 세계 자체가 그러한 가치의 획득을 허용하고 있지 않기 때문이다. 그러므로 이러한 방식 또한 모든 가치를 집어삼키는 체계에 대한 태도의 일종으로 볼 수 있지만, 그것이 언어화되는 순간 상식화될 우려를 내포하고 있는 것 또한 부인하기 어렵다.

그렇다면 결국 남은 방식은 아무도 주목하지 않는, 새 천년을 앞둔 시점에서의 농촌 현실이라는 타자를 소설 속에 도입하는 길밖에 없다. 「장천리 소태나무」(1998)나 「장석리 화살나무」(1999), 그리고 「장평리 찔레나무」(2000) 등이 이에 해당된다. 여기에 나타난 농촌 현실 속의 인물들을 바라보는 작가의 시선은 긍정도 부정도 아닌, 그러니까 가치를 배제한 인물과 현실 그 자체에 대한 탐색이다. 오히려 이러한 측면은 세계 이면의 리얼리티를 포착할 수 있는 새로운 가능성이 아닐까.

3. 물고기의 엘레지(悲歌)

함정임의 소설들에는 글쓰기 욕망의 현실적 근거를 엿볼 수 있는 단서의 하나가 담겨 있다. '왜 쓰는가' 라는 거대한 질문에, 부재를 견디기 위한 '본능' 적인 몸짓이라고 답하기가 그것이다.

> 그러나 무엇을 쓰거나 읽는 것도 인간의 본능에 관계되는 일이라는 것을 나는 얼마 가지 않아 깨달았다. 나도 모르게 무엇인가를 쓰고 읽고 있는 것이었다. 무엇을 쓰고 읽으면서 추구하는 것은 무엇인가. 그것이 편지가 되든 일기가 되든 문학이 되든 누군가에 의해 씌어진 무수한 글들은 어

떤 것에 대한 지독한 그리움, 누군가에게로 향하는 지독한 그리움의 표출일 것이다. 그리움은 구원으로, 종교로 나아가 보다 아름답고 숭고하게 거듭난다.(「말은 슬프다」, 『동행』, 강, 1998, 73~74쪽)

죽음으로 인한 관계의 절연이 초래한 부재, 그것을 내적으로 견디는 한편 밖으로 표출하여 새로운 삶을 창출하고자 하는 의지로서의 글쓰기가 여기에 있다. 이러한 글쓰기 방식이 삶에 대한 직접적 고백의 형식으로 나타나며 그럼으로써 의식의 치열한 밀도를 확보하는 것이 가능하게 된다. 그렇기는 하나 문제는 이러한 직접적인 체험을 소설화하는 문학적 장치들을 발견하는 데에 놓여 있을 것이다. 함정임의 근작 『당신의 물고기』(민음사, 2000)는 그러한 가능성을 보여주고 있다는 점에서 주목된다.

앞선 창작집 『동행』에 비해볼 때, 『당신의 물고기』에서는 역설적인 두 측면의 변화가 교차되어 있다. 즉 이번 창작집에서는, 그 안에 한 겹 죽음이 덧보태져 있어 그 비극적 세계 인식의 증폭을 목격할 수 있는 반면, 그러한 죽음의 그림자로부터 벗어나는 문학적 장치의 두 가지 형식을 발견할 수 있다.

「가난한 마음」에는 두 가지 죽음이 겹쳐져 있다. 주인공 여진에게 비극적 삶의 조건으로 주어진 남편의 죽음과 오빠의 잇따른 죽음이 그것이다. 죽음이 겹쳐지면서, 한편으로는 죽음으로 인한 고통의 강도가 증폭되지만, 다른 한편으로 그것은 특정 대상과 연루된 죽음에 대한 사유를 보편화하는 계기로 작용하고 있다. 그러니까 죽음은 특정 대상에게만 귀속된 고유명사가 아니었던 것이다.

이를 계기로 죽음으로부터 벗어나는 가능성이 제시되고 있는데, 소설 형식 면에서 이것은 곧 죽음을 간접화하는 장치의 발견으로 나타나고 있다. 그 방식의 두 가지 사례를 살펴볼 수 있다.

간접화의 첫번째 방식은 다른 대상에 대한 욕망을 취함으로써 출구를 마련하는 방식으로 나타나고 있다. 「골프클럽파티」에는 '달리는 여자'

라는 부제가 붙어 있다. 주인공 미나와 그 친구 승희는 대학 동창으로 성격은 다르지만 남편이 죽었다는 점에서 공통점을 갖고 있다. 그러하기에 이 둘은 "일찍 파티를 떠나든지 가면을 쓰고 연기를 하지 않으면 안 되" (14쪽)는 상황 속에 놓여 있다. 현실과 단절된 채 죽음이 만들어놓은 굴레 속에 갇혀 있든지, 아니면 죽음의 그림자로부터 벗어나기 위해 어떠한 방식으로든 그것을 이겨낼 수 있는 '자기 안의 샤먼'을 불러내야만 한다. 그것의 한 상징적 표현이 '달리기'이다. 그 트랙은 현실의 거리를 향해 뻗어 있다. 한편 「호수 저쪽」의 주인공 서진은, 현실적으로는 그에게 결여된 것이 없음에도 불구하고 무언가 결핍되어 있음을 항상 느끼고 있다. 실상 무관심의 다른 표현일 따름인 풍부한 이해심을 지닌 남편은 그러니까 있지도 않은 허상일 뿐이다. 그 빈틈에 후배의 남자가 끼어든다. 그와의 관계는 무기력한 일상으로부터 벗어나고자 하는 생의지의 표현으로 읽힌다. 그러나 그것은 생의지를 확인하는 계기일 따름이며 현실화되지 않는다. 그럼에도 불구하고 그것은 호수 저쪽의 은빛 비행기처럼, 스스로 타오르는 강 저편의 에펠탑처럼 뚜렷한 욕망의 흔적을 남기고 있다. 상상적으로 도달된 욕망이 현실 속에 존재하는 욕망의 공백을 채운다고 해야 할까. 어쨌든 이 지점에 이르러, 죽음과 현실 가운데 어느 하나에 갇히거나 다른 하나를 배제할 수 없는 상황에서 초래되는 어색함에서 벗어날 수 있는 계기가 획득된다.

두번째는 현실에 밀착된 죽음을 허구화하여 죽음 그 자체를 문학적 형식으로 추상화하는 방식이다. 「당신의 물고기」가 이 경우에 해당된다. 이 작품의 주인공 가연 또한 두 겹의 죽음에 둘러싸여 있다. 어머니의 죽음과 남동생 정연의 죽음이 그것이다. 가연이 '운명의 힘'에 집착하는 것 또한 이러한 죽음의 그림자에서 벗어나지 못하고 있음과 관련된다. 그렇기 때문에 이 경우 베르디의 〈운명의 힘〉은 한 곡 음악에 멈추지 않는 상징적 의미를 지니게 된다. 그러나 이 작품에서 죽음은 의식의 조건을 이루는 배경으로 감추어져 있으며, 소설의 중심은 죽은 남동생 정연의 아이를 몸 속에 품고 있는 여인 선묘와 가연의 관계 속에 놓여 있다. 달리 말해, 자연인으로서의 몫이 아닌 작가의 몫이 비롯되기 시작하는 순간이라 하겠다. 사실 자체도 실은 허구였다는 인식을 이끌어낼 반성적 계기가 이로써 제시된다. 그렇다고 해서 한 편의 잘 짜여진 그럴듯한 허구를 구성하는 몫만 따로 떼어 작가의 몫이라고 할 수는 없다. 작품의 존재 근거로 놓여 있던 죽음이 희미해질수록, 새로운 존재 근거의 확보가 그에 상응하여 요구되기 때문이다. 「당신의 물고기」가 작가의 가능성이자 새로운 아포리아로 여겨지는 것은 이 때문이다.

4. 그로테스크 랩소디(狂詩曲)

백민석의 최근 단편들은 그로테스크한 상상력의 한 극단을 보여준다. 곧 "직사광선 아래 놓아둔 빠닥빠닥한 알루미늄 호일처럼 쿨하면서도 조금은 그로테스크한 상상력"(「아주 작은 한 구멍」, 『21세기문학』 2000년 여름호)이 그것이다.

「진창 늪의 극장」(『소설과사상』 2000년 봄호)은 백민석의 새로운 방향 탐색이 어느 지점에서 결실을 보인 첫 작품으로 평가될 수 있다. 이 작품에서 극장은 13년 전의 기억 속에 존재하는 극장이다. 그러니까 기억을 상연하는 극장이라 하겠다. 하지만 그 극장은, 그러니까 과거의 기억들은 진창에 파묻힌 지 오래이다. 이것은 과거와 현재 사이의 극단적인 단절감의 표현으로 읽힌다. 그렇다면 이러한 급격한 단절감을 초래한 원인은 무엇인가. 그것은 전혀 새로운 이질적인 목소리의 존재에 의해 초래된 것이다.

> 아이들은 저그 종족의 럴커에 대해, 레인보우6의 새 확장팩에 대해 조잘거린다. 진창만큼이나 검게 어두워진 기억을 따라, 여기까지 흘러들어

온 내 목소리와는 다른 목소리들이다. 나 혼자 중얼거리는 목소리와는 전혀 다른 목소리들이다. 어지러운 궤도를 따라, 아니면 궤도를 잃고 어지럽게 떨리는 내 목소리와는 다른 목소리들이다.(173쪽)

이러한 새로운 목소리가 현실의 장면을 일거에 흑백의 진창으로 만드는 것이다. 바로 이 장면이 그로테스크 광시곡의 시작이다. 그 목소리는 '나' 에게 있어 낯선 타자로서 육박하는 것이기에, 위기감과 자의식을 동시에 일깨우는 것이며 궁극적으로는 글쓰기를 추동시키는 근원이라 할 수 있다. 물론 이러한 타자로서의 목소리를 통해 자의식을 불러오고, 나아가 그를 통해 '진창' 으로 표상되는 그로테스크한 영상을 그려내는 방식은 철저하게 작가의 능력에 속하는 것이다.

이러한 세계 발견의 도정은 더욱 일상적이고 구체적인 층위에서의 타자와 만남으로써 더욱 강렬한 내적 강도와 표현을 얻기에 이른다. 「아주 작은 한 구멍」에서 소설가인 '나' 는 샐러리맨 '너' 와 대면한다. '너' 는 작은 한 구멍에 대해 이야기한다. 그것은 일상의 메커니즘 속에 은폐된 존재의 심연이기에, 탈출구이자 동시에 죽음의 통로이다. 생활인인 '너' 가 생활로부터 존재로 시선을 이동시키고 있음에 반해, 소설가인 '나' 는 오히려 일상화의 길을 걸어가고 있다. 이러한 자각에 도달하는 계기에 '너' 의 아주 작은 한 구멍이 타자로서 놓여 있다.

나는 아주 작은 한 구멍이든 아주 큰 구멍이든 그런 건 갖고 있지 않았다. 잠도 달다. 너무 달아 꿈을 꿀 짬도 없다. 나 자신도 더는 구멍이 아니다. 나는 너무 커 어째야 좋을지 알 수 없는 구멍이 아니다. 그런 추상적인 존재가 아니게 됐다. 나는 시간과 일에 치어 사는 물질적인 존재가 됐다.(262쪽)

「검은 초원의 한켠」(『문학사상』 2000년 5월호) 또한 같은 구조로 되어 있다. 여기에서는 소설가 '나'가 건축설계사인 il과 대면하고 있다. 소설가인 '나'가 일상적 차원에서 옛 애인과 진부한 해후를 맞이하고 있는 동안, 건축설계사 il은 '공간성'을 애완하는 작업에 치중한다. il이 애완하고 있다던 공간성을 지닌 어떤 것은 다름아닌 '초원'이었다. 그것은 '심시티 3000' 같은 시뮬레이션도 '오토 캐빈'이나 '월드 빌더' 같은 게임도 아니다. 그는 스무 평 아파트에 검은 초원을 만들고 그것을 애완하고 있는 것이다. 그러나 그 초원은 눈에 보이지 않는다. 다만 영혼의 직감으로만 파악되는 것이다. 그러니까 그것은 만날 깨어졌다 짜여지는 세계, 곧 의식 속에서 파악되는 세계를 의미한다. 그것은 곧 일상 속에서 무디어진 소설가로서의 '나'의 의식이 마땅히 추구해야 하는 어떤 것이다. '나'는 그것을 타자인 il의 삶 속에서 대타적으로 발견한다. il의 초원은 '나'의 자의식을 일깨우는 타자였던 것이다. 그러니까 타자로서의 '구멍'과 '초원'은 소설가인 '나'에게 한편으로는 현실세계와의 구체적인 대면임과 동시에, 글쓰기 의식을 환기시키는 반성적 도구였던 것이다.

이러한 타자와의 만남이 전면화되는 장면이 바로 「구름들의 정류장」(『현대문학』 2000년 7월호)이다. '진창'의 자의식 속에서 발견된 타자로서의 '초원'과 '구멍'은 이제 시체와 좀비의 형상으로 거리의 곳곳에서 출몰하기에 이른다. 타자로서의 진창과 구멍과 초원이 시체의 형상으로 흑백의 영상 속에서 느린 동작으로 주술과도 같은 노래를 부르며 수수께끼로 가득 찬 세계를 이룬다. 이 장면에서 '나' 또한 시체가 되어, 노래를 중얼거리기 시작한다.

> 누군가 애인을 부르며 검게 그을린 손을 흔들고 있었다. 누군가 구두의 먼지를 털며 부러진 다리를 건들거리고 있었고, 누군가 시계를 들여다보며 터진 머리를 주억거리고 있었다. 누군가 코를 풀자 휴지가 빨갛게 물들었고 누군가 호주머니에서 다른 사람의 손목을 끄집어내고 있었다. 누군

가 온몸에 불을 붙이곤 아주 늙어버렸다는 듯이 버스를 향해 뛰고 있었다.
그리고 그러면서도, 그들 모두가 노래를 부르고 있었다.(113쪽)

'진창'의 자의식에서 비롯하여 '구멍'과 '초원'의 타자를 거쳐, 그로테스크한 '시체'의 세계에 도달하는 점층적인 과정은 그대로 작가의식의 발전과정을 보여주고 있다는 점에서 주목된다. 바야흐로 백민석의 재기가 뚜렷하게 감지되는 장면이다.

5. 멈추지 않는 노래

이문구, 함정임, 백민석의 근작들 속에는 각각의 존재론적 상황 속에서 얻어진 세계와 그것을 향한 태도가 그 밑바탕에 놓여 있다. 우리들이 살고 있는 이 세계는 그것을 바라보는 시선에 따라, 그리고 각자에게 주어진 체험의 성격에 따라 다를 수밖에 없기에, 이들 소설에 나타난 세계와 그것에 대한 태도가 상이함은 오히려 자연스러운 것이라 하겠다.

이문구는 삶의 성스러운 영역과 현실에 대한 정치적 감각을 거쳐 '나무'의 상징을 통해 삶의 현실과 그 속에서 추구되는 새로운 가치를 탐색하고 있다. 함정임이 존재론적 체험의 진실성을 허구적 형식 속에서 형상화함으로써 새로운 세계를 발견하고 있다면, 백민석은 세계 속에 편입되어버린 소설가로서의 자의식을 그로테스크한 상상력 속에 펼침으로써, 작가에게 있어서나 우리 소설들의 흐름에 있어서나 뚜렷한 전환으로 간주될 새로운 영역을 개척하고 있다.

이들 세 자락의 노래들은 각각 그 음조와 톤과 박자가 다르지만, 그렇기에 그것을 듣는 이의 각각 구분되는 내적 세계에 대응되지만, 그럼에도 불구하고 우리 의식의 민감한 감각점을 울리고 있어 큰 환기력을 갖고 있다는 점에서 공통된다. 때로는 질박하게, 때로는 비감하게, 그리고 때로는 그로테스크하게 울리는 이 노래들은 새로운 가락을 이끌어오면서 멈춤 없이 이어지고 있다.

(『동서문학』 2000년 가을호)

병적 유릿빛 욕망의 그로테스크한 세계

—조경란 소설집 『나의 자줏빛 소파』

『나의 자줏빛 소파』(문학과지성사, 2000)가 이 작가의 전작에 비해 두드러지게 갖는 특징은 그 속의 인물들이 가족관계로부터 벗어나 있다는 점이다. 가족관계로부터 벗어나기 위한 필사의 도정을 우리는 『가족의 기원』(민음사, 1999)에서 목격한 바 있었다. 그러하되 아직 새로운 가족관계나 연애관계를 이루지 못하고 있는 상황이니, 이를 달리 말해 미혼 독신여성의 삶과 의식의 세계라 할 수 있을 것이다. 그 세계는 곧 복잡하면서도 섬세한 의식의 원천이자 그것의 반복적 팽창을 불러일으키는 진원지이다.

"누군가와 헤어진다는 것은 일종의 질병이었다. 질병은 내 의지로 바꿀 수 있는 게 아니라 참고 견뎌야만 하는 것이었다"(「망원경」, 40쪽)는 작품 속의 언급에서 보이듯, 세상으로부터, 그리고 가족으로부터 절연된 채 홀로 있음으로 인해 떠안게 된 질병, 그것이 곧 이 소설집의 바탕으로 놓인 유릿빛 환상이다. 「녹색 광선」에서 유리로 만든 여인의 입상(立像)

은 곧 이러한 욕망이 불러일으킨 환상의 물질화된 이미지라고 할 수 있다. 하지만 유리는 투명하기에, 빛이 있어야만 실재감을 얻을 수 있다. 유리로 된 욕망은 그 자체가 부서지기 쉬울뿐더러, 빛이 스러지면 유리의 황홀한 광택은 오간 데 없이 투명한 유리 위에 초라한 현실의 얼룩들이 여기저기 눈에 띄게 마련이다.

이렇게 보면, 이 작가가 그려 보이고 있는 것은 유릿빛 욕망 그 자체가 아니라, 그 욕망의 유리 뒤편에 초라한 현실이 놓일 때 비로소 드러나는 얼룩과도 같은 자의식의 세계라고 할 수 있다. "나는 다시 혼자가 되었다. 시력이 떨어진 것은 그 무렵부터이다"(「망원경」, 39쪽)에서 보듯, '홀로 있음'은 익숙했던 세계를 돌연 낯선 것으로 느끼는 '시력 저하'를 유발하고, 세계를 자신만의 방식으로 바라보는 자의식을 동반하며, 나아가 그러한 자의식의 세계를 섬세하게 들여다보게 하는 '망원경'까지 갖추게 만든다. 자의식을 필터로 끼운 이 '망원경'은, 분홍빛 구름 같은 홍학의 아름다운 깃털과 긴 다리 대신 홍학의 잘린 듯한 뭉툭한 꼬리와 부러진 발가락들, 진흙이 묻은 더러운 깃털만을 비추는 그로테스크한 것이다. 「유리 동물원」에서 부도를 맞고 자살을 기도한 아버지의 벗은 몸을 바라보는 주인공의 태도, 즉 어둠 속에 드러난 채 집요하게 다리 사이에 들러붙어 있는 아버지의 성기를 "애초의 고형성을 잃어버린 축축하고 흉물스런 살덩이"로 바라보면서, "이맛살을 찡그리다가 그만 킥킥, 웃음을 터뜨리"(「유리 동물원」, 135쪽)는 태도 또한 이러한 그로테스크한 망원경에 의해 포착된 장면이다.

「목이 긴 사내 이야기」(『불란서 안경원』, 문학동네, 1997)에서 중학생 소년과의 성교 장면, 『움직임』(작가정신, 1998)에서 장님들이 화투를 치는 장면, 『가족의 기원』에서 노인과의 입맞춤 장면 등에서 이미 보아온 이 작가의 그로테스크 미학은 『나의 자줏빛 소파』에서도 이처럼 선연하게 드러나고 있는데, 이러한 특징은 이 지점에 이르러 이 작가의 고유한 미학으로 자리잡고 있다.

낯선 것에 접촉하는 쾌감은 그 비정상의 정도가 어느 수준을 넘어서면 미지의 것에 대한 공포 혹은 혐오감으로 바뀐다. 그것은 곧 유쾌함과 불쾌함을 동시에 모순적으로 경험하는 순간을 이끌어온다. 이를 일러 그로테스크 미학이라 부를 수 있을 것이다. 그로테스크를 단순한 기묘함의 범주로부터 구별시켜주는 것은 묘사와 서술에 있어서의 과격함, 극단성인데, 이것은 단순한 기법의 문제에 그치지 않는다. 그것은 어느 순간에 직감되는 존재의 근원적 성격에 대한 표현과 관련된다. 존재의 깊은 부조리들과 대화하는 장치, 그것이 곧 그로테스크 미학이다. 그러하기에 거기에는 존재의 부조리와 대면하는 경험으로부터 발생하는 공포, 그리고 그러한 공포를 부인하고 아무것도 아닌 것으로 격하시키고자 위장하는 비웃음의 양가적 태도가 뒤섞여 있다. 그러하기에 『나의 자줏빛 소파』의 주인공들이 놓여 있는 독신과 하층계급으로서의 현실은 그들을 둘러싸고 있는 삶의 객관적 조건이면서, 동시에 삶의 부조리로 인한 공포와 그 공포의 초극이라는 모순적 현실을 탐구하기 위한 선택적 도구라 할 수 있을 것이다.

이 소설집에 등장하는 병들어 죽어가는 개(「아주 뜨거운 차 한 잔」)나 병든 거북(「나의 자줏빛 소파」)은 소설 속 주인공들의 병적인 의식을 비추는 반사적인 상관물들이다. 그것은 곧 그러한 의식이 현실 속에서 육체적 실재성을 얻기 위해 고안된 이미지의 일종이다.

한편 이번 소설집에서 이 작가가 새롭게 드러내고 있는 방식의 하나로 「잔의 밑바닥에 남아 있는 커피 찌꺼기의 무늬」나 「식물들」에서 보이는 유령 모티프를 들 수 있는데, 이러한 측면은 작가가 개척하고자 하는 새로운 가능성의 영역으로 보이지만, 그 성과는 아직 미지수로 남아 있는 듯하다.

『나의 자줏빛 소파』는 가족과 현실로부터 소외된 독신 여성의 병적인 유릿빛 욕망과 그것을 위협하는 삭막한 현실을 동시에, 그것도 밀도 있게 보여주고 있다. 20세기 미국의 대표적 극작가 테네시 윌리엄스의 희곡 「유리 동물원」(1944)에서, '블루 로즈(blue rose)' 가 유릿빛의 욕망이라면 '플루로시스(pleurosis, 폐렴)' 는 엄연한 현실인 것처럼, 조경란의 소설에서도 욕망과 현실은 한 겹 얇은 막을 사이에 둔 채 서로 넘나들며 상대방을 비추는 거울이다. 욕망은 현실을 잠시 초월할 수 있는 환상을 제공해주지만, 냉혹한 현실은 그러한 욕망을 여지없이 파탄으로 이끈다. 그러하기에 욕망과 현실의 긴장, 그것은 곧 병적 환상의 그로테스크한 세계를 통해 현실을 되돌아보게 하는 인간의 불투명한 존재 조건이자 조경란의 소설들이 지닌 기묘한 매력의 원천이다.

(『문학동네』 2000년 가을호)

환상, 감각, 이미지로서의 현실
—하성란 · 배수아의 소설

1. '제한된 생산의 영역'과 '대규모 생산의 영역'

부르디외(P. Bourdieu)가 그의 저서 『예술의 규칙(*Les Régles de l' Art*)』(1992)에서 논의한 바에 의하면, 근대 예술의 제도는 '제한된 생산의 영역'과 '대규모 생산의 영역'의 두 영역이 상호의존적인 관계를 맺으며 전개되는 과정에서 생성, 발전하는 것으로 설명된다. 여기에서 예술의 '제도'라 함은 예술작품의 생산과 수용의 전체적 장(場)을 의미하는 개념으로, 예술작품 그 자체의 자율성 여부와는 별도로 전체 권력 장 속에서 하나의 기능적 요소로 설정된 영역을 지칭하기에, 사회 전체의 생산 구조로부터 분리될 수 없다.

'제한된 생산의 영역'의 주체는 예술 생산자들을 중심으로 한 소수의 제한된 집단에 한정되지만 거기에서 생산된 예술작품은 경제적 단위로 환원될 수 없는 상징적 가치를 통해 사회적 인정을 획득하는 반면, '대규모 생산의 영역' 속에 놓인 예술은 대중의 기대와 호응 속에서 높은 경제적 자산을 인정받지만 사회적 인정의 측면은 상대적으로 미약하여 제도적 영역의 바깥에 놓인다. 부르디외에 따르면, 데카당스 경향의 젊은 작가들의 그룹으로 구성된 '제한된 생산의 영역'에서 출발한 근대 예술의 제도는 그것이 역사적으로 진전됨에 따라 '제한된 생산의 영역'과 '대규모 생산의 영역'의 이분법적 구도의 토대 위에서 전개되는 것으로 설명된다. 그러나 이러한 이분법적 구도는 그 자체로 예술의 사회적 시스템을 이루며 그것이 내포한 두 영역 간의 상호관련 속에서 예술제도의 유지 및 발전을 담당하게 된다. 사회 구성원들의 삶과 의식이 더욱 복잡해짐에 따라 '제한된 생산의 영역'의 상징적 가치들이 '대규모 생산의 영역'의 경제적 가치로 전환되어가는 과정이 그것이다. 기능적으로 분화된 이 두 영역들의 변증법적 관계는 그와 같은 대립의 구도를 지속적으로 변화시키는 한편, 그러한 변화를 내적으로 수용함으로써 결국 대립의 구도를 강화시키는 장치라고 할 것이다.

이러한 부르디외의 예술사회학적인 관점에 비추어보면, 최근의 우리 소설계에서 일어나고 있는 모종의 변화는 '제한된 생산의 영역'과 '대규모 생산의 영역' 사이의 경계가 불분명해지는 징후로 파악될 수 있을 듯하다. 우리 소설계의 중심적인 영역을 담당해왔던 단편소설 중심의 소설집 출간이 부진한 반면, 전통적인 장편보다는 분량에 있어 훨씬 가벼운 경장편 유가 마치 하나의 경향처럼 활발하게 출간되고 있는 저간의 사정이 이를 말해준다.

이러한 변화를 감지할 수 있는 대표적인 경우로 하성란과 배수아의 최근 소설을 들 수 있을 것이다. 이들 경장편 유는 그 자체가 상업적 출판의 요구에 적절한 형식이라고 할 수 있을 것인데, 특히 이 소설들의 경우 특징적인 것은 이들의 단행본 출판이 전통적인 문학 영역의 바깥에 놓인 매체에 그 연원을 두고 있다는 점이다. 하성란의 『삿뽀로 여인숙』(이룸, 2000)은 하이텔 통신에, 그리고 배수아의 『붉은 손 클럽』(해냄, 2000)은

『베스트셀러』라는 신세대 감각의 문예종합지에 각각 연재되었던 것으로 이들 매체는 기존의 제도적 문학권의 바깥에 놓여 있던 것이라 할 수 있다. 많은 젊은 작가들이 이와 같은 전통적 문예지 바깥의 매체에 짧은 장편들을 연재했거나 하고 있으며 e-book이나 웹진 등의 등장과 더불어 이러한 접촉면은 확대 일로에 놓여 있는 상황이다. 그를 통해 이제 작가들은 '제한된 생산의 영역'과 '대규모 생산의 영역'의 두 영역에 동시에 위치하게 될 가능성 아래에 놓이게 된 것이다.

이러한 징후가 긍정적이냐 부정적이냐에 대한 판단 여부와 관계없이, 어쨌든 현실화된 미래로서 존재하는 이와 같은 경향의 의미를 하성란, 배수아의 최근작들을 통해 점검해보는 것이 이 글의 목적이다.

2. 환상의 서사—하성란

하성란의 첫 창작집 『루빈의 술잔』(문학동네, 1997)의 새로움은, 사물들의 세계에 가라앉아 있는 익명적 존재들의 욕망을 섬세한 묘사를 통해 그려내었다는 사실에서 말미암는다. 현대의 일상 속에서 개인은 그 고유성을 상실한 채 기호의 차원에서 서로를 인식하는 체계 속에서 살아간다. 이 경우 인간들의 관계는 차이의 체계로 존재한다. 예컨대 이 창작집의 표제작 「루빈의 술잔」에서 두 인물의 운명의 겹침을 방조하고, 또한 그 운명의 엇갈림을 교사하는 것은 우연히 행정기관의 실수로 같아진 두 사람의 주민등록번호이다. 이처럼 하성란의 초기작들은 기호화된 일상의 삶 속에서 살아가지만, 그러하기에 더욱 간절하게 소통을 갈구하는 외로운 존재들의 비애를 섬세한 묘사를 통해 보여주었다는 점에서 신선한 충격을 불러일으킨 바 있다.

『루빈의 술잔』이 사물들의 세계에 가라앉아 있는 욕망을 그려냈다면, 이 작가의 두번째 창작집 『옆집 여자』(창작과비평사, 1999)에서는 이와 같은 욕망의 수직적 분출을 목격할 수 있다. 그것은 스스로를 소외시키는 기호의 체계에 필사적으로 적응하거나 혹은 그것으로부터 벗어나고자 하는 시도로서 드러나고 있다. 이 순간 하성란 소설에서의 '남자' '여자'와 같은 보통명사는 스스로의 고유성을 주장하는 고유명사로 탈바꿈되기에 이른다. 그러나 익명의 기호체계로부터 벗어나고자 하는 욕망을 품자, 세계는 갑자기 커다란 벽이 되어 삶을 향해 덤벼든다. 이 지점에서 사물들의 세계 속에서 발생하는 숨막힐 듯 건조한 비애는 '악몽'과도 같은 공포를 동반하게 되기에 이른다. 「악몽」으로부터 시작, 「파리」(『작가세계』 1999년 겨울호), 「기쁘다 구주 오셨네」(『작가』 2000년 봄호), 「고요한 밤」(『세계의문학』 2000년 여름호)으로 이어지는 일련의 근작들에서 보이는 경향은 일상 속에 내재된 욕망에 연루되어 있는 현실의 추악함을 보다 성숙된 시선을 통해 펼쳐 보인 점에서 발견할 수 있다.

『삿뽀로 여인숙』은 이러한 경향의 한 극점에 놓여 있다. 이 소설은 주인공 진명과 성별이 다른 쌍둥이 남매 선명이 교통사고로 사망하면서 시작된다. 문제의 발단은 선명이 사망한 현장에서 그의 귀가 사라지는 사건으로부터 비롯된다. 그 이후 진명에게는 알 수 없는 '내 이름은 고스케'라는 일본말 환청이 들리기 시작한다. 이러한 상황 설정에서 출발한 이 소설의 기본적인 구조는 죽은 선명이 남긴 네 개의 종을 주인공이 하나씩 찾아가는 퍼즐게임의 방식으로 구성되어 있다. 여기에 죽은 선명을 사랑했던 윤미래와 진명의 연인 김정인이 게임을 풀어가는 데에 있어 매개자 역할을 하고 있다.

내 옆에 앉은 사람을 보기 위해 얼굴을 틀었다. 미끄럼대를 내려오던 사내아이가 모래밭에 얼굴을 박으면서 입 속에 모래알을 잔뜩 문 채 울고 있다. 아이가 벌린 입에서 사라진 소리들이 봇물처럼 쏟아져나왔다. 난 다시 왁자지껄한 놀이터로 되돌아와 있었다. 내 옆에는 아무도 없었다. 하지만 아이들이 쌓아올린 모래 위에 누군가 앉았다 간 흔적이 남아 있었다. 엉덩이의 곡선을 따라 모래알이 갈매기 모양으로 밀려 있었는데 내가 벤치에 앉을 때 그 흔적을 못 보았을 리 없었다. 누군가 분명 내 옆에 앉았다 갔다. 방금 그가 속삭인 말을 기억나는 대로 떠듬떠듬 따라 했다.

"와타시노 나마에와 고스케데스."(26쪽)

「곰팡이꽃」 서두의 놀이터 묘사 대목을 떠올리게 하는 섬세한 묘사는 이 대목에서도 여전히 확인할 수 있다. 그럼에도 불구하고 「곰팡이꽃」의 서두와 위의 대목을 비교해보면 분명한 차이를 느낄 수 있다. 「곰팡이꽃」에서 사물의 세계를 섬세하게 그려내고 있는 시선에는 분명 세계에 대한 태도라고 부를 만한 윤리적 혹은 미학적 의식이 내포되어 있다. 그리고 바로 이 점이 하성란 소설의 가장 큰 특색을 이루는 요소라고 할 수 있다. 그러나 위의 대목에서 그러한 성격은 상대적으로 미약한데, 이것은 묘사가 사건에 종속되어 있기 때문이라고 할 수 있다.

이 소설에 등장하는 인물들이 지닌 저마다의 사연, 곧 19세 때 수학 선생과의 불륜이 만든 삶의 덫에 현지처가 된 지금까지 걸려 있는 김유미라든가, 처와 아이를 잃고 자살을 시도하던 중 어이없게 손에 화상을 입어 흰 장갑을 끼고 다니는 진명의 체육 선생의 이야기는 아마도 하성란의 이전 소설 속에 놓였다면 다른 느낌으로 다가왔을 것이다.

더구나 이 소설에서는 환상이라는 새로운 종류의 상상력이 작품의 전면에 드러나고 있는데, 이것은 이 소설이 처음 실린 매체와 무관하지 않은 것으로 보인다. 매체가 단지 내용을 전달하는 수단이 아니라 내용 그 자체를 규정하고 있는 경우라고나 할까. 아니면 매체가 소설 텍스트에 그 이해 가능성의 조건으로 놓여 있다고 할까.

또한 이 경우 환상은 인물의 의식적 현실로서의 환상이 아니라 소설이라는 허구 내에서 발생하는 비현실적 사건이라는 점에서 문제성을 지닌다. 『삿뽀로 여인숙』에 나타나는 이 작가의 고유 영역이라 할 수 있는 운명 겹쳐 살기라는 모티프가 「루빈의 술잔」과는 상당히 다른 방식으로 드러나는 것은 이 때문이다. 이 지점에서 환상이라는 새로운 종류의 상상력과 사건 중심의 이야기 구조를 마련하기 위해 이 작가가 지불해야만 했던 대가를 새삼 생각해보게 된다.

3. 감각의 논리 — 배수아

배수아의 초기작들이 보여준 세계는 현실을 뒤트는 환상의 펼침이었다. '나쁜 피'가 불러일으키는 '나쁜 꿈'이되, 그것은 이미지들에 의해 포장되어 기괴한 몽유기의 형태로 나타났던 것이다. 이러한 낯섦을 가능케 했던 것은 서술하는 의식의 독특한 설정이다. 곧 서술자의 의식을 현실의 관계 속에서 이탈시켜, 국적불명의 이미지들로 채워진 관념적 공간에 위치시키는 방식이 그것이다.

그러나 근작 『그 사람의 첫사랑』(생각의나무, 1999)에 이르면, 모종의 시선 변경을 목격할 수 있다. 곧 불투명한 이미지들에 의해 은폐된 현실적인 계층 갈등을 작품 속에 도입하는 것이 바로 그것이다. 예컨대 「병든 애인」에서 해고된 계약직 직원인 '나'의 삭막한 일상, 「은둔하는 북의 사람」에서 박의 콤플렉스, 「차가운 별의 언덕」에서 미자에 대한 '나'의 이중적 태도 등에서 그러한 면모를 확인할 수 있다.

'나(한나)'가 '붉은 손 클럽'이라는 가상적 조직에 휘말리게 되는 일련의 과정으로 되어 있는 『붉은 손 클럽』은 이 두 세계의 중간에 위치하고 있다. 이 작품은 우선 한국일보에 연재된 「시간은 미래로 흐르는가」(2000.3. 8～8. 30)와 그 등장인물 및 상황 설정이 매우 유사하다는 점이 지적될 수 있다. 한나와 무열이라는 등장인물의 고유명도 그러하거니와, 군사, 정보 문제와 관계된 관료 조직이 중심에 놓여 있는 상황 또한 동일한 방식으로 설정되어 있다. 더 거슬러올라가면 한나와 무열이라는 이름, 관료 조직의 설정은 이미 「병든 애인」에서도 나타났던 것이다. 이렇게 보면, 한나와 무열로 짝지어진 여러 형태의 변형된 이야기들은 배수아 소설의 변모를 보여주는 하나의 상징적 기호로서의 의미를 지닌다고 할 수 있을 것이다.

배수아의 다른 소설들과 마찬가지로 『붉은 손 클럽』 또한 어떤 의식이나 관념보다 감각이 우선하는 독특한 세계를 그려 보인다. "전자레인지에 데워먹는 쌀밥과 치킨 카레, 뜨거운 물을 부어 만드는 된장국" 같은 인스턴트적 감각과 "그 남자와 관계를 가졌다면 더 쉽게 잠들 수 있었을 것이다. 하지만 이미 늦어버렸으니 수면제를 먹어야겠다"와 같은 대목에서 보이는 기계적 감각이 그것이다. 이러한 감각 위에 '붉은 손 클럽'을 둘러싼 사건들이 놓임으로써 이미지들은 더욱 극단화되기에 이른다.

> 남자가 여자의 손목을 잡았다. 남자가 여자를 때릴 거라고 생각했다. 나뿐만 아니고 무열도 코밑을 긁고 있던 요리사도 그리고 요릿집 안의 다른 사람들도 그렇게 생각했을 것이다. 그런데 남자는 그러지 않았다. 남자는 여자의 손목을 잡고 기름이 끓고 있는 튀김 솥 안으로 집어넣었다.
>
> "당신 나를 절대로 떠날 수 없을 거야아아아아아아아악!"
>
> 무서운 광경이었다. 여자의 얼굴이 불붙은 숯덩이처럼 검붉게 변하더니 눈알이 튀어나올 듯이 커지고 고통과 쇼크 때문에 기절했다. 튀김 솥에서 꺼낸 여자의 손은 껍질을 벗겨낸 짐승처럼 피부가 터지고 짓물러 있었다. 사람들은 비명을 지르고 자리에서 일어났다. 종업원 중의 한 명이 재빠르게 119에 전화를 걸고 있었다. (……) 요릿집을 나가면서 나는 보았다. 피부가 터지고 짓무른 여자의 손. 끔찍하게 부풀어올라 반쯤 익어버린 채 파괴된 조직 사이로 피가 벌겋게 배어나오는 살. 상상할 수 없는 사랑의 고통. 붉은 손이다.(90~91쪽)

소설 속에서 주인공 한나는 이반이 예감하고 있는 종말의 운명을 향해 스스로 한 걸음씩 나아간다. 깨물린 허벅지의 상처, 자신이 모는 자동차에 치인 개의 피가 묻은 붉은 손, 끓는 기름에 튀겨진 여자의 붉은 손, 혈서 쓴 손가락의 조그만 상처 들은 이러한 예감된 운명의 행로에 새겨진 붉은빛의 표지판들이다. 결국 무열에 의해 어이없이 죽음에 이르는 한나의 행로는 한나의 예정된 운명을 투시하는 이반의 존재에 의해 이끌어진다. 일종의 기괴하고 끔찍한 동화를 읽는 듯한 느낌을 받는 것은 이 때문이다.

『그 사람의 첫사랑』을 계기로 변모하기 시작한 배수아의 작품세계는 관료적 현실의 도입이라는 점에서 그 의미를 부여받은 바 있다. 그러나 실상 따지고 보면 어디에도 실제의 현실이라는 것은 존재하지 않는다. 이 지점에 이르면 그 속에 나타나는 '관료사회' 라든가 '북한' 은 실제의 현실에 그 맥락이 닿아 있는 것이 아니라, 일종의 미디어적인 '이미지로서의 현실' 임이 드러난다.

4. 이미지로서의 현실

하성란의 『삿뽀로 여인숙』과 배수아의 『붉은 손 클럽』은 문학제도 영역 바깥의 감각과 기법이 소설 내부화되기에 이른 장면을 보여주고 있다. 또한 두 소설은 이를테면 영화적 상상력이라 부를 수 있는 환상적 장치가 가상현실 도입의 매개로 놓여 있다는 점에서 공통점을 지니고 있다. 이러한 면모는 이 작가들이 펼쳐 보였던 소설세계에서 바라보더라도 다소 이색적인 일탈이라고 말할 수 있을 것이다.

문제는 이러한 변모가 경장편이라는 형식의 요구와 그리고 발표 매체의 영향과 밀접하게 관련되어 있다는 점일 것이다. 이는 소설 내적인 형식과 기법의 변화일 뿐만 아니라, 현실적 관계로부터 힘겹게 성취한 소설의 자율성이 다시 현실적 관계 속에 직접적으로 놓이게 되는 징후라고 볼 수도 있다는 점에서 문제성을 띤다. 이 순간 전통적 소설의 영역과 하위 영역들의 경계는 불분명하게 되기에 이른다.

이러한 양상은 일회적인 것인가 아니면 한동안 지속될 미래의 현재화인가. 전통적인 문학의 영역을 새로운 방식으로 개척하고 있는 이 작가들의 작업이 어떠한 방식으로 이어질지 지켜볼 일이다.

(『동서문학』 2000년 겨울호)

허구로서의 현실, 이미지로서의 역사
—고종석 · 공지영 · 배수아 · 김연수의 소설

1. 이데올로기와 소설

소설은 일상적 담화와는 구분되는 자율적인 미적 담론으로 간주된다. 이러한 사항은 근대 이후의 소설 '쓰기-읽기' 에 있어 일종의 규칙으로 전제되어 있으며, 그로 인해 독자는 실제 작가와 소설 속의 화자를 분리하여 인식하고 소설 텍스트를 하나의 허구로서 받아들이게 된다.

하지만 실제의 현실에 대해 갖는 이 소설의 자율성은 본질적으로 이율배반적 성격을 띠고 있다. 그것은 소설 텍스트가 일상적 담화와는 구분되지만, 그럼에도 불구하고 일상적 담화에 의해 표현될 수 없는 층위의 의미를 현실적으로 실현할 수 있는 가능성의 한 방식이라는 사실에 기인한다. 일상적 담화에 의해 표현되기 어려운 새로운 발화방식의 창출에 소설 장르의 '사건성' 이 놓여 있다고 말할 수 있는 것은 이 때문이다.

이렇듯 소설 텍스트가 동시대의 일상적 담화에 대해 비판적 형태를 띠는 것은 일상적 담화 속에 내재된 이데올로기성 때문이라고 할 수 있다. 그럼에도 불구하고 이러한 비판 또한 언어의 형식으로 제시될 수밖에 없기 때문에 이데올로기 비판의 형식으로 제출된 소설 텍스트 또한 언어라는 이데올로기 자체로부터 전적으로 자유로울 수는 없다. 이 순간 소설 텍스트는 기존의 소설적 담론 그 자체에 대해서, 나아가 지금 수행되고 있는 글쓰기 자체에 대해서도 반성적인 장치를 마련하기에 이른다. 그 결과 소설 텍스트는 끊임없이 글 쓰는 주체와 글을 쓰고 있는 바로 그 의식 자체에 대한 문제제기를 동반하게 되기에 이른다. 자율성이라는 명목상의 규칙 아래 놓여 있음에도 불구하고, 소설 텍스트가 항상 글을 쓰고 있는 '지금-여기' 속에 놓인 주체의 윤리적 태도 및 정치적 무의식과 필연적으로 연결되는 것은 이 때문이다.

2. 허구로서의 현실 — 고종석 · 공지영

고종석의 「누이 생각」(『문학동네』 2000년 겨울호)과 공지영의 「우리는 누구이며 어디서 와서 어디로 가는가」(『21세기문학』 2000년 겨울호)는 '나' 라는 일인칭 화자를 내세우고 있다는 점에서 공통점을 지니고 있다. 그러나 그것은 '나' 이되 단순한 소설적 시점으로서의 일인칭 화자가 아니라, 실제 작가로서의 '고종석' '공지영' 과 겹쳐지는, 일종의 장르 규칙 위반을 동반한 화자라는 점에서 문제성을 띠고 있다.

고종석의 「누이 생각」은 제목에서 드러나듯, '나' 와 이복누이 사이에 놓인 기억의 서사화이다. 그 기억은 유년 시절로부터 학창 시절을 거쳐, 누이가 세 번의 결혼과 헤어짐을 통해 세 명의 아이를 얻고 화가로서 어느 정도 명성을 얻은 현재까지에 걸쳐져 있다. 표면상으로는 그다지 파란만장하지도, 그렇다고 평범하지도 않은 한 인물의 일대기에 대한 직접적 기술이라고 할 수도 있겠지만, 그럼에도 불구하고 이 소설은 소설 장르 자체의 몇 가지 문제점을 내포하고 있다는 점에서 주목된다.

우선 주목되는 것은 이 작품이 독자로 하여금 이 소설의 화자가 실제 작가인 듯한 인상을 불러일으키도록 구성되어 있다는 점이다. 이러한 인상을 부여하기 위해 작가는 다양한 소설적 장치들을 마련해놓고 있는데, 그 가운데에서도 가장 특징적인 장치는 고유명을 동반하면서 섬세하게 복원되는 기억의 단면들이다. 가령 '돈암동 222번지' '도화동 318-1' 'giuliana@club-internaute.fr' 등의 고유명들은 그와 관련된 허구의 풍경들을 마치 실제인 것처럼 드러내는 장치들로서 기능하고 있다.

그러나 이 작품은 한편으로는 이렇듯 기억의 실재적 가능성을 교묘하게 드러내면서도 다른 한편으로는 이 기억 자체에 대한 반성을 그 곁에 나란히 세워놓음으로써 그것의 허구적 가능성을 암시해놓고 있다. 이와 같은 자각적인 면모는 가령 다음과 같은 구절, 곧 "그 기억이라는 관념은 현실을 얼마나 일그러뜨리는 것인지……"(110쪽)와 같은 대목에서 분명하게, 그리고 "아니, 이 슬픔도 내가 나중에 만들어낸 기억인지도 모른다. 곡마단이라는 말의 슬픈 빛깔을 내가 알게 된 뒤에. 또는 한수산의 『부초』를 읽은 뒤에"(114쪽) 등과 같은 서술에서 보다 구체적으로 확인할 수 있다.

말하자면 이 소설은 독자로 하여금 이 서사가 실제인지 허구인지 혼동하도록 되어 있는데, 이것은 단순한 소설적 트릭이 아니라 실상 서사 자체가 내포하고 있는 본질적 문제를 드러내고 있다는 점에서 문제적이다. 곧 서사적 내러티브가 사실을 인식함과 동시에 그것을 외부화하는 수단이며, 반면에 글을 쓴다는 행위 자체에 사실의 허구화가 내장되어 있다는 것이 바로 그것이다. 이렇게 보면 글쓰기 자체가 사실과 허구의 경계를 지워나가는 행위에 다름아니며, 그것은 곧 실제의 사실을 의식 속에서 허구화하는 한편, 그 허구의 실제적 의미를 생산하는 동시적 과정인 것이다.

공지영의 「우리는 누구이며 어디서 와서 어디로 가는가」 또한 이러한 독법의 연장선상에서 읽을 수 있다. 화자 '나'에게 어느 날 한 중년의 여인이 전화를 걸어온다. '나'가 사실은 자신의 동생이라는 충격적인 주장을 하고 있는 이 여인이 그 근거로 드는 여러 가지 정황에 '나'는 반박할 수 있는 아무런 근거도 없다. 급기야 유전자 감식의 현장까지 이르게 된다.

특이한 점은 이 소설의 화자인 '나'가 작품 속에서 작가 '공지영'으로 제시되고 있다는 사실이다. 이는 독자로 하여금 소설 속의 화자 '나'와 이 소설의 작가 공지영을 동일한 대상으로 파악하게끔 이끈다.

그러나 작가는 여기에서 이러한 사건을 의식의 문제로 치환하고 있다. 실상 몸 속의 유전자보다도 현실적으로 더욱 의미 있는 것은 현실 속의 시간을 살아가면서 획득한, "내가 태어난 이래 내 살에 박히고 내 피가 되어 흐른 시간의 유전자들"(184쪽)이라는 지적이 그것이다. 그러하기에 '나'의 의식이 놓인 환경에 대해 '나'가 의식 속에서 겪는 이러저러한 드라마는 현실 그 자체와 우열을 가릴 수 없는 대등한 지위를 갖고 있다. 이러한 각도에서 보자면, 현실이라는 이름 아래 망상으로 낙인된 콤플렉스는 사실 현실 그 자체와 구분되지 않는다. 이런 맥락에서 보면, 소설 속에 등장하는 고유명 '공지영'은 콤플렉스가 만들어낸 의식의 허구를 반성케 하는 일종의 장치라 할 것이다.

3. 이미지로서의 역사 — 배수아 · 김연수

배수아의 「우이동」(『세계의문학』 2000년 겨울호)과 김연수의 「호모 사피엔스 사피엔스」(『문예중앙』 2000년 겨울호)는 과거의 어느 시점을 그 소설적 대상으로 삼고 있다는 점에서 공통된다. 특이한 것은 과거의 어느 시점이되, 그러나 구체적인 시간적 표지는 등장하지 않는다는 점이다.

배수아의 「우이동」은 엄희만 일가의 소풍 이야기이다. 조그만 구멍가게를 하는 무기력하고 무뚝뚝한 가장 엄희만은 어느 날 우이동 계곡 나들이를 결정한다. 아내의 불평 때문에 우발적으로 발생한 일종의 사건이었던 셈이다. 자기 검열로 인해 열정의 외부화를 스스로 차단하고 있는 장남 경수, 진학을 포기한 채 취직하여 가족 중 거의 유일하게 경제적 능력을 담당하고 있는, 그래서 침울하고 말이 없는 딸 진숙, 집안일에 무책임한 재수생 막내 환수 등 세 명의 아이들도 마지못해 이 나들이에 가담한다.

하지만 이 나들이는 유쾌하지 않고 오히려 우울하고 기괴하다. 날은 몹시 무덥고 버스는 만원인데다 계곡물마저 더럽다. "가족들의 대화는 서로 서걱거리면서 조심스럽게 불친절"(125쪽)한 것은 나들이에 익숙하지 않은 이 가족에겐 어쩌면 오히려 자연스러운 현상일 수도 있다.

작가는 기억의 나르시시즘을 거부하고 이 우울하고 기괴하기까지 한 흑백의 영상을 그려내 보이고 있다. 이 우울한 풍경의 근원은 표면상으로는 등장인물 개개인의 성격적 결함과 불안정한 가족구조에서 찾을 수 있을 것이다. 그런데 그 이면에 놓인 것들이 있다. 그것은 〈특별수사본부〉라든가 〈형사〉와 같은 라디오 프로그램, 통행금지와 오일쇼크, 계곡을 감시하는 정복의 경찰관 등등의 기호들이 그것이다. 등장인물들의 표정과 의식, 그리고 그들의 서걱거리는 관계의 이면에는 바로 이 억압의 표지들이 감추어져 있다. 그것은 겉으로 드러나지 않은 채 인물들의 실존적 관계 속에 녹아들어 있다.

김연수의 「호모 사피엔스 사피엔스」는 이 시기 바로 다음에 자리하고 있다. '대한전선표 텔레비전'과 '우표 수집' 열풍, '간첩 신고 포스터' '쥐잡기' 등의 표지가 그것을 말해주고 있다. 이런 맥락에서 보자면, 이 작품이 1990년대 초반 한 여학생의 정치적 죽음을 다룬 「구국의 꽃, 성승경」(『현대문학』 1997년 8월호), 그리고 1980년의 광주를 배경으로 한 「깐깐오월」(『현대문학』 1999년 10월호) 다음에 놓이는 것은 자연스러운 일이라 할 것이다. 이 작품군은 이 작가가 지속적으로 추구해온 역사의 새로운 담론화 방식을 보여주는 일련의 경향이라는 점에서 주목된다.

작품 속의 허구적 공간 '평화동'의 보건소에 새로 의사가 취임해온다. '그'는 일상적 담화와는 구분되는 "생물학적 학명이라는 전혀 새로운 수사"(147쪽)를 사용하는, 그래서 마을 사람들에게 특이한 존재로 인식되는 인물이다. 마을 사람들의 눈에는 그저 해로운 쥐에 불과한 것이 그에게는 '라투스 노르베기쿠스'와 '라투스 라투스'로 구분되며 게다가 흥미로운 탐구의 대상이기까지 하다. 사람들이 그토록 징그러워하는 박쥐의 시체를 그는 '게누스 리노로푸스'라고 부르며 그것을 박제해달라고 요청하기까지 한다.

이 신기한 인물을 관찰하는 어린 '나'의 기억 속에서 역사는 정치적 사건으로 존재하지 않는다. 우표 수집의 기쁨 이면에, 소문과 그것을 둘러싼 사람들의 표정과 태도 속에 존재한다. 들뢰즈의 개념으로 말한다면 '리투르넬르'의 형태로, 보다 직접적으로는 '수사(修辭)'의 형식 속에 존재한다. "수사로 확연해지는 이 경계선이 체제의 틀이 된다"(146쪽)는 작품 속의 언급 또한 이러한 맥락에서 설명될 수 있다. 그렇다면 실상 이 소설에 나타난 역사의 사사화(私事化)는 역사성으로부터의 탈피가 아니라 관념으로서의 역사성이 은폐하고 있는 새로운 역사의 드러냄이라 할 수 있을 것이다. 구체적인 시간적 표지에 의존하기보다 주관적으로 체험된 사건을 통해 시대성을 확보하는 두 소설의 방식이 다분히 전략적이라고 판단되는 것은 이 때문이다.

4. 담론의 윤리와 소설 텍스트

소설 텍스트 속에서 작동되는 글쓰기 의식은 사실과 허구의 경계를 끊임없이 지워나가는 행위에 해당되며, 또한 일상과 역사의 공간을 넘나드는 의식에 상응한다. 그것은 사실에 대한 기록도, 그렇다고 현실과 무관한 허구의 생성도 아니다. 또한 그것은 일상의 관찰기도 역사의 관념화도 거부한다. 그러하기에 소설 텍스트는 '글을 쓰고 있는 나'를 통해 주체의 정체성과 세계에 대한 태도를 형상적으로 드러내는 것에 해당된다. 그 결과 사실이라는 관념에 묶여 있는 사실과 역사라는 관념에 묶여 있는 역사를 새로운 차원의 존재로 변화시키기에 이른다. 담론이 글을 쓰는 주체의 내면적 윤리 및 현실에 대한 태도와 불가분의 관계를 갖는 것은 이 때문이다. 소설 텍스트가 갖는 이데올로기 비판의 의미가 여기에 있다. 특히 여기에서 다룬 네 편의 소설들의 경우, 각각의 세대가 무의식 속에 내포한 정치적 무의식과 그것의 담론화 방식을 보여주고 있다는 점에서 보다 심층적인 해석의 가능성을 지니고 있다고 하겠다.

(『현대문학』 2001년 2월호)

분열 속의 현실, 어둠 속의 욕망
—김원일 · 서정인 · 이혜경 · 김현영의 소설

1. 분열과 어둠 속의 '나'

자신에 대해 이해한다는 것은 '나'를 해석한다는 것이다. 기억을 통해 삶을 반추하고 거기에 의미를 부여하는 일련의 작업을 통해 '나'의 정체성은 확인될 수 있다. 그 결과 '나'의 삶은 하나의 서사적 형태를 띠게 되며, 외부적 객관화의 가능성을 갖추기에 이른다. 보통 이렇게 해서 '구성'된 서사적 형태의 이력을 자신의 정체성과 동일시하는 것이다. 하지만 이렇게 해서 '구성'된 '나'의 정체성은 현실 속의 '나'의 일부분만을 반영할 수 있을 따름이며 '나'의 삶 전체를 복원한다는 것은 본질적으로 불가능하기에, 그것은 항상 일종의 허구에 지나지 않는다. '나'의 삶은 여전히 서사적 형태로 구성된 일종의 허구화된 정체성의 바깥에, 마치 어둠과도 같은 그곳에 놓여 있다. '나'의 정체성은 이렇듯 외부와 내부로 분열된 텍스트의 경계에 위치한다.

정체성의 위기는 자신이 갖고 있는 서사적 모델로 더이상 자신의 삶을 이야기로 구성하는 것이 가능하지 않을 때 찾아온다. 혹은 그 서사적 모델로 자신의 삶을 정당화하거나 정화하는 것이 가능하지 않을 때 찾아온다. 현실과 허구의 넘나듦의 경계에 글쓰기가 자리잡는 것은 이 때문이다. 글쓰기는 허구화될 수 없는 절대적 현존으로서의 현실을 그 지평으로 삼고 있다. 하지만 이 어둠 속의 현실은 서사적 형태를 통해서만 이해와 소통이 가능한 어떤 것으로 전환될 수 있다. 글쓰기의 밀도는 이 근원적인 역설에 대한 인식의 밀도에 비례한다. 그리고 이 지점에서 자신의 삶에 대한 서술의 가치중립성과 윤리성이 교차한다.

소설은 이러한 글쓰기의 보편적 속성을 환기시키는 뚜렷한 사례이다. 무엇보다도 소설은 하나의 삶에 정체성을 부여하는 행위의 일종이기 때문이다. 그러하기에 우리는 설사 그것이 허구적인 상황 속의 가상적 인물이라고 할지라도, 소설 속 주인공의 정체성을 인정하지 않을 수 없는 것이다. 소설 속 인물들의 삶과 그것을 둘러싼 상황에 대해 우리가 긴장을 느끼게 되는 것 또한 이 때문이다. 그리고 그것을 통해 우리는 우리 자신의 정체성을 되돌아보게끔 하는 하나의 서사적 모델을 갖기에 이른다.

2. 분열 속의 역사와 현실 — 김원일 · 서정인

김원일의 「나는 두려워요」(『작가세계』 2001년 봄호)와 서정인의 「섬진강」(『문학과사회』 2001년 봄호)은 우선 연작형식이라는 점에서 공통점을 지니고 있다. 전자가 「나는 누구냐」(『문학과사회』 2000년 가을호), 「나만 나를 알지」(『문예중앙』 2000년 겨울호)에 이어져 있다면, 후자는 「진료소」(『문학사상』 2000년 10월호), 「수련원」(웹진 『인스워즈』 2001년 1월호)에서 그 전사를 발견할 수 있다.

우선 김원일의 근작들은 치매 노인들의 죽음의 과정을 통해 그 기억 속에 묻혀 있는 역사를 언어로 이끌어내고 있다. 「나는 누구냐」에서 항상 화려하게 화장을 하며 품위 있는 귀부인임을 자처하는 한여사의 삶은 실상 역사 속에서 가난 때문에 방물장수의 손에 이끌려 집을 떠난 점아가로, 일본인 제과점 점원 노릇하다 정신대에 끌려간 게이코로, 한국전쟁중에 미군을 상대하던 양공주 한안나로 분열되어 있다. 이렇듯 한여사의 정체성은 그녀에게 부여된 타자 규정들의 합으로 구성되어 있는 것이다. 「나만 나를 알지」에서 또한 심장병과 고혈압 예방을 위해 초콜릿과 아스피린을 상복하며 수명에 끈질기게 집착하는 초당댁의 삶의 이면에는 자신의 생존과 욕망을 위해 두 남자를 희생시킨 장터댁의 얼룩진 삶이 자리잡고 있다. 「나는 두려워요」에서 평생 교육과 신앙에 헌신해온 윤여사의 경우에도 죽음을 맞이하는 순간 신을 만나기가 두려운 자신만의 고통스러운 기억이 있다. 자신에게 호감을 갖고 쫓아와 말을 걸던 남학생을 기차간에서 밀어 죽음에 이르도록 만들었던 사건이 그것이다.

이들 인물들의 기억은 외부적 계기와 마주치면서 자신마저도 잊고 있던 어두운 과거의 공간으로부터 현재로 돌출된다. 거기에서 현재와 과거, 회상과 환상, 독백과 대화가 뒤섞인다. 단락의 구분도 대화를 표시하는 인용부도 거기에는 존재하지 않는다. 이러한 서사적 특질은 기억의 허구를 뚫고 나오는 현실로서의 역사를 펼쳐내기 위해 작가가 의식적으로 도입한 장치라고 할 것이다. 이 지점에서 서사의 위기와 인물들의 정체성의 위기는 서로 대응되고 있다. 그러하기에 "나, 나, 나, 느 누, 구, 지? 내, 내, 내, 가, 대, 체, 누, 누, 누, 구, 지? 내, 내, 가, 누, 구, 야?" (「나는 누구냐」, 1033쪽)라는 소설 속 인물의 분열된 발화는 그의 정체성에 대한, 나아가 그것을 둘러싼 우리 현대사와 그곳에 삶의 뿌리를 두고 있는 우리들 자신의 정체성에 대한 절실한 물음이라 할 것이다.

한편 서정인의 근작들은 논리적 인과성을 뛰어넘는 대화를 통해 하나의 일관된 맥락으로 수렴되지 않는 산종(散種)된 의식의 파노라마를 펼쳐 보이고 있다. '진료소'에서의 천수건, 천미리 부녀의 어긋나는 대화는 '수련원'에서의 천수건, 조성달, 서존만 세 사내의 술판을 거쳐 이제

'섬진강' 길가 어느 식당에서의 천수건, 서존만, 그리고 그의 누이 세 사람의 대화로 접어든다.

이들의 대화를 뚫고 있는 원리는 두 가지로 요약될 수 있다. 하나는 어긋나면서도 이어지는 자동기술적인 말의 연결들이다. 이러한 연결의 생성원리는 "과거를 똘똘 뭉쳐서 먼 하늘 밖으로 던져버리자 현재가 가벼워졌다. 그것은 비워져서 마침내 없어졌다. 과거들이 작아지고, 작아져서, 검고 붉고 노란 현휘가 되어 망막 뒤로 꺼졌다. 존재가 몸 밖으로 나가버렸다. (……) 십 년, 칠 년. 산. 계곡. 숲. 호수. 들. 개천. 물. 자갈"(「섬진강」, 61쪽)과 같은 대목에서 확인할 수 있다. 곧 의식의 임장성(臨場性)을 구현하기 위해, 이미 하나의 체계를 이루며 논리적 인과성과 일관성의 이름으로 그것에 뒤따르게 될 발화의 위치와 성격을 강요하고 있는 의식의 연속성을 끊어버리기가 그것이다.

다른 하나는, 바로 이 점이 보다 본질적이라고 할 수 있는데, 연속성이 강요하는 의식의 진행 방향을 역전시키는 것이다. 이러한 양방향성의 생성원리는 "니 놀라운 땅의 앨리스의 모험을 읽어봤냐? 앨리스가 땅속으로 떨어지는데 옆벽의 책장도 같이 떨어진다. 그녀는 그 책상 선반에서 귤 설탕 졸임 빈 병을 꺼낸다. 그녀가 가만있었더라면 책장이 곤두박질쳤을 것이다. 책장에 지도며 그림들이 보인 것은 그녀도 같이 떨어졌기 때문이다"(「진료소」, 221쪽)와 같은 대목에서 확인할 수 있다. 곧 하나의 사건의 진행 방향은 그것의 타자를 생성시키는 역방향이기도 하다는 인식의 도입이 그것이다. 여기에 사건 생성의 한 방향만을 인정하는 doxa에서 벗어나 para-doxa를 인식하는 가능성이 놓여 있다.

이러한 대화의 원리를 가능케 했으며, 또 그것에 입각하여 구성된 대화들이 궁극적으로 대답하고자 하는 근원적인 질문은 바로 글쓰기를 통해 제기되는 서사적 정체성의 문제이다. 이러한 서사적 정체성의 문제의 연원은 "말을 하면 내가 남이 되었고, 말을 안 하면 내가 없었다. 남이라도 되어 있는 것이 없는 것보다 더 낫냐? 하도 내가 나 아니어서 남으로 있는 것보다 아예 없는 것이 더 좋냐? 없으면 어떻게 되냐? 내가 없으면 누가 있냐? 내가 없는디, 누가 있으면 무엇하냐? 내가 나 아닌 남으로 있으면 그것이 나냐, 남이냐? 나는 어디 있냐? 이래도 없고, 저래도 없냐? 어차피 없냐? 없는디 있는 것은 무엇이냐? 가짜냐? 말로 만든 가짜냐? 나는 내가 아니라 말이냐?"(「진료소」, 234쪽)와 같은 대목에서 확인할 수 있다. '말'을 매개로 한 서사적 정체성은 '나'의 존재 자체의 정체성의 문제를 제기하고 또 그것에 대답하는 통로인 셈이다.

3. 어둠 속의 의식과 욕망—이혜경 · 김현영

이혜경의 「일식(日蝕)」(『문학동네』 2001년 봄호)과 김현영의 「누구를 위하여 초인종은 울리나」(『현대문학』 2001년 3월호)는 소설 속의 주인공들이 어둠에 대한 의식과 욕망의 지향성을 깊이 간직하고 있다는 점에서 공통점을 지니고 있다.

아내, 그리고 두 아이와 더불어 있는 남자와의 관계를 끊고 결혼을 한 후 이곳 인도네시아로 온 「일식」의 주인공 영월은 현지인 다마이와 함께 80년대 어느 날 족자카르타에서 일어난 개기일식으로 눈이 멀어버린 한 남자를 찾아가고 있다.

평화라는 뜻의 이름을 가진 현지인 다마이나 찌짝이라는 이름의 연둣빛 도마뱀을 바라보는 영월의 시선이 사무치는 것은 그들이 어둠 속에 놓인 존재들이기 때문이다. 나중에 그녀의 남편이 된, 인도네시아 공사 현장에서 일하던 남자를 대하던 영월의 시선 또한 그러했으리라. 그녀가 놓여 있던 공간은 도시적 일상의 빛으로 인해 어둠이 밀려난 곳이었기 때문이다. '인도네시아'와 그곳에서 일어났던 개기일식은 바로 이 어둠의 메타포였던 것이다. 그녀를 인도네시아로 이끈 것 또한 이 어둠의 이미지이다. "보지 말아야 할 것을 맨눈으로 보아서, 결국 아무것도 볼 수 없게 되다니. 달이 해를 가릴 때, 그걸 보다가 망막이 타버려서 마침내 빛의 세계에서 멀어진 사람이 있다니. 그녀가 한 번도 가본 적이 없는 땅. 누군가가 깜깜한 어둠 속에 잠겨 있었다. 여자인지 남자인지, 아이인지 노인인지도 알 수 없는 그가 잠겨들었을 어둠, 그 어둠으로 잠겨들던 순간이 왜 그리 사무쳤던가"(106쪽)라는 대목은 그녀 마음에 자리잡은 어둠에 대한 지향성을 여실하게 보여주고 있다.

영월이 어둠에 집착하는 것은 그녀 자신이 내면에 간직하고 있는 어둠 때문이다. 그러나 어둠은 지향성의 극점으로만 존재할 뿐 실상 순수한 어둠 속에 놓인 그녀는 불안하다. 빛에 대한 갈증이 여전히 그녀를 둘러싸고 있기 때문이다. 마치 허공에 뜬 초승달 위에 올라앉아 있는 듯한 그녀, 초승달의 곡선은 아늑하게 그녀를 감싸지만 동시에 그 촉감은 한없이 시리다. 달이 차오르면 그녀는 허공으로 떨어져나갈 것이고, 달이 지면 또한 그녀는 어둠 속에 잠길 것이다. 이 초조감에 포위된 그녀의 정체성은 빛과 어둠 사이에서 흔들리고 있다.

「누구를 위하여 초인종은 울리나」에서의 시간적 거리감은 「일식」에서의 공간적 거리감에 대응된다. 주인공 '나(서경)'는 부실한 오피스텔에서 살고 있다. "위층에서 누군가가 소변보는 소리까지 적나라하게 들리는 집. 아무리 문을 닫아걸고 살아도 다 들켜버리는 집"(119쪽)은 실상 '나'가 살고 있는 현실적 공간과 그 속에서의 삶 자체에 대한 메타포로 읽힌다. '나'는 초인종을 누르는 사람이 누구든지 간에 절대로 문을 열지 않는다. 울리는 전화에도 응답하지 않는다. 인기척도 내지 않는다. "나는 유령처럼 빠끔이에 눈을 대고서 밖을 살펴볼 따름"(109쪽)이다. 이 두려움이 '나'로 하여금 멜로드라마처럼 뻔한 남자 건우와의 관계를 유지시키는 근거이다. 무조건 튀고 보아야 하는 거리의 간판들처럼, 격정은 결국 아무런 격정 없음의 이면이기에.

마치 가짜 근육을 붙이고 다니는 골다공증 환자와도 같은 이 부실한 오피스텔의 삶에, 화려하지는 않지만 맞춤옷 같았던 기억 속의 할아버지의 집이 대비된다. 죽담을 여러 겹 쌓아서 주초를 놓은 덕분에 습기를 피할 수 있었고 맞춤한 길이의 나무를 골라서 기둥, 들보, 도리에 썼으며 절대로 짧은 나무를 이어서 쓰지 않고 나무를 거꾸로 세워서 기둥을 만들지도 않았던 그 집은 '나'가 여름이면 초를 칠한 장마루에 누워 낮잠을 자고 겨울에는 장독대 위에 쌓인 눈을 뭉쳐서 먹기도 했던 곳이다. 그러나 그 집 또한 신작로가 뚫리면서 악몽 같은 상가 건물로 바뀌었다가 마침내는 헐리고 만다.

현실 속의 '나'의 의식에 심리적 위안으로 존재하던 그곳이 사라지면서 '나'의 의식은 어디에도 자리잡을 곳이 없다. '나'가 벽에 정으로 구멍을 뚫어도 결국 거기에서 어둠만을 발견하는 것도, 그리고 '나'가 낯선 곳에서 봉변을 당하는 동남아시아 청년 프란체스코의 초인종을 미친 듯이 눌러대는 것도 이 때문이다. 아무에게도 들키지 않으려고 문을 닫아거는 한편 벽의 한쪽 구석을 정으로 쪼아대는 그녀의 모습은 어둠을 향한 욕망과 어둠에서 벗어나려는 욕망이 교차하는 그녀의 의식 그 자체의 투영이다.

4. 글쓰기의 정체성

허구적 형상으로서의 소설 또한 구성된 의식의 일종이기에 삶에 대한 해석과 그것에 대한 의미 부여에 해당되는 것은 물론이다. 그러하기에 그것이 아무리 형식적으로 분열되더라도, 그리고 의식적으로 어둠을 지향한다고 하더라도 그것이 닮고자 하는 현실 그 자체의 우연성과 어둠을 고스란히 담아낼 수는 없다. 거기에는 의미의 계기적 연관이 단어와 문장의 마디마다 자리잡고 있으며 의미의 빛 또한 드리워져 있다. 그럼에도 불구하고 글쓰기는 의미화의 대가를 지불하면서 동시에 현실과 역사, 그리고 그 속에 놓인 의식과 욕망의 우연성과 어둠에 마주한다. 글쓰기는 현실의 우연성과 텍스트의 의미 사이를, 현실의 어둠과 텍스트의 빛 사이를 가로지른다. 그리하여 현실과 허구의 경계에 글쓰기의 정체성은 자리잡는다.

김원일과 서정인의 소설이 인물들의 의식과 서사적 형식의 분열을 통해 현실과 역사 속에 놓인 인물들의 삶을 그려 보이고 있다면, 이혜경과 김현영의 소설은 어둠을 향한 의식과 욕망을 자극하는 현실 속의 빛, 그리고 그러한 현실의 빛에 의해 더욱 어둡게 드리워진 인물들의 내면을 교차시키고 있다.

이 네 작가의 소설에서 공통적으로 발견할 수 있는 것은 소설 속 인물들의 정체성, 그리고 나아가 그것을 형상화하는 서사 자체의 정체성의 문제이다. 김원일과 서정인의 소설에서 그와 같은 문제가 서사형식 자체에 대한 문제제기와 병존하는 형태로 나타나고 있다면, 이혜경과 김현영의 소설에서는 정체성의 위기에 놓인 인물들의 의식과 욕망을 시간적 혹은 공간적 틈 속에 위치시킴으로써 그것을 절실하게 드러내고 있다.

이들 소설들은 삶에 정체성을 부여하는 새로운, 그리고 밀도 높은 방식을 제시함으로써 그 과정에서 소설 속 인물들이 마주하는 역사와 현실, 그리고 그 가운데에 놓인 의식과 욕망을 한 겹씩 벗겨 그 생생한 속살을 우리에게 보여주고 있다.

(『현대문학』 2001년 4월호)

관념으로서의 현실, 미(美)로서의 허구
—고종석 · 배수아의 소설

1. 텍스트의 경계

소설은 하나의 허구로서 현실관계로부터 자율화된 미적 텍스트로 간주된다. 우리가 소설 속의 인물과 작가를 동일시하지 않으며, 소설 속의 사건을 현실 속의 그것과 혼동하지 않는 것 또한 이러한 허구 텍스트로서의 소설이 갖는 장르적 규범에 그 근거를 두고 있다. 그러므로 허구 텍스트는 실재성이 아니라 다만 리얼리티만을 가질 수 있으며, 이 리얼리티를 통해 소설 텍스트는 현실에 대한 모방으로서, 현실과 일종의 유비관계에 놓이게 된다.

이렇듯 소설 텍스트를 자율적인 어떤 것으로 파악할 수 있게끔 하는 장치 가운데 하나는 곧 소설 텍스트 내의 서술자라는 존재이다. 서술자가 텍스트 내에 극화되어 '나'로 등장할 경우는 물론이고, 그렇지 않고 서술자가 텍스트 속에 인물로 극화되어 등장하지 않는 경우에도, 텍스트의 곳곳에는 서술자의 존재를 확인할 수 있는 흔적들이 산재해 있다. 이 서술자는 현실 속의 어떤 존재와도 동일시되지 않으며, 다만 텍스트의 기능적 요소로서 존재할 따름이다. 서술자에 의해 주도되는 허구로서의 서사(narrative)와, 에세이나 논평처럼 그것이 궁극적으로 현실 속의 인물 '나'의 주관성에 귀속되는 담론(discourse)의 구분점이 바로 여기에 놓여 있다.

하지만 장르의 규칙에 따라 관념적으로 설정된 이 서사 텍스트의 경계는 과연 자명한 것인가. 소설의 역사는 서사와 담론의 이와 같은 불가피한 연루에 대해 분명하게 그 해답을 제시한 바 없다. 그것은 담론과 달리 서사 텍스트 그 자체에는 서사 행위가 은폐되어 있지만, 그럼에도 불구하고 텍스트의 생산과 수용에서 서사 행위 자체가 완전히 소거되지는 않는다는 점에 기인한다. 말하자면, 허구 텍스트 내에 직접적으로 제시되어 있지는 않지만, 그와 다른 차원에서 작가가 텍스트를 통해 환기하고자 하는 현실에 대한 태도는 소설 텍스트의 수용(해석)에서 관건으로 놓여 있는 것이다. 결국 이 지점에 이르면, 서사 또한 담론의 한 하위 영역으로 존재하게 된다. 그리고 바로 여기에서 서사 텍스트의 경계는 텍스트 내 사건들의 이야기(story)의 차원과 텍스트 전체를 통해 표현되는 담론의 차원의 분기점을 표시한다. 스토리의 차원과 담론의 차원으로 각각 향하는 이 대립되는 힘의 긴장관계 속에 서사 텍스트의 자율성이 갖는 의미가 놓여 있다.

2. 현실을 지시하는 관념의 목소리 — 고종석

고종석의 「파두」(『현대문학』 2001년 5월호)는 이 작가의 전작 「누이 생각」(『문학동네』 2000년 겨울호)의 방법론에 이어져 있는 작품이다. 곧 허구이되 작가를 둘러싼 실제 장면을 환기하는 표지들을 등장시킴으로써 소설의 허구성을 교란시키는 방법론이 그것이다. 이러한 방법론적 장치를 통해, 허구와 실재의 긴장이 텍스트의 표면에서 직접적으로 감지되는 효과를 불러일으키고 있는 것이다. 「파두」에서는 이러한 방법론이 더욱 전경화되어 있다.

십 년 만에 귀국한 '나=한민석' 은 십 년 전 그날처럼 경수, 미옥과 만나고 있다. '나' 와 경수와 미옥은 보육원에 같은 날 들어온 탓에 생년월일은 물론 공식적으로는 사주팔자까지 같은 친동기간 같은 관계이다. 어려운 환경에서 출발했으나, 경수와 미옥은 명문대 영문과를 나와 경수는 대학 교수에 문학평론가로, 미옥은 출판인으로 성장했다. '나' 는 경수와 미옥과 달리 입양되지 못하고 보육원의 도움으로, 그리고 고학으로 학업을 마치고 신문사 기자로 자리를 잡았다. 십 년 전 '나' 가 뉴질랜드로 이민 가는 환송식 자리에 모인 이들 세 사람 사이로 숙명이라는 뜻의 포르투갈 민요 '파두' 가 흐르고 있다.

"그 뜻이 숙명이야. 파두의 뜻이. 라틴어 파툼에서 왔다고 하대. 영어의 페이트 말야."

노래 장르 이름이 숙명이라니. 참 기구하구먼. 정말 그 장르 이름까지 우리들을 닮았네. 나는 그 이전에 아말리아 로드리게스라는 이름을 들어보기는 했으나, 그녀에 대해서 잘 몰랐고 지금도 잘 모른다. 재작년엔가 그녀가 죽었다는 기사를 본 것도 같다. 그녀는 리스본에서 태어났을까? 아니면 시골에서 태어났을까? 그게 어디든 그녀는 바닷가에서 태어났을 것 같다. 파두에는 바닷가의 심란함이 있다. 그러니까 그 바닷가는 해수욕장은 아닐 것이다. 그리고 아말리아는 아마 가난한 집 자식이었을 것 같다. 부유한 집 자식도 대중가요 가수가 될 수는 있겠지만, 그녀의 노래들이 감염시키는 사무치는 슬픔은 부유함과는 왠지 거리가 있어 보인다. 거기에는 삶의 본원적 슬픔이 있다. 그 본원적 슬픔이 꼭 물질적 가난을 뜻하는 것은 아닐지라도 말이다.(68~69쪽)

십 년이 흘러 다시 만난 자리에서 경수는 교수에 중진 평론가로, 미옥은 출판 전문가로 확고한 사회적 위치를 확보했다. '나'는 뉴질랜드에서 신문사를 운영하다 실패, 이혼을 하고 귀국하여 프리랜서로 활동하고 있다.

이들의 유년기를 닮은 노래, 십 년 전의 아말리아 로드리게스의 파두가 육친의 정으로부터 남녀간의 사랑으로의 변화에 대응되고 있었다면, 그리고 그 변화가 이들 삶의 역사에 자리잡은 한 고비를 표상하고 있었다면, 십 년 후 그 청승스러움에 감미료를 친 듯한 베빈다의 파두는 이들이 그 삶의 고비를 넘어 십 년 만에 이르게 된 도달점의 성격을 드러내고 있는바, 그것은 이들이 자신들의 의도와는 관계없이 어느새 사회체제의 중심에 진입하게 되었다는 사실과 관련된다. 정치적 감각이 드러나게 될 구도가 이미 여기에서 마련되고 있다고 할 것이다.

소설의 결말부는 보수적 색채의 한민일보 논조에 비판적인 '나'와 그 신문의 신춘문예 심사를 맡은 경수의, 안티 한민 운동을 둘러싼 논쟁적 대화가 길게 이어져 있다. 논쟁적 대화를 통해 정치적 사건의 민감한 자극점을 건드리는 이 작가 고유의 방식은 이미 「서유기」(『문학과사회』 1997년 봄호)와 같은 작품에서도 확인할 수 있었던 바이다. 이 순간 작가의 현실을 향한 직접적이고도 관념적인 목소리는 미적 텍스트로서의 허구를 뒤덮고 있다.

나도 모르게 목소리가 격앙되었다. 경수는 세상 이치를 잘 아는 형의 말투로 차분히 말했다.

"한민일보는 우리 사회의 일부분이야. 무슨 말이냐 하면, 한민일보의 독자수가 많다면, 그건 우리 사회에 그 신문의 논조에 동의하는 사람이 많다는 뜻이기도 하다구. 적극적 동의는 아닐지라도, 적어도 소극적으로 용인하는 사람이 많다는 거지. 그러니까, 우리 사회의 이념적 지형은 이런데, 그 신문의 논조는 저런 건 아니란 말이지."

"나도 그 점은 인정해. 한민일보의 논조는 분명히 우리 사회의 이념적 지향이랄까 계급들 사이의 힘의 관계를 부분적으로는 반영하고 있겠지. 그렇지만, 신문은 단지 사회의 거울이 아니야. 그것은 거울이면서 모터야. 신문은 여론을 반영하기도 하지만, 여론을 만들어내기도 해. 그리고 지금 같은 대중사회에서는 그런 능동적 역할의 비중이 점점 더 커지고 있고. 여론이라는 게 뭔데? 신문에서 하는 말이 여론이야. 신문에서 어떤 의제를 설정하지 않으면, 사람들은 그 분야에 관심도 없어. 일단 정보가 없으니까. 그러니까 내 말은, 실제로 우리 사회 구성원들이 꽤 보수적이라고 해도, 그 보수성을 더 강화하는 역할을 한민일보가 하고 있단 말이야." (78쪽)

허구 텍스트를 통해 간접적으로 암시되는 작가의 세계에 대한 태도는, 그것이 텍스트 읽기를 통해 비로소 실현되는 해석의 유동성에 내맡겨져 있기에, 그 표현의 한계를 가진다는 점은 분명하다. 그런 점에서 보면, 직접적인 관념의 제시가 항상 부정적인 것만은 아니라고 할 것이다. 그것은 작가와 독자 간의 소통의 코드를 마련하는 한 방식일 수 있으며, 소설 텍스트 전체의 의미를 뚜렷하게 실현할 수 있는 구성의 계기일 수 있기 때문이다. 더구나 소설의 위기의 원인을 그 소재나 질적인 수준이 아닌 소설의 현실적 존재방식에서 찾을 때, 이와 같은 시도가 개척할 수 있는 가능성은 새삼 주목할 만한 것이라고 할 수 있다. 독자에게 전달되는 소설적 감동이 미적인 차원에서만 이루어진다고 볼 수는 없기 때문이다.

그러나 문제는 현실에 대한 작가의 태도를 드러내는 관념이 텍스트에 내포되어 있다는 사실 자체에 놓여 있지 않다. 문제는 그 관념이 미적 텍스트로서의 허구를 희생하면서까지 제시되어야 할 밀도와 필연성을 갖추고 있는가에 있을 터이다. 그리고 이는 필연적으로 그 관념을 텍스트와 결부시키는 새로운 형식의 발견과 밀접하게 관련된다. 인물들 간의 대화형식으로 삽입된 관념성은 텍스트의 미적(허구적) 영역과 확연하게 분리되어 있는 탓에 그 긴장감이 약화될 수밖에 없으며, 그러한 방식으로 제시될 수 있는 관념이란, 특수한 경우가 아니라면, 소설 텍스트 내에서 그 자체의 독립적인 존재 이유를 찾기 어렵다고 할 것이다. 이 지점에서 소설이라는 담론형식의 고유한 존재방식과 그 의미를 되묻지 않을 수 없게 된다.

3. 환상 속에 숨겨진 글쓰기의 자의식 — 배수아

배수아의 「집돼지 사냥」(『문학사상』 2001년 5월호)의 경우, 소설적 리얼리티에 대한 추구가 부재한다는 점에서, 아니 소설적 리얼리티의 형성을 의식적으로 비껴나가고 있다는 점에서 이 작가 고유의 전략을 발견할 수 있다.

'철도분기점' 'Everybody wants to know my story' '섹스리스 커플' '벽장문의 디자인' '집돼지 사냥' '로사 호텔에 모이는 소설가 M과 그의 친구들' '육식' '에필로그' 등 여덟 개의 장으로 나누어져 있는 이 소설의 스토리를 추출해내기는 쉽지 않다. 이는 두 가지 사실에서 비롯되는 바, 그 첫번째는 시점의 혼란 때문이다. '철도분기점'과 '로사 호텔에 모이는 소설가 M과 그의 친구들'의 두 장은 '나=희태'의 시점으로 되어 있는 반면, 나머지 장에서는 요란을 주된 초점 화자로 한 전지적 시점으로 서술되어 있다. 이 두 영역은 서로 얽혀 있으면서도 독립되어 있어서 일관된 서사의 흐름으로 용해되지 않고 두 층으로 구분되어 있다. 두번째로는, 서사의 유기성이 취약하다는 점을 들 수 있다. 희태와 그의 전처 올가의 관계, 요란과 희태의 관계, M과 그 친구들(마리, 오강주, 미타, 항, 요란 등)의 세계, 요란과 M의 집돼지 사냥 사건 등의 이야기 단위들은 상호위계적 질서를 이루지 않고 있으며, 각각의 세계를 연결하는 계기 또한 분명하게 드러나 있지 않다.

그러나 이 소설의 경우, 시점의 혼란이라든가 서사적 유기성의 취약성은 오히려 소설적 리얼리티로부터 거리를 두고자 하는 의도적인 전략의 수단으로 차용되고 있는 것처럼 보인다. 말하자면, 표층에서 전개되는 스토리의 차원이 아닌, 텍스트의 세부와 심층으로 해석의 시선을 이끌어 들이고 있는 것이다.

한편 이 소설은 표면상 무국적의 세계 속에 놓여 있는 듯한 인상을 주고 있는데, 이 점 또한 리얼리티에 대한 거부라는 이 소설의 전략과 관련된다. '올가' '마리' '미타' 등의 등장인물의 이름이나 '로사 호텔'과 같은 지명, 혹은 '블루 마르타 기념일' 등의 기표는 이 소설이 러시아를 배경으로 하고 있는 듯 보이게 하기도 하지만, 어디에도 이 소설의 배경이 러시아라는 확정적인 징표는 없다. 그런가 하면, '희태' '이화여대' 등의 기표들은 이 소설의 배경이 한국과 무관하지 않음을 보여주고 있다. 좀더 자세히 살피면, 이 소설은 한국적 상황을 러시아 풍 분위기의 필터를 투과한 낯선 풍경으로 채색해놓고 있음을 알 수 있다.

> 로사 호텔에서 살고 있을 당시 아마도 6월혁명의 마지막 무렵, 요란은 길을 가다가 일단의 군중의 무리로부터 스프레이 세례를 받은 적이 있다. 붉은 스프레이였다. 아직 젊은 여자였던 요란이 어떤 직업도 가지지 않고 호텔에서 살아가는 것에 대한 누군가의 불만이었다. 그 일 이후로 요란은 군중을 두려워하는 경향이 생겼다. 군중이란 개개인으로서는 겁 많고 냉소적이며 빈약한 존재이지만 집단으로서는 구호에 경도되기 쉽고 공격적이 되는, 이중적인 존재이다. 요란이 굳이 이런 불편한 집을 팔지 않고 거주하고 있는 것은 그런 이유도 있을 것이라고 생각한다. 아주 간단한 일, 예를 들자면 시간제 비서 일이라든지 통역이라든지 사무원 같은 일은 요란에게는 비교적 어렵지 않을 것이다. 그러나 요란은 적절하게 사회로 편입할 타이밍을 잃어버려서 어디서부터 끼어들어야 할지 알 수 없다고 말했다. (……) 요란은 돈을 버는 것은 노동이 아니라 시스템이라고 생각하고 있다. 요란은 노동을 할 의사가 없는 것이 아니라 이미 그 시스템에 올

라탈 때를 놓친 것이라고 생각했다.(220쪽)

여기에서 낯선 풍경의 필터를 통해 현실을 뒤틀린 환상으로 전이시키는 과정은, 역설적으로 현실에 대한 직접적인 지시의 욕구를 자극하고 있다. 말하자면, 리얼리티에 대한 거부는 궁극적으로 서사의 경계를 뚫고 현실로 향하는 출구를 마련하는 전략의 일환이었던 것이다.

이 소설의 핵심적 사건이라 할 수 있는 '집돼지 사냥'은 M과 요란에 의해 수행되고 있다. M은 "성급했고 신경질적이었으며 인간에 대한 깊은 이해보다는 스토리 자체의 매력에 더 깊이 사로잡히는 스타일"(221쪽)의 소설가로 가족이 없는 요란에게는 형제와 같은 존재라고 소개되어 있다. 그렇다면 요란의 사생활을 소설로 쓰려고도 하는, 소설의 인상파 혹은 무식한 푸주한이라는 혹평을 듣는 것을 즐기기조차 하는 M은, 요란의 의식의 한 측면을 표상하는 존재에 다름아니라고 할 것이다.

한편 M은 "곱슬거리는 짧고 굵은 머리털에 땀냄새 풍기는 목덜미에 두터운 양가죽 코트를 걸치고 검은 장화를 신고 큰 보폭의 걸음으로"(221쪽) 다니는, 그래서 마치 거대한 돼지 같다는 느낌을 주는 인물이다. 그렇다면 M과 집돼지의 싸움은 결국 요란의 의식 내부에서 수행되는 두 성향 사이의 대결로 치환하여 해석할 수 있다. 이 싸움은 결국 M이 어이없게도 집돼지에게 먹혀버리는 것으로 귀결되거니와, 문제는 이 싸움의 승패에 놓여 있지 않다. 왜냐하면 사실상 M과 집돼지는 동일한 대상에 다름아니기 때문이다.

무시간성의 낯선 공간을 배경으로, 비현실적인 집돼지 사냥 사건을 둘러싸고 펼쳐지는 이 소설의 동화적 세계가 그 이면에 글쓰기를 둘러싼 자의식을 감추고 있다고 생각되는 것은 이러한 맥락에서이다.

4. 리얼리티에 저항하는 두 가지 방식

고종석의 「파두」가 서사와 담론의 경계를 흔듦으로써 소설 텍스트 내에 현실을 이끌고 들어오고 있다면, 배수아의 「집돼지 사냥」은 소설 텍스트 내의 스토리 구조를 해체함으로써 무너진 리얼리티의 틈에 글쓰기의 자의식을 새겨넣고 있다.

그러나 이와 같은 성과는 다른 한편으로 보자면 실상 불안한 것이기도 한데, 왜냐하면 전자의 경우 텍스트 외부와의 관련을 통해서만, 그리고 후자의 경우에는 텍스트의 세부와 심층을 통해서만 소설 텍스트 전체의 의미가 드러날 수 있기 때문이다. 더구나 텍스트와 스토리 사이의 긴장, 혹은 텍스트와 관념 사이의 긴장이 유지되지 못할 경우, 스토리와 관념은 결국 텍스트를 배반하는 것으로 귀결되고 만다.

그럼에도 불구하고 소설적 리얼리티에 저항하는 이 두 가지 방식은 소설 텍스트를 텍스트 외부의 현실로 정향시키는 가능성을 보여주는 뚜렷한 사례라는 점에서 그 의미를 찾을 수 있을 것이다. 텍스트의 경계, 바로 그곳에 관념으로서의 현실과 미적 텍스트로서의 허구가 넘나드는 통로가 놓여 있기 때문이다.

(『현대문학』 2001년 6월호)

진실이라는 이름의 허구

―김연수 장편소설 『꾿빠이, 이상』

"사람이 비밀이 없다는 것은 재산이 없는 것처럼 가난하고 허전한 일이다."

1939년 3월 『문장』에 발표된 이상(李箱, 1910~1937)의 유고소설 「실화(失花)」는 이와 같은 에피그램으로 시작되고 있다. 과연 이상은 그의 길지 않은 삶에 숱한 비밀들을 감춘 채, 제국의 수도 동경에서 27년 동안의 짧은 생을 마감했다. 그 비밀들은 손가락 일곱 개인 이발사 아버지와 태생이 불분명한 얽둑빼기 어머니 사이에서 장남으로 태어난 인간 김해경을 신화적 존재인 이상으로 다시 태어나게 만들었고, 그것은 곧 그의 재산이자 한국문학사 전체의 재산이 되었던바, 50여 년의 시간 동안 이상 문학에 바쳐진 긴 주석들이 이를 증명하고 있다.

그러나 이상 문학에 달린 수많은 주석들은 극단적으로 상반되는 입장으로 나뉘어 있다. 이상 문학은 보기에 따라 어린애의 장난이기도 하고 불멸의 명작이기도 한 것이다. 하지만 이러한 논란은 이상 문학의 신화적 성격을 입증하는 사례에 지나지 않는다. 그것은 곧 이상 문학의 운명과도 같은 것이니, 하나 더하기 하나를 둘이 아니라 하나라고 대답하는 아이가 바보이거나 혹은 천재인 것과 같은 이치라고 할 것이다. 이 순간 이상은 실존적 존재에서 신화적 존재로 탈바꿈한다. 이제 이상의 시 한 편, 소설 한 줄은 그 신화에 접근하기 위해 필사적으로 풀어야만 하는 스핑크스의 수수께끼가 된다.

김연수의 장편소설 『꾿빠이, 이상』은 이상의 작품들에 대한 면밀한 검토, 그의 전기적 사실에 대한 실증적 고찰, 그리고 기존의 이상 연구에 대한 폭넓은 섭렵을 무기로 이 난해한 수수께끼에 도전하고 있는 야심찬 기획이다.

소설은 「데드마스크」 「잃어버린 꽃」 「새」 등의 독립적인 세 편의 글들로 이루어져 있다.

「데드마스크」에서 유부녀 정희(정희는 이상의 「봉별기」의 여주인공 이름이기도 하다)와 불륜의 관계에 놓인 잡지사 기자 김연화는 사라진 이상의 데드마스크가 발견되었다는 제보로 인해 모종의 사건에 얽혀들게 된다. 하지만 데드마스크는 가짜임이 드러나고, 기사를 작성했던 탓에 곤경에 처한 김연화의 앞에는 데드마스크가 진짜임을 증명할 수 있는 유일한 근거라고 할 수 있는 서혁민의 수기 『이상을 찾아서』만이 놓여 있다. 이제 그에게 데드마스크의 진위는 논리나 열정이 아닌 믿음에 속하는 문제가 된다.

이어지는 '잃어버린 꽃' 에서는 수기의 주인공 서혁민이 초점화자로 등장한다. 그는 이상의 삶과 문학을 모방하는 데 평생을 바친 인물. 그는, 죽음으로써 자신의 운명에 맞서 인간 김해경을 초월하여 영원히 신화적 존재로 남을 수 있었던 이상의 삶을 좇아 「오감도 시 제16호 — 실화」를 남긴 채 이국의 수도 동경에서 스스로 목숨을 끊는다. 그는 인간으로서의 자신의 흔적을 지움으로써 영원히 이상으로 다시 살고자 했던 것.

「새」에서는 미국에 정착한 한국인 가정에 입양된 중국인 피터 주가

「오감도 시 제16호—실화」의 발견을 둘러싼 진위 논쟁에 휘말리게 되는 사건을 통해 운명처럼 부여된 자신의 정체성에 접근하는 과정을 담고 있다. 주지하는 바와 같이, 이상의 시 「오감도」는 1934년 조선중앙일보에 연재될 당시, 원래 30회를 계획했다가 독자들의 항의로 인해 15회만이 연재된 채 중단되었던 작품. 그러하기에 「오감도 시 제16호」의 발견 가능성은 항상 열려 있다. 피터 주는 이상이 거대한 설계도에 따라 이전에 썼던 시들을 「오감도」 연작으로 재구성했다는 가설을 세우고 이를 근거로 나머지 15편의 행적을 밝히고자 했다. 그러나 「오감도 시 제16호」를 발견했다는 한 여류 학자의 주장으로 피터 주는 막다른 골목에 처하게 된다. 그에게 남은 선택은 새로운 「오감도 시 제16호」를 제시하는 길뿐. 여기에 앞서 등장했던 김연화와 서혁민의 수기가 결정적인 계기로 다시 개입한다. 이 사건을 겪으며 피터 주가 자신의 정체성을 발견하는 과정은 곧 인간 김해경과 작가 이상으로 분열된 존재인 이상이 삶과 작품을 통해 자신의 운명을 발견했던 과정에 대응되고 있다고 하겠다.

작가는 이 세 편의 에피소드를 절묘하게 연결시켜 한 편의 고도의 지적인 퍼즐 게임을 만들어낸다. 이상의 삶과 문학에 얽힌 수수께끼를 풀어나가는 이 소설의 내용과, 각각의 사건들의 조각들을 연결시켜 하나의 퍼즐로 절묘하게 구성하는 형식을 통해 작가는 과연 진실이라는 것이 어떠한 방식으로 존재하는가에 대해 묻고 또 그에 대한 해답을 모색하고 있다. 말하자면 이상에 대한 서술과는 별도로, 그를 통해 작가가 제시하고자 했던 주제는 따로 있었던 셈이다. 바로 이 지점에서 이 소설은 이상의 삶에 대한 하나의 주석에 그치지 않고, 한 편의 독자성을 갖춘 작품으로 성립되기에 이른다.

소설 속에서 작가는 등장인물 서혁민의 목소리를 빌려, "운명은 마지막 순간에 이르러서야 자신의 진짜 얼굴을 보여줄 뿐이다. 운명은 논리적으로 인간의 의지에 맞서지 않는다. 다만 마지막 한순간에 모든 것을 보여준다. 씨앗이며 고목을, 꽃이며 과실을, 새순이며 낙엽을, 탄생이며 죽음을. 그 속에 인간의 보잘것없는 의지까지 포함돼 있음은 물론이다" (127쪽)라고 말함으로써 진실과 허구의 경계를 인간의 운명이라는 보편적 지평에 설정하고 있다. 이 순간 이른바 진실이라는 것은 인간의 운명과 그것에 맞서는 의지 속에 투영된 일종의 허구임이 드러나게 되며, 반면 허구로서의 문학은 진실에 도달하고자 하는 인간적 시도의 한 방식으로 자리잡게 된다. 그리고 그 진실과 허구의 기로에서 정체성의 위기 속에 놓인 인간의 몸부림은 운명의 표정을 짓고 있다.

(대구대 신문, 2001년 5월 28일자)

분열된 기억, 분열된 정체성

—백민석 · 이신조의 소설

1. 현재의 타자로서의 기억 — 백민석

백민석의 『장원의 심부름꾼 소년』(문학동네, 2001)은 전체적으로 일종의 기괴한 성장소설의 형식을 취하고 있다는 점에서 이 작가의 첫 장편 『헤이, 우리 소풍 간다』(문학과지성사, 1995)를 떠올리게 한다. 그러하되, 후자가 강렬한 실험성을 추구했다면, 그리하여 젊은 세대로서의 소임에 충실한 것이었다면, 전자는 그에 비해 한결 성숙한 지적 태도를 보여주고 있어 흥미로운 관련을 드러내고 있다.

우선 이 소설들 전체에 통일성을 부여하는 형식적 장치는 백민석식 인물 명명법이라 할 수 있는 독특한 영문 이니셜의 사용에서 찾을 수 있다. 곧 xp aw(「장원의 심부름꾼 소년」), wt(「이렇게 정원 딸린 저택」), od tu(「구름들의 정류장), ru(「인형의 조건」), il kp(「검은 초원의 한켠」) 등 영문 이니셜 둘을 겹쳐 쓴 고유명들이 그것이다. 물론 이 형식적인 차원의 통일성보다 더 중요한 것은 내용적인 차원에서의 통일성이라 할 수 있다. 그것은 시간의 장벽 너머에 존재하는, 기억이라는 타자와의 대면이라 할 수 있다.

통상적인 기억의 구성방식은 현재의 '나'를 과거로 되돌려 그 속에서 기억을 복원하게 만드는 것이다. 이러한 방식은, 표면상으로는 과거로부터 현재로 이행하는 것으로 나타나지만, 본질적으로는 현재로부터 출발하여 과거에 도달하는 것이 아닐 수 없다. 또 한번 빠져들어간 과거의 환각은 현실을 바라보는 시선을 은폐하기도 한다.

그러나 백민석의 소설은 이와는 정반대의 방식을 취하고 있다. 곧 과거의 기억을 성장시켜 현재의 '나'에 이르도록 하는 방식이 그것이다. 따라서 '나'가 작아지는 것이 아니라 과거의 마을과 마당 딸린 집이 '장원'과 '정원 딸린 저택'이 된다. 이와 같은 방식은 사건 생성의 한 방향(bon-sens)만을 인정하는 doxa를 비판하는 para-doxa(contre-sens)의 방법론에 바탕을 두고 있다고 할 수 있다(들뢰즈, 『의미의 논리』). 그리고 이러한 방식은 기억의 소멸에, 혹은 기억의 전횡에 절망적으로 맞서는 새로운 소설적 방법이라는 점에서 그 의미를 찾을 수 있다.

기억이라는 타자가 현재와 부딪혀 구성하는 새로운 현실은 그러므로 환상적이고도 기괴하다. 현재의 시선에 의해 직접적으로 포착된 과거가 아니라, "장원의 커다란 덩치에 눌려 여태껏 찌그러져 있던 기억들"(18쪽)이 스스로 몸을 털고 일어나는 현실이기 때문이다. 그 때문에 기억은 "포크레인이 훑고 지나간 공사현장에서 우연히 모습을 드러낸 지난 세기의 폐허처럼"(「장원의 심부름꾼 소년」, 12~13쪽) 느닷없이 찾아온다. 소박한 현실 반영의 시선으로 결코 포착되지 않는 세계가 펼쳐지게 되는 것 또한 이러한 맥락에서 설명될 수 있다.

그럼에도 불구하고 이 환상의 파노라마가 궁극적으로 닿아 있는 연원은 현실일 수밖에 없다. 횡단보도 앞에 서서 등교하는 아이들에게 손을 흔드는 '나'(14쪽), 혹은 소년소녀 가장돕기의 대상이었던 '나'(110쪽)는 현실 속의 어떤 기억에 대한 형상화라고 할 터이다(이러한 측면과 관련된 보다 분명한 면모는 자전소설 「이 친구를 보라」를 보라).

다른 소설군에서, 기억은 "직사광선 아래 놓아둔 빠닥빠닥한 알루미늄 호일처럼 쿨하면서도 조금 그로테스크한 상상력"(「아주 작은 한 구멍」, 234쪽)에 의해 소설 속에서 새로운 형상으로 다시 태어나 현실 속에 도입된다. 그것은 때로는 '진창 늪의 극장'의 형상으로 나타나기도 하며 혹은 시체(좀비)의 형상을 띠기도 한다. 또 그것은 '아주 작은 한 구멍'이기도 하며, '검은 초원의 한켠'이기도 하다. 그것은 영혼의 직감으로만 파악되는 것이며, 만날 깨어졌다 짜여지는 세계, 곧 의식 속에서 파악된 세계 속에서 발견될 수 있는 것이다. 그것은 곧 일상 속에서 무디어진 소설가로서의 '나'의 의식이 마땅히 추구해야 하는 어떤 것이다. 그러니까 타자로서의 '극장' '좀비' '구멍' '검은 초원'은 소설가인 '나'에게 한편으로는 현실세계와의 구체적인 대면임과 동시에, 글쓰기 의식을 환기시키는 반성적 도구였던 것이다. 따라서 그것은 저절로 자라는 것이 아니라 '키우는' 것이다(「검은 초원의 한켠」).

이 지점에서 타자로서의 기억은 단지 과거에 속한 것이 아니라, 과거와 현재 그리고 미래에 동시적으로 존재하는, 그 시간의 세 차원을 관통하는 어떤 것이 된다. 그 때문에 그 타자는 "무어라 불러야 할지 알 수 없는 전조"로(「무어라 불러야 할지 알 수 없는 전조」, 『작가세계』 2000년 겨울호), 혹은 "미래와의 교감"(「믿거나말거나박물지 둘」, 『문학사상』 2001년 7월호)으로 이어지고 있다.

2. 시간으로서의 공간—이신조

이신조의 『나의 검정 그물 스타킹』(문학동네, 2001)에 실린 소설들의 배경은 표면에 잘 드러나는 바와 같이 도시라는 공간이다. 도시는 삶의 공간이면서 동시에 소비로 특징지어지는 욕망의 공간이다. 이 도시는 스스로 성장해온 역사를 가지고 있으며, 또다른 차원에서는 소설 속 인물들이 그들의 삶 속에서 키워온 것이기도 하다. 이러한 측면에서 살펴보자면, 이신조의 소설에서 도시 공간은 우리 시대의 욕망이 뿌리내리고 있는 구체적 현실이며, 따라서 공간 자체가 시간성을 내포하고 있다는 점에서 그 의미를 찾을 수 있다.

이신조의 소설에서 그려지고 있는 도시는 '지도와 약도의 중간'에 대응된다. 그것은 곧 약도의 소박함은 벗어났으나 여전히 지도의 정확함, 엄밀함에는 미치지 못하는 시간적 과정의 한 단면에 해당된다. "우리는 과거의 우리가 아니다"(「럭키 서울」)라는 작품 속의 언급은 과거와의 대비 혹은 과거의 부정을 통해서만 자신의 정체성을 확인할 수 있는, 말하자면 시간의 전체적 과정 속에서 얻을 수 있는 통일된 자기상을 마련할 수 없는 현실과 그 속에 놓인 인물들의 성격을 암시한다. 계량화된 번지수가 아니라 건물 이름과 전철역 등 눈에 보이는 것만을 믿어야만 하는 그곳에서는 역설적으로 길을 잃는 것도 불가능하다. 따라서 "완전히 길을 잃고 싶은 충동"(「럭키 서울」, 255쪽)은 공간성으로부터의 이탈이자, 동시에 그것의 시간성으로부터의 탈주라고 할 수 있다.

이러한 도시의 성격은 다시 그 도시 속에 놓인 주체와 사물의 관계를 규정한다. 사물이라는 기호와 주체의 낙차는 욕망을 발생시키는 현실적 근거이지만, 그 욕망의 발생과정에서 주체의 욕망은 사물에 종속되는 것을 피할 수 없다. 그리하여 주체의 욕망은 체계의 메커니즘에 의해 분배된 수동적 욕망의 한계를 벗어나지 못한다. 도시가 아름답되 잔인한 정글(「나의 검정 그물 스타킹」)일 수밖에 없는 이유가 여기에 있다.

이와 같은 욕망의 존재방식은 기호화된 주체의 욕망을 통해 보다 분명하게 드러나고 있다. 「산책」에서 주인공 '엘라'와 '좁은방'은 각각 재즈가수 엘라 피츠제랄드와 마루야마 겐지의 『좁은 방의 영혼』에 의해 규정된 기호들이다. 이 경우 각각의 기호는 궁극적으로는 대체 가능한 차이에 의해서만 규정되고 있기에 경제적 혹은 상징적 교환가치의 차원마저 벗어나 있는, 소비하기 위한 기호일 따름이다. 말하자면 엘라는 새로운 재즈 레이블에 의해, 그리고 좁은방은 새로운 소설에 의해 얼마든지 대체 가능한 기호인 것이며, 이 지점에서 그 기호들은 제한된 시간성만을, 그럼에도 불구하고 구체적인 시간성을 확보할 수 있게 된다. 여기에는 사물에 대한 점유의 욕망도 열정도 존재하지 않는다. 그것들은 주체의 진정한 욕망을 표상하는 기표들이 아니라, 오히려 그 기표들로 주체의 욕망이 구성되는 방식에 의해 발생되고, 유지되고, 소멸된다. 그리고 바로 이 지점에서 사물과 주체의 욕망 사이의 경계는 지워진다. 소비는 주체의 욕구와 사물을 연결하는 매개로서 기능하는 한편, 주체의 욕구와 사물의 관계를 투명하게 만들고 있는 것이다.

이제 주체와 사물 간의 관계는 주체와 주체 사이의 관계로 확대된다. 「거울 여자」에서 '나타샤' 라는 기호는 늙은 의사의 '은향' 과 어느 동양 남자의 '민주' 를 대리하는 욕망의 허상이다. 결국 이 경우 주체는 타자 규정들의 집합에 불과한 셈이고, 그러하기에 진정한 주체는 타자 규정의 거부 혹은 부정을 통해서만 제시될 수 있다. 따라서 '나타샤' 가 앓고 있는 Situs Inverse, 즉 위장내역증은 주체와 욕망 사이의 전도된 관계를 표상하는 상징적 장치의 일종으로 해석될 수 있다. 「살구나무 그늘로 얼굴을 가리고」에서 주인공 '나' 는 실종된 남편 윤상기와 귀환한 남편 차주혁 사이에서 분열되어 있다. '나' 의 정체성은 타자와의 대면을 통해서만 구성되기에, 남편의 정체를 확인하는 작업은 궁극적으로 '나' 의 정체성을 찾아가는 과정에 다름아니다. '나' 의 의식 주위를 맴도는 '누구시죠' 라는 질문은 이 분열된 '나' 의 정체성에 대한 물음이라 할 것이다.

이 순간 '나' 의 정체성은 '나' 에게 또하나의 새로운 타자이다. 말하자면 새로운 타자 '너' 에 의해서만 '나' 의 정체성은 새롭게 구성될 수 있다. 수족관의 오징어도 마른 오징어도 아닌 심해의 '투명한 오징어' (「오징어」)는 '나' 의 현재의 의식 너머에 존재하는 이 새로운 '너' 의 상징물이라 할 것이다. 이신조의 소설 속 인물들은 '나'에게 정체성을 부여해 줄 이 새로운 타자를, '너'를 끊임없이 부르고 있다(「콜링 유」).

(『문학사상』 2001년 12월호)

정체성, 새로운 불투명성

—윤성희 소설집 『레고로 만든 집』

대상에 대한 주체의 인식은 '나'의 의식의 명증성에 의해 이루어진다. 대상에 대한 인식이 명증하다면 그것은 곧 '나'의 의식의 명증성을 입증하는 것일 터이다. '나'는 대상에 대한 명증한 인식을 통해 '나'의 의식의 명증성을 확인한다. 곧 대상의 명증성은 '나'의 정체성을 입증하는 뚜렷한 근거이다.

그러나 어느 순간 대상에 대한 인식이 명증하지 않다면 어떠할까. 위의 논법에 비추어본다면, 그것은 곧 '나'의 정체성을 뒤흔드는 사건이 아닐 수 없다. 게다가 그 대상이 필연적으로 '나'와 연루될 수밖에 없다면 어떠할까. '나'의 혼란은 더욱 심화될 수밖에 없을 것이다. 이 지점에서 희미하게 존재하는 대상에 대한 인식은 '나'의 정체성의 형성과정과 결코 분리될 수 없다. 곧 이 경우 대상을 찾아가는 과정은 '나'의 정체성을 찾는 과정에 직접적으로 대응되는 것이다.

그런데 대상도 불명확하고 '나'의 의식 또한 희미하다면? '나'의 정체성이 위기에 놓인 상황에서 대상 또한 불명확하게 '나'에게 다가온다면? 이 경우 '나'의 의식의 확립은 대상에 대한 인식과 상보적인 관계에 놓인다. 그 각각은 그 반대편으로부터 발현되는 어떤 빛을 절실하게 요구한다. 인식의 주체인 '나'는 대상이 그 모습을 드러내는 것에 의해 겨우 자신을 구성하며, 또한 그 힘에 의해 대상을 향해 겨우 한 걸음 내딛을 수 있다. 윤성희 소설에 나타나는 '은오 찾기'의 모티프는 이 양방향의 시선이 교차함으로써 빚어내는 긴장에 의해 그 독자적인 근거를 마련하고 있다.

「이 방에 살던 여자는 누구였을까?」에서 '나'는 사과상자에 담겨 버려졌던 출생의 고뇌로 인해 항상적인 정체성 위기 속에 놓여 있다. 그런 '나'에게 찾아온 사건 하나는 '은오'라는 낯선 타자의 등장이다. '나'는 그나마 희미했던 자신에 대한 정체성도, 그렇다고 '은오'라는 실체 없는 대상에 대한 정체성도 승인할 수 없다. 자신의 내면의 부름에도, 낯선 타자들의 시선들에도 '나'는 응답할 수 없다. 이 지점에서 '나'와 대상 사이의 경계는 흐트러진다.

「서른세 개의 단추가 달린 코트」에서 '나'에게 '은오'는 예전에 한때 잠시 스쳐갔던 희미한 존재이다. 물론 「이 방에 살던 여자는 누구였을까?」에 비하면 여기에서 '은오'의 존재는 비교적 구체적이다. 적어도 '나'에게 '은오'는 이제 잊혀지기는 했지만, 그리고 그 이후의 행방을 알려주는 아무런 단서도 갖고 있지 못하지만, 그럼에도 불구하고 '은오'가 지나갔던 삶의 행로는 '나'의 삶에 조그만 매듭 하나를 남겨놓았던 것이다. 그러나, 그러하기에 '은오'에 대한 '나'의 관계는 더욱더 복잡해진다. 더구나 '나' 조차도 인식하지 못하고 있었던, '나'에게 남겨져 있는 '은오'의 흔적은 어떻게 설명될 수 있을 것인가. '나'는 어떻게 서른세 개의 단추들을 제자리에 끼워맞출 수 있을까. 어느 것이 장식용이고 어느 것이 진짜 단추인지 어떻게 판별할 수 있을까. (그런 의미에서 '은오'는 '숨겨진 나'〔隱吾〕의 다른 이름이라 할 것이다.)

이 지점에 이르면, 윤성희 소설의 '은오 찾기' 모티프에는 자기 정체성을 구성하는 반대 방향의 시선이 도입되어 있다는 사실이 드러난다. 곧 '나'에서 출발하여 대상을 구성하는 것이 아니라, 그 실체마저 불분명한 낯선 타자의 윤곽과 흔적으로부터 출발하여 '나'의 정체성에 도달하는 방향이 그것이다. 전자가 인과관계에 기반한 연속성의 사유구조에 기초하고 있다면, 후자에서는 우연과 그로 인한 혼란의 발생이 불가피하다. 이 두 겹의 시선이 교차하면서 빚어내는 긴장감이야말로 윤성희 소설이 보여주는 새로움의 핵심 사항이다.

이에 비하면 기억 속의 어떤 아픔에 의해 형성된 이런저런 콤플렉스를 현실적인 연원으로 내세운 소설들은 얼마나 투명한가. 그것이 집 나간 어머니로 인해 해체되고 왜곡된 가정처럼 사회적인 것이든(「레고로 만든 집」), 아니면 벌어진 앞니로 인한 수동성이나(「당신의 수첩에 적혀 있는 기념일」), 뺨에 난 붉은 흉터(「악수」), 혹은 안면근육의 이상처럼(「새벽 한시」) 생래적인 것이든 말이다.

정체성이란 표면적으로는 끊임없이 미끄러지는 기표 운동의 초월이겠으나, 보다 본질적으로는 끊임없이 미끄러지는 운동 그 자체에 붙여진 이름 아니겠는가. 그것은 결코 찾아지지 않는, 찾아지는 것을 거부하는 타자가 아닐 것인가. 윤성희의 '은오 찾기' 모티프 소설은 이러한 새로운 방식의 문제제기를 던지고 있다.

(『문학동네』 2001년 겨울호)

틈새의 미학과 흔들림의 진정성
—권지예 · 천운영 · 신장현 · 강영숙의 소설

1. 정체성의 틈새 — 권지예

권지예의 『꿈꾸는 마리오네뜨』(창작과비평사, 2002)에 실린 여덟 편의 소설들의 배경은 「고요한 나날」 한 편을 제외하면 모두 프랑스와 직접적으로 연관되어 있다. 그럼에도 불구하고 이 이국에서 펼쳐지는 사건들이 친숙하게 느껴지는 것은 이 소설들의 여주인공들이 남편을 매개로 프랑스와 연결되어 있다는 사실(반대로 남주인공의 경우 아내를 매개로 한국과 연결되어 있다)에서 그 이유를 찾을 수 있을 듯하다. 곧 한국과 프랑스 사이의 거리는 그대로 남편과 아내 사이의 거리에 해당된다. 작가의 데뷔작이자 표제작인 「꿈꾸는 마리오네뜨」는 프랑스에서 유학하고 있는 남편과 생계를 위해 한국에서 쉴틈없이 과외지도를 하는 아내가 함께 보낸 한 달간의 프랑스 생활을 남편과 아내의 시점을 교차시키면서 보여주고 있는 소설이다. 여기에 나오는 "단지 아내와 남편이라는 한 줄에 매달린 마리오네뜨 인형의 관계, 지구의 반대편에서 서로 대롱거리며 줄이 끊어지기 전에는 어느 누구도 벗어나기 힘든 '관계'만 남은 것"(38쪽) 같은 거리는 권지예 소설의 기본구도처럼 보인다. 이 공간적 거리가 좁혀진다 해도, 즉 아내가 남편이 있는 프랑스로 온다 해도 여전히 감정의 거리는 좁혀지지 않는다. 이 정신적 시차 혹은 감정의 거리를 때로는 부정하고 경우에 따라서는 승인하는 과정에서 일탈의 욕망은 불륜으로 파생되기도 한다. 말하자면 프랑스라는 이국의 공간이 단지 배경이나 분위기 도입 차원이 아니라 소설 구조의 한 축으로 설정되어 있다는 점에서 권지예 소설의 특성 하나를 우선 지적할 수 있다.

어긋나는 부부관계와 불륜을 소재로 한 권지예의 초기소설의 시선은 한편으로는 매우 도발적이고 냉정하지만 다른 한편으로는 의외로 낭만적인 측면을 드러낸다. 이제 막 주술에서 풀려나 첫 호흡을 시작하는 마리오네뜨 인형처럼 새로운 꿈으로 고무된 「꿈꾸는 마리오네뜨」의 주인공이나 「상자 속의 푸른 칼」에서의 미셸과 혜자의 순정과 그들 사랑의 낭만적 결말도 그러하지만, 이러한 낭만적 측면이 전면화된 것은 「사라진 마녀」나 「투우」와 같은 작품에서라고 할 수 있다. 대서양에 떠 있는 배 위에서 '나'가 대학 시절의 연인 김서현에게 띄우는 편지 형식으로 되어 있는 「사라진 마녀」에서의 김서현이나, 대중미술로 출세한 '나(문희원)'가 프랑스에서 가이드로 일하는 옛 연인 황병우를 만나는 「투우」에서의 황병우 같은 인물은 권지예의 소설세계 전체에서 보면 매우 이례적으로 긍정적인 성격들이다. 그들은 주인공이 속해 있는 속악한 현실의 반대편, 곧 과거의 기억으로부터 소생한 인물들이기 때문이다. 따라서 그들이 시간을 건너뛰어 주인공이 속해 있는 현실로 들어올 때 일종의 부자연스러움이 느껴지는 것은 피할 수 없다. 이 경우 소설 속의 주인공은 과거와 현재 사이를 어색하게 왕복할 수밖에 없다. 「투우」에서의 "나도 손에 힘을 주었다. 소처럼 크고 무구한 그의 눈동자에 막 수평선을 박차고 튀어오른 붉은 태양이 들어 있었다"(234쪽)와 같은 감상적 결말 또한 이러한 사정에 기인하는 것이라 할 수 있다.

작가가 낭만화된 시선을 거두고 다시금 소설적 시선을 갖추게 되는 것은 「나무물고기」의 '숨고르기'와 「고요한 나날」의 '휴식'을 거쳐, 「뱀장어 스튜」(『현대문학』 2001년 7월호), 「정육점 여자」에 이르면서이다. 한국과 프랑스의 공간적 거리에 아내와 남편의 감정적 거리를 겹쳐놓는 초기 소설의 구도는 이 경우에도 잔존해 있지만, 한 여성의 신세 한탄조의 감상성은 보다 진전된 허구화를 통해 세련된 방식으로 극복되어 있다. 그 세련된 허구화를 위한 소설적 장치를 「뱀장어 스튜」의 경우 피카소의 그림 〈뱀장어 스튜〉, 그리고 주인공이 입양시켰던 아이와 프랑스에서 만난 한국인 입양아의 병치에서 찾을 수 있다면, 「정육점 여자」에서 그것은 "난 한국 여자도, 베트남 여자도, 프랑스 여자도 아니니까요. 난 도대체 누구일까요……?"(81쪽)라고 묻는 라라의 정체성 부재와 '나'의 무정자증이 관련되는 장면에서 찾을 수 있을 것이다. 이와 같은 소설적 장치들을 통해 권지예의 소설은 개인의 의식에 유폐되지 않은 보편적이고도 안정된 서사와 형식을 갖추기에 이른 것이다.

2. 틈새의 미학 — 천운영

천운영의 『바늘』(창작과비평사, 2001)에 실린 아홉 편의 소설들에는 여러 쌍의 대립적 이미지들이 나타나 있다. 가령 등단작이자 표제작인 「바늘」에서 전쟁기념관에서 근무하는 연약한 사내가 자신의 속성과는 반대되는 강함(전쟁, 무기)에 이끌리거나, 추한 외모의 문신사인 '나'가 화려하고 아름다운 무늬들을 몸에 새긴다는 설정은 그 각각에 모순적 대립을 내포하고 있다. 뿐만 아니라, 「숨」에서 할머니의 육식동물 이미지와 미연의 초식동물 이미지의 대립, 또 「월경」에서 비옥한 대지와도 같은 계집의 몸과 낙석 주의 표지판이 있는 국도와도 같은 '나'의 몸의 대립, 「행복고

물상」에서 마조히스트 남편과 사디스트 아내의 대립이나 생물적인 것과 녹슨 무기물의 대립 등등, 소설 속에서 대립적 이미지의 형성은 매우 포괄적이라고 할 수 있다.

이러한 내용상의 대립에서 대립의 한 축은 언제나 추하거나 그로테스크하거나 혹은 불구적인 지대에 그 뿌리를 내리고 있다는 점 또한 특징적이다. 가령 "툭 튀어나온 광대뼈와 꼽추를 연상케 할 정도로 둥그렇게 붙은 목과 등의 살덩이, 눈살을 찌푸리게 하는 목소리, 뭉뚝한 발가락……" (「바늘」, 13쪽) 같은 외모, 아니면 허여멀건한 과자와 조악하게 흉내낸 상표, 게다가 초콜릿도 들어 있지 않은 '눈보라콘' 같은 것. 추하거나 그로테스크하거나 불구적인 속성들은 마치 소설 속 인물들의 육체에 새겨진 문신(tattoo)과도 같다. 이 경우 그것은 어떤 심리적 혹은 사회적 금기(taboo)와 대면하기 위한 의식적인 장치일 터이다. 추(醜)는 일종의 금기의 계율이기 때문이다.

그런데 천운영의 소설들에서는 이러한 내용상의 대립에 뒤따르게 마련인 강/약, 미/추, 진/위 간의 가치평가상 우열관계는 소설이 진행될수록 그 의미를 잃게 되는데, 이를 가능케 하는 장치는 내용상의 대립을 형식상의 대칭구조로 치환시키는 방식이다. 천칭의 양 끝에 놓인 물질의 무게가 같은 이상, 두 물질 간의 다른 차이들은, 적어도 천칭 위에서는 그다지 의미를 갖지 못하기 때문이다. 「숨」에서 할머니-육식동물/미연-초식동물의 대립이 등가로 구성되는 것은 '나'라는 줏대가 개입하고 있기 때문이다. 「행복고물상」에서 사디스트와 마조히스트가 대칭성을 이룰 수 있는 것은 이 대립에 남/녀의 대립이 교차하여 관계맺고 있기 때문이다. 이러한 대칭구조 설정의 방식을 통해 추하거나 그로테스크하거나 혹은 불구적인 것의 독자적인 가치가 소설적 탐구의 대상으로 마련되기에 이른다.

내용상의 대립을 전제하지 않더라도, 천운영의 소설에서 대칭적 구성은 매우 뚜렷하다. 「바늘」에서의 그-약함-전쟁/나-추함-문신의 대칭구조나, 「포옹」에서의 곱사등이-결핵보균자-매표소/뷰티플래너-싸움소 훈련꾼-관광안내소의 대칭구조는 그 전형적인 사례라고 할 수 있을 것이다. 천운영 소설의 서사는 대체로 이 대칭적 구성을 성립시키는데 바쳐지고 있는 듯하다. 그를 통해 텍스트 바깥의 일상적 맥락들은 텍스트 속으로 편입되면서 소설적 구성의 한 요소로 재의미화되기에 이른다. 따라서 천운영 소설의 경우, 인물이나 사건의 현실성이나 실재감을 따지는 것은 큰 의미가 없다. 다만 이 대칭적 구성과 그것의 균형을 이루기 위해 동원되지 않을 수 없는 디테일의 육체성과 세밀함이 요구될 따름이다.

그렇다면 이제 남은 문제는 대칭구조가 해체되거나 겹쳐지는 순간을 보여주는 일이다. 이 순간의 현현만이 대칭구조의 완벽함을 보여주는 것이기 때문이다. 그러므로 이때 불균형 혹은 순간적인 균형의 무너짐은 균형을 완성하기 위한 하나의 계기로서 존재한다.

「바늘」에서 그-약함-전쟁/나-추함-문신을 한순간 이어주는 매개는 '바늘' 이다. '나' 는 '바늘' 로 그의 가슴에 '바늘' 을 그려준다. 이 얇은 틈새가 우주를 빨아들일 만한 흡인력을 갖는 것은 바로 이 순간에 형식의 완성미가 갖추어지고 있기 때문이다. 「숨」에서 길들여진 식육의 욕구와 육식성 거세의 욕망 사이에서 갈등하던 '나' 의 몸에 부드러운 싹과 여린 이파리가 돋는 순간 또한 그러한 장면에 해당된다. 「월경」의 경우 '나' 가 계집과 그녀의 정부를 살해함으로써 나-황폐/계집-육감의 대칭구조를 해체하면서 철로 바깥으로 '월경' 하는 순간(물론 이 경우 나/아버지 사이의 새로운 대칭구조가 형성되고 있다), 「포옹」의 경우, 지상의 곱사등이 '나' 와 지하의 뷰티플래너 '나' 가 "지하와 지상을 연결하는, 자연광과 형광등 불빛이 교차하는 계단참"(225쪽)에서 만나는 순간, 혹은 곱사등이 '나' 가 제시한 전설 속의 푸른 섬〔靑島〕이 19세 뷰티플래너의 고통스런 기억과 과거를 표상하는 청도(淸道)와 칭타오(靑島)를 비껴가는 순간이 이에 해당된다. 이러한 방식으로 천운영 소설에서 '틈새' 와 '순간' 은 형식적 완성미를 구현하는 미학적 자질을 갖추게 되기에 이른다.

물론 단순히 형식적 완성미로만 얘기할 문제는 아닐 것이다. 소설적 구성의 문제는 단순한 기하학적 작도와는 구별되는 까닭이다. 말하자면 천운영 소설의 구성에는 "육체와 그 위에 새겨진 글귀 사이에"(「바늘」) 놓인 어떤 것을 발견하는 예리한 시선, 어둠 저편에 놓인 보이지 않는 어떤 것이 어둠 속을 거쳐온 주체의 두려움임을 간파하는 형이상학적 시선이 그 전제로 놓여 있기 때문이다.

3. 현실의 흔들림 — 신장현

신장현의 소설집 『세상 밖으로 난 다리』(문학과지성사, 2001)에 실린 소설들은 삼십대 이후의 삶에 필연적으로 찾아오는 일종의 위기의식을 바탕에 깔고 있다. 그런데 이 작가에게 있어서는 이 위기가 실존적인 불안에서 유래하는 추상적인 것이 아니라 직장으로부터의 퇴출이라는 현실로부터 발생하는 구체적인 것이라는 점에서 그 고유성을 발견할 수 있다. 그러나 그렇다고 해서 이 작품들이 직접적으로 사회적 문제를 다루면서 그것을 비판하는 방식을 취하지는 않는다. 실존적이되 그 현실적 근거에 의거하고 있으며, 현실적이되 그것을 사회적 현상으로 환원시키지 않는 긴장감을 확보하고 있다는 점, 그리고 이러한 주제가 다양한 현실적 소재를 통해 표현되고 있다는 점은 이 소설집이 지니는 특징적 면모라 할 수 있다.

「과자 먹는 시간」에서 승진고과에서 탈락한 '그'는 신입사원 남정미가 들어오면서 더 큰 혼란에 직면한다. 그녀는 여러 가지로 '그'와는 취향이 다른 이른바 신세대였고 따라서 '그'와의 의견 충돌을 유발하는 존재다. '과자'와 '담배'는 이 둘 사이의 충돌을 상징적으로 보여주는 사물이라 할 수 있다. 그러나 결국 '그'는 영화 〈미저리〉의 주인공을 닮은 그녀에게 여지없이 패배하고 만다. '그'는 처음에 남정미만이 엉뚱한 색을 칠하고 있다고 생각했지만, 어느새 자신만이 엉뚱한 색칠을 하고 있었던 것이다. 바로 이 지점, 세상의 변화가 '그'의 삶과 세계를 바라보는 기준을 여지없이 흔들고 있는 장면이다. 애니메이션 식의 상상력이 '그'가 속한 현실을 이미 앞질러가고 있는 상황에서 '그'가 느끼는 열패감은 짙을 수밖에 없다.

「링반데룽」의 주인공 '나'는 퇴출위기 직전에 놓여 일종의 대기자 집합소라고 할 수 있는 이른바 '별동부대'로 좌천된 인물이다. 실의에 빠진 '나'는 '무인도'라는 이름의 전화방에 빠져든다. 이 중독된 기다림 속을 뚫고 들어온 한 여인이 있다. 알고 보니 그녀는 빌딩 현관의 데스크 상자 속에서 안내를 하고 있던 여인이다. 새침한 외모의 그 여인은 한편으로는 기계적으로 사람들을 안내하면서, 턱에 걸쳐진 전화 마이크로는 전화방의 남자들과 음탕한 유혹과 욕설을 나누고 있었던 것이다. '나'도 그 여인도 '무인도'라는 환상의 섬에 유배되어 방향 감각을 잃고 한 지점을 맴도는 링반데룽에 빠져 있는 형국이다.

현실적인 고통으로 인해 삶의 한 고비에서 남성 주인공들이 겪어야만 하는 위기는 개인적 차원에 그치지 않고 한 가정까지 파멸로 몰아간다. 어떤 의미에서 이 위기는 결혼 이후 가정이라는 틀 속에서 키워온 어떤 병증의 지속적인 전개과정과 관련된 것일 수도 있을 터이다.

「엉겅퀴」에서 주인공 혜진의 남편은 사디스트이다. 일에 지쳐 있지만 그러나 무더기로 몰려드는 일이 없다면 금세 무너져버릴 위인이다. 이 역설이 그를 욕설과 사디즘으로 몰고간다. "세상은 그렇게 바뀌었고 그의 과거를 끌어내 정죄하고 있질 않은가. 남편은 이제 더이상 이런 사회에 견디기 힘든 족속으로 밀리고 있는지 모른다"(211쪽)와 같은 대목에서 보듯, 남편의 병증은 우선 사회 속에서 겪은 현실적 고통이 그 원인으로 설정되어 있다. 어느 날 혜진은 남편 친구의 부인으로부터 혜진의 남편이 그녀의 딸을 성폭행했다는 전화를 받는다. 애초에 혜진은 남편에게 성폭

행당한 후 어쩔 수 없이 결혼한 바 있다. 엉겅퀴는 그 자리에서 일어나는 순간 가슴에 묻어 있던 풀이다. 그렇다면 이들 삶의 파국은 이미 엉겅퀴로 상징되는 그러한 방식의 만남에서부터 예정되었던 것이 아니겠는가.

「방생」에서 '나'는 정리해고를 담당하는 처지에 있지만, 그럼에도 불구하고 그 또한 그 여파로 지방으로 좌천되어 삶의 위기를 맞고 있다. 아내는 임신중독인데 '나'의 정부는 불임으로 고통받고 있다. 이 경우, 외부의 원인에 의한 위기와 가정 내부로부터 발원한 위기는 각각의 원인을 이루면서 서로 얽혀 이미 인과의 차원을 넘어서 있다.

이 지점에 이르면 삶의 위기감은 직장에서의 퇴출 이전에 이미 삶의 전반에 스며들어 있다고 할 것이다. 어쩌면 그 불행은 "포기하기엔 이르고, 무언가 새로 시작하기엔 너무 늦은"(「홍콩의 손거울」, 237쪽) 삶의 한 지점에서 필연적으로 겪을 수밖에 없는 일종의 통과의례 같은 것일 수도 있다. "생은 그 어떤 의지에 의해서 이루어지는 것이 아니라 단순히 이끌림을 받고 있을 뿐"(223쪽)이라는 식의 인식에서 드러나는 권태야말로 삶의 좌표 상실의 진정한 원인일 수도 있지 않을까. 이 지점에서 불행은 세대적인 표정을 짓기에 이른다.

「백중 기행」에 등장하는 두 사람 '나(명석)'와 지훈은 고등학교 동창으로 학창 시절을 모범적인 우등생으로 보냈다. 지금 의사인 지훈은 지방 도시 최고 대학병원의 신경외과 과장이며 '나'는 공기관에 근무하고 있기에 비교적 안정된 경제적 지위를 갖추었다. 그러나 지훈은 지나친 자신감에 장인을 직접 수술하다 '테이블 다이'라는 상황을 맞고, 갯벌을 메운 간척지에 세워질 신도시 예정지에 마련한 건물은 점점 기울어지고 있다. '나'는 어떠한가. 공공기관에서 승승장구하던 '나'는 관례적인 비리 사건에 연루되어 좌천의 위기에 놓여 있다. 딸은 결핵성 척추염으로 척추뼈들을 철사로 이어야 할 판이다. 이 지점에 이르면 위기와 불안의 원인은 보다 중층화되고 보편화되기에 이른다. 그것은 자신을 되돌아보지 않은 자만심이라는 극히 개인적인 차원에서 지반이 무너져 가로등들이 마치

부표처럼 떠 있는 간척지에서 보는 것처럼 사회적 시스템의 차원에까지 걸쳐져 있다.

표제작 「세상 밖으로 난 다리」는 이상에서 살펴본 신장현 소설의 폭과 깊이를 총체화하고 있는 듯한 인상을 주는 작품이다. 우선 여기에는 두 가지 다리가 대비되어 있다. 하나가 수평으로 된 두 점을 이어주는 물리적인 건축물로서의 다리라면, 다른 하나는 "수직으로 된 두 점을 잇는, 이 세상에서 세상 밖으로 난 다리"(119쪽)이다. 이 두 가지 방식의 다리는 실상 세계를 이해하는 두 가지 대립되는 방식이며, 동시에 쉽게 섞일 수 없는 두 가지 다른 삶의 공식이다. 소설의 주인공이자 신축 한강 교량 공사 현장의 대리인 '그(정윤하)'는 공식으로 세상을 정리하려는 인물로, 그가 건설하고 있는 것은 분명 전자의 다리이다. 하지만 다리가 형체를 드러냄에 따라 그는 점점 더 불안해진다. 기자들이 찾는 뉴스 이면에 진실이 있다는 것을 그는 분명 알고 있기 때문이다. 그 어둠의 세계 속에 놓인 존재가 바로 그녀이다. 좁혀지지 못하고 결국 파국으로 치닫는 두 사람 사이의 거리는 이 두 세계의 대비를 드러내는 장치라고 할 수 있다. 그녀의 죽음으로 인해 환기된 뉴스 이면의 진실의 존재와 그로 인해 엔지니어인 '그'가 느끼는 불안, 그것은 소설 속 인물의 불안이자 현실 속의 우리 모두가 공유하는 심리적 공황의 실체라고 할 것이다. 이 지점에서 신장현의 소설은 개인적 체험과 의식에 유폐되지 않은 사회적 상상력의 한 가능성을 보여주고 있다.

4. 흔들림의 진정성 — 강영숙

강영숙의 『흔들리다』(문학동네, 2002)에 실린 열한 편의 소설들은 각각의 개별적 특성을 강하게 지니고 있다. 「양털 모자」에는 모하비 사막 근처의 낯설고 고독한 이국적 풍경이 담겨 있기도 하고, 「청색 모래」에서는 그로테스크한 환상이 펼쳐지기도 한다. 대체로는 일인칭의 여성 화자가 주를 이루면서도, 잡화가게 남자의 시선으로 그려진 「팔월의 식사」나 어린아이의 시점으로 된 「검은 밤」, 혹은 중년 여인의 시점에서 가출한 딸에게 보내는 편지 형식의 「서로의 안부를 묻다」와 같은 작품이 없는 것도 아니다. 그런가 하면 「피라미드 모양의 만성두통」은 이 작가에게서는 좀처럼 찾아볼 수 없던, 흡사 「중국인 거리」를 연상케 하는 독특한 성장소설의 형식을 취하고 있기도 하다.

그러면서도 이 소설집에 실린 작품들은 각각에 담긴 모티프들이 겹쳐지면서 전체적인 인상을 형성하는 일종의 모자이크화를 그려내고 있다. 예를 들어, '고속도로' 가 「흔들리다」와 「트럭」을 연결하고 있다면, 「양털모자」와 「청색 모래」는 '모래언덕' 으로 이어져 있다. 그리고 '수영장' 은 「흔들리다」와 「밤의 수영장」을 관련시키는 고리 역할을 하고 있다. 그러나 이러한 것들보다도 더욱 뚜렷하게 이 여러 편의 소설들을 하나의 강렬한 인상으로 묶어주는 것은, 소설집의 제목에도 반영되어 있는 '흔들림' 의 이미지라고 할 수 있을 것이다.

'흔들림' 의 이미지는 "나뭇가지들이 심하게 흔들린다"(「서로의 안부를 묻다」)나 "잠이 좀 들려고 할 때쯤이면 방문이 흔들렸다"(「검은 밤」)와 같은 대목에서처럼 배경의 변화를 통해 분위기의 전환이나 사건의 발생을 암시하기도 하지만, 보다 근본적으로는 "흔들리고 있는 것은 오히려 나였다"(「흔들리다」)나 "탁월한 효과를 보았다고 흥분하는 여자의 얼굴이 외롭게 흔들린다"(「트럭」), 혹은 "여자의 눈빛이 좀 흔들렸는지도 모르겠다"(「밤의 수영장」) 등에서 보는 것처럼 순간적으로 감지된 '존재의 빈틈' 을 직접적으로 표상한다고 할 수 있다.

소설 속의 인물들로 하여금 자신의 삶 속에 내재된 이 '존재의 빈틈' 을 들여다볼 수밖에 없도록 이끈 것은 무엇일까. 강영숙의 소설에서 그 원인은 다양한 현실적 근원을 갖고 있다. 그것은 부재하는 아버지로 인한 경우(「흔들리다」「검은 밤」「피라미드 모양의 만성두통」)도 있으며, 도시 속에서 단순 사무직(「트럭」「팔월의 식사」「흔들리다」「바다에서 사막을 만나면」) 혹은 단순 노무직(「양털 모자」「밤의 수영장」「불빛과 침묵」「피라미드 모양의 만성두통」)으로 견뎌나가는 남루한 삶이 그 원인으로 작용하기도 한다. 혹은 든든한 기댈 수 있는 언덕이 아니라 항상 마음이 쓰이고 짐스럽기만 한 남편의 존재가 주인공의 삶을 짓누르는 상황(「흔들리다」「양털 모자」「바다에서 사막을 만나면」「불빛과 침묵」)이 원인이 되는 경우도 있다. 그리고 이 외에도 소설 속에는 주인공의 의식 외부에서 영향을 미치는 여러 가지 종류의 원인들이 존재한다. 하나의 원인은 다시 다른 원인들에 잠재된 가능성을 증폭시키는 상호작용적 매개이기도 하며, 이렇듯 개별적으로 존재하지 않고 끊임없이 이어져 있는 원인들의 얽힌 체계는 그 자체가 주체가 대면해야 하는 세계의 형상을 띤다. 그렇기 때문에 그 상황 속의 주체로 하여금 그로 인한 증상의 단일하고도 근본적인 원인을 인식할 수 없도록 만든다. 이러한 메커니즘을 통해 주체는 그것을 마치 운명처럼 인식할 수밖에 없다.

하지만 강영숙 소설에서 그것은 운명과 같은 것으로 추상화되지 않고, 가령 「흔들리다」의 영수증을 빼놓지 않고 챙기는 한나, 모든 것을 의심하고 지도에 집착하는 '나', 그리고 핵잠수함에 몰두하는 '나'의 전남편과 같은 인물들에서 보듯, 얼핏 보면 개성이라고도 오인될 수 있는 편집증적 방식의 욕망의 고착화로 구체화되어 있다. 이러한 맥락에서 본다면, 그의 소설 속 인물들에 부여된 불구라든가 추한 외모 또한 어떤 의식의 형상적 표현이라고 할 수 있을 것이다.

그러나 '존재의 빈틈'에 갇힌 강영숙 소설의 인물들은 섣불리 낭만적으로 초월의 비상을 꿈꾸지 않는다. 그들은 현실을 벗어나고자 하면서도, 백수 남편으로 표상되는 비루한 현실 그 나름의 안정감을 떨쳐버리지 못하고 둘 사이에서 '흔들린다.' "고요하고 목적지도 분명하지 않았던 여행"(「흔들리다」), "피곤하지도 배고프지도 않았던 신기한 여행"(「트럭」) 또한 욕망과 현실 사이에서의 '흔들림'을 반복할 수밖에 없는 어떤 운명을 상징한다고 할 것이다. 아이를 맡겨둔 채 사라져버린 여인처럼 무직의 동거인을 떠나 새로운 현실로 향하는 「불빛과 침묵」에서의 '나(정애)'의 탈출이 짜릿함을 주는 것, 혹은 "아 바람 부는 풀밭에 누워 단 십 분만이라도 편안했으면"(「바다에서 사막을 만나면」) 하는 강영숙 소설 속 주인공의 소박한 바람이 절실한 울림을 갖는 것은 그가 그려내고 있는 현실이 이처럼 구체적이고도 냉정한 인식을 통해 마련된 것이기 때문이라고 할 수 있을 것이다. 그런 의미에서 강영숙의 소설에서 '흔들림'은 '존재의 빈틈'에 갇힌 인물들의 의식을 구체적으로 형상화하기 위한 진정성의 형식이라 할 수 있겠다.

(『문학동네』 2002년 봄호)

문학동네 평론집
미와 이데올로기

초판인쇄 | 2002년 3월 4일
초판발행 | 2002년 3월 7일

지 은 이 | 손정수
책임편집 | 김현정 조연주 장한맘 손미선
펴 낸 이 | 강병선
펴 낸 곳 | (주)문학동네
출판등록 | 1993년 10월 22일 제22-188호

주 소 | 136-034 서울시 성북구 동소문동 4가 260번지 동소문빌딩 6층
전자우편 | editor@munhak.com
하이텔 : podo1
천리안 : greenpen
전화번호 | 927-6790~5, 927-6751~2
팩 스 | 927-6753

ISBN 89-8281-486-8 03810
* 잘못된 책은 바꿔드립니다.

www.munhak.com